Explosão de Estrelas

Do Autor:

Um Oceano nos Separa

Começar de Novo

Vale a Pena Arriscar

Explosão de Estrelas

Robin Pilcher

Explosão de Estrelas

Tradução
Maria Clara Mattos

BERTRAND BRASIL

Título original: *Starburst*

Capa: Leonardo Carvalho

Editoração: DFL

2009
Impresso no Brasil
Printed in Brazil

CIP-Brasil. Catalogação na fonte
Sindicato Nacional dos Editores de Livros – RJ

P686e Pilcher, Robin
Explosão de estrelas/Robin Pilcher; tradução Maria Clara Mattos. – Rio de Janeiro: Bertrand Brasil, 2009.
476p.

Tradução de: Starburst
ISBN 978-85-286-1376-6

1. Romance inglês. 2. Violinistas – Ficção. 3. Fotógrafos – Ficção. I. Mattos, Maria Clara. II. Título.

CDD – 823
09-0392 CDU – 821.111-3

Atendemos pelo Reembolso Postal.

Este livro é dedicado à memória de

JOANNA e HENRIETTA MACRAE

Que seguravam o Grande Guarda-Chuva
Enquanto Rowena tocava o violino
Na esplanada do castelo

Agradecimentos

Há muitos aspectos deste livro que nunca foram cobertos por minhas experiências pessoais. Por isso, tive de recorrer a extensas pesquisas para fazer com que parecessem tão autênticos quanto possível. Assim, estou em dívida com as seguintes pessoas:

Wilf Scott, MVO, Mestre Pirotécnico, da Pyrovision
Owen O'Leary, do Festival Fringe de Edimburgo
Susie Burnet, do Festival Internacional de Edimburgo
Alistair Rae, do Conselho Municipal de Hartlepool
Christine Beroff, do Conservatoire National Supérieur de Musique et de Danse de Paris
Harry Bell, da Tern Television
Sargento Wilson Gove, da Polícia de Tayside, Divisão de Trânsito
Roddie Urquhart, da A & W.M. Urquhart, WS
Amanda Bower, do Sheraton Grand Hotel, Edimburgo
Sarah Rymer, violinista de concerto
Graham Nicholson, por seu conhecimento de Edimburgo
Anna Wemyss, por seu conhecimento da Underbelly
Jamie e Sarah Jauncey, por conversarem comigo sobre Dessuin.

Também agradeço à minha filha, Alice, que me ajudou a trabalhar os personagens mais jovens do livro, e à minha nora, Abi, que me prestou uma ajuda valiosa com o linguajar de Edimburgo.

Ao passear por Edimburgo, no final de julho, é provável que você já sinta as primeiras vibrações do terremoto que sacode a cidade durante o mês de agosto e entra por setembro: a época do festival. Você pode ter ouvido falar de um tal "Festival de Edimburgo", mas este é, na verdade, um termo que abriga seis festivais independentes, todos acontecendo ao mesmo tempo.

O mais conhecido e mais antigo é o Festival Internacional de Edimburgo. Foi criado em 1947, quando a Europa se recuperava da Segunda Guerra Mundial. Seus criadores achavam que era necessário unir o continente e "preparar um terreno fértil para o florescimento do espírito humano".

Nos últimos anos, o festival tem atraído até quatrocentas mil pessoas para Edimburgo, com espetáculos de repercussão internacional de música, ópera, teatro e dança, lotando quase todos os locais de apresentações na cidade.

A época do festival pode preencher quase qualquer necessidade artística... Edimburgo em agosto é uma experiência que você dificilmente poderá esquecer!

— *The New York Times*

CAPÍTULO 1

Os confetes eram um tremendo mistério. Duas semanas depois do casamento e as bolinhas multicoloridas continuavam aparecendo em todos os cômodos do apartamento. Às vezes, materializavam-se com força total embaixo da cama *king-size* ou se empilhavam em pequenos montinhos atrás do aparelho de tevê na sala de estar; outras vezes uma simples bolinha colorida flutuava delicadamente sobre a torradeira na cozinha. A princípio, apesar da necessidade de aspirar todos os cômodos diariamente, aquela presença dava a Tess uma sensação de conforto e preenchimento, um lembrete constante de tudo o que tinha acontecido no seu grande dia. Mas, agora, quando puxava a suéter de gola pólo da última prateleira do armário e uma nuvem fresca de flocos de papel caía sobre o piso de madeira encerado, pensou que aquilo já estava ficando um tanto inconveniente e, como a neve derretendo no final do inverno, estava durando tempo demais.

Tess tinha uma ligeira desconfiança de que Allan era o culpado de tudo. Imaginava-o na ponta dos pés pelo apartamento, espalhando as pétalas de papel como se fossem poeira de amor, como se pudessem manter vivo o espírito do dia do casamento. Mas, quando abordara o assunto na manhã anterior, enquanto ele se barbeava nu, de frente para o espelho de corpo inteiro do banheiro, Allan a desapontara, negando tudo terminantemente.

— Que bom que você pensou isso de mim, meu anjo...

A boca para a esquerda, enquanto raspava a bochecha direita.

— ... mas, infelizmente, não fui eu...

O queixo para baixo para raspar sob o nariz.

— Isso deve ser que nem areia depois da praia...

Vira-se para a mulher com quem acabara de casar, o cavanhaque perfeito feito de espuma de barbear, e gesticula com o barbeador na mão.

— A gente encontra entre os dedos, no umbigo, escondida em outras partes do corpo, vários dias depois.

Isso fora o suficiente para Tess. O pensamento de "outras partes do corpo" apagara de sua mente qualquer idéia de frivolidade romântica.

Sentada na beira da cama, Tess calçou as botas de cano longo de couro marrom, puxou o jeans por cima delas, levantou-se e foi abrir a persiana de madeira de uma das janelas de guilhotina alta no outro lado. Seu espírito, que andava nas alturas desde o casamento, murchou um pouco ao contemplar outro dia cinzento na capital escocesa. Ela podia dizer pelo movimento das árvores sem folhas, visíveis acima da Heriot Row, e pela maneira como as pessoas na calçada subiam pela Dundas Street, segurando o casaco no pescoço, que o vento soprava do norte, frio e desimpedido, através do Firth of Forth, o estuário do rio Forth, no mar do Norte. A primavera é uma estação que perdeu a razão, pensou. Maio começava e não fazia a menor diferença para fevereiro. Um vento gelado encontrou caminho por entre as frestas da janela antiga e envolveu-a num calafrio que a fez estremecer e enfiar as mãos debaixo dos braços. Se havia alguma coisa de que se arrependia no casamento, era ter deixado seu apartamento pequeno e aconchegante na West College Street e se mudado para a casa de Allan, imensa, em New Town, um bairro muito mais elegante.

Tess pegou o celular na mesinha-de-cabeceira e apertou as teclas. Prendeu-o no ouvido, enquanto vestia o casaco de lã e pendurava a bolsa do laptop no ombro. Quando Allan finalmente atendeu, a saudação saiu meio ininteligível, já que estava com a boca cheia de comida.

— Sou eu — Tess disse, pegando as chaves na mesinha no corredor.

Ela ouviu Allan engolir.

— Eu sei. Seu nome apareceu no visor: "Maníaca Sexual."

— Não acredito que aparece isso!

— Tá bom, você tá certa, é mentira. Aparece senhora Goodwin.

A mudança de nome era uma coisa com que Tess vinha tendo alguma dificuldade de se acostumar. Quando era estudante, seus blocos viviam cheios de rascunhos de assinaturas com o nome Tess Hartley, autógrafos para quando ficasse famosa. Mas agora ela achava difícil a caneta escorregar do *s* de Tess para o *g* de Goodwin e sua assinatura tinha assumido a aparência de uma falsificação incompetente.

— Assim é melhor — Tess comentou, com um sorriso, enquanto girava a chave duas vezes na porta do apartamento. Começou a descer os degraus de pedra, os saltos das botas ressoando no gelado poço da escada.

— Onde você tá?

— Parado num engarrafamento na M8, a trinta quilômetros de Glasgow.

— A que horas você saiu de manhã?

— Seis e meia. Ia te acordar, mas você tava tão ferrada no sono que eu só fiquei olhando, morrendo de vontade. Depois eu saí. Você ainda tá na cama?

— Não. Tô saindo.

— Nossa, mas não é meio cedo demais? São sete e meia.

— Eu sei, mas tenho que chegar cedo no escritório. Alasdair vai ligar de Budapeste às oito horas.

— O que é que ele tá fazendo lá?

— Foi atrás de uma companhia de dança que ele acha que pode preencher um buraco na programação.

— E a Sarah? Pensei que ela adorava acordar cedo só para atender as ligações do grande Sir Alasdair Dreyfuss.

Tess sorriu, irônica, enquanto fechava a pesada porta do prédio e descia os últimos degraus até a calçada. Allan tinha razão. Sarah Atkinson, a diretora de marketing do Festival Internacional de Edimburgo e sua superiora imediata, gostava de ser a pessoa de ligação com o diretor geral, principalmente quando ele estava numa de suas missões de caça a novos talentos pelo mundo afora.

— Ela tá na Inglaterra, numa reunião com a Royal Shakespeare Company.

Tess passou os olhos pela Dundas Street, vendo se havia algum ônibus nas imediações. Avistou um de dois andares, de um opaco absoluto nas cores marrom e branco sujo, parado no sinal.

— A que horas você acha que volta pra casa?

— Por volta de sete.

— Fica a fim de sair para jantar fora hoje?

— Não. Tô é a fim de você.

Tess sentiu um calor de desejo na boca do estômago.

— Eu sei. Mas isso não responde à minha pergunta.

— Tá bom, vamos jantar fora. Ih, parece que o trânsito voltou a andar. É melhor eu desligar. Até mais tarde, anjo.

— Te vejo de noite.

Tess largou o celular no bolso do casaco e embarcou no ônibus. Esperou que um cavalheiro idoso, de rosto pálido, vestindo terno listrado um pouco amarrotado e carregando uma pasta de couro surrada, saísse da escada, antes de subir para o segundo andar e sentar num banco, com um solavanco, quando o ônibus deu a partida.

Não tinha sido a melhor hora para casarem, com Allan tendo acabado de ser promovido e ela trabalhando o tempo todo no escritório do festival internacional, mas também haviam chegado a uma situação quase de "casa ou separa". Se alguém perguntasse, ela diria que estavam juntos há pouco mais de três anos, mas, na verdade, aquilo seria uma generalização um tanto forçada. O relacionamento deles sempre oscilara entre o quente e o frio, e dois anos antes tinham inclusive chegado ao ponto de passar quatro meses completamente separados. Nesse período, entraram e saíram de outras relações, mas acabaram juntos de novo, lambendo as feridas e tentando recuperar a confiança mútua, então um tanto abalada. Fora fácil perdoar aquelas aventuras irrelevantes. Já a que Tess tivera no ano seguinte, não. Mas, apesar de ter balançado fortemente o barco do relacionamento, não tinha sido suficiente para fazê-lo afundar. E era esse o perigo. Allan dissera que o relacionamento tinha se tornado confortável demais, quase beirando o platônico, e que não seria bom para nenhum dos dois continuar vivendo assim, sem assumir nenhum tipo de compromisso. Por isso, ele a pedira em casamento e Tess aceitara, sem pensar muito a respeito. Parecia a coisa mais natural a fazer. Eles simplesmente nunca haviam se lembrado de fazer nada a respeito.

Da mesma forma, também não se lembraram de organizar uma lua-de-mel. Depois do casamento, os dois tiraram alguns dias de folga do trabalho para ela levar suas coisas para o apartamento de Allan, mas nenhum dos dois achava que era o momento apropriado para viajarem de férias. Talvez ela entrasse na internet naquela manhã, se não houvesse nenhum problema urgente para resolver depois da conversa com o diretor, para ver se não conseguia reservar duas semanas em algum lugar em setembro, depois que o festival terminasse. Naquele exato momento, um dia frio e desagradável, imaginou-se em algum lugar ensolarado e quente, exótico, com praias de areia branca, palmeiras e um mar azul que se fundia com o céu no horizonte. Ela sorriu para si mesma e acenou com a cabeça, desdenhosa. Isso mesmo, um lugar como Barbados seria perfeito, muito obrigada.

Enquanto o ônibus entrava na Queen Street e subia lentamente a ladeira, Tess esfregou a manga do casaco na janela embaçada e olhou para os cidadãos de Edimburgo nas calçadas, a caminho do trabalho. Homens e mulheres vestidos da mesma maneira, em trajes formais, cores sóbrias, aumentando ainda mais a monotonia do dia, embora fossem roupas apropriadas para os que ganhavam o pão de cada dia nas muitas instituições financeiras e jurídicas da cidade. Nunca deixava de espantar Tess o fato de que uma cidade que parecia chafurdar em lúgubre apatia durante a maior parte do ano fosse capaz, por três semanas em agosto, de se comportar como se o suprimento de água tivesse sido temperado com anfetaminas. Mas ela sabia muito bem que essa dicotomia existia desde a criação do festival, em 1947, e mesmo sendo agora considerado um dos festivais artísticos e culturais mais importantes do mundo, só nos últimos dez anos é que a opinião do típico "cidadão de Edimburgo" havia mudado em relação ao evento. Até então, era considerado uma inconveniência anual a ser temida, quando ficava impossível encontrar táxis e restaurantes vazios. Pouca importância se dava ao clamor cultural que o festival trazia para a cidade e para as receitas extras geradas pelos milhares de visitantes que passavam por ali durante aquelas três semanas no final do verão. Não havia a menor dúvida para todos os que trabalhavam no escritório do festival de que a mudança favorável de opinião se devia, não em pequena escala, ao atual diretor, Sir Alasdair Dreyfuss. Mas ele próprio seria o primeiro a negar, tão reticente em promover suas grandes realizações quanto era em usar o título de "Sir" recém-adquirido.

Tess saltou do ônibus e subiu a pé pela Lawnmarket, o trecho mais alto da Royal Mile. Era o lugar em que se sentia à vontade, Old Town, a cidade velha, com seus prédios antigos de pedra e de janelas pequenas, ruas de paralelepípedos, habitantes mais jovens e exuberantes, tavernas antigas e malcuidadas, lojas de mau gosto para turistas, que vendiam desde excursões a lugares habitados por fantasmas a roupas tartã dos tipos mais variados, CDs de chorosas canções de amor em gaélico — gemidos intermináveis —, armas — autênticas, é claro — usadas pelos clãs das Terras Altas para lutar pela causa jacobita em 1745; espadas de gume duplo tão cego que mal cortariam o dedão do pé de um desajeitado que as deixasse cair e escudos de couro que não tinham sequer um arranhão de baioneta dos Redcoats, os soldados ingleses. Todos os dias úteis, pela manhã, Tess vinha de New Town até ali, e nunca deixava de sentir-se emocionada pelo retorno a seu antigo pouso.

Ela atravessou a rua e entrou no interior quente e aromático de um café da Starbucks, um dos poucos estabelecimentos modernos da rua. Quando conseguiu um lugar na fila, somente duas pessoas a serem atendidas antes dela, a porta da frente bateu com estardalhaço. Todos dentro do ambiente cromado do café levantaram os olhos ou se viraram. Mãos segurando xícaras que balançavam nos pires, mandíbulas interrompendo por instantes a mastigação dos bolinhos de blueberry, a expectativa de que o vidro da porta se espatifasse no chão. Como nada aconteceu, os olhares fixaram-se no jovem cujo cabelo crespo e escuro se derramava pelos ombros do enorme sobretudo de sarja azul. Ele parou na frente da porta, a respiração pesada, as mãos erguidas como num gesto de rendição, os olhos bem fechados, o rosto contraído numa expressão angustiada.

— Me desculpem... me desculpem... me desculpem...

Abriu um olho e esquadrinhou a platéia desdenhosa.

— Me desculpem.

Tess decidiu ajudá-lo.

— Foi uma entrada em grande estilo, Lewis — comentou, com um sorriso.

O jovem deu alguns passos em sua direção.

— A culpa foi sua, Tess — disse, com seu sotaque galês cadenciado.

— Como assim *minha*?

— Eu estava prestes a entrar no escritório do Fringe quando vi que você saltou do ônibus. Tive que subir a High Street correndo para te alcançar.

Tess olhou para ele sem expressão por alguns segundos, vasculhando os arquivos da memória para saber se tinha se esquecido de algum encontro marcado ou de algum telefonema combinado. Lewis Jones era seu equivalente direto na equipe de marketing do Fringe, um dos sete festivais de organização independente que se agrupavam sob o título geral de Festival de Edimburgo. Embora os eventos fossem administrados separadamente, os escritórios se conectavam para tratar de questões relacionadas à cidade e à organização geral do evento.

— Alguma coisa urgente?

Lewis deu de ombros.

— Na verdade, não era nada importante. Eu só queria perguntar como a vida de casada vem te tratando. A gente não se vê desde seu grande dia.

Talvez fosse simplesmente o sotaque, mas Tess estava sempre alerta da habilidade desconcertante de Lewis de fazer com que as pessoas sentissem pena dele. Naquele exato momento, ela teve vontade de passar a mão na cabeça de Lewis, como se ele fosse um menino, e dizer que não devia se preocupar... o que era um absurdo, é claro. Não apenas ela sabia que Lewis estava prestes a completar trinta anos — praticamente seu gêmeo, na verdade —, mas também que era inteligente e eficiente, ajudando a coordenar, à sua maneira descontraída, a logística para quase dois mil artistas que se apresentavam nas três semanas do Fringe.

— É muito... emocionante — Tess respondeu, com um aceno positivo de cabeça. — Eu recomendo.

Lewis suspirou.

— Ninguém no horizonte pra mim, infelizmente.

Ele foi para a frente de Tess quando a moça atrás do balcão perguntou pelo pedido seguinte.

— Deixa eu te pagar um café e a gente conversa um pouco.

— Não posso conversar agora, Lewis. Desculpe. Tenho que estar no escritório em menos de cinco minutos pra atender um telefonema. — Tess virou-se para a garçonete no outro lado do balcão. — Um cappuccino pra viagem, por favor.

— Tudo bem, então — Lewis murmurou, sombrio.

Assim que a moça fechou o copo de papelão e pôs em cima do balcão, ele o pegou e entregou a Tess.

— Aqui. Este é por minha conta. É melhor você ir andando.

Tess deu um sorriso.

— Obrigada, Lewis. A gente se vê.

Se Lewis disse alguma coisa em resposta, ela não ouviu. Deixou o café apressada, uma das mãos segurando o copo com o café, a outra evitando que a bolsa do laptop batesse na lateral do corpo. Subiu pela Lawnmarket tão depressa quanto as botas de saltos altos permitiam, uma figura de Cinderela cujo único objetivo era estar à sua mesa de trabalho antes que o carrilhão de algum relógio nas redondezas soasse as oito badaladas.

O escritório e quartel-general do Festival Internacional de Edimburgo ficava numa igreja adaptada, no alto da Royal Mile, o prédio já tendo perdido o nome eclesiástico junto com os bancos e o púlpito, sendo rebatizado de Hub. Tess passou pelas portas de vidro de vaivém e avançou apressada pelo corredor central — antigamente a nave da igreja —, passando atrás de uma divisória de vidro pelo Hub Café, tendo o International Ticket Office do outro lado. Subiu a escada de dois em dois degraus e passou por uma parede vermelha de prateleiras irregulares que exibiam várias estatuetas. Parou por um instante no patamar superior, para recuperar o fôlego, e ouviu o telefone tocar em sua sala. Entrou correndo e se debruçou na mesa para alcançar o aparelho, ao mesmo tempo que largava o copo com café e deixava a bolsa do laptop escorregar do seu ombro para cair no chão com um estrondo sinistro.

— Escritório Internacional, bom-dia.

— Bom-dia, Tess. Sou eu, Alasdair.

— Bom-dia, Alasdair. — Tess esticou o fio do telefone com a mão livre e contornou a mesa para sentar. — Desculpe a demora pra atender. Você já tinha ligado antes?

— Não. Esperei um pouco para dar tempo de você chegar ao escritório.

Tess não podia saber pelo tom de voz se ele estava falando sério ou não, mas mesmo assim sentiu o rosto se contrair num embaraço nervoso. Sua chefe, Sarah Atkinson, *nunca* se atrasava para o telefonema matutino do diretor.

— Como estão as coisas em Budapeste?

— Tudo bem. A companhia de dança é boa, mas não acho que a coreografia esteja pronta, então não vou me arriscar com eles este ano. Vou ver se combino alguma colaboração com Hans Meyer para o ano que vem. De qualquer maneira, ele está vindo para dirigir o Rombert.

— Nada que eu possa resolver daqui, então? — Tess perguntou, expectante, batendo com a ponta da esferográfica no seu bloco de anotações.

— Não para este projeto. Mas, escuta, quando eu estava no avião vindo para cá, li no jornal que Angélique Pascal vai se apresentar quinta-feira no Barbican. Sei que é um pouco cedo para a divulgação, mas já que ela vai ser a estrela do festival internacional este ano, vê se consegue marcar uma entrevista com ela. Depois, fala com Harry Wills, do *The Sunday Times*. É bem possível que você seja barrada pelo agente dela, Albert Dessuin, mas não custa tentar.

Tess anotou os nomes no bloco, mas só mesmo como lembrete. Conhecia muito bem os dois nomes, especialmente o da jovem violinista francesa.

— Mais alguma coisa? — perguntou Tess.

— Quero que ligue para Jeff Banyon, da Orquestra de Câmara Escocesa, e pergunte se é mesmo Tchaikovsky que eles vão tocar no show de fogos de encerramento do festival. Se não for, então vamos ter que mudar nosso tema para acompanhar o que eles escolherem. E você? Tem alguma coisa para mim?

Tess correu os olhos pela mesa para ver se os outros haviam deixado algum recado para o diretor.

— Não. Nada, nada.

— Ótimo. Estou de volta ao escritório amanhã de tarde, se tudo correr bem. Quando Sarah volta?

— Hoje à tarde.

— Certo. Avisa que vou ligar para ela amanhã de manhã. Até logo, Tess.

Tess desligou e deixou escapar um suspiro de alívio. Gostava do diretor, mas sempre tivera certo medo dele. O comportamento inquietante poderia passar por frieza, se a pessoa não compreendesse a pressão constante sob a qual vivia. Só agora, trabalhando no escritório do festival internacional pela terceira vez consecutiva, é que sentia que Alasdair começava a tratá-la como parte integrante da equipe. Mas a história poderia ter sido muito diferente, tivesse ele descoberto o que acontecera durante os dois festivais anteriores.

Seu caso com Peter Hansen havia sido clandestino, emocionante e estimulado pela energia criativa que vibrava na cidade na época do festival. Peter era um dos maiores diretores artísticos da Dinamarca, trazido por Sir Alasdair Dreyfuss, com um contrato de dois anos, para dirigir diversas produções teatrais, e fora o próprio diretor do festival que incumbira Tess de ser sua acompanhante. Com quarenta e poucos anos, Peter era famoso, carismático, um sedutor experiente, e Tess, que trabalhava em seu primeiro festival, sentira-se lisonjeada com a atenção dirigida a ela, rapidamente aceitando as sessões particulares no hotel de cinco estrelas de Edimburgo como parte de suas funções. Ela e Allan estavam passando por um dos seus períodos "frios"; e, embora continuassem a se encontrar regularmente, nunca pensava na possibilidade de ele descobrir. Havia sempre a desculpa de um jantar ou recepção a que ela tinha de comparecer, ou uma excursão durante a madrugada pelas casas noturnas da cidade, para distrair os artistas visitantes. No ano seguinte, ela e Peter retomaram a ligação do ponto em que haviam parado, sabendo Tess que a relação era clandestina e perigosa, não apenas porque Peter Hansen era um velho amigo de Sir Alasdair Dreyfuss, mas também porque durante os últimos cinco anos as respectivas famílias se reuniam nas férias para esquiar na Noruega.

O caso tivera um final repentino, uma semana antes do término do festival anterior. Ela chegara ao trabalho uma manhã e encontrara em sua mesa um bilhete de Sarah Atkinson, informando que Peter Hansen tinha ligado para avisar que não precisaria mais de seus serviços e que estava indo para Copenhagem na noite seguinte, depois da última apresentação da peça que dirigira. Tess ainda tentara entrar em contato pelo celular, mas ele nunca atendia. Finalmente compreendera que sua utilidade para Peter se esgotara, que ele simplesmente se divertira com ela, talvez como tivesse feito com várias jovens estúpidas e crédulas nas cidades do mundo inteiro em que trabalhara.

Sir Alasdair Dreyfuss nunca descobrira sobre o caso. Se isso tivesse acontecido, Tess não tinha a menor dúvida de que teria sido despedida do escritório internacional imediatamente. Mas Allan descobrira. Tinha sido sua própria culpa, já que passara algum tempo melancólica, desatando a chorar sem qualquer razão aparente. Quando Allan finalmente perguntara qual era o problema, ela contara tudo. Poderia ter terminado naquele momento. Era o que Tess esperava, mas, em vez disso, o doce e adorável Allan abraçara a namorada chorosa e arrasada, deixando escapar um suspiro longo e angustiado, e dissera:

— A gente precisa parar de fazer isso um com o outro, Tess. Não dá pra sustentar um relacionamento ignorando as regras básicas de confiança e fidelidade.

E quando ela pensava que sua estupidez egoísta lhe custara o amor do único homem de quem realmente gostava, Allan acrescentara:

— Nossa única chance de sobrevivência é casar. O que é que você acha?

E ela aceitara sem hesitação.

Tess sacudiu a cabeça para se livrar dos devaneios, apercebendo-se de que estava sentada ali, imóvel, olhando para o telefone, desde que terminara a ligação do diretor. Inclinou-se e pegou no chão a bolsa descartada, abriu o zíper e pôs o laptop em cima da mesa. Enquanto esperava que a tela desse sinal de vida, olhou para o relógio e decidiu que ainda era muito cedo para começar a tentar descobrir o paradeiro de Angélique Pascal e seu agente. Achou melhor esperar até nove horas, antes de começar a dar seus telefonemas.

O que lhe dava quarenta e cinco minutos para entrar no Google e dar uma olhada em "Férias em Barbados", e talvez fazer uma reserva em setembro, para sua lua-de-mel há muito atrasada.

CAPÍTULO

2

Por causa da inadequação de espaço na unidade industrial alugada nos arredores de Cheltenham, o escritório e o depósito da Exploding Sky Company haviam sido transferidos recentemente para um conjunto de prédios rurais antigos no interior campestre de Cotswold Hills. Embora fosse uma transação que quase provocara um rompimento com seu gerente de banco, Roger Dent, único proprietário da empresa, sentia-se extremamente grato naquele momento em particular por ter tomado a decisão, quanto menos não fosse pela vista tranqüilizante de ovelhas e suas crias nos pastos verdejantes além de sua janela. Estava sentado encurvado, na cadeira giratória de encosto alto à sua mesa, a boca aberta do cansaço da viagem, mal percebendo que

Cathy, sua mulher e assistente pessoal, tinha conseguido transformar o antigo chiqueiro, escuro e malcheiroso, no novo e imponente escritório da empresa, durante as duas semanas de sua ausência. Janelas pintadas de branco substituíam agora os sacos de juta cheios de teias de aranha que antes cobriam as frestas, o piso era firme e acarpetado, e as paredes, agora rebocadas e cobertas de Dulux "Magnólia", eram ornamentadas com fotos emolduradas dos momentos triunfantes de Roger: a silhueta escura do Palácio Blenheim iluminada por uma radiante chuva de verde e prata cascateando do telhado, a imensa palmeira tremeluzente com a iluminação que fazia um arco por cima da barcaça no rio Tâmisa, destacando com seus raios brilhantes a elevação frontal das Casas do Parlamento e a imperturbável torre quadrada do Big Ben, e o maior de todos, uma foto aérea que mostrava um céu noturno enfeitado de espirais incandescentes e meteoros de rastro luminoso que vinham até o chão, em chamas de vermelho e dourado, sobre os parapeitos do Castelo de Edimburgo. Essas e mais milhares de fotografias ainda guardadas nas caixas da mudança eram testemunhas de sua competência como mestre pirotécnico.

Roger foi arrancado de seu estado soporífico pelo barulho de uma caneca de café sendo posta em cima da mesa à sua frente e por um beijo no rosto barbudo. Fechou a boca e virou-se para observar, olhos ainda pesados, enquanto a mulher sentava na beira da mesa a seu lado, os braços cruzados sobre a camisa de algodão azul desbotada, o sorriso preocupado entortando a boca para um lado.

— Você parece esgotado.

Roger esticou as pernas por baixo da mesa e passou a mão pelos cabelos ralos; não tinha mais condições de usar o exuberante rabo-de-cavalo que outrora descia pelas suas costas, cobrindo o logotipo da ESC atrás do blusão azul-marinho, que usava com calça cáqui, seu uniforme constante.

— E estou — disse em meio a um bocejo. — Teve um problema com o avião em Xangai, a gente só embarcou depois de quatro horas de atraso.

— Que horas você chegou?

— Seis e meia da manhã. Nem me dei ao trabalho de deitar. Achei que ia te incomodar.

— Que gentil... — Cathy agradeceu, sorrindo. — Mas e a viagem, como foi?

— Noves fora, foi ótima. Alguns probleminhas burocráticos, o que eu acho que é a norma na China, mas deu pra visitar as fábricas em Beihai e Hengiang. Eles ficaram muito animados com o material novo que a gente encomendou. Foram dois dias no campo de testes com o novo chefe do departamento de pesquisa de Hengiang e, verdade seja dita, algumas das novas baterias de tiros múltiplos que ele inventou são espetaculares, de tirar o chapéu. — Roger deu um gole no café puro. — Por falar nisso, você já viu Phil hoje? Ele tem que mandar um e-mail para a fábrica.

— Ele está com Danny no depósito, aprontando o equipamento para o fim de semana.

Roger fitou Cathy por um instante, depois inclinou-se sobre a mesa e abriu sua agenda.

— Essa não! Eu tinha me esquecido de Cardiff. Acho que a gente vai ter que viajar de novo amanhã para preparar tudo.

Cathy se afastou da mesa.

— Bom, eu estava guardando a melhor notícia para o final. Jeff Banyon, da Orquestra de Câmara Escocesa, ligou hoje de manhã para perguntar como vão os preparativos do material de Tchaikovsky para o festival.

— E o que você disse?

— Disse que você e Phil estavam trabalhando nisso e que estava correndo tudo bem.

Roger soltou uma risada.

— Vai dar tudo certo. Mas a gente ainda nem começou.

Cathy bagunçou o cabelo do marido.

— Nem se preocupe com isso. Você sempre diz que alguns dos melhores espetáculos foram os que ficaram prontos na última hora.

Quando ela já se encaminhava para a porta, esta foi aberta de repente, num movimento brusco, e um homem louro, baixinho e troncudo, de olhos azuis ansiosos, entrou na sala. Envolveu a cintura de Cathy com braços poderosos, suspendeu-a do chão e deu uma volta.

— Oi, Cathy. Bom te ver, meu bem — disse com seu forte sotaque australiano. Largou-a no chão, sem muito cuidado, foi até a mesa e deu um tapa firme no ombro de Roger. — Como é que você tá se sentindo hoje, Rog?

Roger não disse nada, apenas fitou seu braço direito com um olhar cáustico.

— Não muito bem, para dizer a verdade — Cathy respondeu pelo marido. — O que me leva a perguntar: por que *você* parece tão animado?

Phil Kenyon instalou seu traseiro de proporções consideráveis em cima da mesa, encobrindo a agenda de Roger com o movimento.

— Ah, eu nunca fico cansado quando viajo de avião — disse, presunçoso. — Talvez seja por causa de tantos anos viajando para Oz, ida e volta.

— Parabéns pra você — murmurou Roger, puxando a agenda para libertá-la do cativeiro.

Phil inclinou-se, o rosto irritantemente viçoso a pouco mais de um palmo das feições exaustas de Roger.

— Não tá nos melhores dias, não é mesmo, Rog?

— Não provoca, Phil — advertiu Cathy. — Não é uma boa idéia quando ele está nesse estado. Na verdade, acho melhor deixar os dois sozinhos, para não ter que limpar o sangue do carpete novo.

— Rog não me machucaria... machucaria, companheiro?

O comentário foi recebido por Roger com uma risada de escárnio.

— Teria o maior prazer em esquartejar você, se não tivesse tanto trabalho pra fazer agora.

Enquanto Cathy saía e fechava a porta, Phil saltou da mesa e empertigou-se, batendo palmas, num gesto determinado.

— Então, qual é o cardápio de hoje?

— O espetáculo de Tchaikovsky para o Festival de Edimburgo. Está na hora de começar a preparar.

O sorriso de Phil se transformou numa careta sem alegria.

— Ai, ai, é uma encomenda enorme. — Deixou escapar um suspiro profundo. — Bom, acho que é melhor a gente começar a se organizar. Onde você guardou aquele CD que eles mandaram?

Os níveis de energia de Roger só permitiam que ele levantasse um dedo e apontasse a fileira de arquivos encostados na parede. Phil foi até lá, abriu uma gaveta, pegou o CD e voltou até a mesa. Na passagem, arrastou uma cadeira e largou-a ao lado de Roger. Pôs o CD em um dos aparelhos ao lado da mesa e sentou.

— Certo — disse, puxando um bloco grosso de papel pautado. — Pronto pra começar?

Roger sacudiu a cabeça lentamente.

— Quer saber de uma coisa, Phil? Não estou muito ansioso pra programar esse troço. Tem partes calmas demais, eu não sei como fazer funcionar.

Phil escreveu "Tchaikovsky, Edimburgo" no alto da página, depois largou a caneta em cima da mesa e olhou para o chefe.

— Eu sempre tenho uma sensação terrível de *déjà-vu* quando você diz uma coisa dessas. Olha só, há mais de vinte anos que você vem fazendo o Show de Fogos de Artifício de Edimburgo, e cada ano é mais espetacular que o anterior. Não vejo nenhum motivo para este ser uma exceção à regra.

Ele pegou o controle remoto e apertou o Play.

— Então, por que você não relaxa e arregaça as mangas pra gente começar logo a trabalhar?

Roger soltou uma risada contida.

— Você nasceu otimista?

— Não, companheiro. Nasci em Wagga Wagga — Phil respondeu, inflando a bochecha com a língua, enquanto os primeiros acordes da música clássica saíam pelos alto-falantes no chão.

CAPÍTULO 3

Quando o telefone tocou, Lewis Jones não fez qualquer tentativa imediata de atender. Naquela época do ano, era quase certo ser alguma companhia de teatro ou grupo de comédia tentando na última hora reservar uma vaga no Fringe, em vez de qualquer coisa relacionada com marketing. Havia outras pessoas no escritório com a função de atender aqueles telefonemas. Mas, como continuasse a tocar, ele interrompeu a leitura da terrível descrição de quarenta palavras do número que Nick Cardean apresentaria, "Quatro Casamentos, Quatro Funerais e Quatro Banhos Ácidos nos Intervalos", levantou-se e olhou por cima da divisória que lhe proporcionava um pouco de privacidade no atravancado espaço aberto da sala enorme. Outras oito pessoas estavam trabalhando no escritório do Festival Fringe naquele momento, e cada uma se encontrava ocupada num telefonema. Por isso, encolhendo os ombros, resignado, Lewis tornou a sentar e atendeu a ligação:

— Bom-dia. Escritório do Fringe.

O homem no outro lado da linha tinha um nítido sotaque de Yorkshire, as palavras vinham numa velocidade que só se comparava à inaudibilidade.

— Certo, certo, uma coisa de cada vez — interrompeu Lewis, enquanto o homem o soterrava com informações. — Qual é mesmo o nome da artista?

O barulho no escritório era apenas um zumbido baixo de vozes, mas mesmo assim Lewis teve que levar o dedo até o ouvido descoberto para conseguir ouvir o que o homem dizia.

— Então é Rene Brownlow, é isso?... Não, não preciso saber que tipo de espetáculo é... ah, é comédia, é isso?... Claro. Tenho certeza de que ela é muito engraçada... Escuta, me dá um segundo e eu vou ver se encontro o nome dela aqui.

Alguém no escritório tinha tirado o *mouse pad* de Lewis, o que fez com que precisasse deslizar o mouse por um bom pedaço da superfície escorregadia da mesa antes que a seta alcançasse o ícone no alto da tela. Digitou o nome, apertou Enter e as informações apareceram.

— Certo, já estou vendo aqui... Rene Brownlow, aos cuidados do Andersons Westbourne Social Club, Hartlepool. É ela mesma, não é?... Certo... Diz aqui que você pagou a taxa de registro de doze libras e mais nada.

Isso fez o homem se soltar como um trem descendo a ladeira, a explicação gradualmente aumentando de velocidade, até se tornar incontrolável e incompreensível. Lewis, no entanto, conseguiu deduzir que fora reservado um local para a apresentação, na West Richmond Street (barato, ele pensou, mas aquilo ali era um cemitério de comediantes), que o dinheiro viria de fontes diferentes e que era muito complicado coordenar tudo.

— Entendo — interrompeu Lewis, falando alto na esperança de que o volume pudesse assustar o homem e silenciá-lo.

— Mas os boletins mensais que enviamos informam que para garantir o local e a inclusão do nome no programa é preciso pagar trezentas libras antes do final de abril... e já se passaram duas semanas de maio.

O homem gaguejou algumas desculpas apressadas, depois se desviou para argumentos periféricos, sobre alguém que "enfrenta as maiores dificuldades" e "a vida está desfechando um golpe terrível nela".

— Você pode esperar um momento? — Lewis perguntou, levantando a mão, um gesto inútil e ineficaz quando se tenta barrar a enxurrada de verborragia de um interlocutor invisível.

Ainda escutando o homem falar quando apertou o botão para manter a ligação em espera, levantou-se e espiou de novo por cima da divisória. Todos continuavam ocupados com seus telefonemas, então resolveu interromper Gail, na mesa ao lado, acenando com a mão, para tentar atrair sua atenção. Ela nem percebeu.

— Gail, pode me dar uma ajuda aqui, por favor? — Lewis sussurrou bem alto para que ela ouvisse.

Gail virou-se na cadeira e olhou para ele. Pediu a seu interlocutor para esperar na linha, antes de tapar o fone com a mão.

— O que é?

— Tô aqui com um cara de Hartlepool que ainda não pagou as trezentas libras.

— Ele já tem um espaço? — Gail perguntou.

— Parece que sim.

— E ele tem o dinheiro?

— Parece que sim.

— Então diz pra ele passar aqui até amanhã, no máximo, e trazer uma descrição do show. A gente só vai fechar o programa daqui a duas semanas.

Lewis agradeceu a Gail levantando o polegar, tornou a sentar e levou o fone à orelha.

— Alô? A solução é a seguinte. Se você trouxer um cheque e a descrição do espetáculo até amanhã, fica tudo resolvido... certo, melhor providenciar uma entrega rápida... Não foi nada. Que bom que consegui ajudar... não, não sou indiano, sou galês... Tudo bem, não precisa mais se preocupar com isso... tchau.

De pé no balcão do bar do Andersons Westbourne Social Club, conhecido em toda Hartlepool como Andy's, Stan Morris desligou o telefone público e jogou as moedas que tinha deixado em cima da lista telefônica esfarrapada na mão em concha. Deixou que escorregassem pelo bolso da calça, como uma cascata sonora, e virou-se com um sorriso para os quatro homens que o observavam, na maior ansiedade.

— Então? — indagou o menor deles, o rosto contraído para evitar que os óculos de lentes de fundo de garrafa caíssem pelo nariz arrebitado. — O que foi que ela disse?

— Era um homem — Stan respondeu, pomposo, abrindo caminho pelo bando expectante, juntando as palmas das mãos à frente, como um mergulhador à moda antiga.

Todos o seguiram quando voltou para a mesa no canto do bar de mobília escassa, onde várias canecas de cerveja, em estados variados de consumo, e peças de dominó espalhadas os aguardavam. As cadeiras de madeira foram arrastadas ruidosamente pelo chão de linóleo quando retomaram seus assentos.

— Achei que ele era indiano — comentou Stan, tomando um gole de cerveja, para depois limpar a boca, com todo cuidado, usando o lenço dobrado que sempre levava no bolsinho do paletó de tweed. — Mas ele era galês.

— Dane-se a nacionalidade dele — o homenzinho de óculos exclamou, enquanto tirava um punhado de fumo Golden Virginia de uma bolsa de couro sebosa e preparava com destreza um cigarro. — O que foi que ele disse sobre a Rene?

Stan lançou um olhar altivo para o homem.

— Só contei isso como um detalhe curioso, Skittle.

Um grunhido coletivo tomou conta da mesa.

— Tudo bem, calma. O homem disse que ainda dá tempo, se mandarmos o cheque pelo correio hoje à noite, com taxa especial para entrega amanhã.

Um murmúrio de alívio saudou a notícia.

— Por um minuto, achei que você ia estragar tudo — comentou Derek Marsham, cujo rosto comprido e encovado, os cantos da boca virados para baixo, dava a impressão de que sofria de profunda e permanente infelicidade.

— Desculpe, Derek, mas o que você quis dizer com isso? — Stan indagou.

— Você fala muito rápido. É de admirar que o cara tenha entendido uma palavra do que você disse.

Stan estufou as bochechas e empertigou-se na cadeira.

— Você já deve saber, meu amigo Derek, que já fui um aclamado orador. Procurado pelos quatro cantos de Yorkshire, eu era, e nunca antes qualquer reclamação foi feita...

— Chega, rapazes. Essa conversa não vai levar a lugar algum.

A voz interrompeu abruptamente o protesto de Stan e quatro rostos se viraram para o homem vestindo uma jaqueta de brim com a gola levantada. Embora Terry Crosland, com seus cinqüenta e poucos anos, fosse pelo menos dez anos mais jovem do que seus companheiros, as costeletas escuras compridas e o cabelo caindo pela testa — no melhor estilo dos jovens rebeldes da década de 1950 — faziam com que parecesse pertencer a uma era distante. Já os outros, que mantinham curtos os poucos cabelos restantes e vestiam roupas clássicas, como bonés de pano, cachecóis e capas com cinto, guardavam a elegância intemporal de seus pais e avôs.

Stan Morris tornou a se controlar, não sem antes lançar um olhar de desprezo para Derek.

— Concordo com você, Terry. Falou muito bem.

Terry esfregou as mãos na calça jeans, bastante nervoso.

— O que acho que devia ser discutido é... bom, a gente já conseguiu o dinheiro, mas vocês não acham que é hora de contar o plano pra Rene?

A sugestão trouxe um murmúrio de concordância. Terry continuou:

— Além disso, ainda faltam três meses pro festival. Então, que tal o comitê continuar a levantar dinheiro pra ela, porque a gente não pode mandar a Rene pra Edimburgo sem um tostão.

Norman Brown pigarreou e inclinou-se para a frente, a fim de participar do círculo de discussão pela primeira vez.

— É um ponto importante — disse, levando a mão ao braço para conter o tremor do Parkinson em desenvolvimento. — A Maisie mora em Clavering e os filhos dela são da mesma escola das crianças dos Brownlow. Disse que eles tinham acabado de assumir a hipoteca de uma casa nova pouco antes do Gary Brownlow perder o emprego no Daiwong Electrics, então eles estão quebrados...

Norman foi diminuindo o tom, até ser silenciado pela expressão pesada de Stan Morris.

— Obrigado, Norman — declarou, o sorriso condescendente crispando-lhe as bochechas momentaneamente. — Acredito que todos já sabem disso, caso contrário não estaríamos fazendo todo esse esforço por Rene.

— Ahn... — Norman balbuciou, tornando a se retrair.

— Não me importo de procurar Rene e contar o que a gente tá planejando. — Foi Terry quem falou, logo depois de dar uma piscadela para o desolado Norman, na tentativa de restaurar sua frágil confiança. — Tenho que ir lá perto de Clavering de noitinha, de qualquer maneira, pra fazer um trabalho de pintura, e posso aproveitar pra passar lá.

Stan Morris, sentindo que sua voz de comando ao lidar com a estupidez de Norman tinha restabelecido o controle sobre a conversa a seu favor, bateu com o punho na mesa.

— Acho que é uma ótima idéia. Muito melhor dar a notícia no conforto de casa, em vez de esperar para quando ela estiver atordoada no bar, atrás do balcão, servindo canecas de cerveja. Todo mundo concorda que Terry seja o encarregado da missão?

O grupo reunido acenou em concordância.

— Então está combinado — Stan reafirmou, tirando do bolso interno do paletó uma caneta esferográfica e um bloco de anotações. — O que temos de fazer agora é preparar uma descrição em quarenta palavras do número de Rene.

Skittle apertou os olhos por trás dos óculos e olhou para Stan, a expressão irônica estampada no rosto.

— Como é que se faz isso se a gente não sabe o que ela vai fazer?

— Usando a imaginação, não é mesmo, Skittle? — Stan respondeu em tom professoral. Apontou para trás com o polegar, por cima do ombro. — Todos nós já vimos Rene no palco antes, então já temos uma boa idéia de como vai ser o show.

Ele abriu o bloco com a lateral da mão.

— Muito bem. Vou começar a soltar a criatividade. Que tal "Comediante hilariante de Hartlepool"?

— Isso só tem quatro palavras — resmungou Derek Marsham.

Levantando uma sobrancelha, numa expressão de sofrimento duradouro, Stan largou a caneta sobre a mesa e cruzou os braços.

— Já vi que a tarde vai ser longa...

CAPÍTULO 4

Na pequena sala do *The Sunday Times*, em Edimburgo, Harry Wills abriu a gaveta de cima da sua mesa, tirou um chiclete de Nicorette, desembrulhou com uma só mão e meteu na boca. Ao mesmo tempo, com o fone espremido entre o queixo e o ombro, continuou a fazer anotações abreviadas no bloco, às vezes entremeando palavras inteiras, para as quais, em seus trinta e tantos anos de jornalismo, nunca encontrara abreviação razoável. Apertou a extremidade da caneta esferográfica e largou-a na mesa.

— Obrigado pelo seu tempo, Monsieur Dessuin. Acho que isso é tudo que preciso perguntar. Você disse que vai ficar no Tower Hotel até amanhã, é isso mesmo?... Só para o caso de eu precisar perguntar mais alguma coisa... certo... obrigado de novo... até logo.

Harry largou o fone no gancho, frustrado, e leu rapidamente suas anotações enigmáticas antes de empurrar o bloco em cima da mesa com um grunhido de raiva e recostar a considerável corpulência na velha cadeira de braços de madeira, com força suficiente para fazê-la ranger violentamente em protesto. Não havia reportagem alguma ali. Não que isso chegasse a ser uma surpresa. Vinha tentando uma entrevista pessoal com Angélique Pascal há dois anos, desde que ela se tornara "a grande nova descoberta", ao ganhar o cobiçado Prix du Concours Long-Tibaud do Conservatoire de Paris. Mas nunca tinha conseguido passar de uma conversa com seu agente e mentor, Albert Dessuin. Riu baixinho para si mesmo e balançou a cabeça, resignado. Bom, pelo menos sabia que não era o único fracassado. Fato conhecido entre seus colegas jornalistas, Dessuin mantinha a jovem violinista francesa sob rédea tão curta que sua existência podia ser descrita como reclusa.

Harry levantou-se, foi até a janela e contemplou os gramados banhados pelo sol dos jardins da Princes Street. Este ano, pensou, aqui mesmo, em Edimburgo. Nunca teria uma chance maior de conseguir a entrevista, com Pascal passando mais de uma semana na cidade, para se apresentar no festival.

No décimo quinto andar do Tower Hotel, em Londres, Albert Dessuin também olhava pela janela, a vista de cartão-postal não menos espetacular do que a contemplada por Harry Wills, na capital mais ao norte. Pequenos veleiros e barcas de turismo deslizavam pelas águas turvas do rio Tâmisa, aparecendo e desaparecendo sob o vão majestoso da Tower Bridge. Sua mente, no entanto, não estava focada na vista. Descansava o cotovelo numa mão, enquanto a outra mexia na gola rulê da suéter de cashmere. Os lábios finos estavam contraídos e os olhos piscavam ritmados por trás dos óculos de armação de ouro, equilibrados no nariz fino e comprido. Escutava atentamente os acordes do violino que passavam pela porta fechada do quarto ao lado, reproduzindo o primeiro movimento do *Concerto para Violino em Ré Menor* de Sibelius. A cada pausa, sacudia a cabeça, fazendo com que o topete de cabelo preto balançasse, como se impulsionado por uma corrente elétrica. Depois, num movimento súbito, ergueu as mãos, ao mesmo tempo que estalou os dedos, e, resmungando desdenhoso, foi até a porta, abrindo-a bruscamente.

— Angélique, o que você está fazendo?

A jovem parou de tocar imediatamente. Virou-se e olhou para ele, expressão de incerteza nos enormes olhos castanhos, por baixo da franja reta do cabelo escuro e curto. Baixou o violino do ombro e começou a balançar o arco entre os dedos para um lado e outro.

— Como assim? — ela indagou, hesitante.

— Pude ouvir do meu quarto que você não está se concentrando. Perdeu muitas notas.

A boca cheia da jovem se contraiu num sorriso.

— Eu sei. Tava olhando pela janela. Tão lindo o reflexo do sol no rio. Viu quantos barcos?

— Vi — respondeu Dessuin, sem o menor entusiasmo.

— Eu amo Londres, Albert. É um lugar maravilhoso. Um dia ainda vou morar aqui.

— Eu, hein, por que você gostaria de morar aqui? — Dessuin se descontrolou. — Paris é muito melhor. Lojas melhores, restaurantes melhores, pessoas mais simpáticas.

Atravessou o quarto até a jovem e descartou a idéia com um toque de leve das costas da mão em seu ombro.

— Você é louca de sequer pensar nisso.

Um brilho de excitação surgiu nos olhos de Angélique.

— Talvez a gente precise de uma maluquice de vez em quando.

— Claro... mas não agora. Você tem vinte e um anos e muita sorte de, comigo, conseguir desenvolver uma carreira excelente. É nisso que você precisa se concentrar por enquanto... — Dessuin estendeu a mão para o violino e ergueu-o para baixo do queixo da jovem novamente. — A começar por tocar esse concerto direito.

Angélique ergueu o arco até as cordas. Inclinou a cabeça, fechou os olhos e recomeçou a tocar. Depois dos acordes iniciais, parou abruptamente.

— Ouvi você falando no telefone. Quem era?

Dessuin deu de ombros.

— Um *jornalista* da Escócia. Continue a tocar.

Angélique mordeu o lado da boca e bateu com o arco nas cordas do violino.

— Por que você não me deixa falar com a imprensa? Sou bem capaz de dar uma entrevista.

Dessuin apertou os olhos, antes de dar um sorriso insincero. Passou o braço pelos ombros de sua protegida.

— Claro que é, mas acho que o mais interessante é você fazer aquilo em que é melhor, enquanto eu faço a mesma coisa. — Podia ser apenas sua imaginação, mas ele sentiu uma ligeira pressão na mão, como se ela estivesse querendo se desvencilhar, quando deu um beijo protetor no lado de sua cabeça.

— Sua mãe telefonou — ela disse, discreta.

Dessuin baixou o braço.

— Quando foi isso?

— Há mais ou menos uma hora.

— Por que você não me avisou?

— Porque você não tava no seu quarto na hora.

Dessuin acenou com a cabeça lentamente.

— E o que foi que ela disse?

Angélique tocou um trinado no violino.

— Ela acha que tá gripada outra vez — disse frivolamente. — Pediu pra você ligar para ela.

Dessuin virou-se e seguiu para seu quarto. Abriu a porta, mas antes de entrar lançou um olhar furioso para Angélique.

— Minha mãe tem sido muito boa para você. Deveria ter mais respeito por ela, e não ser tão irônica com sua *fragilité*.

A repreensão foi recebida com uma expressão impassível da jovem violinista.

— Acho que às vezes você é muito fria, Angélique. Vou ligar para ela e depois vou sair para respirar um pouco de ar fresco.

— Posso ir também, Albert? — Angélique indagou, ansiosa. Largou o violino e o arco sobre a cama e foi até ele. — Eu sei que não devia ser tão *flippant* em relação à sua mãe. Desculpe. Por favor, quando você falar com ela, diga que eu desejo melhoras.

Dessuin inclinou a cabeça para o lado, ainda ligeiramente ofendido.

— Acho que você poderia vir... mas tem certeza de que já está preparada para o concerto de hoje?

— Albert, você sabe muito bem que posso tocar Sibelius com uma das mãos amarrada nas costas.

— Era justamente o que parecia há cinco minutos.

— Você não tá falando sério.

— Infelizmente, estou... e se tocar desse jeito hoje à noite, todo mundo vai rir de você.

Dessuin percebeu, pela expressão de Angélique, que tinha sido vitorioso na intenção de plantar alguma dúvida em sua mente. Decidiu pressionar mais um pouco.

— E Mozart? Sua reputação despencaria se fracassasse em Viena.

O entusiasmo demonstrado por Angélique esvaiu-se por completo.

— Talvez eu devesse ficar e praticar mais um pouco.

Dessuin sorriu.

— Boa idéia. De qualquer forma, está frio lá fora. Não queremos que *você* pegue um resfriado como minha mãe agora, não é mesmo?

Angélique permaneceu imóvel, enquanto Dessuin entrava em seu quarto e fechava a porta, depois virou-se e pegou o violino na cama. Envolveu-o com os braços e comprimiu-o contra o peito, sentindo sua forma pressionar os seios pequenos e firmes. Era seu conforto, seu amigo hoje em dia, quase que seu único amigo. Desde que deixara o Conservatoire, dois anos antes, mal via os colegas de infância... E, certamente, não tinha tempo para fazer novas amizades. A rotina era constante. Um quarto de hotel depois do outro, um concerto depois de outro. Claro que compreendia o que Albert sempre insistia em dizer, que fora abençoada com um dom supremo para a música, e que era seu dever partilhar esse dom com todas as pessoas do mundo que não o possuíam. Mas a pressão era cada vez mais intensa. Ela queria um tempo daquilo tudo. Queria sair de novo, ir ao cinema e aos bares de Paris com seus amigos do Conservatoire. Queria voltar para casa, em Clermont Ferrand, para visitar a família e passar algum tempo com a querida Madame Lafitte. Ah, como sentia saudade daquela mulher maravilhosa!

Sem reduzir a pressão do violino, Angélique sentou na beira da cama e soltou um longo suspiro, para acalmar a onda de náusea que subia do estômago. Sabia muito bem, no entanto, que a causa disso não era o início da doença que a temida Madame Dessuin sempre alegava que sofria. Aquilo era pior e passara a ocorrer com mais freqüência nos últimos dois meses. Era um mal-estar provocado pela inconcebível descoberta de que ela, Angélique Pascal, começava a sentir-se cansada de tocar aquele instrumento maravilhoso. Como podia sequer nutrir esse pensamento, quando havia aqueles que disputavam lugares nas bilheterias dos grandes salões de concerto para ouvi-la tocar? Como poderia dizer isso a Albert Dessuin, o homem que a acolhera durante os dias no Conservatoire de Paris e que renunciara a tudo para se tornar seu agente e conselheiro? E o que poderia dizer a Madame Lafitte?

Angélique tirou os sapatos e deitou na cama. Levantou as pernas, os tornozelos encostando no traseiro de quadris estreitos. Enquanto aninhava a cabeça no travesseiro, uma lágrima escorreu lentamente pelo rosto, sendo imediatamente absorvida pela fronha branca de linho.

— Alô?

A voz no telefone parecia fraca e distante.

— Alô, *maman*, sou eu, Albert.

— Oh, Albert, *mon cher*. Por que não me ligou antes? Onde você estava? — Um acesso de tosse patético seguiu a frase.

— Desculpe, *maman*. Não sabia que *tinha* me ligado até um minuto atrás.

— Quer dizer que a moça não deu o recado? — Subitamente, aquela voz parecia apresentar alguma força.

Dessuin apoiou o cotovelo na mesa envernizada em tom escuro e esfregou a palma da mão na testa. Há oito anos que Angélique morava com ele e a mãe no espaçoso apartamento no *quinzième* distrito de Paris e, mesmo assim, ela ainda não se referia à jovem protegida do filho pelo nome.

— Eu não estava no quarto, *maman*, e Angélique estava se preparando para o concerto de hoje à noite. Não foi culpa dela.

— Não estou me sentindo bem, Albert. — A voz mudou para pior, mais uma vez.

— Angélique me disse. Já chamou o médico?

— O médico não sabe de nada. E, de qualquer forma, ele é muito ocupado para visitar uma velha doente.

— Então, o melhor é mandar Simone à *pharmacie* para comprar paracetamol.

— Hoje é terça-feira, Albert. Simone só fica aqui duas horas na terça-feira. Ela já foi embora. — Outro débil acesso de tosse. — Quando você vai voltar para casa, Albert?

— Não posso estar em Paris antes de sexta-feira, *maman*.

— Ah, *mon Dieu*, sexta-feira! Posso estar nas últimas até lá... se não morrer antes.

— Isso é ridículo, *maman* — Dessuin protestou, irritado. — Você é forte como um touro.

— Como você pode saber o que estou sentindo? — A força na voz retornou. — Você nunca leva em consideração o que eu sinto. Se pensasse mais em mim, nunca deixaria seu emprego de professor no Conservatoire para voar pelo mundo com essa moça.

— Já conversamos várias vezes sobre isso, *maman*.

— Você nunca foi capaz de se destacar, não é mesmo, Albert? Só está fazendo isso porque vê nessa moça o talento que você não tem. Não se esqueça de que, se não fosse pelos meus contatos, nunca teria conseguido aquele emprego no Conservatoire.

— Isso é injusto, *maman*.

— Não é, não. Qual é a sua idade agora? Trinta e sete anos? E vai se contentar em seguir essa moça pelo mundo, como se fosse um cachorrinho de estimação, pelo resto da vida?

Dessuin não respondeu. Recostou-se na cadeira e enrolou o fio do telefone nos dedos, bem apertado. Deu uma risada silenciosa.

— Não é estranho como você sempre parece muito melhor quando fica com raiva?

Um momento de silêncio.

— Albert... — a voz de sofrimento voltando — ... lamento ter dito todas essas coisas. Deve ser a febre. Realmente eu me sinto meio delirante.

— Bom, sugiro que fique na cama, com uma xícara de chá quente com limão e uma dose de conhaque. Se não estiver se sentindo melhor até sexta-feira, vamos ao médico.

— Você é um bom menino, Albert. Sei disso. *Mon seul fils, et je t'aime beaucoup.*

— *Et je t'aime aussi, maman.* Tenho que desligar agora. Tenho muitas coisas para fazer. Ligo novamente, de noite.

Dessuin colocou o fone no gancho e continuou sentado por um momento, olhando para a pilha de papel timbrado do Tower Hotel, ao lado dos envelopes, no suporte de couro no fundo da escrivaninha. Depois, inclinou-se devagar para a frente e segurou o cabelo com as mãos, puxando com força, até que a dor trouxesse lágrimas a seus olhos. Por que era parte da natureza da mãe menosprezar os mais próximos? Tinha agido exatamente assim com o marido, a tal ponto que ele era levado com freqüência a descarregar a raiva acumulada de maneira irracional, raiva que não deixava intocados fisicamente a mulher e o filho. Albert tinha lembranças vívidas de seus braços franzinos de menino comprimidos contra a porta do quarto, tremendo contra a força do ombro do pai que tentava abri-la, enquanto seu pé formava uma garra na tentativa desesperada de puxar uma cadeira para prendê-la na maçaneta. E quando o pai finalmente se acalmava, quando o ouvia descendo as escadas, resmungando sozinho, Albert deitava na cama, com todo cuidado, cruzava os braços doloridos sobre o peito e sentia a frieza confortadora da fronha de linho contra o rosto que latejava, machucado.

Sabia que não tinha sido culpa do pai. Mas quando, no último ano de escola, voltara para casa um dia e encontrara uma ambulância e dois carros de polícia parados na porta, sendo informado por um ríspido inspetor da polícia que Guillaume Dessuin havia se trancado no quarto do sótão e acabado com a própria vida, usando o revólver que guardava como suvenir da última guerra, o desconsolo de Albert fora atenuado por um enorme sentimento de alívio. Ele estava agora longe do alcance da violência do pai tão infeliz.

Mas, com a passagem dos meses e a tristeza silenciosa desaparecendo do rosto amargurado da mãe, Albert se transformara no alvo novo e involuntário de seus abusos verbais, agora mais virulentos do que nunca. E logo ele compreendera que Guillaume Dessuin, com seu comportamento, infligira ao filho único ferida muito mais perene que as lesões sofridas durante as surras regulares. Conseguira sucesso naquilo que o próprio Albert estava fadado a fracassar: livrar-se da verdadeira causa de tanto sofrimento em sua vida.

Albert se levantou abruptamente e foi até o minibar, a lembrança da juventude conturbada e da corrente de ferro matriarcal que arrastara pela vida adulta disseminada demais em sua mente. Pegou duas garrafinhas de uísque, despejou num copo e tomou em poucos goles. Sentiu o corpo reagir com um tremor involuntário ao impacto imediato do álcool na garganta e no cérebro. Nesse momento, percebeu que não vinha nenhum som do cômodo ao lado. Foi até a porta do outro quarto e abriu-a, sem fazer barulho.

Angélique estava estendida na cama, profundamente adormecida, os pés metidos nas meias debaixo do bumbum e o violino comprimido contra o peito como um ursinho de pelúcia. Foi uma cena que fez Albert sorrir, apesar de seu ânimo melancólico. Vira aquela moça crescer, tendo ficado mais apegado do que ela jamais poderia imaginar, e sabia exatamente o que aquele instrumento significava para ela. Era sua infância, sua paixão, o mundo de conto de fadas para o qual costumava escapar do estilo de vida pobre e sem cultura de sua família, em Clermont Ferrand. E, ao longo dos anos, testemunhara o instrumento extrair dela um dos talentos mais extraordinários que já tivera o prazer de ouvir. Ah, como a vida seria simples, pensou, se o ser humano precisasse apenas do conforto de um pedaço de madeira moldado e envernizado, com umas poucas cordas de aço...

Sem fazer barulho, Dessuin fechou a porta e foi outra vez atacar o minibar, em busca de seu conteúdo anestesiante.

CAPÍTULO 5

As janelas da sala de estar em Clermont Ferrand eram mantidas fechadas durante os meses do verão, a fim de proteger os móveis antigos do sol, especialmente a tampa laqueada do piano de cauda, que fazia ângulo com a enorme janela saliente, agachado como se fosse um sapo gigantesco. Era coberto por uma toalha de renda branca, sobre a qual ficavam uma pesada pilha de partituras e a enorme terrina azul de Limoges na qual Madame Lafitte sempre mantinha um suprimento abundante de chocolates da Nestlé, escondidos pela tampa.

As persianas eram tão eficientes que era sempre impossível ver qualquer coisa naquela sala, mesmo às dez horas de uma manhã de verão, quando o sol já estava suficientemente alto para iluminar por cima das árvores da Rue Blatin, os raios atingindo em cheio a fachada da casa. Mas se alguém entrasse em silêncio, quando mais ninguém estivesse por perto, e tomasse o cuidado de não esbarrar em nada, seria capaz de *farejar* o caminho, o que poderia ser muito mais emocionante do que ser de fato capaz de ver. Iniciando o percurso no sentido anti-horário, a lareira vinha em primeiro lugar, com seu cheiro acre de chaminé apagada e com cinzas ainda por limpar. Depois, as estantes compridas, que exalavam um cheiro inebriante de couro. Contornando o piano de cauda, sempre perfumado de cera de abelha, a poltrona de braços altos do doutor Lafitte e seu aroma precioso de óleo de cabelo no pano em que recostava a cabeça. Depois, o aparador, que exalava primeiro o odor desagradável de fumo de cachimbo usado, seguido pelo cheiro evanescente de *pot-pourri*. E, finalmente, a jornada terminava na pequena cadeira Luís XV, ao lado da porta, onde se refestelavam os dois velhos pequineses de Madame Lafitte.

Foi durante uma dessas incursões no escuro, quando a pessoa decidira ampliar a busca por novas descobertas, atrás do piano de cauda, que um pé entrou em contato com um objeto sólido, fazendo com que este soasse em reverberação abafada de protesto. Depois de um momento de coração disparado, os ouvidos atentos à aproximação de passos, as mãos pequenas foram usadas para explorar a forma do objeto. Primeiro uma curva em volta da base, depois uma cintura estreita, seguida de curvas menores, antes das retas paralelas até o topo. A imaginação era incapaz de ajudar a compreender o que a caixa continha, e aquilo não proporcionava satisfação alguma para pessoa tão curiosa. Assim, dez dedinhos empenharam-se em romper o encantamento sagrado da escuridão, puxando com força a beira de uma persiana, para permitir que um feixe de luz penetrasse na sala para iluminar a caixa e nada mais. A menina de vestido de algodão mal-ajambrado e tênis de lona sujos, que se revelava agora pela primeira vez aos amigos inanimados da sala, ajoelhou-se na frente da caixa e, devagar, abriu os três fechos de mola da tampa. E abriu-a com cuidado, muito cuidado.

Não tocou no conteúdo. Ficou simplesmente olhando, tão fascinada com o que via que, mesmo depois de permanecer ajoelhada por não se sabe quanto tempo no chão duro de tacos, não sentiu qualquer desconforto, nem percebeu a comoção que se iniciara do lado de fora da sala.

— Olhe lá em cima, Marie. Vou procurar aqui embaixo.

Uma porta no outro lado do corredor foi aberta com um rangido de dobradiças pouco lubrificadas e fechada no instante seguinte com estrondo. Um momento depois, a porta da sala de estar foi aberta e uma luz, acesa.

— Angélique? Você está aí?

Parada junto à porta, a mulher, que apesar da idade avançada ainda era alta, empertigada e elegante, o cabelo grisalho preso numa trança circular no alto da cabeça, ficou perplexa com o filete de luz que passava pela persiana. Foi até a janela e deu um grito de surpresa quando se deparou com a menina ajoelhada atrás do piano.

— Oh, Angélique, que susto você me deu! — A mulher levou a mão à blusa branca, por cima do coração. — O que você está fazendo aqui, pequena?

A menina levantou os olhos para a velha senhora, o rosto radiante de prazer.

— O que é isso? — perguntou, apontando para sua descoberta.

A mulher ficou tão encantada com a expressão da menina que qualquer pensamento de repreensão desapareceu de sua mente.

— Isso, Angélique, é um violino.

— É muito especial?

A velha senhora sorriu.

— Esse é, sim. — Ela ergueu um dedo para a menina. — Espere aqui. Vou avisar à sua mãe que encontrei você. — Ela foi até a porta da sala e gritou para o corredor:

— Marie?

— Ainda não encontrei, Madame Lafitte. — A voz em pânico vinha de algum ponto distante, no andar de cima.

— Ela está aqui embaixo, na sala de estar, Marie. Pode se acalmar.

Madame Lafitte foi até a janela, pôs as mãos compridas e graciosas no encosto de uma poltrona baixa e empurrou-a sobre as rodinhas que rangeram no assoalho até o lugar em que Angélique permanecia, como instruída, o rosto a não mais de um palmo de distância do instrumento. A velha senhora sentou, ajeitando a saia cinza de lã por baixo das pernas e mantendo os joelhos de lado, recatada. Abaixou-se e passou um polegar de leve sobre as cordas. O som do violino saiu abafado por causa do grosso feltro verde que forrava a caixa.

— Meu pai me deu há muitos anos — disse Madame Lafitte, como se iniciasse um conto de fadas. — Ele era um homem muito bom e generoso. Eu tinha acabado de começar a tocar violino quando ele chegou em casa uma noite com essa caixa. Ele me disse: "Lillian, se você quer ser uma excelente violinista, precisa de mais ajuda do que apenas um bom professor." Então, ele me entregou a caixa, e eu, como você, a abri e fiquei olhando, maravilhada.

Ela se abaixou e puxou a caixa do violino para perto de si.

— Claro que é um violino pequeno, porque eu era muito nova quando o ganhei.

— Quantos anos a senhora tinha? — perguntou a menina, desviando os olhos do violino por um momento para fitar o rosto levemente enrugado de Madame Lafitte.

A velha senhora riu.

— É uma pergunta difícil. Mas não tão jovem quanto você, de qualquer forma. Que idade você tem agora? Seis? Sete?

— Seis e meio.

— Bom, acho que eu devia ter dez anos e...

Madame Lafitte foi interrompida pela aproximação de passos pesados e um espirro pouco saudável. Na porta da sala apareceu uma mulher grande, cabelos castanhos encaracolados, um tanto desgrenhados, emoldurando um rosto muito vermelho e muito redondo. O corpo, que parecia com o de um profissional de luta livre, estava coberto por um macacão florido sem mangas, que parecia tão grande que poderia ser usado como uma barraca para dois homens, e sob o qual, julgando pelo que aparecia do busto, vestia nada mais que um sutiã sobrecarregado, cor de carne, as alças quase sumindo nos ombros roliços. Debaixo da "cabana", as pernas grossas exibiam meias pretas frouxas e desfiadas até a batata, enquanto o peso considerável do corpo era sustentado por um par de chinelos de lã velhos e surrados.

— Oh, madame... — balbuciou ao avançar claudicante até o piano. — A senhora me desculpe. Não posso entender o que ela estava pensando. Ela sabe que esta sala é *interdite*.

Marie apoiou as mãos nos quadris largos e franziu o rosto para a filha, furiosa.

— Angélique! — trovejou, a voz assumindo de repente a força e o volume de uma peixeira marselhesa.

— Sai já de trás desse piano e vem imediatamente pedir desculpas à madame.

Vendo o medo no rosto da menina, que se levantava e recuava apressada até onde a janela permitia, Madame Lafitte ergueu a mão.

— Está tudo bem, Marie — disse, tranqüilizadora. — Ela não estragou nada. E é bom que as meninas sejam curiosas.

— Mas não aqui na sua casa, madame. Isso é imperdoável. Ela pode ser tão curiosa quanto quiser na casa dela, mas não aqui no meu trabalho.

— E quanto trabalho você ainda tem para fazer agora de manhã? — Madame Lafitte perguntou, tentando desviar a conversa da pequena transgressão de Angélique.

— Ainda tenho que acabar de arrumar o estúdio do doutor Lafitte, madame, e, depois, se puder deixar a sala de jantar para amanhã, eu ficaria agradecida. Tenho que ir para casa e fazer o almoço da família toda.

— Como assim? — Madame Lafitte perguntou, intrigada, sabendo que os três filhos e a filha mais velha do casal Pascal trabalhavam com o pai numa fábrica de móveis, nos arredores da cidade. Marie Pascal trabalhava na casa fazia quase oito anos e Madame Lafitte sabia que o nascimento de Angélique tinha sido um erro inesperado. Recordava muito bem a surpresa e o choque da mulher ao descobrir que estava grávida, catorze anos depois do parto anterior. — Por que eles estariam em casa numa quarta-feira? Não estão mais almoçando na fábrica?

A mãe de Angélique jogou a cabeça para trás.

— É o que sempre acontece, madame. Mas hoje eles estão em greve.

Madame Lafitte estalou a língua.

— Essa não, outra greve! Quanto tempo vai durar?

A empregada abriu os braços.

— *Je ne sais pas*, madame. Espero que seja curta, senão não vai ter comida em casa pra cozinhar pra todo mundo.

— Está bem, Marie, pode ir para casa depois que terminar o estúdio. E, enquanto isso, Angélique vai ficar aqui comigo, para ela não sentir mais a necessidade de fazer novas expedições.

— Não precisa se preocupar com isso. Angélique vai ficar sentada quietinha à mesa da cozinha, até eu terminar. Ela já...

— Marie — Madame Lafitte interrompeu, incisiva —, estou muito feliz em ter Angélique aqui comigo. Vamos ter uma conversinha sobre o violino.

Marie franziu o rosto.

— O violino, madame? Angélique nem sabe o que é isso.

— Então eu gostaria de explicar.

Com uma sacudidela de cabeça e um resmungo para si mesma, a mãe de Angélique virou-se e seguiu para a porta, passando uma flanela amarela que tirou do bolso da frente do macacão pelo aparador, antes de sair da sala.

Madame Lafitte sorriu em conspiração para a menina, que tinha esperado a mãe se retirar antes de se ajoelhar outra vez na frente do violino. Angélique observou, os olhos vidrados, o violino ser tirado da caixa e o arco, da tampa. Madame Lafitte ajeitou o instrumento debaixo do queixo e dedilhou as cordas, mexendo nas pequenas cravelhas de madeira na extremidade do braço do violino para afiná-lo.

— Meu Deus, faz tanto tempo que eu não toco. Meus dedos não são mais tão ágeis e, também, o violino agora é muito pequeno para mim. Angélique, você deve estar preparada para desculpar muitos erros.

A menina observou a velha senhora que se empertigou, encostou o arco de leve nas cordas e depois começou a tocar. Imediatamente, a sala escura e sem alma foi aquecida pelo som mais doce que Angélique já tinha ouvido. Ela contemplou boquiaberta a mão que se movia sem esforço sobre as cordas, os dedos que tremiam para fazer com que cada nota soasse mais linda, e o rosto de Madame Lafitte, que subitamente parecia ter se tornado muito mais jovem do que antes. Ah, isso é que nem mágica, Angélique pensou; é a coisa mais especial que já descobri.

Quando finalmente parou de tocar, Madame Lafitte pôs o violino e o arco sobre os joelhos e sorriu para Angélique.

— Bom, até que não foi tão ruim assim, foi? Não cometi tantos erros, no final das contas.

— A senhora sempre tem que fingir que tá dormindo quando toca? — Angélique perguntou.

Madame Lafitte riu.

— Não, querida. Fecho os olhos para me concentrar. Quem toca precisa se tornar parte da música, e se não está olhando para outras coisas, como o piano ali, ou mesmo para você, não se distrai.

— Se eu fechasse os olhos, ia conseguir tocar?

— Não sei. Quer fazer uma tentativa?

Com um suspiro de encantamento, Angélique levantou-se de um pulo.

— Posso?

— Claro que pode. O violino pode ainda ser *un peu grand* para você, mas vamos ver se você consegue tocar uma ou duas notas. Senta aqui do meu lado.

Quando o violino foi ajeitado sob o queixo da menina, seu rosto ficou numa posição em que tinha de apertar os olhos de esguelha para ver as cordas. Madame Lafitte mordeu o lábio, pensativa.

— Não parece muito confortável.

— Não! Tá muito confortável! — a menina exclamou, com pavor de que a velha senhora lhe tirasse o violino.

— Então, está bem.

Ela pôs o arco na mão livre de Angélique e levantou o braço da menina para que o arco tocasse na primeira corda do violino.

— Só vamos usar esta corda. Portanto, é esta corda que os dedos de sua outra mão vão apertar, *tu comprends*?

— *Oui.*

— *Bon.* Vamos começar por este dedo, que chamamos de quarto dedo. Agora, passe o arco pela corda, devagar.

Angélique fez o que era mandado e o violino emitiu um som estridente e penetrante. Ela soltou uma risada aguda. — Parece o barulho que nosso gato faz quando papai pisa sem querer no rabo dele!

Madame Lafitte sorriu.

— Então, precisamos fazer com que o sofrimento de seu pobre gato acabe imediatamente! Vamos tentar *encore une fois*.

A nota saiu quase perfeita dessa vez.

— Foi maravilhoso, Angélique. Muito bom. Eu quero agora...

Mas Angélique já tinha começado a tocar novamente, agora com os olhos bem fechados e apertados. Quando repetiu a nota, imitou a técnica do dedo trêmulo que vira Madame Lafitte usar. A nota soou exatamente como quando a velha senhora tocara. Angélique pressionou o terceiro dedo sobre a corda e tornou a passar o arco... e outra vez a nota mais baixa saiu tão pura quanto a anterior. Passou para o segundo dedo e, depois de um rangido inicial, a menina ajustou o pulso pequeno e a nota mais uma vez saiu perfeita.

A velha senhora não tentou detê-la. Em vez disso, acompanhou fascinada a tenacidade da pequena.

— Muito bem, agora vamos experimentar a corda seguinte. A mesma coisa que fez antes.

O arco e os dedos deslocaram-se juntos para a corda seguinte. Depois de uma saída em falso, as três notas soaram perfeitas, a mão arqueada empunhando o arco exatamente como deveria para evitar qualquer contato com a quarta corda. Depois, sem qualquer orientação, Angélique voltou para a outra corda e tocou de novo as três notas originais.

— Quer tocar a segunda corda agora?

Angélique não respondeu nem abriu os olhos, os dedos instintivamente buscando a corda seguinte. Madame Lafitte podia adivinhar pela expressão no rosto da menina que era grande o esforço que tinha de fazer com dedos tão curtos. Ela conseguiu quase no mesmo instante uma nota límpida, antes que o encantamento fosse rompido pelo som da porta da sala de estar sendo aberta com vigor. A mãe de Angélique entrou, vestindo uma capa de chuva enorme.

— Já acabei de arrumar o estúdio, madame. Mais uma vez, peço desculpa pelo comportamento da minha filha. Prometo que não vai acontecer uma segunda vez.

Madame Lafitte não respondeu. Com um sorriso gentil, tirou o violino da menina. Teve certeza, naquele instante, de que um encantamento fora quebrado e ela viu o anseio nos olhos de Angélique quando o violino foi guardado na caixa.

— Marie, por que Angélique está aqui hoje? Por que não foi à escola?

— Teve um feriado hoje, madame. Não sei dizer o quanto eu me sinto mal de ter trazido a menina. Da próxima vez, eu...

— Eu gostaria que a trouxesse sempre que puder, sendo feriado ou não. — Virou-se e olhou para a empregada. — Você pode fazer isso?

A mãe de Angélique ficou surpresa com o pedido.

— Como, madame? Não tenho certeza se...

— É muito simples, Marie. Alguém poderia trazer Angélique à minha casa todos os dias e vir buscá-la mais tarde?

— Posso perguntar por quê?

— Quero ensinar Angélique a tocar violino.

A empregada soltou uma risada curta.

— Violino? É muita gentileza sua, madame, mas não precisa se incomodar e tentar ensinar minha filha...

— Marie, o que eu faço com meu tempo é da minha conta. Ainda não respondeu à minha pergunta. Alguém pode trazer Angélique à minha casa todos os dias, e depois vir buscá-la mais tarde?

A mãe de Angélique encolheu os ombros.

— Tem seis pessoas lá em casa. Acho que alguém pode vir buscar a menina, mas o horário vai depender dos turnos de trabalho.

— Não tem importância. Pode ser a qualquer hora. Estou sempre aqui.

— Está bem, madame.

Madame Lafitte abraçou Angélique, que tinha vindo se postar a seu lado, encantada. A velha senhora deu um beijo no cabelo escuro e curto do lado da cabeça, antes de sussurrar em seu ouvido:

— Eu acho, minha cara Angélique, que um dia você vai ser uma violinista excepcional.

E foi assim que Madame Lafitte tornou-se a pessoa mais importante na jovem vida de Angélique Pascal. Foi ela quem deu as primeiras lições a Angélique, até que a habilidade da menina de dez anos superasse a sua; foi ela quem arrumou e pagou à professora que continuou a desenvolver aquele talento extraordinário e que, junto com Madame Lafitte, procurou um violino de tamanho normal que tivesse a mesma ressonância e estilo do instrumento que Angélique vinha usando, até encontrá-lo numa pequena rua de Munique, que tinha um estoque mínimo, mas excepcional, de instrumentos de corda, e comprá-lo sem pensar duas vezes no preço; foi também Madame Lafitte quem providenciou a entrevista e a audição para a menina de treze anos no Conservatoire National Supérieur de Musique et de Danse de Paris, e foi ela quem apaziguou os estúpidos preconceitos da família Pascal, fazendo com que compreendessem que o curso não teria qualquer impacto prejudicial em suas finanças precárias, e que o futuro de Angélique prometia muito mais do que o trabalho numa fábrica de móveis em Clermont Ferrand.

Foi também Madame Lafitte quem acompanhou Angélique a Paris pela primeira vez, a menina segurando sua mão com força, enquanto percorriam a cidade de metrô, até saírem na estação de La Porte de Pantin, na frente da estrutura branca e inspiradora do Conservatoire. Depois que Angélique foi conduzida para a audição, levando seu violino novo e precioso, a velha senhora ficou sentada sozinha no foyer, tomando um café, enquanto mantinha cruzados os dedos da outra mão. Observou os estudantes de música que se deslocavam pelos corredores com dificuldade, carregando as caixas enormes de seus instrumentos e os estudantes de dança em malhas de balé, que se sentavam a seu redor e conversavam sem parar, enquanto alongavam as pernas sem esforço em posições que seriam inatingíveis para meros mortais.

Uma hora e meia havia se passado antes que Angélique finalmente voltasse ao foyer, acompanhada dessa vez não pela jovem assistente de relações públicas que a levara para a audição, mas por um rapaz de óculos, usando terno verde-escuro de veludo cotelê. Quando alcançaram as imediações da área de espera, ele pôs a mão no ombro de Angélique e falou com ela. A menina sorriu para Madame Lafitte e apontou em sua direção. O rapaz instalou Angélique numa cadeira, comprou uma garrafa de suco de laranja na máquina automática ali perto, dando-a para a pequena com um sorriso afirmativo, e foi conversar com a velha senhora.

— Madame Lafitte?

— *Oui, c'est moi* — ela respondeu, fazendo um esforço para se levantar da incômoda cadeira.

— Por favor, não precisa se levantar. — Estendeu a mão elegante, típica de um músico, para um cumprimento. — Lamento termos demorado tanto com Angélique. Meu nome é Albert Dessuin e sou professor de violino do Conservatoire.

Madame Lafitte apertou a mão estendida e observou o rapaz, que sentava na cadeira no outro lado da mesa. Mal podia esperar para ter notícias da audição.

— Monsieur Dessuin, posso perguntar como Angélique se saiu?

Dessuin inclinou-se para a frente, apoiou os cotovelos nos joelhos e cruzou as mãos na frente do queixo. — Madame Lafitte, tudo o que posso dizer é muito obrigado por ter trazido Angélique ao Conservatoire.

A velha senhora sentiu o coração disparar, enquanto lágrimas afloravam em seus olhos. Abriu a bolsa azul de couro em seus joelhos e tirou um lenço branco de linho. — Estou tão satisfeita de ouvir isso. Ela tem um talento maravilhoso, *n'est-ce pas*?

— Realmente acredito que sim, e é por isso que sentimos a necessidade de conversar sobre seu futuro aqui. — O rapaz baixou as mãos do queixo. — Madame, conversei com o *directeur* do departamento e perguntei se me permitiria ter Angélique sob a minha guarda. Acredito plenamente que podemos transformar seu talento em algo maravilhoso.

A velha senhora sacudiu a cabeça lentamente.

— Sempre acreditei nisso — murmurou, falando quase para si mesma. — Desde o momento em que a deixei colocar as mãos naquele violino.

— Ah, então o violino é *seu*. Imaginei, porque é sem dúvida um instrumento excepcional.

— Não, Monsieur Dessuin, eu estava falando de um violino pequeno, que ganhei do meu pai, há muitos e muitos anos. Sempre o guardarei em minha casa como uma recordação. Mas fui eu quem comprou o violino que ela está usando agora.

Dessuin sorriu para a velha senhora. — Então, foi um presente maravilhoso que deu a ela. — O rosto do rapaz voltou a ficar sério. — O que eu quero dizer sobre Angélique, Madame Lafitte, é que acho que alguém tão jovem, e que não tem... como posso dizer?... muita experiência do mundo exterior, não deveria ficar sozinha numa residência para estudantes.

Madame Lafitte acenou com a cabeça.

— Também tem sido uma das minhas maiores preocupações.

— Ótimo, então espero que a sugestão que vou fazer, já aprovada com entusiasmo pelo *directeur*, conte também com sua aprovação. Madame, moro com minha mãe num apartamento enorme, aqui no *quinzième* distrito, e nós costumamos hospedar alguns estudantes do Conservatoire. A moça que está conosco agora já chegou a uma idade em que pode se transferir para uma residência de estudantes, o que significa que Angélique pode ficar com o quarto. Seria um arranjo benéfico para ela, porque facilitaria minha supervisão sobre o ensino musical e outros estudos que ela vai receber aqui no Conservatoire.

— Monsieur Dessuin, a idéia me parece perfeita, e com certeza tira um peso da minha cabeça. E é claro que terei o maior prazer em compensá-lo e a Madame Dessuin pelo trabalho.

Dessuin levantou a mão.

— Vamos ver primeiro o que posso acertar. Para uma jovem com a origem de Angélique, tenho certeza de que existem bolsas disponíveis para cobrir os custos.

Madame Lafitte inclinou a cabeça para o lado.

— Se conseguir, ótimo. Mas, se não for possível, cobrirei todos os gastos. Meu marido e eu não fomos bastante afortunados para sermos abençoados com filhos, monsieur. As circunstâncias e *la guerre* foram responsáveis por isso. Talvez tenha sido o plano de algum ser superior me fazer esperar até os oitenta anos para cuidar de uma criança como estou fazendo agora com Angélique. Ela não precisa se preocupar nunca com dinheiro, *comprenez-vouz*?

— Claro, madame. E posso assegurar que vou manter contato direto com a senhora sobre todas as questões financeiras relacionadas a Angélique.

— Fico muito agradecida, Monsieur Dessuin. — Guardou o lenço na bolsa. — Quando acha que ela pode começar?

— Mês que vem, setembro. Acha que é possível?

Madame Lafitte acenou com a cabeça, pensativa.

— Não posso dar uma resposta definitiva agora, Monsieur Dessuin, porque preciso primeiro conversar com os pais de Angélique. Mas tenho certeza de que vou conseguir persuadi-los até lá.

— É o começo do ano letivo no Conservatoire, e posso dizer, madame, que pela primeira vez vou ter o maior prazer em começar tão cedo.

Madame Lafitte olhou para Angélique, que observava atentamente as idas e vindas dos estudantes à sua volta. Os braços envolviam a caixa do violino, como se o protegessem.

Madame Lafitte sorriu.

— Agora, eu acho, seria um ótimo momento para dar a notícia a ela.

Todas as semanas, durante os seis anos seguintes, Madame Lafitte recebia uma carta de Angélique, contando tudo sobre uma música que estava tocando, sobre os amigos que tinha feito, sobre os passeios pelas margens do rio Sena, visitas aos museus e galerias de arte, em companhia de Albert Dessuin. Madame Lafitte, por sua vez, lia as cartas em voz alta para a mãe de Angélique, que ela sabia não ter recebido nenhuma. A felicidade parecia irradiar das palavras, a tal ponto que nunca tinha ocorrido a Madame Lafitte o fato de Angélique não mencionar nem uma única vez sequer a vida doméstica com Albert Dessuin e sua mãe. Se soubesse dos ataques, da hipocondria egocêntrica e da hostilidade fria da terrível mulher, do barulho de garrafa batendo no copo que vinha do quarto de Dessuin, quando Angélique passava pelo corredor tarde da noite, a caminho do banheiro, Madame Lafitte embarcaria no primeiro trem para Paris e tomaria outras providências. Mas Angélique nunca incluíra qualquer palavra a respeito em nenhuma de suas cartas, com receio de que a revelação pudesse encerrar sua permanência no Conservatoire.

Dois dias antes de completar oitenta e oito anos, Madame Lafitte recebeu a notícia de que Angélique ganhara o Prix du Concours Long-Tibaud. Em outra carta, de Albert Dessuin, que chegou no mesmo dia, ele anunciava à protetora de Angélique que decidira renunciar a seu cargo no Conservatoire para tornar-se professor exclusivo de Angélique, além de cuidar de seus compromissos profissionais, já que ela vinha recebendo convites para concertos por toda a Europa. Dessuin achava que ela não teria condições de lidar com toda aquela pressão sozinha.

Madame Lafitte não abriu nem leu pessoalmente nenhuma das duas cartas. Isso coube a um jovem enfermeiro, sentado na cadeira ao lado do leito de hospital da vítima de um derrame. Quando acabou de ler, ele olhou atentamente para a paciente e acenou com a cabeça. Era um bom sinal, pensou o enfermeiro, para ela e para os médicos. O sorriso era a primeira indicação de compreensão que Madame Lafitte exibia desde que fora trazida para o hospital.

CAPÍTULO 6

A van um tanto amassada, com o cano de descarga arrebentado, seguiu por uma profusão de ruas, todas de casas idênticas e fachadas tristes, antes de parar na entrada de uma larga rua sem saída. Terry Crosland baixou a janela e verificou a placa da rua, mal conseguindo distinguir as letras de Bolingbroke Close por baixo do grafite preto. Virou a frente da van e foi estacionar num trecho da rua em que não atrapalharia o jogo de futebol em andamento ali, três jogadores para cada time. Quando abriu a porta, ouviu um barulho ensurdecedor na lataria do carro e viu a bola passar quicando por ele na calçada. Saiu, fechou a porta, foi até a bola, puxou-a com o pé e habilmente levantou-a para as mãos. Um garoto se aproximou correndo.

— Desculpe, moço.

— Não foi nada, garoto. — Terry sorriu para ele e jogou-lhe a bola. — Sabe onde fica a casa dos Brownlow?

— Número 17, logo ali — informou o menino, apontando para uma casa que parecia ter envelhecido mais que as outras nos últimos dez anos de sua existência. — Aquele no gol do outro time é o Robbie Brownlow.

Terry lançou um olhar para o garoto pequeno que estava parado na frente do gol desenhado com giz na parede do final da rua sem saída. Ele estava olhando para o céu, aparentemente mais interessado na trilha de fumaça de um avião que sobrevoava sua cabeça que no jogo de futebol.

— Ele é bom? — Terry perguntou.

— Não — o menino respondeu, desdenhoso. — É por isso que fica no gol. Ele perde a bola para qualquer um.

Terry observou o garoto chutar a bola para recomeçar o jogo, antes de atravessar a rua e entrar na propriedade dos Brownlow, passando por um portão de ferro batido, que cinco minutos de trabalho e uma mão de tinta preta poderiam melhorar de forma considerável. O caminho até a porta da frente era bloqueado por uma pilha de pedras grandes, mato crescendo entre elas, provavelmente um projeto de jardim nunca concluído. Por isso, Terry teve que avançar pela passagem estreita junto da cerca alta de madeira que separava o terreno de quatro metros de largura da casa adjacente.

Um rápido olhar para o jardim dos fundos foi mais do que suficiente para Terry compreender que Gary Brownlow não tinha o hábito de freqüentar a loja de jardinagem da vizinhança. Bateu duas vezes na porta dos fundos e virou-se para alisar os cabelos oleosos e ajeitar o topete. Quando a porta foi aberta, ele já estava com as mãos nos bolsos do jeans, a gola da jaqueta levantada.

A mulher que apareceu na porta era baixa e atarracada, os cabelos curtos. Usava calça legging preta e tênis surrados, o quadril largo e a bunda grande disfarçados pela barra de uma camisa masculina de algodão azul. O rosto, no entanto, tinha a pele lisa, bochechas saudavelmente rosadas e o formato da boca, bem como o olhar enviesado, irradiavam bom humor.

— Ora, ora, se não é o Elvis em pessoa! — disse com uma gargalhada, antes de rebolar o corpinho atarracado, enquanto cantava o refrão de "Return to Sender", com voz profunda e sensual. Quando parou, estendeu a mão até o lado da porta, fazendo bico provocante com os lábios sem batom. — Se eu soubesse que você tava vindo, ia te esperar com meu *néglígé* transparente.

Terry sorriu.

— Quer dizer que o Gary não tá em casa, então?

Rene Brownlow cruzou os braços por baixo do busto volumoso, levantou as sobrancelhas e jogou a cabeça para trás.

— Ele tá no lugar de sempre. Na sala, vendo tevê. Duvido que notasse se a gente transasse na cara dele. — Baixou os braços. — E provavelmente não ia nem se importar se notasse, diga-se de passagem.

Terry pigarreou, embaraçado. Gostava de Rene, mas era por natureza um homem tímido e nunca era capaz de lidar com a franqueza absoluta dela. Mas talvez fosse por isso que ela tivesse a reputação de ser provavelmente a melhor comediante do circuito de Hartlepool, e, conseqüentemente, a heroína dos sócios do Andy's Social Club, onde Rene trabalhava meio expediente atrás do balcão. Terry também sabia, pelas fofocas que circulavam no bar, que seu relacionamento andava por um fio, desde que o marido perdera o emprego. Mas ele certamente não tinha ido até lá para se meter nesses problemas. Rene sentiu seu desconforto e deixou escapar um suspiro.

— O que é que eu posso fazer por você, Terry?

— A gente precisa conversar.

Rene encostou a cabeça na porta aberta.

— Então é melhor você entrar.

Terry passou por ela e entrou numa cozinha apertada, ainda bagunçada de panelas e pratos sujos do jantar. Rene espremeu-se entre Terry e a pequena mesa da cozinha.

— Vou abrir um espaço para você — ela disse, empilhando os pratos rapidamente e levando-os para a pia. — Senta aí. — Apontou para um pequeno banco com o assento coberto de plástico. — Quer um chá?

— É, um chá seria ótimo.

Rene checou o nível de água na chaleira da maneira mais superficial possível, apenas balançando um pouco.

— Como é que você quer o seu? — perguntou, acendendo o fogo.

— Com leite e duas colherinhas de açúcar.

Rene soltou um grunhido baixinho.

— Gosto de homem de bico doce.

Lançou um sorriso para Terry, mas não houve reciprocidade. Sacudiu a cabeça.

— Tava só brincando, você sabe, né, Terry? Eu não consigo evitar. Foi assim que Deus me fez.

Terry concordou com a cabeça.

— Eu sei.

Rene jogou um saquinho de chá numa caneca.

— E, caramba, não anda nada fácil manter o bom humor por aqui ultimamente.

— Posso imaginar.

Rene puxou um banco da mesa com o pé e sentou. Instintivamente, Terry lançou um olhar rápido para as finas pernas de madeira, especulando se o banquinho teria condições de suportar toda aquela pressão. Desviou os olhos antes que Rene tivesse uma chance de perceber, pegou um pimenteiro no outro lado da mesa e começou a girá-lo entre os dedos, para disfarçar.

Rene debruçou sobre a mesa, tirou o pimenteiro de sua mão e largou-o no canto da mesa.

— Você é pior que as crianças. Elas sempre arrumam alguma coisa para ficar mexendo quando têm que me contar alguma coisa... ruim.

Rene enfatizou a última palavra, observando atentamente a reação de Terry.

— Não, Rene, não é ruim. Longe disso... eu acho.

— Então, vai falando logo. — Levantou do banco e despejou a água quente da chaleira na caneca.

Terry esfregou as mãos nas pernas do jeans, como sempre fazia para se organizar antes de falar.

— O negócio é o seguinte, garota. Os caras lá no clube tão passando o chapéu pra você.

Rene franziu o rosto, inquisitiva, enquanto mexia o açúcar no chá, devagar. Pôs a caneca na mesa e tornou a sentar.

— Pra quê?

— A gente acertou tudo para você ir pra Edimburgo em agosto.

— Edimburgo? Por que cargas d'água eu ia querer ir pra Edimburgo? Você e os outros tão querendo me dizer que meu show é tão ruim que vocês querem me banir pra Escócia?

— Não é nada disso, Rene. É pro Festival de Edimburgo... pro Fringe, para ser mais exato.

— O Fringe? — Rene sacudiu a cabeça. — Desculpe, mas não tô entendendo nada. Não tenho a menor idéia do que é que você tá falando.

— Você nunca ouviu falar do Fringe?

— Se você tá falando de *fringe* tipo franja de cabelo, franja de colcha... tá, já ouvi falar. Caso contrário, você vai ter que me dar uma luz.

Terry coçou o lado do rosto. Não estava sendo tão fácil quanto ele esperava.

— O Fringe, Rene, é parte do Festival de Edimburgo. É o nome pra uma porção de shows diferentes, em vários locais da cidade. Tem de tudo, todo tipo de peças de teatro, revistas, essas coisas... e também espetáculos de comédia.

— Tá, e daí?

— A gente acha que você deve se apresentar lá.

Rene soltou uma risada curta, fitando Terry com uma expressão de incredulidade.

— Você tá brincando!

— Não tô não, longe disso.

Ele inclinou o corpo sobre a mesa.

— Olha só, Rene, você é uma comediante maravilhosa, mas não vai chegar a lugar algum se continuar aqui em Hartlepool. O pessoal do Andy's acha que você pode fazer o maior sucesso, e o Fringe é famoso por ser um trampolim pra gente como você.

— Gente como eu? Vocês piraram de vez. — Rene levantou e começou a ajeitar a louça dentro da pia com o maior estardalhaço. — Gente como eu não faz esse tipo de coisa. A gente vive com maridos desempregados. A gente vai ao supermercado e procura nas prateleiras os produtos de prazo de validade vencido. A gente leva as crianças no domingo pro Ward-Jackson Park para dar pão velho pros patos, porque não tem dinheiro para pagar o cinema no Lanyard. A gente nem pensa em sair de Hartlepool. Quer dizer, férias para mim é passar o fim de semana na praia com esses caipiras cabeças-de-bagre! — Jogou o pano de prato na pia com toda a força. — A gente não pode ficar alimentando sonho, Terry, o sonho de fazer sucesso e virar estrela. Simplesmente, não é assim que funciona.

— Quem disse que não? E gente como Jim Davidson, Jimmy Tarbuck e outros como eles?

— Ah, tá... todos eles ficaram famosos no Fringe, né? — Rene perguntou, sarcástica.

— Olha, eu não sei, não sei dizer se eles passaram por lá, mas os dois vieram de uma origem bem humilde.

— Eu sei disso, Terry, mas eles são eles e eu sou eu.

Ela sentou pesadamente no banco e deixou escapar um suspiro.

— Olha só, eu fico muito comovida de você e os outros terem feito isso por mim, mas volta lá e fala pra eles gastarem o dinheiro em alguma coisa que valha mais a pena... — Riu baixinho. — Tipo alguma coisa melhor do que um buraco no chão no banheiro das mulheres no clube, para começar!

Terry sacudiu a cabeça.

— Não dá. É ou você vai para Edimburgo ou nada.

— Por quê?

— Porque a gente já pagou a inscrição e reservou o teatro pro show.

— Não acredito!

— Então, se você não for, a gente vai ficar quebrado.

— Mas por que vocês pagaram antes de falar comigo?

Terry sorriu, com uma expressão sugestiva. Rene jogou a cabeça para trás, compreendendo tudo.

— Vocês sabiam que não ia ter a menor chance de eu aceitar de outra maneira, não é?

— Mais ou menos isso.

Rene apoiou os cotovelos na mesa e encostou a testa nas palmas das mãos.

— Quanto tempo? Duas noites?

— Três semanas.

Rene levantou-se de um pulo.

— Três semanas?! Terry, eu não posso passar três semanas em Edimburgo. Pra começar, eu nem tenho grana pra bancar essa viagem.

— A gente já cuidou disso também.

— Que inferno, Terry! Vocês realmente não pensaram nisso direito! Quero dizer, como é que eu posso simplesmente viajar e deixar as crianças se virando sozinhas?

— E o Gary? Ele não tá trabalhando.

Rene abriu a boca, pronta para um novo desfile de argumentos contrários, mas foi interrompida pela mão levantada de Terry.

— Rene, pára de ficar procurando desculpa. A gente pode dar um jeito. Você tem um talento enorme pra fazer as pessoas rirem. Não importa quem elas são nem de onde elas vêm, você pode fazer qualquer um rir. Por que ficar amarrada em Hartlepool se você pode ganhar uma grana decente em outro lugar? São só três semanas da sua vida. E se não der certo, você não vai ter perdido nada, vai?

Rene não respondeu. Sentou de novo, mordendo o lábio inferior.

— Mas, se deixar a oportunidade escapar, você pode se arrepender pelo resto da vida — acrescentou Terry.

A porta da cozinha que dava para a frente da casa foi aberta. Um homem alto e magro apareceu, vestindo jeans folgado e camisa quadriculada de lenhador aberta, deixando aparecer a camiseta branca encardida de dentro, e encostou o ombro no batente da porta.

— O que é que tá acontecendo aqui? — perguntou, dando uma longa tragada no cigarro e soprando a fumaça pelo nariz adunco.

Rene sorriu para o homem.

— Você já conhece o Terry, né, Gary? Vocês já se encontraram no Andy's.

O homem acenou brevemente com a cabeça, cumprimentando o outro:

— Oi, Terry.

— Bom ver você, Gary.

Gary foi até a pia e abriu a torneira sobre a ponta de cigarro, que depois jogou na lata de lixo. Virou-se, encostou-se na pia e cruzou os braços sobre o peito. — O que é que aconteceu? Vocês começaram a gritar tanto que mal dava pra ouvir a televisão.

— Não foi nada, na verdade — Rene respondeu, apertando os olhos para Terry, numa tentativa de impedi-lo de sequer começar uma explicação. Terry optou por ignorá-la. Tinha ido até lá e precisava de uma resposta, antes de sair para tratar do seu trabalho de pintura.

— O que é que você acha da Rene como comediante, Gary?

— Ela é maravilhosa. Bom, pelo menos faz todo mundo rir.

Terry lançou um olhar rápido para Rene.

— Era o que eu tava dizendo pra ela.

Gary ensaiou uma risada.

— Então foi isso que você veio fazer aqui... dizer pra ela que ela é engraçada?

— Não, não exatamente.

— Então qual é a sua explicação pra estar aqui?

— Gary! — Rene apressou-se em repreendê-lo, detectando o tom de hostilidade na voz do marido. Respirou fundo. — Tá bom, vou explicar. Uns caras do clube fizeram uma vaquinha pra me mandar pra Edimburgo em agosto, pra eu apresentar meu show num festival chamado Fringe.

— Ah, é? — Gary tirou um maço de cigarros do bolsinho da camisa. — E o que é que você respondeu?

Rene olhou para Terry.

— Eu disse que não podia decidir agora.

Gary pôs um cigarro na boca e acendeu. Deu uma tragada.

— O que é que você ia ter que fazer?

— Só fazer o show.

Gary deu de ombros.

— Então, por que não? Você pode ir de trem e voltar no dia seguinte.

Rene olhou para o marido.

— Seriam três semanas, Gary.

— Três semanas? Sem chance! Você não pode ir embora e abandonar a família por três semanas, ainda mais em agosto! É exatamente quando o Robbie e a Karen vão estar se preparando pra voltar às aulas. Quem vai cuidar de tudo? — Gary deu outra tragada no cigarro e sacudiu a cabeça. — Foi uma boa idéia, Terry, mas não daria certo.

— Com licença, mas tem alguma razão para você não poder tomar conta do Robbie e da Karen? — Rene indagou, levantando a voz. — Afinal, você não tá fazendo mais nada no momento.

Gary inclinou-se para a mulher, os olhos faiscando de raiva.

— Não é minha culpa se eu tô sem emprego. E, de qualquer maneira, como é que ia ser se eu arrumasse um trabalho enquanto você tá lá? Quem ia tomar conta das crianças?

— Não sei, Gary. Ainda não deu tempo pra pensar em tudo.

— Desculpa se eu estiver enganado, mas me parece que você já pensou em tudo muito bem, garota!

Terry levantou-se devagar e empurrou o banco para baixo da mesa.

— É melhor eu ir embora agora e deixar vocês dois conversarem.

Passou entre os dois, coçou o rosto de novo, pensativo, virou-se e sorriu para o marido de Rene.

— Escuta, Gary, eu sei que é um período difícil pra você agora. Entendo perfeitamente, companheiro. Fui demitido do estaleiro em 1992 e levei um tempo enorme para me recuperar do golpe. Mas você tem uma mulher com um talento incrível, e é um desperdício se ela ficar presa aqui em Hartlepool. Quer dizer, ela pode ganhar muito dinheiro fazendo o que sabe fazer.

— E você tá tentando me dizer que eu não sou capaz de ganhar dinheiro pra sustentar minha família, é isso? — Gary retrucou, furioso, dando um passo na direção de Terry.

Terry ergueu as mãos, na defensiva.

— Claro que não. Nunca quis dizer isso, companheiro.

— Fui eu quem trouxe dinheiro pra dentro de casa até agora, meu amigo. Não podia saber que os coreanos desgraçados iam puxar o tapete de baixo do meu pé por causa de uma porra de um "plano de reestruturação global".

— Eu sei disso, Gary — Terry disse baixinho. — Desculpa, eu não tive a intenção de sugerir que a culpa era sua, sinceramente.

Terry deu um sorriso triste para Rene.

— Eu vou indo.

Abriu a porta, saiu, tornou a fechá-la. Parado no degrau, deixou escapar um longo suspiro de pesar e alívio. Contornou a casa, passou pelas pedras enfeitadas de mato e saiu pelo portão precisando de tinta. Os meninos não estavam mais jogando bola na rua. Sem dúvida um caso de "acabou a luz, acabou o jogo", pensou Terry. Foi até a van, abriu a porta um pouco empenada, sentou ao volante e ligou o motor, um rugido saiu pelo cano de descarga quebrado. Já ia partir quando outra vez teve um sobressalto, ao som de alguma coisa pesada batendo na lateral da van. Olhou pelo espelho e avistou Rene parada ao lado do carro, na calçada. Baixou a janela.

— Tudo bem, garota? — perguntou, preocupado.

Ela acenou com a cabeça.

— É, tudo bem.

Terry apontou com o polegar para trás, por cima do ombro.

— Desculpe pelo que aconteceu lá dentro. Eu não queria...

— Eu vou.

— Como?

— Eu vou. Vou passar as três malditas semanas em Edimburgo.

— E o Gary?

— Uma vez na minha vida, Terry, não vou pensar no Gary. É minha chance e eu não posso deixar de tentar. Você tem razão. Pode ser que nunca apareça outra.

— Você ainda pode pensar mais um pouco, se quiser.

— Não preciso pensar mais nada. Já tomei uma decisão. É exatamente o que eu quero fazer.

Terry piscou para ela.

— E, por Deus, você vai mostrar a eles o quanto vale, garota!

Terry tornou a levantar a janela e deixou a rua sem saída, sem resistir à tentação de dar três longos toques na sua buzina fraca, apesar de mal conseguir ouvi-la por causa da barulheira do cano de descarga quebrado.

CAPÍTULO 7

Roger deixou escapar um grunhido prolongado e apertou o botão Pause no controle remoto com toda a força. Recostou-se na cadeira e bateu com as palmas na testa.

— Que inferno! A gente devia ter começado isso muito antes. Simplesmente não faço idéia do que fazer pra isso dar certo.

Phil Kenyon tamborilou com o lápis na mesa, enquanto estudava as duas páginas de diagramas do show, a confiança soberana de que conseguiriam programar a peça inteira começava a se desvanecer.

— Acho que tá tudo certo para os primeiros cinqüenta e nove segundos. Os tempos parecem estar se encaixando na mosca.

— É, mas essa parte tem a orquestra toda envolvida. Agora a gente entra nessas três passagens calminhas, e mais dois crescendos, antes da orquestra voltar com força total. Se a gente criar uma seqüência só de rojões e cascatas, a platéia vai acabar ficando de saco cheio ou pegar no sono antes desse ponto explosivo da música.

Phil enfiou o lápis por trás da orelha e levantou.

— É melhor tomar mais um café — disse, juntando as duas xícaras vazias na mesa entre os dedos — ou a gente corre o risco de fazer a mesma coisa.

Roger olhou para o relógio. Ainda eram cinco e dez da tarde, mas, como só tinha conseguido quatro horas de sono irrequieto nas últimas trinta e seis horas, tudo o que realmente queria fazer agora era se meter na cama e apagar por uma eternidade. Apertou o botão Start no controle remoto e ouviu mais uma vez o trecho abafado de cordas da música de Tchaikovsky.

— Bom — disse, enquanto Phil punha uma xícara de café puro na sua frente —, vamos trabalhar primeiro nos crescendos. Como a gente não quer excessos, o ideal é usar aqueles fogos de curta duração que estão vindo de Hengiang. Depois, quando o volume aumentar de novo, a gente entra com uma chuva de estrelas. Que tal?

Phil pegou o controle remoto e fez a música voltar. Enquanto ouvia novamente, batia com o punho na mesa, fora do compasso da música, mas indicando intuitivamente cada momento de disparo. Apertou o controle remoto no final do movimento.

— É, acho que vai funcionar. A gente tem que atrasar as minas pelo menos uns dois acordes. Se não, vai acabar perdendo a sincronia quando toda a orquestra voltar.

— Será que a gente deve arriscar? — Roger perguntou, cansado demais para tomar uma decisão sozinho.

— Não vejo por que não — respondeu Phil, estendendo a mão e desligando o aparelho de CD. — Mas minha sugestão é não decidir nada agora e dormir com o problema.

Roger esfregou as mãos nos lados do rosto barbudo.

— Foi a melhor idéia que você teve até agora.

CAPÍTULO 8

Rene Brownlow ficou parada na calçada por algum tempo, depois que a van desapareceu, sua presença na rua sem saída marcada pelo cheiro persistente da fumaça do cano de descarga. Então é isso, ela pensou, você já resolveu, não é? Nos últimos quinze minutos você tomou uma decisão que vai mudar o curso da sua vida. Muito bem, vamos ser práticas a respeito: tudo pode dar errado e você pode acabar voltando para Hartlepool com o rabo entre as pernas. E daí? Apareceu uma chance de escapar de uma casa triste em Clavering, entrar num mundo novo, fora desta cidade fria e cheia de ventos, balançando na beira da Inglaterra. Não que Hartlepool seja um lugar tão ruim assim para se viver, mas trinta e cinco anos é muito tempo para se ficar preso aqui, quase sem sair. Uma caipira do porto de cabo a rabo é o que você é.

Virou-se, voltou lentamente para sua casa e, quando chegou ao portão, parou e olhou para o fim da rua sem saída, a expressão pensativa, quando uma lembrança passou pela sua cabeça. "Você vai mostrar a eles o quanto vale, garota", foi o que Terry disse. Ele já tinha falado isso antes, não tinha? Rene fechou o portão com um chute e atravessou a passagem estreita até os fundos da casa. É, era mais que apropriado que tivesse sido Terry a trazer a notícia. Afinal, se não fosse por ele, em primeiro lugar, nada daquilo teria acontecido.

A noite de sábado no Andersons Westbourne Social Club era sempre movimentada, mas naquele dia em particular mal dava para se mexer, por causa da apresentação iminente e muito divulgada de Danielle Vine, uma cantora nova que tinha sido finalista do programa de televisão *Stars in your Eyes*, graças à sua incrível — embora não incrível o suficiente para vencer — imitação de Celine Dion. Harold Prendergast, gerente e dono do estabelecimento, decidiu sair da sua sala e ficar um pouco lá na frente, pelo bar, para observar de perto, com olhos de águia, a entrada e saída de dinheiro das três caixas registradoras, espaçadas a intervalos regulares ao longo da prateleira atrás do balcão comprido do bar. Achava que isso era uma precaução necessária, lembrando que, duas semanas antes, tivera de despedir uma das mulheres da equipe de oito pessoas por causa de seus "dedos leves". Não que ele soubesse com certeza que aquela garota em particular era a culpada, mas perder dinheiro daquela maneira afetava seus lucros, então era necessário mostrar para o resto do pessoal que ele não toleraria esse tipo de prática. Muito bem, verdade seja dita, ele pagara à garota só para ela ficar de boca fechada sobre o que tinha acontecido, ou, mais precisamente, o que *não* tinha acontecido por trás das portas fechadas do seu escritório. No fundo, ele sempre tinha considerado que poder se divertir um pouco com as garotas era uma das vantagens do trabalho, e não estava acostumado à rejeição de seus avanços de maneira tão vigorosa.

Encostou-se na prateleira de garrafas atrás do balcão do bar e cruzou os braços, enquanto olhava a nova empregada em ação. Ela não era tão bonita quanto a anterior, sua largura com certeza superava a beleza, mas tinha alguma coisa definitivamente sensual nela. Ele tinha uma teoria: uma mulher podia ser tão linda quanto uma pintura, mas ainda assim exalar tanta sexualidade quanto uma besta vesga. Falando nisso, pensou e deu uma olhada na mesa permanentemente reservada ao lado do palco onde sua mulher estava sentada, falando sem parar com as amigas do bingo de quinta-feira. Ele balançou a cabeça e desviou os olhos da mulher, que ao longo dos anos tinha passado a oferecer tão pouca atração. Achou um espaço vazio entre as garrafas na prateleira e se olhou no espelho que cobria toda a parede atrás do balcão do bar. Ajustou a gravata-borboleta listrada, que estava um pouco torta para a esquerda, tirou um fio solto do paletó branco do smoking e, com o indicador e o polegar, alisou o bigode bem aparado, do centro para fora. Com o canto dos olhos, viu o reflexo da nova empregada lutando para controlar o tamanho da espuma na caneca de Guinness. Virou o rosto e deu mais uma olhada para onde sua mulher estava sentada, antes de se aproximar da garota e pôr a mão sobre a dela, em cima da torneira.

— Rene — disse gentilmente —, você já está trabalhando aqui há duas semanas, já era pra estar dominando essa torneira de Guinness.

Rene virou-se e sorriu.

— Desculpe, senhor Prendergast. Eu acho que é porque o Joe acabou de trocar o barril.

— Tudo bem. Vamos fazer juntos uma vez. Joga fora esse resto na bandeja de sobras e vamos tentar de novo.

Fechou a torneira, abriu novamente, devagar, aproveitando para passar a mão de leve sobre a dela.

— Pronto, perfeito. — Deu outra olhada na direção do palco, antes de se aproximar do ouvido de Rene. — Eu acho que agora você consegue, não consegue?

— Acho que sim. Obrigada pela ajuda, senhor Prendergast.

— É pra isso que eu estou aqui — disse o senhor Prendergast, tranqüilizador, apoiando e pressionando as mãos contra os ombros de Rene. Começou a se afastar, tornou a se virar e levou o dedo aos lábios, pensativo.

— Na verdade, Rene, talvez você pudesse dar um pulinho no meu escritório, depois de servir uma rodada. Nada de mais, só umas coisinhas que eu preciso dizer para você.

Rene olhou para ele, expressão ansiosa.

— Eu posso fazer direito quase sempre, senhor Prendergast. Foi só que a troca do barril...

— Não, não. — Ele sacudiu a cabeça, sorrindo. — Não é nada sério. Só umas palavrinhas de estímulo.

Cinco minutos depois, Harold estava sentado à sua mesa, observando as imagens do bar que eram transmitidas pelo sistema de circuito fechado, quando ouviu uma batida à porta. Levantou da cadeira giratória de executivo, de plástico imitando couro, passou as mãos nos dois lados do cabelo repartido ao meio e foi abrir.

— Pode entrar, Rene. — Harold liberou a passagem para ela. — Pode sentar ali — disse, indicando com a mão estendida a cadeira na frente da escrivaninha.

Rene alisou a saia preta sobre o bumbum roliço e sentou. Harold observou suas ações com toda atenção, antes de abrir as portas de um armário todo ornamentado, que ficava pendurado na parede ao lado de uma foto em preto-e-branco em que ele e Bernard Manning, o comediante com cara de urso, trocavam um aperto de mãos no palco.

— Eu acho que a gente pode tomar alguma coisa pra dar uma animada, Rene — ele disse, examinando as garrafas no armário. — O que é que você quer beber?

— Nada pra mim, obrigada, senhor Prendergast. Nunca fui de beber.

— Uma qualidade admirável — ele disse, enquanto abria uma garrafa de uísque maltado Glendurnich e despejava uma dose generosa num copo de cristal —, ainda mais quando se trabalha num bar. Pra mim, esse é o tipo da coisa que pode valer uma promoção rápida pra uma garota como você.

Harold tomou um gole do uísque antes de sentar na beira da mesa, ao lado de Rene.

— Então, pode falar: o que você está achando do trabalho?

Rene encolheu os ombros.

— Tranqüilo, eu acho.

— Não é muito estressante?

— Não. — Deu uma risada. — Não quando a coisa mais pesada que você tem que levantar é uma caneca de cerveja.

Ele jogou a cabeça para trás, numa gargalhada.

— Não foi isso que eu quis dizer, menina, mas é muito engraçado. — Harold voltou a ficar sério. — Não, na verdade o que eu realmente queria dizer, Rene, é que, se a qualquer momento você se sentir estressada, achar que o trabalho está ficando pesado, pode saber que a porta desta sala vai estar sempre aberta.

— É muita gentileza sua, senhor Prendergast.

— Absolutamente, Rene — disse, deixando o copo em cima da mesa e dando a volta por trás dela —, porque, você sabe, eu sei tudo sobre tensão, estresse. Por acaso é a minha especialidade.

Harold pôs as mãos nos ombros de Rene e começou a massagear a nuca da moça com os polegares, lentamente. Inclinou-se e sussurrou no ouvido direito dela:

— Porque eu sou um homem de mãos curadoras, menina.

— É mesmo? Isso é o máximo, não é? — Rene respondeu com entusiasmo, virando os olhos de um lado para outro, na tentativa de entender por que ele estava fazendo aquilo. Com certeza, o senhor Prendergast não estava tentando partir para cima dela, não é? Não, era realmente uma estupidez pensar nessa possibilidade. Ele não escolheria uma mulher baixinha e atarracada, ainda mais naquela noite entre todas as outras, quando a casa estava lotada de mulheres bonitas. E o que é pior, ele sabia que existia um marido andando solto por aí, porque ela contara na entrevista que o Gary tinha acabado de perder o emprego. Não, Rene, sua idiota, você está latindo para a árvore errada neste caso. O senhor Prendergast só está tentando ser gentil.

Mesmo assim, ela queria acabar com aquilo o mais depressa possível. Levantou de um pulo e rodou os braços, liberando os ombros das mãos do chefe.

— Uau, maravilhoso, senhor Prendergast. Me deixou pronta pro resto da noite. — Rene virou-se para ele e sorriu, apontando para a porta. — Acho melhor eu voltar agora. Tem muito trabalho esperando, a casa tá lotada.

— Não, não, não precisa ter pressa, menina. — Segurou o braço de Rene, tentando fazer com que sentasse de novo. — Isso é só o começo. Ainda tenho que massagear toda a sua coluna.

Rene desvencilhou o braço. Continue sorrindo para ele, ela pensou. Sem dar a impressão de que quer se livrar.

— Não, melhor deixar pra outro dia, senhor Prendergast. A gente não deve deixar os clientes esperando, não é mesmo?

Rene viu quando a mão veio em sua direção outra vez, mas uma batida à porta acabou fazendo com que Harold a recolhesse no mesmo instante. Ele seguiu apressado para o outro lado da mesa e sentou-se, o rosto uma máscara de compostura.

— Pode entrar — disse ele.

Joe, o gerente-assistente, enfiou a cabeça pela fresta da porta. Sorriu discretamente para Rene, antes de olhar para o chefe.

— Não temos mais show, Harold.

Harold se ajeitou na cadeira de executivo.

— Como assim?

— A mãe da Danielle Vine acabou de aparecer pra avisar que a filha tá com amidalite.

Harold bateu com a mão na testa.

— Ai, inferno! Era só o que me faltava. Ela não pode cantar nem um pouquinho?

— Duvido. Parece que ela tá com a garganta fechada, vermelha como um tomate maduro.

— Por favor, poupe-me dos detalhes. E o nosso número de reserva?

— Eddie tá fazendo um show em York hoje. Ele avisou na semana passada.

Harold coçou a cabeça com força, com as duas mãos.

— Tudo bem. Bom, melhor vocês dois saírem, agora. Tenho que quebrar a cabeça pra descobrir um número novo na próxima meia hora.

Aliviada, Rene deixou a sala atrás de Joe e fechou a porta. Respirou fundo e deixou o ar sair devagar, recompondo-se antes de seguir pelo corredor de volta ao bar. A maioria dos clientes estava nas mesas, esperando ansiosamente pelo show que Rene sabia que não iria acontecer. Os empregados estavam agrupados no outro lado do balcão, conversando.

— Ah, Rene, serve uma caneca de cerveja pra gente, vai.

Rene olhou em volta e viu Terry Crosland sorrindo para ela por cima do balcão. Ela não trabalhava no Andy's há tempo suficiente para saber o nome de todos os clientes habituais, mas conhecia Terry porque ele tinha vindo sozinho umas duas ou três noites tranqüilas e eles tinham conversado um pouco. Terry parecia meio solitário, mas havia alguma coisa que ela gostava no comportamento sossegado e cordial dele.

— Já vou — Rene respondeu sem alvoroço, ainda um pouco perturbada com o que tinha acabado de acontecer no escritório. Sem dizer mais nada, ela serviu a cerveja, pôs no balcão, pegou o dinheiro e guardou na caixa registradora. Colocou o troco na frente dele e deu as costas.

— O que é que você tem hoje, menina? O gato comeu sua língua?

Rene sorriu.

— Não é nada. Desculpe, Terry, mas eu tô me sentindo um pouco... sei lá, estranha, agora.

Terry levantou as sobrancelhas.

— Certo. Bom, eu te dei uma nota de dez — ele falou, batendo no balcão, ao lado do troco —, então, faltam cinco aqui.

— Ai, desculpe. — Ela abriu a caixa registradora e encontrou a nota de dez no compartimento das notas de cinco. Mudou a nota de lugar, pegou o troco adicional de Terry e fechou a gaveta.

— Aqui, o resto do troco — disse, colocando a nota no balcão. — Desculpe.

— E aí, qual é o problema?

Rene sacudiu a cabeça.

— Não é nada, juro.

— Bom, deve ter alguma coisa, porque você ainda não fez nenhuma das suas piadas.

— Eu não posso contar, Terry. Provavelmente é só a minha imaginação, e a verdade é que preciso muito deste emprego, ainda mais agora que o Gary tá desempregado e tudo o mais.

Terry acenou com a cabeça lentamente e fechou os olhos, começando a compreender a situação.

— Você tava na sala do Harold Prendergast, não é?

Rene olhou para ele.

— O que é que você tá querendo dizer com isso?

— Ele tentou partir pra cima, não foi?

Rene inclinou o corpo para a frente, apoiando-se no balcão, aliviada de saber que mais alguém tinha conhecimento do seu dilema.

— Como é que você sabe disso? — perguntou, em tom confidencial. — Quer dizer, ele já fez isso antes?

— Não que alguém desconfie, mas... é verdade, ele já fez isso antes... várias vezes.

— Alguém mais sabe?

— Você, eu e as outras garotas que tiveram que ir embora porque mandaram ele passear.

— E como é que você sabe disso?

— Porque a garota me contou, na primeira vez que aconteceu. Encontrei a mulher lá fora, aos prantos, logo depois de ser despedida. Ainda tava com o dinheiro que Harold deu pra ela ficar de boca calada na mão.

— E você não fez nada?

Terry sacudiu a cabeça.

— É, eu sei que não parece muito legal, né? O homem bem que tava merecendo uma lição, só que a oportunidade nunca apareceu.

Rene olhou para ele com expressão inquisitiva.

— Não tô entendendo.

Terry fixou os olhos na mesa junto do palco.

— Tá vendo aquele grupo de mulheres ali?

— Ahã.

— A terceira da esquerda é mulher do Harold.

Rene arregalou os olhos.

— Não acredito. Você tá dizendo que ele tentou... com a *mulher dele* aqui?

— Esse é o tipo de homem que ele é.

Rene bufou, revoltada:

— Canalha!

— Exatamente — disse Terry, tornando a se virar para ela. — Foi isso que eu quis dizer quando falei que a oportunidade ainda não tinha aparecido. Mas vai aparecer, Rene, escreve o que eu tô dizendo.

Rene não disse uma palavra sequer, mas ficou mordendo o lábio, olhando fixamente para o palco, com expressão de hostilidade.

— Eu acho, Terry, meu velho, que a nossa oportunidade acabou de aparecer.

— É? Por quê?

— Não vai ter show hoje.

— Como assim?

— A Danielle-não-sei-o-quê tá com amidalite e o cara do show reserva foi se apresentar em York.

— Não acredito! — Terry deu um grito, olhando boquiaberto para as centenas de pessoas que lotavam o clube. Deu uma risada estridente. — Ai, ai, o Harold vai ficar enrascado hoje.

Naquele momento, as luzes acenderam no palco, e Harold Prendergast saiu dos bastidores apertando os olhos para conseguir enxergar o salão. Foi recebido por aplausos estrondosos e assovios ensurdecedores, a platéia esperando que aquilo fosse o preâmbulo de uma noite de diversão maravilhosa, com as canções que a diva franco-canadense tornara famosas. Harold aproximou-se do microfone muito rápido, causando um ruído estridente de microfonia. Deu um passo para trás e um pigarro.

— Senhoras e senhores, eu sinto muito, mas tenho uma má notícia.

As palavras provocaram um silêncio total e imediato, que em nada contribuiu para atenuar o nervosismo de Harold. Ele deu duas ou três tossidelas secas.

— Lamento informar que nossa estrela desta noite, Danielle Vine, caiu de cama, de repente...

Não foi adiante. A platéia explodiu em protestos furiosos e assovios indignados, e o coro "Queremos nosso dinheiro de volta!" logo dominou o clube. Harold levantou as mãos, tentando acalmar a multidão, mas compreendeu rapidamente que a batalha estava perdida e retornou envergonhado ao santuário dos bastidores.

— Agora. Sobe no palco e me apresenta, Terry! — Rene gritou, mais alto que a platéia indignada.

Terry virou-se para ela.

— Hã?

— Vai lá e me apresenta! — gritou.

— Eu ouvi o que você disse. Eu não posso subir no palco.

— Terry, eu sei que você é tímido, mas essa é a nossa oportunidade. Tudo o que você precisa dizer é que o clube tem muita sorte de ter alguém daqui mesmo pra fazer um show hoje.

— E o que é que *você* vai dizer?

Rene caiu na gargalhada.

— Eu ainda não sei.

Terry balançou a cabeça.

— Você é louca, sabia?

Rene concordou:

— Provavelmente, mas faz o que eu tô dizendo. Vai.

Terry, relutante, deixou o bar e passou pelas mesas devagar. Ninguém prestou atenção até ele pular no palco e andar até o microfone. O barulho na platéia aos poucos se transformou num zunzum intrigado até chegar ao silêncio.

— Senhoras e senhores, talvez a gente não tenha o que era esperado pra hoje...

Uma voz ecoou na platéia:

— É, infelizmente você está certo. Com certeza, não!

Mas outros espectadores fizeram com que o protestante se calasse. Terry sorriu e levantou a mão, agradecendo.

— Mas eu conheço uma garota que é mais engraçada que qualquer pessoa que já tenha subido neste palco. E mais, que trabalha aqui no bar. Então, peço que vocês recebam Rene Brownlow com uma salva de palmas.

Palmas esparsas e todos acompanharam enquanto Rene saía por baixo da passagem do bar e atravessava o salão até o palco. Quando ela passou por Terry, aproveitou para apertar sua mão. Ele se aproximou e sussurrou nos ouvidos dela:

— Boa sorte.

A primeira risada aconteceu antes mesmo de Rene pisar no palco. Não tendo degraus na frente para subir, ela tentou jogar uma perna, depois a outra, puxando dois homens fortes de suas cadeiras para que dessem uma forcinha. Foram tão bem-sucedidos na tarefa que os pés de Rene mal encostavam no chão até que ela chegasse ao centro do palco, e ela teve que agarrar a cortina do fundo para não cair de cara no chão. Andou até o microfone.

— Obrigada, meninos — ela disse, sorrindo para os dois homens. — Eu quero pegar o telefone de vocês depois, pro caso de eu precisar ser lançada no espaço!

O comentário suscitou algumas risadas e ela viu os dois rapazes sendo cumprimentados pelos outros em volta com tapinhas nas costas.

— Certo. Primeiro, eu gostaria de agradecer ao Elvis pela maneira gentil de me apresentar. Obrigada.

Mais risadas quando a platéia se virou para olhar para Terry, que reagiu passando as mãos nos cabelos despenteados.

— Não é toda garota que tem sua performance anunciada pelo Rei em pessoa.

Mais alguns segundos de gargalhadas na platéia. Rene ganhava tempo para pensar no que diria em seguida.

— Então... meu nome é Rene Brownlow. E eu sou a baixinha atarracada que trabalha no bar. — Apontou na direção do balcão. — É claro que quem é do meu tamanho provavelmente nunca prestou atenção em mim antes. Ou vocês poderiam achar que eu era simplesmente uma cabeça rolando pra cima e pra baixo atrás do balcão.

A piada garantiu mais uns quinze segundos de gargalhadas, enquanto Rene mantinha o trem dos pensamentos em movimento. Seu olhar foi captado pela sombra de uma figura de pé na coxia. Era Harold Prendergast. Ela sorriu para si mesma e foi novamente em direção ao microfone.

— É claro — disse, provocante, balançando os quadris largos de um lado para outro — que eu não sou nenhuma Marilyn Monroe, mas tô bem satisfeita comigo; e não vou mentir para vocês, tem quem me ache bem atraente!

Gritos de concordância ecoaram no salão e Rene não permitiu que parassem.

— Mãos para cima, vocês, os homens bonitos da platéia que me acham *indecentemente atraente*! — gritou mais alto.

Estava funcionando. Ela olhou para o mar de mãos estendidas para o alto, soltou uma gargalhada e virou-se para a coxia.

— Ih, só um minuto! — disse, apoiando as mãos nos quadris e franzindo a cara teatralmente.

— Tem um homem aqui que não levantou as mãos.

Viu quando Harold começou a se afastar, foi rapidamente até a coxia e agarrou-o pelo braço.

— Ah, não, não, não, não, raio de sol. Vem cá.

— Que diabos você está fazendo? — Harold sussurrou com raiva. — Você se deu conta de que a minha mulher está na platéia?

Rene virou-se para o público.

— Ih, ele tá dizendo que a *mulher* dele tá aqui. Cadê ela, Harold? Pára de se esconder e vem aqui mostrar pra gente onde ela tá.

A gargalhada na platéia cresceu, mas os gritos de "Vem, Harold!" eram ainda mais fortes.

O rosto contorcido de raiva, Harold permitiu que Rene o puxasse até o palco, e sua chegada foi aplaudida por quase um minuto. Rene levantou a mão, o público silenciou imediatamente e, naquele breve momento, ela teve certeza de que tinha a platéia nas mãos.

— Então, diz aí, Harold, onde é que a sua boa esposa tá sentada?

Harold apontou para a mesa em frente ao palco e sorriu com dificuldade para a mulher.

— Assim não, Harold! — Rene sacudiu a cabeça negativamente enquanto falava. — Eu tô vendo pelo menos oito mulheres bonitas na mesa.

Ela o pegou pelo braço, puxando-o até a frente do palco. Dessa vez sem resistir, Harold seguiu Rene como um cordeirinho em direção ao abatedouro.

— Qual delas, Harold?

— Aquela — disse ele baixinho, apontando para sua mulher.

Rene protegeu os olhos com as mãos, como se de uma luz muito forte, enquanto fazia uma ode à mulher do chefe:

— Uau, Harold, você tem o que se pode chamar de arrasa-quarteirão em casa! Então, há quanto tempo vocês dois estão casados?

Todos olharam atentamente para Harold Prendergast, enquanto ele fazia mentalmente uma conta rápida.

— Vinte e quatro anos — respondeu docilmente.

Rene cutucou o ouvido esquerdo com o dedo.

— Desculpe, Harold, parece que meu ouvido não tá muito bom, hoje. Quanto tempo você disse?

— Vinte e quatro anos — ele repetiu, um pouquinho mais alto que da primeira vez.

— Vinte e quatro anos! — Rene exclamou, enfiando o microfone debaixo do braço para poder aplaudir junto com o público. — Bom, isso é o que eu chamo de grande feito! — Ela se aproximou de Harold e encostou a cabeça em seu peito, uma expressão de sofrimento estampada no rosto. — Agora eu tô entendendo por que você não levantou as mãos. Como eu poderia me comparar a uma gata linda como a sua mulher?

Alguém gritou nos fundos do salão:

— Levanta as mãos, seu tarado!

Outros se juntaram ao coro e Rene viu com satisfação que até as amigas da senhora Prendergast na mesa da frente estavam gritando, as mãos para o alto também.

Bem devagar, Harold Prendergast levantou a mão, e Rene Brownlow abriu um sorriso sereno, como se fosse a Bela Adormecida sendo acordada de seu sono profundo pelo beijo do príncipe encantado. Ela puxou o rosto de Harold Prendergast para si, deu um beijo demorado na bochecha dele e a platéia se manifestou, batendo os pés contra o chão e as canecas contra o tampo das mesas.

Rene sentiu a mão do gerente nas suas costas, agarrando firmemente sua blusa, enquanto ele se inclinava na sua direção. Ela mantinha os olhos fixos na platéia, sorriso grudado no rosto. Sabia o que estava por vir. Enquanto ele se preparava para começar a falar, Rene apoiou a mão direita sobre o ombro direito de Harold. Ele estava tão consumido pela raiva e pelo sentimento de humilhação que não percebeu que aquela era a mão com que ela segurava o microfone.

— Eu quero você no meu escritório imediatamente depois do show, entendeu?

Sua intenção era de que aquilo fosse um cochicho, mas sua voz ecoou traiçoeira pelo salão. Não era preciso Rene dizer uma palavra, mas ela não resistiu e virou para a platéia com um sorriso de reconhecimento no rosto, assentindo com a cabeça. Primeiro, todos caíram na gargalhada, mas, em seguida, como quatrocentos olhos focavam a senhora Prendergast para ver sua reação, o barulho foi diminuindo até se transformar num silêncio desconfortável. Mesmo sob a luz desmaiada do bar era possível perceber suas bochechas enrubescendo de vergonha diante da súbita e imprópria atenção que o comentário do marido tinha suscitado sobre ela.

Encarando com hostilidade a figura desconcertada do marido no palco, ela se levantou rapidamente, pegou o casaco no encosto da cadeira, pendurou a bolsa no ombro e, de cabeça baixa, dirigiu-se à saída do bar. E enquanto cruzava o "corredor da morte", os únicos sons na platéia eram pigarros de desconforto e o ranger de cadeiras das pessoas que se levantavam e seguiam a senhora Prendergast, que deixava o salão.

No momento em que a porta se fechou atrás dela, Harold já tinha sumido do palco e andava apressadamente até a saída de emergência, na tentativa de alcançar a esposa para tentar consertar a situação. Tendo atraído a atenção do público outra vez com mais um comentário sagaz, Rene manteve a multidão envolvida por mais uma hora, não mencionando novamente Harold Prendergast. Depois do show, foi até o escritório, conforme o combinado. Apesar de não ter certeza de que ele estaria lá, uma voz irritada respondeu às batidas à porta e Rene entrou na sala. Saiu dez minutos depois, punhos cerrados em comemoração enquanto fechava a porta atrás de si. Literalmente quicava de alegria enquanto atravessava o corredor até o bar.

O negócio estava indo tão bem que a equipe do bar estava tendo dificuldade para atender a todos os pedidos. Por um tempo, Rene não poderia fazer nada para ajudar, enquanto os que se amontoavam no balcão a cumprimentavam entusiasmados, aos gritos, estendendo as mãos para tocar nela.

Rene sorria e agradecia, enquanto corria o ambiente com os olhos, procurando por Terry. Finalmente avistou o amigo num canto, encostado no tampo da portinhola do balcão, prestando atenção a todos os seus movimentos. Andou até lá, passou por baixo do tampo do balcão, mal tendo a chance de ficar completamente de pé antes de se ver envolvida pelo abraço apertado de Terry.

— Você tava incrível, garota. Absolutamente iluminada.

— Você achou?

Terry afastou um pouco a amiga de si e olhou para ela, duvidoso.

— Você sabe que sim, não sabe?

Rene sorriu, concordando.

— É, acho que sim.

— Eu acho que você não deixou sobrar muita confiança no Harold Prendergast, pra ele tentar usar os velhos truques de novo. Com certeza, não.

— Não, pelo menos eu tô imaginando que ele vai ficar bastante ocupado num futuro próximo, tentando seduzir uma certa pessoa.

— Então, você foi ao escritório dele?

— Fui.

— E aí, o que aconteceu?

Rene encolheu os ombros.

— A gente passou uns cinco minutos trocando insultos, depois negociou.

— Sei... — Terry disse, ansioso para saber de tudo. — E o que você conseguiu arrancar dele?

Rene abriu um sorriso animado e agarrou a lapela da jaqueta jeans de Terry.

— Um maldito aumento e meia hora de show toda quinta-feira!

— Mentira! Você não fez isso?!

— Fiz!

Terry sacudiu Rene, agarrando-a pelos ombros.

— É a melhor notícia dos últimos tempos. Você vai mostrar pra eles como é que se faz, garota, ah, se vai.

CAPÍTULO
9

Tendo conduzido aquele homem com aparência de rico à sua sala de estar, a pequena senhora pediu licença educadamente, fechou a porta e, passando pela escada envernizada em tom escuro, se dirigiu à cozinha. Encheu a chaleira até a boca, colocou a água para ferver, depois abriu as duas bandas da porta de vidro que dava para um pequeno jardim nos fundos da casa, permitindo imediatamente que o barulho do tráfego de Kingston tomasse conta do ambiente. Segurando a maçaneta com uma das mãos para se equilibrar, adentrou o pátio de concreto, andou até sair da sombra da casa e alcançar a beira do gramado bem cuidado, sentindo o sol penetrar a lã do seu cardigã.

— Leonard — chamou. — Você está aí?

Não houve resposta. Atravessou o gramado até o canteiro de flores, onde encontrou o marido ajoelhado num pedaço de plástico preto, revolvendo cuidadosamente a terra em volta da raiz de um dente-de-leão com um ancinho.

— Leonard?

Leonard Hartson levantou-se e olhou para ela, protegendo os olhos do sol com a mão coberta por uma luva suja de terra.

— Oi, Gracie. Hora do cafezinho?

— Não, querido. Nick Springer. Você lembra, ele ligou duas noites atrás dizendo que daria um pulo aqui hoje.

— Ai, meu Deus! — o marido de Grace exclamou, fazendo força para se levantar. Tirou o boné e enxugou a testa suada com as costas da mão enluvada, deixando um rastro de sujeira nela. — Esqueci completamente que ele vinha. Você devia ter me lembrado, Gracie.

— Eu lembrei, querido, hoje de manhã, no café.

— Que cabeça a minha! Foi? — disse, tirando as luvas de jardinagem. — Como eu ando esquecido...

Deu uma olhada para as calças de algodão sujas de terra e para a suéter surrada de andar em casa.

— Você acha que eu deveria trocar de roupa, antes de ir falar com ele? Estou tão mal-ajambrado.

— Acho que ele não vai se importar. Parece bem simpático.

Leonard sorriu para sua mulher.

— Bem o feitio do Nick. Sempre encantador com as mulheres.

Com a mão apoiada no ombro de Grace, conduziu a mulher até a casa, sem descuidar dela até que tivesse entrado na cozinha.

— Então, onde ele está?

— Na sala de estar — ela respondeu, lambendo o dedão e limpando o rastro de sujeira da testa do marido. Ajeitou cuidadosamente com as mãos os cabelos brancos desalinhados de Leonard, tentando fazer com que ele parecesse um pouquinho mais apresentável.

— Pronto, pode ir lá, mas pegue uma capa de chuva ou qualquer outra coisa no cabideiro do corredor para colocar na poltrona antes de sentar. As capas das almofadas acabaram de vir da lavanderia e eu não quero que você suje tudo de novo. Daqui a pouco eu levo um café com biscoitos para vocês.

Aproveitando o batente da porta de correr para tirar os sapatos de borracha de jardinagem, Leonard enfiou os pés num par de chinelos que ficava ali à espera dele e deslizou pelo corredor, puxando um colete acolchoado e sem manga do cabideiro, no caminho. Abriu a porta da sala de estar e entrou. Nick Springer, que estava olhando as fotografias na bancada da lareira, virou-se para cumprimentá-lo.

— Leonard! — gritou com entusiasmo, aproximando-se do velho amigo com a mão estendida. — Que bom te ver!

Leonard forçou um sorriso quando o aperto forte de mãos doeu-lhe por todo o braço, lembrando-o de que tinha artrite.

— Bom ver você também, Nick. Que surpresa! — Andou até o sofá e estendeu o colete sobre a capa azul-clara da almofada. — Você desculpe a minha aparência. Acho que me escapou completamente da memória que você vinha aqui hoje. Por isso está me vendo assim, vestido de jardineiro.

— Espero não estar incomodando.

— Não, não, de jeito nenhum — Leonard respondeu, estendendo a mão e mostrando a poltrona para que Nick se sentasse, antes de ele mesmo se acomodar devagar no sofá. — É raríssimo eu encontrar alguém dos velhos tempos do cinema.

Nick puxou a calça azul-marinho pelo vinco, antes de sentar na poltrona.

— Faz muito tempo... Eu vinha pensando nisso no caminho para cá e, fazendo as contas, vi que são vinte e oito anos ao todo.

— Verdade? Tudo isso? — Leonard sacudiu a cabeça devagar. — Bom, o tempo não pára, como se diz por aí.

Observou o homem mais novo, que passava a mão no cabelo escuro e cheio, só agora percebendo que ele também já tinha algum cabelo branco nascendo acima das orelhas. A sua lembrança de Nick era de que fora um dos seus melhores assistentes de câmera, aprendia rápido e tinha muito senso de humor, qualidade essencial quando se passa muito tempo na companhia um do outro, tanto viajando quanto em locações. Entretanto, ele sempre sentira um quê de arrogância em Nick, e aquilo parecia mais evidente em seu olhar agora, com a idade, assim como no maxilar determinado e no jeito como a boca deslizava quando falava. No que quer que tenha feito na vida, Leonard tinha certeza, deve ter sido bem-sucedido.

— Então, ainda operando câmera?

Nick balançou negativamente a cabeça.

— Não, eu tenho uma produtora agora. Fiquei trabalhando como câmera muito tempo, com Gerry Mansell. Você se lembra dele, claro.

— Com certeza. Nós trabalhamos juntos no Pathé News, muitos anos atrás. Gerry era um câmera particularmente talentoso. Ele e o diretor Doug Standing formavam uma dupla maravilhosa. Lembro que no filme *O Homem de Siracusa* ele filmou várias cenas com pouquíssima luz. Foi corajoso, brilhante, da parte dele. E o resultado ficou incrível, desconcertante. — Leonard sorriu para si. — Eu bem que tentei fazer a mesma coisa uma vez, mas o resultado acabou sendo um pequeno desastre.

Nick sorriu.

— Só consegui trabalho com o Gerry porque ele sabia que eu tinha trabalhado com você. Ele sempre foi igualmente fã do seu trabalho.

— Jura? Bom, isso com certeza dá uma injeção de orgulho nesse meu esqueleto velho.

A maçaneta girou, fazendo barulho, mas a porta continuou fechada. Nick se apressou até lá, abriu a porta e pegou a bandeja das mãos de Grace Hartson, antes mesmo que ela tivesse a chance de entrar na sala.

— Onde a senhora quer que eu coloque? — perguntou, balançando a bandeja de um lado para outro, o que fez Grace temer pela segurança da sua louça Royal Doulton. Deu uma olhada por trás do sofá e estendeu o exemplar de *Guardian* de Leonard no banquinho em frente ao aquecedor elétrico.

— Acho que aqui fica bom para vocês dois — disse, sorrindo nervosa para ele. — Obrigada pela ajuda.

— Nick, você já conhece minha mulher, Grace, não é? — Leonard perguntou, esforçando-se para levantar e desistindo logo em seguida.

— Claro. Eu estava até lembrando à senhora Hartson que nos conhecemos anos atrás, quando vim buscar você uma vez, para irmos filmar em Portsmouth.

Grace lançou um olhar preocupado para o marido.

— Acho que tenho de dizer ao Nick que você já teve tantos assistentes ao longo dos anos que eu quase não consigo lembrar...

— Nenhuma razão para a senhora lembrar de mim, senhora Hartson — Nick disse e deu uma risada. — Eu estava exatamente dizendo ao Leonard que isso tudo aconteceu já faz vinte e oito anos.

— Nossa... — ela disse baixinho, já se encaminhando para a porta. — Bom, vou deixar vocês dois conversarem em paz. — Abriu e fechou a porta silenciosamente atrás de si.

— Posso fazer as honras? — perguntou Nick, já se agachando e pegando o bule de café na bandeja. — Como você gosta do seu?

— Puro, com leite, por favor.

— O quê? Sem açúcar, Leonard? Eu lembro que quando nós parávamos nas lanchonetes de estrada você colocava tanto açúcar no café que dava para manter uma colherinha em pé dentro da xícara.

Leonard riu.

— Meu Deus, você tem boa memória, hein? Bom, mas eu acho que já não posso mais fazer certas coisas impunemente. — Bateu no coração. — Ordens médicas, entende?

— Mesmo? — Nick entregou o café a Leonard e sentou novamente, mal conseguindo equilibrar a própria xícara no braço da poltrona.

— Melhor não colocar aí. Só por precaução...

Nick sorriu sem graça.

— Desculpe. Tudo bem se for no tapete?

— Mais seguro, eu acho.

Nick tomou um gole do café, colocou a xícara no pires, o pires no chão e se acomodou na poltrona.

— Então foi por isso que você parou de trabalhar?

— O quê?

— O coração. Foi por causa do coração?

Leonard balançou negativamente a cabeça.

— Ah, não, isso é uma coisa recente.

— Então por que você desistiu? Pegou todo mundo de surpresa.

— Você está exagerando um pouco, Nick. Eu nunca tive *essa* importância toda.

Nick avançou na poltrona.

— Você sempre teve essa mania de se depreciar não é, Leonard? O que você acabou de dizer simplesmente não é verdade. Eu fui ao Sammie's, na Cricklewood Broadway, para buscar um equipamento, uns três meses depois que você se aposentou, e me falaram que tinham recebido não sei quantas correspondências de gente como David Watkin, perguntando por que você tinha se aposentado.

— Você não está falando sério.

— Pode ter certeza. Até parece, Leonard, você estava no topo da carreira, e eu sei que estava a um passo de entrar para a Sociedade Britânica de Cinegrafistas. Então, por que foi escolher logo essa hora para desistir de tudo?

Leonard deu um gole no café, colocou a xícara de volta no pires e suspirou profundamente.

— Foram várias as razões, Nick, mas basicamente eu andava um pouco desiludido com as mudanças que estavam acontecendo na indústria naquela época. O sindicato dos cinegrafistas tinha ficado muito forte, estava impedindo sangue novo no mercado e eu realmente não tinha tempo para toda a nova tecnologia de vídeo que estava aparecendo. Eu detestava a falta de refinamento na maneira como estavam iluminando os sets. Não havia mais sutileza nas técnicas de iluminação nem arte. Tudo sempre muito imediato. Eu amava aquelas horas de nervosismo enquanto esperávamos as primeiras imagens virem do laboratório, para depois irmos assistir na telona da sala de projeção. Realmente achei que aquilo ia destruir a indústria que eu conhecia. E acreditei verdadeiramente que os filmes seriam todos feitos em vídeo.

— O que não aconteceu.

— Não, é verdade. Mas você deve lembrar que eu estava trabalhando cada vez mais em documentários, em 16mm, e que aquela era a parte mais afetada do mercado com a popularidade do vídeo. Era muito mais barato, menos arriscado e, para mim, aquilo tudo começou a parecer um pouco... amador.

— A qualidade da produção em vídeo melhorou muito com a alta definição digital.

Leonard deu uma gargalhada.

— Eu acho que você acabou de me perder agora, o que só confirma minha crença de que, se eu tivesse continuado, seria simplesmente um dinossauro velho hoje em dia.

— E o que é que você fez, depois? Você devia ter o quê? Uns quarenta anos?

Leonard suspirou.

— Foi um período difícil. Eu não sabia fazer mais nada. Tinha abandonado o colégio com dezesseis anos, sem qualificação nenhuma, e ido direto trabalhar no Ealing Studios. Uma espécie de faz-tudo. Tudo o que ninguém queria fazer eu fazia. Estou chegando aos setenta e três, então, é isso, você está certo, eu devia ter uns quarenta e poucos naquela época, e as chances de se arrumar emprego nessa idade não são muito animadoras. Fiquei um tempo trabalhando com finanças, mas achei muito chato, aí desisti e virei motorista de táxi.

— Jura? Taxista em Londres?

— Não, não, eu trabalhava para uma empresa particular aqui em Kingston. E, para ser sincero, senti um tremendo alívio. Tinha passado tanto tempo longe de casa e de Grace que realmente gostei da rotina de voltar cedo toda noite... ou de manhã, se eu tivesse trabalhado à noite.

Nick pegou a xícara e o pires do chão, bebeu o resto do café, depois inclinou o corpo para a frente, depositando a louça na bandeja.

— Você se arrepende hoje em dia?

— De quê?

— De ter abandonado a indústria?

Leonard puxou o lóbulo da orelha, pensativo.

— Eu diria que sim, que me arrependi por um tempo, mas depois esse sentimento sumiu. Na verdade, Nick, fazer filmes era tudo para mim e o fato é que eu nunca achei que tinha chegado a fazer a minha grande obra, o meu filme definitivo. Eram tantas as facetas de iluminação que eu queria testar, queria explorar ao máximo as capacidades da película, e os trabalhos que estavam aparecendo para mim não me deixavam experimentar nada. Eu estou velho agora, Nick, estou feliz em casa, cuidando do jardim. Mas, se você quer saber a verdade, nutri uma tremenda frustração durante um tempo por ter desistido de tudo.

Nick concordou com a cabeça.

— Ainda se lembra de como você costumava trabalhar?

Leonard sorriu.

— Você não esquece como se anda de bicicleta, esquece? — Levou o indicador à testa. — Ainda está tudo guardado aqui. Não sei como seria operar uma câmera hoje em dia. Minhas mãos talvez estejam menos firmes, mas, com certeza, o equipamento deve ter melhorado e alguém já deve ter inventado um tripé ainda melhor que o Miller *fluid head*. E certamente os negativos também devem ter mudado para melhor. Eu imagino a granulação bem mais fina... — Deixou escapar uma risada nostálgica. — Deus do céu, você está me fazendo voltar no tempo.

Nick tinha o corpo inclinado para a frente, cotovelos apoiados nos joelhos, mãos juntas, como se estivesse rezando.

— Você se lembra do trabalho que a gente fez com o Royal Ballet?

— Claro que me lembro. Nós filmamos tudo em Ektachrome 7242 com a luz que tinha. Bem granulado, mas acabou ficando interessante. — Apontou para Nick, como se lembrasse. — Você fez a câmera. Foi a primeira vez que deixei você operar.

Nick riu.

— Depois sou eu que tenho boa memória! Nem me lembrava mais disso.

— Nossa, você fez um trabalho excelente. Foi depois dali que me convenci de que você realmente seria bom. — Deixou escapar um suspiro. — Mas você também desistiu e resolveu produzir, não foi?

— É. — Nick ficou sério. — E é exatamente por isso que eu estou aqui hoje. — Esfregou as mãos, organizando as idéias. — Leonard, vou direto ao ponto. Você, por acaso, consideraria a possibilidade de voltar?

Leonard encarou o homem por um minuto, olhos e testa franzidos pela dúvida.

— Será que eu ouvi direito?

Nick riu.

— Eu acho que sim.

— Para fazer o quê?

— Um trabalho para mim. Eu quero filmar uma companhia de dança japonesa no Festival de Edimburgo, em agosto.

Leonard continuou olhando para Nick. Depois, balançando devagar a cabeça, virou-se, fixando silenciosamente o olhar no aquecedor elétrico.

— Veja bem, Leonard, vou explicar melhor a situação. — Nick disse, inclinando-se tanto para a frente, com tamanha intensidade, que seu corpo não tocava mais que a pontinha da poltrona. — Semana passada, um amigo meu de muito tempo, o Alasdair Dreyfuss, me ligou. Eu costumava jogar tênis com ele no Queen's Club antes de ele se mudar para o norte e virar diretor do Festival de Edimburgo. Ele me disse que tem um grande conglomerado japonês patrocinando a companhia de dança para o festival este ano, e, aí, uma das maiores empresas de Tóquio entrou em contato comigo para que eu filmasse o evento. Tem, na verdade, algumas condições. Melhor dizendo, umas complicações envolvidas. Eles querem que a apresentação seja filmada em película, em vez de vídeo, para que, nas palavras dele, "a essência da dança seja captada da maneira mais pura e natural possível".

Nick estava se sentindo desconfortável com o silêncio de Leonard, mas decidiu continuar com a explanação:

— Para ser franco, Leonard, meu ramo é estritamente corporativo e nós temos concentrado os negócios em produções de vídeo, mas na hora em que Alasdair me falou desse projeto, eu voltei no tempo e lembrei daquele trabalho com o Royal Ballet...

— Isso tem trinta anos, Nick — Leonard interrompeu, falando baixinho.

— Eu sei, mas você mesmo disse que ainda sabe fazer.

— Pode ser, o que não quer dizer que posso sair aceitando um trabalho como esse. Pelo amor de Deus, estou com setenta e dois anos, Nick.

— E daí? Ainda tem uma porção de gente da sua idade trabalhando, e, se eu não estou enganado, o grande Freddie Young continuou filmando até bem depois dos noventa! Vou providenciar toda a equipe, Leonard. Você não vai ter que levantar um dedo. Eu só quero que ilumine o set e filme.

Leonard balançou a cabeça.

— Meu Deus, Nick, que proposta extraordinária!

— Três semanas de filmagem em agosto, Leonard. Só isso. Eu não estou pedindo para você ser cabeça de um longa-metragem por quatro meses. Três semanas, você monta os seus horários. A companhia de dança sabe que filmar a apresentação é parte do acordo de patrocínio. O diretor vai fazer de tudo para ajudar.

Leonard mordeu o canto da boca.

— Você disse que eu tenho de iluminar o set. Com certeza a companhia vai se apresentar num teatro, com luz fixa.

— Vou mandar alguém da equipe de locação a Edimburgo para ver se não tem algum armazém desativado, um galpão ou algo do tipo que seja trifásico, caso você queira usar um equipamento de luz mais pesado. Você pode filmar uma parte no teatro, durante a apresentação, para ter um pouco de clima e filmar o resto no armazém.

— E como fazemos na edição? — Leonard levantou as sobrancelhas, preocupado. — E a película? Meu Deus, Nick, estou tão fora de forma que não sei nem por onde começar!

— A gente tem três meses antes do festival, Leonard. Até lá, vou providenciar para que você saiba tanto sobre equipamento, filme e luz quanto sabia trinta anos atrás. Vai ser como se você nunca tivesse deixado a indústria.

Leonard esfregou a testa com todos os dedos, como se tentasse afastar uma dor de cabeça.

— Realmente não consigo entender por que você está me propondo isso, Nick.

— Bom, não vou mentir para você, eu tinha outra pessoa para fazer o trabalho, mas ele pediu para sair para fazer um documentário milionário no Canadá. — Nick estalou os dedos. — E aí, você me apareceu na cabeça, Leonard, porque ainda se fala no meio que nunca ninguém conseguiu filmar um balé como você.

Leonard pensou em refutar o comentário, mas foi invadido por uma sensação repentina tão boa e há tanto tempo perdida de orgulho e reconhecimento que percebeu que, na verdade, não tinha desejo algum de deixar passar o elogio.

— Pode ser a chance de você fazer o seu filme definitivo, quem sabe — Nick disse baixinho, tomando o silêncio do diretor de fotografia aposentado como um pedido de encorajamento. — Por que não agarrar a chance?

— Eu teria de falar com Grace a respeito — Leonard respondeu finalmente.

— Claro. — Nick relaxou na poltrona, aliviado, sabendo agora que havia conseguido construir um caminho para a resposta positiva de Leonard.

— Eu te ligo daqui a uns dias e você me diz o que resolveu. E se for um "sim", a gente coloca a bola em jogo. — Puxou a manga da camisa abotoada e deu uma olhada para o Rolex no pulso. — Eu preciso ir andando. Tenho um almoço de negócios no West End à uma hora. — Levantou bruscamente e esperou enquanto Leonard fazia o mesmo, com alguma dificuldade.

Leonard andou lentamente até a porta, abriu-a e encaminhou Nick ao hall.

— Muito bom você ter se lembrado de mim, Nick — disse, destrancando a porta. Estendeu a mão e, quando Nick a segurou, Leonard colocou sua outra mão sobre a dele, apertando-a com carinho. — Vou ter uma resposta quando você me ligar.

— Espero que você pegue o trabalho, meu amigo. Eu sinto como se isso fosse a minha maneira de reparar uma grande perda para a humanidade, conseguir convencer o grande Leonard Hartson a voltar para trás da câmera.

Leonard seguiu o homem alto até o pátio de pedrinhas na frente da casa e ficou observando enquanto ele abria e fechava o portão, depois entrava no Jaguar verde-escuro, estacionado na rua. Enquanto o carro se afastava, virou-se e viu Grace debruçada sobre uma azaléia meio murcha, recolhendo algumas folhas secas.

— Você estava por aqui, Gracie? — murmurou, ausente.

— Esta aqui não parece estar indo muito bem, Leonard. Acho que devíamos levá-la para o jardim de trás. — Virou-se e avistou o Jaguar, que, àquela altura, já fazia a curva para pegar a rua principal e desaparecia de seu campo de visão. — Que homem delicado!

— É verdade — Leonard respondeu baixinho, enquanto observava a mulher.

— Mas ele fala muito alto. Você acha que isso é um pré-requisito para ser bem-sucedido hoje em dia? — Ela se virou para o marido e abriu um sorriso, quando viu nos olhos dele a excitação que não via fazia tantos anos.

— O que foi? — ele perguntou, perplexo com o bom humor estampado no rosto da mulher.

Dando um passo em sua direção, Grace apoiou as mãos nos ombros do marido e deu um demorado beijo em sua bochecha.

— Então, você vai aceitar, não vai?

Ele se afastou um pouco, pegou as duas mãos da mulher, apertando-as.

— Eu não sei. Só de pensar, fico apavorado, mas ao mesmo tempo me sinto tão honrado por ele ter me convidado... O que você acha, Gracie?

Sua mulher ficou em silêncio por uns minutos, depois respondeu:

— Eu poderia dar mil razões para você *não* aceitar, meu amor. Iria ficar preocupada com a sua saúde e com a sua capacidade de levar adiante um projeto como esse. Mas o que importa não sou eu, Leonard. Você vai ter o desafio e a oportunidade de dar a volta em todos esses anos longe do trabalho que sempre amou tanto.

Apertou as mãos do marido com força.

— Portanto, eu sugiro que aceite, se dê uma chance e, eu tenho certeza, ninguém vai se desapontar, muito menos você.

CAPÍTULO 10

Fred Brownlow checou a própria aparência no espelho quando passou pelo corredor estreito da casa com terraço no conjunto habitacional da Wilson Street, em Hartlepool. Deu uma puxada na lapela do blazer, ajustando o caimento nos ombros largos, antes de desamassar as mangas com as mãos e dar uma viradinha, para que a luz do teto iluminasse o emblema dourado costurado no bolso do paletó. Em posição de sentido, admirou sua figura, exatamente como havia feito três décadas antes, quando servira como sargento na Durham Light Infantry.

— Pronto para sair?

Virou-se e viu sua mulher, que vinha da cozinha. Ela vestia "roupas de casa": robe florido e chinelos de lã. E aqueles olhos vivos que tinham chamado sua atenção quase quarenta e dois anos atrás eram ainda mais brilhantes agora que usava aqueles óculos de armação azul.

— Exatamente, meu bem — disse, pegando o boné branco no cabideiro e ajustando-o na cabeça. — Pronto para a ação.

Agnes se aproximou, observando a suéter de gola em "V" por baixo do blazer.

— Aquela mancha saiu bem, não foi? Não esquece de usar um guardanapo quando for tomar seu chá depois do jogo. Chega de chocolate pingado na roupa.

Fred riu.

— Vou me comportar como um bom menino, mamãe — disse, beijando a testa da mulher.

Pegou um molho de chaves no console, guardou no bolso da calça cinza e pegou a bolsa com seus equipamentos de boliche do chão.

— Não vou voltar tarde hoje. Eu combinei com Bert que ia dar uma mão lá no loteamento amanhã.

— Está bem. Bom jogo. E não vá ficar mal-humorado se perder, hein?

Fred jogou a cabeça para trás diante do comentário.

— Como se eu ficasse... — disse, sarcástico.

E assim que ele saiu, Agnes sacudiu a cabeça. Embora para qualquer um a resposta do marido pudesse parecer ambígua, ela, mais do que ninguém, sabia que a reação era exata e imediata, e muito mais comum do que ele gostaria de admitir.

Fred fechou a tramela do portão de ferro, dando uma olhada orgulhosa para seu pátio muito bem cuidado. Avistou o homem com duas crianças andando em sua direção, aparentemente sem vê-lo. Rapidamente foi até a rua e se agachou atrás de um carro estacionado, mas mal teve tempo de se esconder, antes que dois gritinhos estridentes soassem e passinhos apressados viessem até ele.

— A gente sabe que você tá aí, vovô! — Ouviu a voz do neto. — A gente viu você se escondendo.

Fred levantou e Robbie já estava ao lado do carro, sorriso radiante no rosto.

— Safadinhos. Achei que tinha conseguido ser mais esperto que vocês desta vez — disse, bagunçando o cabelo do neto. Virou-se no instante em que Karen o alcançava e se jogava em seus braços.

— Meu Deus! — gritou, largando a bolsa no chão. Pegou a neta e girou com ela no colo. — Você já está ficando muito grande para esta brincadeira, menina. Quase derrubou seu velho avô. — Colocou a pequena no chão e balançou a cabeça, cumprimentando o filho que se aproximava: — Oi, Gary. Tudo bem?

— É, tudo direitinho — Gary respondeu desanimado, apagando o cigarro no chão com o pé.

— Veio visitar a gente?

— É, mas parece que você já tá de saída, não é?

— É, eu tenho jogo de boliche hoje. Semifinal da liga. — Apontou para a casa com a cabeça. — Mas sua mãe está em casa. Vai lá. Ela vai gostar de ver as crianças.

— Vou fazer isso.

— Nada, ainda? Nenhuma resposta de trabalho?

Gary sacudiu a cabeça.

— Nada. Uma droga.

Fred deu um aperto de encorajamento no braço do filho.

— Vai aparecer alguma coisa, garoto. Pensamento positivo. — Pegou a bolsa no chão. — Bom, melhor eu ir andando, não posso deixar o pessoal esperando.

— Bom jogo. A gente se vê — Gary respondeu, acenando para o pai e indo atrás das crianças, que já entravam em disparada na casa.

A televisão da sala de estar estava ligada no volume máximo quando Gary fechou a porta de entrada. Deu uma olhada em volta e viu Robbie e Karen abraçados numa das poltronas marrons, aveludadas, os olhos grudados na tevê.

— O que é que vocês estão fazendo? — perguntou veemente. — Vocês vieram pra ver sua avó.

— Ela disse que podia — Robbie respondeu com ar de desculpa.

— Foi sim, eu deixei. — Agnes entrou na sala com dois copos de suco de laranja. Apoiou-os no jogo americano em cima da mesinha dobrável de frente para a poltrona onde as crianças estavam. — Quer um chá, meu filho?

— É, um chá ia cair bem.

— Então vamos lá para a cozinha enquanto os meninos assistem ao programa que eles gostam.

Gary seguiu a figura pequenina de cabelos grisalhos e ondulados pelo corredor estreito até a cozinha. Puxou um banquinho da mesa de fórmica e sentou, instintivamente buscando o maço de cigarros no bolso da camisa. Parou, lembrando que a mãe tinha proibido fumar dentro de casa desde que o marido tomara coragem de parar, seis meses atrás.

— Rene está trabalhando hoje? — Agnes perguntou, jogando a água fervente no bule de chá.

— É, ela foi chamada pra cobrir o turno da tarde lá no Andy's. — Gary tamborilava na mesa, agitado. Realmente gostaria de um cigarro agora. — Ela não anda de muito bom humor comigo.

— Como assim, meu filho? — Agnes quis saber, preocupada, enquanto servia duas xícaras de chá.

Gary suspirou.

— Esse cara do Andy's apareceu lá em casa outro dia, dizendo que eles tavam levantando um dinheiro pra levar a Rene pra Escócia, pra esse Festival de Edimburgo, pra apresentar o número de comédia, e ela quer ir. Só que eu dei uma cortada na história toda.

— É? E por quê? — a mãe perguntou, concentrada nas xícaras cheias até a boca que levava para a mesa.

— Porque são três semanas, mamãe, por causa disso! Ela não pode ficar fora esse tempo todo. De qualquer maneira, é exatamente no período em que os meninos vão estar se preparando pra voltar às aulas.

Agnes sentou em frente ao filho.

— E isso faz diferença?

— Claro que faz diferença!

— Por quê?

— Ué, porque... — Gary hesitou, os olhos circulando em volta da pequena cozinha de paredes cor-de-laranja. — Eu pensei que você ia me apoiar desta vez.

— Amor, eu apóio você, e os rapazes do Andy's devem apoiar a Rene também, se estão juntando o dinheiro suado deles para que ela vá para a Escócia fazer o show. Eles devem achar que ela é realmente boa.

— Ela é. Isso não tem dúvida — disse com entusiasmo. — É só que... — Fez uma pausa e Agnes notou que ele encolhera os ombros, desconfortável.

— O que foi, meu amor?

— Eu queria já ter arrumado um emprego até lá.

Agnes alcançou as mãos do filho na mesa.

— Eu tenho certeza de que você vai, Gary, e se acontecer mesmo, a gente pode dar um jeito. Eu e seu pai podemos fazer a nossa parte com as crianças. Você sabe que é um prazer para nós. — Balançou a cabeça, pensativa. — Ela é corajosa, essa Rene.

— Como assim?

— Bom, ela está considerando sair de Hartlepool, de onde quase nunca saiu, e passar três semanas longe da família, num lugar em que não conhece ninguém. Não é uma decisão para quem é fraco. Ela realmente deve acreditar que pode fazer sucesso nesse festival.

Gary mordeu os lábios, enquanto a mãe sorria encorajadoramente para ele.

— Tá bom, já entendi.

— Então? Por que não apoiar sua mulher e dar o suporte que ela precisa? Afinal, nunca se sabe onde isso pode dar.

Gary concordou levemente.

— Você acha que ela deve ir, então?

— Com certeza. E se você quer mostrar o quanto ama sua mulher, e eu sei que você ama, mande Rene para a Escócia e se despeça com bandeirinhas.

Nesse momento, Karen deslizou pela cozinha e sentou no colo do pai.

— Pai, tô com fome — disse, abraçando o pescoço de Gary.

— É, minha flor? — Agnes puxou a menina para perto de si. — Então, que tal se a vovó fizer um prato enorme de salsicha com purê?

Gary riu e deu um abraço apertado na filha.

— Eu acho que todo mundo acha uma ótima idéia, vovó. Não é, pequena?

CAPÍTULO 11

Numa manhã quente e sem nuvens no começo de agosto, Jeff Banyon andava pela Princes Street em passo acelerado, sentindo uma gota de suor brotar embaixo do colarinho da camisa e escorrer lentamente pelas costas. Ainda faltava uma semana para que o Fringe começasse de verdade, e duas antes do início do festival internacional, mas já se podia perceber o aumento de turistas nas ruas. Desviou de um casal alto e louro, provavelmente escandinavo, carregando mochilas pesadas, que havia parado de repente para consultar um mapa. Depois, quase tropeçou num fotógrafo japonês que estava agachado procurando o melhor ângulo para captar as flâmulas penduradas em todos os postes de luz, desde o Scott Monument até a junção com a Lothian Road, anunciando o festival prestes a acontecer.

Quando seu celular tocou, Jeff teve de fazer um malabarismo com a pasta e a jaqueta, que ele segurava com o dedo indicador sobre o ombro, para liberar uma das mãos e atender. Enquanto andava, mais ouvindo que falando, deu uma olhada na direção do Princes Street Gardens, até onde os trilhos alargavam antes de entrar na Estação Waverley, para ver se o trem das onze para Londres já estava a caminho. Apressou o passo até quase correr, quando cruzou a Waverley Bridge, olhando a frente da máquina azul e vermelha, que saía do túnel embaixo do castelo. A pressa era uma reação natural, mas, quando olhou as horas no relógio de pulso, viu que tinha ainda uns dez minutos antes da saída do trem, então desacelerou novamente, evitando ficar encharcado de suor até a hora de embarcar.

No caminho para a estação, terminou a ligação e enfiou o celular no bolso da jaqueta, suspirando aliviado. Era a quarta vez que trabalhava com a Scottish Chamber Orchestra e tinha de lidar com a organização do show de fogos, mas, ainda assim, o tempo e a experiência não pareciam tornar as coisas mais simples. Nos últimos três meses, ele só tinha falado com Roger Dent, dono da Exploding Sky Company, quatro vezes, só agora confirmando que tocariam Tchaikovsky para poder começar a levantar material e equipamento para o show.

Lidar com Roger Dent era sempre difícil e estressante. O homem tinha lei própria, não era nada ortodoxo na maneira de conduzir os negócios. Mas, no fim das contas, nunca tinha deixado de aparecer com as soluções, sempre preparando um show que deixava a platéia de boca aberta, coisa que sua empresa vinha fazendo por mais de vinte anos. Entretanto, Jeff sabia que Roger Dent nunca teria conhecimento do tanto de blefe e mentira deslavada de que ele mesmo tivera de lançar mão em nome do pirotécnico, para acalmar os pedidos e perguntas, tanto dos patrocinadores do Fireworks Concert como de Sir Alasdair Dreyfuss, diretor do festival internacional.

Estendeu o tíquete para o sisudo oficial de fronteira e adentrou a plataforma comprida em direção à frente do trem. Graças a Deus, ficara sabendo com antecedência do encontro de hoje em Newcastle.

Conseguira uma passagem de primeira classe na internet por um preço muito menor, o que garantia pelo menos uma hora e meia de conforto e tranqüilidade para organizar suas idéias, antes de encontrar Sir Raymond Garston, o homem responsável por conduzir a Scottish Chamber Orchestra, quando esta tocasse no show de fogos de artifício no último sábado do festival.

Nos fundos do trem, Leonard Hartson finalmente conseguira espremer sua mala no compartimento de bagagens, a meio vagão de onde estava sentado. Atravessou o corredor central de volta a seu assento, o caminho atravancado por crianças olhando fascinadas para os outros passageiros e velhas senhoras esperando pela boa vontade alheia para ajudá-las a colocar bolsas e casacos nos respectivos compartimentos. Finalmente encontrou seu lugar e pediu desculpas ao companheiro de viagem, um homem encorpado, barba por fazer, vestindo camisa de lã e jeans para dentro das botas de trabalhador. Quando Leonard se espremeu para passar por ele, conseguiu ver no tíquete do homem, que estava sobre o assento, que ele tinha pego o trem em Aberdeen. Viu também as várias latas abertas de McEwans Export na mesa em frente a ele. Leonard sorriu brevemente para o homem com bafo de cerveja antes de se sentar e, com um suspiro de alívio, virou-se para olhar pela janela uma família jovem na plataforma que se despedia de uma senhora sentada na fila da frente.

Apesar do encorajamento de Gracie, tirara um tempo para refletir antes de aceitar a proposta de Nick Springer. Pensando friamente, depois da visita do produtor, Leonard começou a sentir-se incapaz de pegar o trabalho em Edimburgo e questionou a decisão de Nick de não ter um cameraman de idade e conhecimento técnico apropriados ao seu lado. Nick, por sua vez, não era do tipo que se deixava levar. Tinha arranjado para que Leonard acompanhasse por uma semana o trabalho de um cameraman jovem, sugerindo que depois disso ele, então, desse sua resposta.

O que acabou acontecendo foi que o câmera, conhecendo a reputação de Leonard, parecia mais nervoso e agitado diante da possibilidade de trabalhar com o velho cinegrafista que o próprio, por sentir-se começando do zero. Leonard observou o rapaz enquanto ele iluminava o set, fascinado com o posicionamento das pequenas lâmpadas 1K para iluminar uma área que precisaria de pelo menos duas 5Ks nos velhos tempos. Perguntou ao jovem, educadamente, sobre a velocidade do filme que ele estava usando, na dúvida se haveria luz suficiente para filmar a cena sem precisar aumentar um ou dois *stops* depois, no laboratório. O rapaz já dissera a ele que tanto a qualidade quanto a velocidade dos filmes Eastman Colour tinham melhorado muito ao longo dos anos e, sabendo o motivo da pergunta de Leonard, deu uma olhada na luz do set e disse, com um sorriso, que achava que conseguiria se virar. Leonard continuou estudando a técnica do rapaz enquanto ele fazia os ajustes, e, ao tempo em que o próprio conhecimento começou a inundar novamente sua cabeça, viu-se tendo de morder a língua a todo instante para não sugerir o uso de um difusor aqui, ou o fechamento parcial das abas de um ou outro refletor ali. Mas, depois, quando andou em volta, no meio do brilho nostálgico das luzes, com seu velho medidor de luz Weston de caixa de couro, Leonard ficou feliz por ter se calado. O set não estava iluminado para criar grandes efeitos, mas com certeza a luz estava muito bem balanceada.

Contudo, não foi antes de tocar no corpo de uma câmera Arriflex 16SR3 nova que Leonard, de repente, sentiu-se de volta ao lugar ao qual pertencia. Suas mãos se moviam instintivamente pelo cabo granuloso do equipamento, acostumando-se à nova posição dos botões, pegadores e operadores de foco. Segurando com mão firme o chassi atrás da câmera, nivelou a cabeça do tripé, destravou as manivelas de *tilt* e *pan* e, olhando pelo visor emborrachado, fez um oito com a câmera num movimento suave, exatamente o mesmo movimento que tinha praticado tantos anos atrás com a velha Moy head manual de duas manivelas no chão do estúdio em Ealing. O jovem cameraman observou seus movimentos e depois trocou a lente estática por uma Canon 10:1 com zoom, convidando Leonard para testá-la. Leonard pressionou o botão de zoom automático, maravilhado com sua ação suave, e pensou que os dias em que um movimento brusco no nivelador manual resultaria na refilmagem de uma cena tinham acabado. Com o zoom apertado, focou num livro em cima de uma mesa no meio do cenário e, abrindo o plano novamente, fez outro oito com a câmera, terminando num close perfeito do livro. Depois de terminar, travou o tripé, empertigou-se atrás da câmera e sorriu. Nada havia mudado e, naquele momento, soube que ainda tinha conhecimento e habilidade para aceitar a proposta de Nick.

Agora, tendo feito seu reconhecimento de campo em Edimburgo e visto o armazém que o pessoal da locação tinha encontrado, Leonard sabia exatamente do que iria precisar. Fizera a lista na noite anterior no quarto do hotel e passara por fax para o gerente de produção de Nick. Em duas semanas ele estaria de volta a Edimburgo, para encontrar o assistente de câmera e dois eletricistas, pronto para começar o trabalho.

O trem saía devagar para sua jornada em direção ao sul e Leonard observava enquanto a família se despedia da mulher dentro do trem, com acenos frenéticos de mão, movendo-se rapidamente pela plataforma, na tentativa de acompanhar o vagão que acelerava, indo embora. Segundos antes de perdê-los de vista, Leonard testemunhou os efeitos de um sopro de vento repentino que levantou o vestido da mulher, fazendo com que ela o puxasse entre os joelhos, a boca ovalada de constrangimento.

Três milhas ao norte da Estação Waverley, depois das ruas organizadas e refinadas de New Town, a mesma rajada de vento varreu o quarteirão de prédios de concreto surrado de cinco andares em Pilton Mains, antes perdendo um pouco da força em algum lugar nas redondezas da Firth of Forth. Soprou algumas roupas esparsas penduradas em pequenas varandas cercadas, um pouco de verde quebrando o cinza da cena, enquanto uma bandeira de time irlandês se soltava e flanava em direção ao chão. Aterrissou sem estrondo ao lado de um menino de cabeça raspada e brinco de prata na orelha que andava pela faixa podada do gramado sujo. Olhando os prédios em volta, para ter certeza de que ninguém estava olhando, zuniu a bandeira rapidamente para dentro do bolso da jaqueta, antes de seguir andando, indiferente.

No quarto de Thomas Keene, que ficava num terceiro andar, no final de um quarteirão de prédios iguais, uma lata vazia de Tesco Baked Beans na beira do assento da cadeira quebrada ao lado da cama, também acabou vítima do vento que entrava pela janela sem cortina do quarto. Bateu no chão, rolando ruidosamente pelo piso, deixando pelo caminho um rastro de cinza e guimbas de cigarro de palha, adicionando pouco à sujeira que já cobria todos os cantos do quarto. A silhueta na cama mexeu-se embaixo da coberta amassada e uma perna saltou para fora em pequenos espasmos, revelando o lençol verde-sujo de baixo, muito pequeno para o colchão de molas largo e gordo. Depois de um minuto de silêncio total, a coberta foi lançada para trás e Thomas Keene, conhecido pelos poucos amigos que tinha nas redondezas como T.K., saudou a claridade do novo dia esfregando os olhos ardidos, inspirando profundamente o ar e proferindo uma sucessão de palavrões.

Levando as pernas para o lado da cama, T.K., vestindo camiseta e short, sentou-se por um minuto e coçou a cabeça, enfiando os dedos com dificuldade no cabelo castanho oleoso e embaraçado. Levantou-se e vestiu o jeans que estava esperando por ele desde que fora usado na noite anterior. Deu um passo adiante, enfiou os pés nus nos tênis sujos já amarrados e foi andando até a porta do quarto. Puxando uma suéter com capuz do parafuso na parede, que em algum momento já tinha sustentado uma prateleira, abriu a porta e andou até a sala de estar, onde o pai se encontrava afundado numa poltrona velha, a fumaça do cigarro fazendo curvas no ar, enquanto olhava vagamente para os apresentadores que não calavam a boca na tevê.

— Que é que tem pra comer? — T.K. perguntou, vestindo a suéter. Parou, esfregando a barba que despontava nas bochechas marcadas de espinhas, a boca aberta como se seu lábio murcho inferior fosse muito pesado para o maxilar.

O pai respondeu balançando negativamente a cabeça.

— Você podia me dar uma grana, então?

— Vai ver se eu tô na esquina — o pai respondeu, sem tirar os olhos da tela. — Você acha que eu sou idiota ou o quê?

— É pra comida.

— Ah, é?

T.K. balançou a cabeça diante da desconfiança do pai.

— Eu tô limpo e você sabe disso. Faz dois meses que eu não toco em nada. Devia me dar um crédito.

Levando o cigarro à boca, Thomas Keene pai se virou, um esgar no rosto, e começou a aplaudir o filho devagar, agressivamente, movimento que fez com que as cinzas do cigarro caíssem sobre a sua barriga enorme. Espalhou as cinzas com um peteleco e voltou a olhar a tevê.

— Tenta arrumar um emprego, então, já que parou de fritar os neurônios.

— Não rola.

— Como assim, não "rola"?

— Não tá rolando nada pra fazer.

— Ué, então faz que nem no ano passado. Por que é que você não vai tirar umas fotos dos turistas que estão pela cidade?

— Não rola — T.K. repetiu, devagar.

— Por quê?

— Eu troquei a câmera.

O pai virou e olhou para T.K.

— Por droga?

— Não, por grana — T.K. respondeu, irritado. — Eu já te falei, eu tô limpo!

O pai inclinou o corpo para a frente para apagar o cigarro no cinzeiro lotado de guimbas sobre a mesa em frente à tevê.

— Se mexe, então. Vai pro centro da cidade, vê o que você arruma.

— Eu não tenho um centavo pro ônibus.

O pai deu um longo suspiro.

— Deus te deu um par de pernas. Melhor usar.

T.K. patinou até a porta do apartamento, abrindo-a com força. Virou-se e mostrou o dedo do meio para o pai, antes de sair batendo a porta.

Ele sempre usava a escada porque o elevador nunca estava funcionando e, se estivesse, havia muita chance de ficar preso nele. De qualquer modo, andava com a mania de esticar o pescoço e olhar em volta, antes de descer cada lance, no caso de haver algum traficante por ali ou alguém esperando a oportunidade de despachar algum GHB (ácido gama-hidroxibutírico, também chamado de ecstasy líquido).

Desceu os degraus de concreto de dois em dois, as mãos deslizando na parede grafitada, tentando prender a respiração o máximo de tempo possível para não ter que respirar o ar cheirando a desinfetante misturado com urina. Atirou-se ao sol do lado de fora do prédio, inspirou ar fresco e andou até o fim da rua sem saída, onde as latas de lixo se acumulavam e havia uma passagem para um atalho para o centro da cidade.

Quando chegou ao final da rua, parou de repente e encostou na parede. Esticou a cabeça pela quina do prédio e viu dois policiais andando em volta de um Ford Mondeo azul-marinho. Um falava em monocórdio enquanto o outro anotava coisas no caderninho. O carro de polícia estava parado ao lado do veículo roubado, a luz azul da sirene acesa, e T.K. mal poderia passar despercebido na luz do dia.

Ele não tinha alternativa agora, a não ser ir pelo caminho mais longo. Se fosse visto nas imediações de um carro roubado, sabia que acabaria envolvido. Sem dúvida, em uma hora seu pai receberia uma visita dos dois policiais querendo saber por onde o filho tinha andado na noite anterior. Mas desta vez não tinha sido ele. Não encostava num carro fazia meses, desde que largara as drogas pesadas. Tinha sido difícil tentar quebrar os dois hábitos ao mesmo tempo, mas estava em débito com o doutor Anderson, que conseguira, de alguma maneira, encaminhá-lo para uma pena de liberdade assistida de dois meses, com internação voluntária em centro de reabilitação, em vez do que seria de esperar: o terror de encarar a prisão por pelo menos dois anos.

T.K. correu até a frente do prédio e foi na direção da rua principal que seguia para Leith Docks. Não que ele não sentisse falta, no entanto. Ainda tomava a "receita", a metadona prescrita, mas estava decidido a não voltar para as drogas pesadas, não depois do sofrimento daqueles dias intermináveis de estômago revirado, vômitos, tremedeiras e alucinações.

Mas os passeios de carro eram outra coisa. Na primeira vez, tinha catorze anos. Era um Ford Fiesta, estacionado à noite na Northumberland Street Lane. O garoto que estava com ele entrara no carro e fizera a ligação direta em segundos. Depois, cantando pneus, eles dirigiram em êxtase até a Queens Street, passaram por

Leith Walk, depois voltaram pela Ferry Road, finalmente fechando a noite triunfante, quando abandonaram o carro com as duas rodas da frente em cima do último degrau do memorial de guerra, no centro do pátio do Fettes College. Enquanto fugiam, cruzando os campos de esporte em direção a Ferry Road, o garoto ofegava, lembrando orgulhoso que, durante a viagem, tinham passado por dez sinais vermelhos e avançado todos.

Depois disso, T.K. tomara gosto e, nos dois anos seguintes, viajara em pelo menos cinqüenta carros diferentes. Tinha virado um artista do ofício, capaz de invadir o carro alemão mais sofisticado, desabilitando o alarme e fazendo ligação direta na ignição supostamente mais segura que existe; tudo em aproximadamente dois minutos e meio. Fora pego uma vez, logo no começo, e conhecera o doutor Anderson, que conseguira livrá-lo por causa da sua idade e do fato de ser seu primeiro delito. T.K. não pedira que os outros sete carros que tinha roubado antes fossem levados em conta.

Depois, roubara por encomenda um BMW para um homem em Craigmillar, e, de repente, se vira com duzentas libras no bolso. Não fora atrás do traficante. A notícia de que ele, Thomas Keene Jr., estava com dinheiro se espalhara e o homem tinha ido bater à porta do apartamento. Depois disso, nunca mais tivera concentração nem habilidade para continuar sendo o mesmo "artista" de antes. Ainda tentara várias vezes, mas seu cérebro carecia de coordenação e as mãos tremiam tanto que ele seria capaz de disparar o alarme do carro antes mesmo de ter aberto a porta. Então, passara a ter de se contentar com pequenos furtos para alimentar seu vício, ficando à toa nos pontos de ônibus e cafés da cidade, observando se não aparecia uma bolsa aberta, uma jaqueta ou casaco dando sopa em alguma cadeira vazia.

Então, três meses atrás, um impulso o fizera jogar-se dentro de um Vectra, deixado ligado em frente a um jornaleiro na West Granton Road, o dono havia corrido para comprar cigarros, jornal ou qualquer coisa do gênero. T.K. estava completamente chapado, só conseguiu dirigir por uma milha antes de bater em alta velocidade na lateral de um carro estacionado. O impacto fizera com que seu carro atravessasse a pista e, apesar de ele, de alguma maneira, ter conseguido driblar os carros que vinham sem bater, acabara com a porta do seu lado enfiada numa árvore. Seu cérebro andava tão completamente detonado que nem pensara em escapar pela porta do carona. Simplesmente esperara pacientemente a polícia chegar para liberá-lo. E fora por causa do processo que seguira o acontecido que T.K. decidira levar a sério o conselho do doutor Anderson.

Depois de uma hora e meia andando, com dor nas pernas, T.K. se viu na Broughton Street, na direção de Leith Walk. Parou para descansar, encostou em um poste de luz e viu um café do outro lado da rua, a fachada de pedra pintada de verde pastel e o nome "The Grainstore" escrito em roxo e letras duplas em itálico, logo acima da porta. Mesmo àquela distância, T.K. podia sentir o cheiro delicioso de café moído e pão fresco saindo pela porta aberta, e seu estômago começou a doer de fome, já que não tinha comido nada além da refeição insignificante — uma fatia de pizza e uma lata de feijão cozido — da noite anterior. Desencostando do poste, atravessou a rua se arrastando e espiou pela janela de vidro o café lotado. Clientes conversando, lendo jornal, alguns sentados a mesinhas redondas, outros empoleirados em bancos altos, suas xícaras apoiadas na estreita prateleira de madeira perto da janela, enquanto uma fila de espera enorme, mas organizada, se arrastava pelo balcão de atendimento. Deixou escapar um suspiro de resignação e entrou vagarosamente no estabelecimento. Ignorando a fila, aproximou-se de uma garota usando arco preto para prender o cabelo curto e louro, que ficava na última caixa do balcão.

— Se você quer alguma coisa, vai ter que entrar na fila — disse sem olhar para ele, enquanto contava o dinheiro que tinha na mão.

— Não — T.K. respondeu abruptamente.

— Ahn? — A garota perguntou, agora olhando para ele, interrogativamente.

— Não, é que eu não vou comer nem beber nada. Eu tô atrás de um emprego.

A atendente deixou escapar um risinho de descrédito.

— Sei...

— É, eu faço qualquer coisa... lavar prato, o que tiver.

O humor desapareceu do rosto da garota e ela olhou em volta, procurando o homem alto de avental de açougueiro de listras vermelhas que servia fatias finas de rosbife numa baguete, luvas descartáveis nas mãos. Ela acenou para ele com a cabeça.

— Eu posso ajudar? — o homem perguntou, sobrancelhas franzidas, enquanto perscrutava a aparência descabelada de T.K.

— Falei com a garota do caixa que eu tô precisando de emprego. — T.K. repetiu.

— Eu acho que o quadro de funcionários aqui já está completo — O homem encurtou a conversa, sorrisinho nos lábios. — Agora, se quiser comprar alguma coisa, vou pedir pra você entrar na fila. Se não quiser nada, melhor ir embora.

T.K. encolheu os ombros.

— Tá bom, 'brigado de qualquer maneira, chefe.

Virou-se e foi andando na direção da porta. A fila agora era tão grande que se estendia até o lado de fora, causando engarrafamento na entrada. Quando T.K. se misturou à pequena multidão, foi empurrado com força contra uma cadeira. Lançou um sorriso de desculpas ao senhor que estava sentado nela, que virou o corpo o suficiente para que T.K. pudesse ver a bandeirinha americana presa na lapela do casaco de jérsei. E depois ele viu a bolsa aberta na cadeira e o reflexo prateado da câmera dentro dela. Tão perto que ele podia adivinhar que era uma das novas JVC digitais. Abaixou e coçou falsamente a parte lateral da perna, calculando que a câmera estaria a centímetros de alcance quando levantasse o tronco outra vez. Um tropeço falso, pronto, estava feito.

Nos segundos seguintes, T.K. entrou em conflito, as imagens do que era certo e do que era errado passando em sua cabeça. As palavras do pai: "Por que você não tira fotos dos turistas", voltavam à memória, misturando-se às do doutor Anderson: "Eu não posso fazer mais nada para te ajudar, Thomas." Então, o empurra-empurra do engarrafamento na porta recomeçou e T.K. sentiu uma pancada por trás nos ombros, forte o suficiente para quase fazê-lo perder o equilíbrio e ele foi arrastado para fora, junto com um bolo de gente.

T.K. dobrou à esquerda, pegando a Broughton Street, andando apressado até se afastar da esquina do café, e aí, enfiando a câmera no bolso da frente da suéter, puxou o capuz e foi embora o mais rápido que as pernas cansadas permitiam. Apesar de não ter ouvido gritos de alarme atrás dele, estava convencido de que algum bebedor de café o seguia sorrateiramente, e não diminuía o passo enquanto corria pelo quarteirão até a London Street. Chegando lá, achou que estava na hora de dar uma olhada para trás e conferir se tinha necessidade de se livrar da câmera. Não viu o camarada vindo em sua direção com duas latas de tinta nas mãos, andando de um lado para outro, na tentativa de evitar a colisão. Quando T.K. se virou, aliviado, o fez para o mesmo lado que o homem carregando a tinta. Os ombros se encontraram com força, as latas caindo no chão com estrondo.

T.K. ouviu alguém gritar com raiva atrás dele, mas não se virou, nem parou de correr até chegar à Dundas Street, onde achava que estaria finalmente a salvo da perseguição.

CAPÍTULO 12

Jamie Stratton esfregou com a mão o ombro atingido e observou, irritado, a figura encapuzada, calça jeans escorregando, que desaparecia rapidamente na esquina.

— Viciado filho-da-mãe — disse baixinho, já andando até o bueiro no meio-fio onde as latas de tinta tinham ido parar. As duas estavam com mossas enormes, mas, milagrosamente, intactas. Pegou-as segurando uma em cada mão com os braços esticados e conferiu se não havia vazamento. Depois, colocando as duas numa mão só, pegou o molho de chaves no bolso do jeans sujo de tinta, subiu os degraus largos de pedra da escada e abriu a pesada porta preta da entrada do edifício.

Habituara-se a subir correndo as escadas até o seu apartamento no terceiro andar, saltando degraus, para manter os músculos das pernas fortes para o rúgbi, fosse ou não época de campeonato. Entrou no apartamento, agachou para pegar a correspondência no chão, depois foi até a cozinha e colocou as chaves, as latas de tinta e a pilha de cartas sobre a mesa. Foi até a pia e tirou de lá algumas panelas sujas, abrindo espaço para encher a chaleira. Levou-a até o fogão, acendeu o fogo e depois, cruzando os braços, apoiou-se na bancada de fórmica e ficou ouvindo o silêncio incomum e um tanto aterrador no apartamento.

Comprara o imóvel de vários quartos no prédio de estilo georgiano no começo do seu segundo ano na Universidade de Edimburgo, o pai tendo sido o fomentador da aquisição. Emprestara dinheiro para a hipoteca, dizendo que era um bom investimento e que o filho poderia pagar as prestações mensais alugando os três outros quartos para os colegas de faculdade. Tendo adquirido o apartamento por um preço muito baixo, devido às condições assustadoras do imóvel, Jamie tinha convencido os amigos a reformar todo o flat durante as férias de verão, prometendo dar a festa das festas no final da reforma. Eles arrancaram camadas e camadas de papel das paredes, preencheram os buracos e consertaram todas as rachaduras, até ficarem lisinhas. Equilibraram-se precariamente em andaimes improvisados para trocar todos os bocais de lâmpadas, limpar e pintar todas as sancas, depois rasparam todas as manchas do chão de pinho-de-riga. Desafiaram a gravidade, quando se penduraram em escadas pouco firmes para consertar as roldanas quebradas das janelas altas de vidro e ficaram de estômago embrulhado quando tiraram, com luvas de borracha, bolos enormes de cabelo dos ralos dos chuveiros e mergulharam nos vasos sanitários para livrá-los de conteúdos nada saborosos. Depois de pintarem o apartamento de cabo a rabo, saíram em busca de fretes num raio de três milhas em Edimburgo e gastaram horas de conversa com os guardas de trânsito, pedindo que deixassem estacionar o Land Rover e o contêiner de animais, emprestados pelo pai de Jamie, na calçada do prédio, enquanto desembarcavam os móveis. E, quando terminaram os dois meses de serviço pesado, deram a festa das festas. O problema foi que, com isso, Jamie acabara abrindo precedente, e pelos próximos três anos o apartamento seria sempre sacudido por música alta e gargalhadas, a ponto de ele ficar mais que aliviado por terminar sua carreira na universidade com o razoável 2:2 Honours Degree.

E agora tudo isso chegava ao fim. Os três colegas de apartamento tinham ido embora, dois deles para trabalhar em Newcastle e Manchester e o terceiro para viajar pelo mundo, enquanto ele havia recebido uma proposta de trabalho numa editora em Londres, para setembro. Discutira o futuro do apartamento com o pai, refutando a idéia de vender, mas acabara convencido de que era hora de seguir em frente, vender mesmo e usar o dinheiro para comprar uma coisa pequena em Londres. Então, com o coração partido, Jamie decidira seguir os conselhos do pai. O plano era liberar o apartamento para venda em meados de setembro, e para isso Jamie teria de trabalhar durante o verão e tirar de lá todos os vestígios dos três anos em que tinha servido de "inferninho" (serviço que as duas latas de tinta terminariam completamente), e levantar o dinheiro para cobrir o resto da hipoteca alugando os três quartos durante as três semanas movimentadas do festival.

Jamie deixou escapar um suspiro nostálgico e virou-se para servir uma colher cheia de Nescafé na caneca, antes de despejar a água, agora fumegante, da chaleira. Andou de volta até a mesa e remexeu a correspondência, jogando os anúncios e catálogos diretamente na lixeira perto do fogão. Pegou as duas cartas que restaram, um envelope A4 colorido e pesado do jornal *Edinburgh Fringe Review,* e outro da agência encarregada de alugar seu apartamento. Rasgou o envelope do jornal, jogando o seu conteúdo sobre a mesa. Um programa da mostra, uma pilha de filipetas dos shows e o ingresso amarelo precioso que permitiria acesso livre a todas as apresentações. Leu rapidamente a carta que confirmava o prazer em tê-lo mais uma vez no time de críticos e detalhava como utilizar o ingresso, bem como os prazos de entrega dos artigos. O trabalho não rendia muito dinheiro, mas significava poder assistir a quantos shows da mostra quisesse, além da oportunidade de aprimorar as qualidades literárias com as críticas, antes de começar na editora em Londres, em setembro.

Jamie estendeu a carta na mesa e começou a abrir o envelope menor. Desembrulhou o papel enrugado e passou os olhos pela mensagem breve.

— *Merda!*

Bateu com o papel na lateral da mesa. Apertou os dentes e semicerrou os olhos, exasperado, antes de ler novamente a carta.

— E agora?

Balançava a cabeça enquanto dobrava de volta o papel, apertando tanto as dobras que a folha poderia se dividir em pedaços num estalar de dedos. Jogando-a na mesa, passou as mãos no cabelo louro e cheio, enquanto tentava pensar nas alternativas que tinha pela frente. Com mais um xingamento, saiu da cozinha, tirou um caderninho surrado do bolso de trás da calça e andou até o aparador escuro de mogno onde ficava o telefone. Puxou o elástico, abriu o caderninho na última página, tirou o aparelho do gancho e discou os números.

— Boa-tarde, R. e J.L. Mackintosh advocacia — uma voz feminina respondeu com o indisfarçável sotaque refinado de Edimburgo.

— Oi, eu posso falar com Gavin Mackintosh, por favor?

— Quem deseja?

— Jamie Stratton.

— Um momento, por favor, eu vou ver se ele está na sala.

Enquanto esperava, Jamie tamborilava nervosamente no aparador.

— Oi, Jamie. Gavin. — O advogado falou devagar, a voz metódica e profunda que Jamie achava estranhamente confortadora, como se Gavin Mackintosh tivesse a habilidade de resolver qualquer problema, não importando o grau de complexidade.

— Oi, Gavin.

— Como tem andado seu pai? Ainda correndo atrás das ovelhas lá em Lammermuirs?

— Tudo igual — Jamie respondeu, com uma risada. O pai e Gavin Mackintosh eram amigos desde os tempos em que tinham freqüentado a Loretto School juntos e, conseqüentemente, Gavin se tornara seu advogado quase imediatamente depois que entrou para a empresa da família, recém-saído da universidade. Ele e seu pai ainda jogavam partidas acirradas de golfe em Muirfield e as duas famílias sempre se juntavam para os jogos internacionais de rúgbi em Murrayfield.

— Então você terminou a faculdade. Conseguiu o que queria?

— É, me formei em "etilismo, bebedeira".

— Em quê?

Jamie riu.

— Um 2:2. Eu bem que tentei forçar um 2:1, mas, dane-se, já até consegui trabalho numa editora em Londres. Começo lá em setembro.

— Que ótimo. E o rúgbi? Vai conseguir continuar jogando?

— Bom, eu vou tentar. Vou ver se o Rosslyn Park ou o London Scottish estão precisando de alguém com a agilidade de uma tartaruga morta lá.

— Não se diminua, garoto. A Escócia precisa muito de um jogador com a sua habilidade.

— Eu acho que isso daí é acreditar muito em pensamento positivo, Gavin. Tem pelo menos uns três ou quatro caras dos clubes regionais que vão conseguir um teste antes de mim.

— Eu não teria tanta certeza assim. Você jogou no time de sub-21, logo seria uma progressão natural. Bom, de qualquer maneira, vamos ao assunto. Como é que eu posso te ajudar?

— Eu só queria um conselho sobre a venda do apartamento.

— OK. Só me lembra um pouquinho, é em setembro, não é, que você está querendo colocar para vender?

— Isso, mas acontece que eu ia alugar os quartos durante o festival através de uma agência, e eles acabaram de me mandar uma carta dizendo que a companhia de teatro que ia alugar cancelou a vinda, entende? O problema é que eu realmente preciso da grana pra cobrir as últimas prestações da hipoteca e a agência não vai conseguir arrumar ninguém agora, na boca do festival.

— Ai, que troço chato, hein?

— Mais que isso. Eu não tenho certeza do que é melhor. De repente, a gente podia pensar em adiantar a venda. Eu praticamente já terminei de arrumar o apartamento e, se rolasse uma venda rápida, eu conseguiria a grana pra terminar de pagar a hipoteca.

Jamie ouviu Gavin gemer, pensativo, do outro lado da linha.

— De cara, fico achando que não é um bom negócio para você não. Com certeza, a gente poderia anunciar agora, mas eu não aconselharia a vender rápido. Você pode acabar colocando um preço muito abaixo do que o apartamento vale se fizer tudo às pressas, e, de mais a mais, transferência de propriedade é uma coisa que leva certo tempo. Mesmo que você venda muito rápido, acho que levaria aí uns bons dois meses até receber o dinheiro, o que, no final das contas, não te ajuda, não é isso?

— Sinceramente, não — Jamie respondeu desapontado. — Alguma sugestão?

— Um passo de cada vez. Eu sei que só falta uma semana até o festival, mas ainda tem uma porção de anúncios de quartos pra alugar circulando por aí. Por que você não faz isso? Duvido que não tenha gente desesperada atrás de um lugar pra ficar.

— É, até que a idéia não é ruim não. Pelo menos, não custa tentar.

—Aproveita e deixa umas filipetas no escritório da mostra. Também pode ser bom.

Jamie enrolou os dedos no fio do telefone.

— Mas, se não der em nada, o que é que eu faço? Como é que eu pago a hipoteca?

— A gente consegue um empréstimo de curto prazo para você poder pagar as prestações que faltam. Vai ter um pouquinho de juros, mas você recupera sem falta, se mantiver o apartamento no mercado por um período competitivo.

— Você acha que eu consigo um empréstimo, então? Eu tô à beira da falência aqui.

— Não se preocupe com isso, Jamie. O seu apartamento valorizou bem nos últimos anos. — Riu. — Eu tenho certeza de que os bancos vão disputar o seu empréstimo.

— Valeu pela boa notícia, Gavin.

— Imagina, Jamie. Não some, e vai me dando notícias de como estão as coisas.

— Pode deixar. Valeu.

Jamie colocou o fone no gancho e suspirou aliviado. — Graças a Deus — disse, a voz ecoando no apartamento vazio de pé-direito alto. Voltou para a cozinha, pegou uma colher no armário e começou a tentar abrir uma das latas de tinta.

CAPÍTULO 13

Gavin Mackintosh fez uma anotação rápida, porém completa, de seu telefonema com Jamie Stratton, num bloco de folhas pautadas. Destacou a folha utilizada, despejando-a na bandeja de alumínio no canto da escrivaninha grande e revestida de couro. Dispensou os óculos de leitura, pegou uma xícara com café já morno, recostou-se na cadeira, girando-a de modo que ficasse de frente para a janela comprida que dava para Heriot Row, e observou as alamedas tranqüilas do Queen Street Gardens. Viu quando uma senhora parou com dois cachorrinhos em coleira dupla ao lado de um dos bancos de ferro ao longo da aléia. Ela se sentou e soltou os cães. Enquanto eles corriam em direções opostas, pegou uma revista na bolsa e se acomodou para ler.

Gavin realmente não se apercebera de que era época do festival até o momento em que falou com Jamie. Aquilo era sempre um motivo de problema para ele, porque, apesar de todo ano ter a intenção de ir a alguns dos shows, o volume de trabalho infalivelmente crescia nessa época e as três semanas de eventos iam e vinham quase sem que ele percebesse que qualquer coisa fora do normal tinha acontecido. Sua mulher, no entanto, perseverava, comprando ingressos para concertos e óperas, mas acabava sempre tendo de levar uma amiga, ou presenteando uma de suas duas filhas que pudesse se ausentar da própria e sempre crescente família para acompanhar a mãe. No ano anterior, surgira uma pequena janela e ele conseguira reparar a exasperação da mulher, indo com ela assistir a *Celestina* de De Rojas, mas seu celular vibrara no bolso do paletó quase no finalzinho do primeiro ato e ele fora obrigado a sair, debaixo de uma nuvem negra de impopularidade, para atender à chamada da delegacia de Portobello e entrevistar um jovem, pego em flagrante numa invasão de domicílio.

Levantou da cadeira e andou até uma pilha de pastas marrons sobre a mesa do lado da porta, separou uma e voltou para a escrivaninha. Talvez este ano fosse diferente, pensou. Havia um evento em particular de que ele realmente gostaria de participar: a recepção de boas-vindas à jovem violinista Angélique Pascal, no Sheraton Grand Hotel. Ficara mais que surpreso quando vira o convite elegante sobre a bancada da lareira na sua casa, na Ravelston Road. Apesar da constante provocação dos amigos, ele sempre fora cético sobre quanto dinheiro a mais podia ser gerado por patrocinar um show no festival e, conseqüentemente, ele e sua mulher nunca tinham conseguido entrar na lista vip de convidados. De qualquer maneira, dessa vez faria qualquer esforço para ir à festa, apesar da possibilidade de aquilo provocar uma enxurrada de solicitações de apoio financeiro. Mas valeria a pena só para dar uma olhada na jovem concertista, extremamente talentosa e atraente.

Abrindo a pasta, Gavin aproximou a cadeira da escrivaninha, colocou os óculos e começou a ler o Último Testamento da senhora Annie Dalgety, cliente da empresa havia muitos anos e que tinha acabado de falhar em alcançar seu centésimo aniversário por meras seis semanas. Seria uma longa disputa, já que ela havia sido a vida toda uma pessoa espinhosa, sempre em pé de guerra com os três filhos e sucessores, mudando o testamento para beneficiar aquele de quem estava a favor no momento. Mais complicada ainda porque sua linha hereditária estendia-se por três gerações depois dela, e havia nada menos que trinta descendentes, todos esperando por uma parte da herança. O que incluía uma casa enorme de três andares na Royal Crescent, uma das poucas ainda não divididas e transformadas em flats, além de uma carteira de clientes substancial, construída ao longo de muitos anos por seu marido, morto recentemente, corretor da bolsa muito astuto em seus anos de atividade.

Gavin havia acabado de começar a anotar algumas observações diplomáticas, preparando-se para um segundo, e não menos conflituoso encontro, marcado para as quatro horas daquela tarde na sala dos sócios, quando ouviu fortes batidas à porta. Baixou a caneta, tirou os óculos e disse que a pessoa entrasse. John Anderson, um dos sócios minoritários da empresa, enfiou a cabeça pela fresta da porta.

— Você tem um minuto, Gavin?

— Claro, John. — Indicou a cadeira do outro lado da escrivaninha. — Pode entrar.

O advogado esguio e de óculos atravessou a sala com seu andar desengonçado, acomodando a pilha enorme de pastas que vinha carregando embaixo do braço sobre a escrivaninha. Acomodou-se na cadeira como quem se prepara para responder a perguntas do jogo Mastermind.

Gavin deu uma olhada suspeita para as pastas.

— O que é que nós temos aí, John?

John Anderson cerrou os dentes.

— Ah, bem que eu *achei* que você poderia ter esquecido — murmurou.

Gavin recostou na cadeira, a expressão fixa do rosto indicando que sua falta de memória sobre o assunto estava prestes a causar-lhe considerável dor física.

— Tudo bem, diga.

John esfregou as mãos, apreensivo.

— Eu estou saindo de férias por duas semanas, na segunda.

— Ah, é isso! — Gavin exclamou, batendo com força a palma da mão contra a testa. — Claro! Eu tinha esquecido completamente.

— Desculpe. Talvez eu devesse ter te lembrado antes.

Gavin acenou negativamente.

— Não, a falha é totalmente minha. Está na minha agenda há, pelo menos, três meses. E mais, eu já devia ter me acostumado. É o terceiro ano que eu cubro seus casos de assistência jurídica, não é?

— Quarto, na verdade — John respondeu, com um sorriso de desculpas.

Gavin riu com pesar e balançou a cabeça.

— Ironicamente, eu estava pensando em como eu nunca consigo achar tempo para ir aos shows do festival. Agora eu lembrei, é em *você* que eu tenho de colocar a culpa.

John inclinou-se para a frente, desconfortável.

— Olha só, Gavin, se você quiser, posso ver se consigo alguém...

— Não, não, eu estava brincando — Gavin interveio. — Claro que eu posso assumir para você. — Apontou para a pilha de pastas em cima da mesa. — São os casos em andamento?

— Cinco alegações de culpa e duas de inocência. Eu tenho de estar no foro em alguns dias e espero resolver dois dos casos, para também não deixar você tão sobrecarregado.

— Na verdade, também vai depender do que acontecer enquanto você estiver fora, não é?

— É, acho que sim — John respondeu baixinho.

Gavin bateu na mesa com as mãos.

— Esquece. Vai viajar e se divertir, John. E vê se volta renovado, pronto para outra. Para onde você vai agora?

— Maiorca, de novo — respondeu, o tom mais brando agora que tinha cumprido sua missão. — É bom para as crianças. Elas vão para a boate enquanto Deborah e eu ficamos descansando na praia.

— Parece um esquema ótimo. Divirta-se, então.

— Eu vou. E obrigado por cobrir de novo para mim, Gavin. — O advogado andou até a porta, abrindo-a. — Vou deixar os casos que não tiver conseguido resolver com a sua secretária na sexta à tarde, se for bom para você.

— Está ótimo, John. Prometo ler em algum momento durante o fim de semana.

Quando a porta se fechou, Gavin apertou os olhos e esfregou com as mãos a cabeça calva. Bom, pensou, mais algumas semanas sem clamor cultural. Sem dúvida, você vai ouvir os fogos de casa e perceber que o festival acabou mais uma vez. Uma coisa é certa, pelo menos: você vai se organizar para ir à recepção do Sheraton Grand, chova ou faça sol, mesmo que isso signifique deixar um jovem arrogante qualquer na cadeia por uma noite.

Colocando os óculos, pegou a caneta e voltou ao testamento da intrépida senhora Dalgety.

CAPÍTULO 14

Phil Kenyon baixou cuidadosamente a pesada caixa prateada à prova de fogo até o chão, dobrando os joelhos para proteger as costas. Endireitou-se, bufando um pouco por causa do esforço, e avistou ao longe o antigo armazém de grãos, quando uma das enormes portas de correr foi aberta. Roger Dent entrou e fechou com esforço e estrondo metálico as portas de ferro. Andou na direção do colega australiano, enfiando um papel dobrado no bolso da calça *chino*.

— Você falou com Jeff Banyon, então? — Phil perguntou quando o chefe se aproximou.

— Falei. Tudo certo. — Roger fez sinal de OK. — Acho que consegui usar as palavras certas pra deixar o cidadão mais calmo. Sentou na caixa que Phil tinha acabado de colocar no chão e cruzou os braços. — Ele tá a caminho de Newcastle pra encontrar o camarada que vai conduzir a orquestra na noite do show.

— A gente já trabalhou com ele antes?

— Não, então a gente vai ter que esperar que ele não se apavore, sabendo que tem mais ou menos duzentas e cinqüenta mil pessoas olhando para ele. Se sair apressando tudo, a sincronia com a gente e os fogos vai por água abaixo.

Phil levantou as sobrancelhas.

— E as partituras? Já tem alguém para fazer isso?

— A mesma garota da BBC Scottish Symphony Orchestra do ano passado.

Phil mordeu o lábio.

— Ah, a Helen — disse baixinho.

A boca de Roger se abriu num sorrisinho de reconhecimento.

— Claro, eu esqueci que você tinha tido um rolo com ela.

— É, pode ficar um clima meio estranho — Phil respondeu, balançando a cabeça.

Roger se levantou e deu um tapinha no ombro do companheiro.

— Phil, eu tenho certeza de que você vai contornar a situação de maneira "viril". — Tirando e desdobrando o pedaço de papel do bolso, passou os olhos pela lista escrita à mão. — Como é que você tá fazendo com os caminhões para Edimburgo? Já marcou tudo?

— Já, vão chegar na sexta de noite.

Roger concordou com a cabeça.

— Certo, então vamos manter o mesmo esquema do ano passado. A gente se organiza para chegar lá no domingo antes da última noite e fica com a semana toda pra preparar as coisas. — Dobrou e guardou de volta o papel no bolso. — Eu vou no primeiro caminhão com o equipamento e depois você e a equipe podem parar no caminho em Birmingham, pra pegar as ferragens na loja.

— Sem problemas. A gente tem quatro semanas até lá, é tempo suficiente pra preparar tudo e dar os toques finais no programa.

Roger mirou o australiano encorpado com um olhar irônico.

— Se acontecer de você atender o telefone no escritório e acabar falando com Jeff Banyon, por favor, não é pra comentar nada com ele.

— Por quê? O que é que você disse para ele? — Phil perguntou, dando uma piscada cúmplice.

Roger encolheu os ombros.

— Que o programa já tava pronto e a parafernália quase toda com a gente.

Phil riu.

— Bom, às vezes a gente tem que mentir um pouco pra viver um pouco.

— Exatamente o meu pensamento, meu amigo — Roger respondeu enquanto já se virava e caminhava de volta até a caixa com o equipamento, perto da porta. — Principalmente porque temos mais quatro mostruários pra ver, antes de irmos pra Edimburgo.

CAPÍTULO 15

— Aqui, Robbie! Larga isso e vem me ajudar!

O grito de Rene Brownlow era quase inaudível devido à cacofonia de sons na Estação York, dominada naquele preciso momento pelo anúncio em alto volume da chegada iminente do trem para Edimburgo. Robbie empurrou o carrinho de bagagem a toda velocidade ao longo da plataforma de embarque em direção à mãe, dando um cavalo-de-pau e arrancando mais um gritinho de deleite da irmã, que se agarrava ao puxador, os pés fincados, um de cada lado, nas barras de sustentação.

— Eles não tão fazendo nada de mais — Gary disse baixinho.

— Como assim? Eles podem acabar caindo e indo parar debaixo do trem.

Gary sorriu para a mulher.

— Como é que você tá se sentindo? Muito nervosa?

Rene deixou escapar um suspiro tremido.

— Só como se eu tivesse indo pra minha própria execução. Até hoje, uma excursão pra York era uma coisa tão impossível quanto uma mula com filhotes, e lá vou eu no trilho do trem, ainda pra mais longe.

Gary riu e deu um abraço confortador na mulher.

— Vai dar tudo certo, garota, eu tenho certeza.

Rene olhou para o marido.

— Tem certeza que tudo bem pra você eu ir, Gary? A gente acabou não falando mais sobre isso, com tanta coisa pra fazer, mas eu não esqueço a sua primeira reação quando o Terry...

— Esquece, garota — Gary cortou com um aceno de mão. — Foi só uma maneira de expressar a minha frustração. Eu devia ter ficado de boca fechada. O que eu quero é que você vá pra Edimburgo e arrase.

Rene sorriu contente para o marido.

— Vai dar tudo certo pra você, Gary. Eu tenho certeza. E se, por acaso, aparecer um trabalho e você tiver dificuldade com os meninos...

— Não se preocupa com isso — Gary interrompeu novamente. — Eu e meus pais damos um jeito.

— OK. Tudo bem. — Rene deu uma olhada atrás de Gary. — Tô me sentindo uma tremenda rainha — disse com o canto da boca.

— Como assim?

Ela olhou em volta.

— Minha *entourage*.

Gary deu uma olhada e viu os cinco membros da comitiva do Andersons Westbourne Social Club plantados, sorrindo para eles, a uns vinte e cinco metros de distância.

— Você acha que dá para tirar uma foto agora, Rene, já que o trem daqui a pouco vai estar aí? — Stan Morris perguntou, tomando a olhada de Gary como uma oportunidade para interromper a despedida do casal.

Rene riu.

— Por que não, Stan?

Enquanto o chefe da comitiva tirava a câmera que carregava no pescoço da capa de couro, os outros corriam para a frente, juntando-se em volta da família Brownlow. Braços enlaçando ombros e sorrisos congelados para a câmera.

Stan apertou o olho contra o visor.

— OK. Espreme um pouquinho. Melhor. Skittle, eu não estou conseguindo ver você, vem para a frente das crianças. Não, Norman, você não! Fique onde está. OK. — Afastou um pouco a câmera dos olhos, só para dar uma última checada no filme. — Vamos lá, um, dois, três... ai, só um minuto, a bobina está prendendo aqui.

Manifestação geral do grupo.

— Agora foi! — Stanley disse, embaraçado. — Eu sou um fotógrafo experiente, gostaria que vocês ficassem sabendo, e não ficaria bom se o fundo estivesse fora de foco.

— Chega de falação e vai logo. O microônibus que a gente alugou só fica até duas horas.

O comentário de Derek Marsham provocou a risada geral que seria captada para a posteridade na foto. O grupo se dispersou quando as portas do primeiro vagão começaram a se abrir.

— Você é número um aqui, Rene — Terry Crosland disse, enquanto pegava a mala dela no chão e deixava a plataforma, a comitiva de despedida atrás dele, como patinhos.

Rene se moveu devagar, segurando firme a mão de Gary. — Vou ligar toda noite.

— É, acho bom.

Puxou o rosto do marido, beijando-lhe longamente os lábios.

— Vou sentir saudade, garoto. Queria que você estivesse vindo comigo — sussurrou no ouvido dele.

— Você vai ficar bem. — Ele envolveu o corpanzil da mulher e deu-lhe um aperto no bumbum.

Rene se afastou, dando um beijo e um abraço em cada um dos filhos.

— Vocês, tomem conta do seu pai. E não vão ficar aborrecendo.

Robbie e Karen responderam com um aceno positivo de cabeça, antes de se afastarem do aperto amoroso da mão da mãe, loucos para voltarem à brincadeira no carrinho de bagagens.

— Vem — Gary disse, agarrando seu braço. — Hora de embarcar você.

Debruçada para fora da janela enquanto o trem se afastava da estação, Rene assistiu ao movimento das mãos acenando para ela até quando o trem fez a curva e ela os perdeu de vista. Fechou a janela e suspirou longamente, nervosa. Bom, é isso, garota, agora é com você, pensou.

Thomas Keene Jr. tinha conseguido montar um negócio bem organizado ao longo da semana. Tendo aprendido como fazer fotos com a sua filmadora, foi para a esquina da Princes com a Hanover e começou a abordar os turistas que passavam por ali, oferecendo-se para fotografá-los com o Castelo de Edimburgo ao fundo. Assim que tivesse pelo menos dez clientes fotografados, tiraria o cartão de memória da máquina, levaria para a loja Kwikflick, na Hanover, deixaria lá por meia hora, buscaria as fotos na Princes depois de uma hora e alcançaria os turistas voltando do passeio. Claro, no começo tivera alguns problemas. Não tendo nada que garantisse seu nome e integridade, T.K. teve de convencer um casal alemão a pagar adiantado e tê-los esperando em pé, do lado de fora da loja, enquanto as fotos eram impressas. Depois, a mulher da loja começou a reclamar das visitas constantes e ele acabou tendo de concordar em pagar o preço da hora cheia. Tinha quase certeza de que o dinheiro extra iria para o bolso dela direto, mas ele não se incomodava tanto com aquilo. No fim do dia, sempre tinha o suficiente para um cheesebúrguer duplo e uma Coca grande no McDonald's da Princes Street e para pegar o ônibus de volta para casa depois.

Aquele dia, no entanto, não tinha sido dos melhores para os negócios. T.K. não sabia exatamente o motivo, mas achou que podia ser porque já havia começado o teatro de rua na Royal Mile, visto que os shows do Fringe iriam começar no dia seguinte. Esperou até que a loja Kwikflick fechasse, depois puxou os poucos trocados do bolso. Era tirar na sorte entre a comida e o ônibus. Como era uma tarde sem nuvens e ele não tinha pressa de chegar em casa, optou por comida e seguiu andando para comprar outro sanduíche.

O copo de papelão e a caixa de poliestireno foram descartados no gradil de ferro do porão de um prédio no final da Dundas Street, logo antes de T.K. pegar um dos complicadíssimos atalhos que ele conhecia no caminho para casa. Ziguezagueou por ruelas de paralelepípedo, subiu muros, espremeu o corpo esguio entre aberturas nas cercas quebradas de madeira e saltou grades com pontas de ferro, pendurando-se nos galhos das árvores que se debruçavam sobre elas. Pulou para o muro precipitado acima da Glenogle Road e atravessou sobre ele até o ponto no qual sabia que encontraria vários buracos para apoiar os pés na descida. Abaixando no parapeito, desceu do muro com facilidade, pulando direto para o chão nos últimos seis metros. Atravessou a rua, dirigindo-se às ruelas sem saída que levavam ao corredor de casas de dois andares com terraço, conhecido como Stockbridge Colonies.

Quando dobrou a esquina para pegar a última rua, parou e encostou no muro ao final da fileira de casas. Olhou em volta e viu dois rapazes andando devagar na sua direção. Um na calçada, olhando para onde ele estava, observando as janelas das casas, ocasionalmente dando uma olhada para os lados, enquanto o outro andava paralelamente a ele na rua, esperando uma confirmação de cabeça do parceiro, antes de bisbilhotar rapidamente pelas janelas do carona da fila dos carros estacionados.

T.K. se escondeu atrás do muro e riu para si mesmo. Ele sabia exatamente o que eles estavam fazendo, mas achou ridículo que estivessem pensando em roubar um carro em plena luz do dia. Seis da tarde no inverno ainda vá lá, mas não no auge do verão. Espiou pela quina do muro novamente e notou que estavam observando um carro em particular. Boa escolha, garotos, ele pensou, um Ford antigo, fácil de entrar, fácil de ligar e com espaço suficiente para fugir com rapidez.

Naquele momento, T.K. se lembrou da filmadora. Tirou o equipamento do bolso da suéter e ligou a câmera. OK, pensou, vamos ver quanto tempo esses dois levam para fazer o serviço. Colocando a câmera em *standby*, apontou as lentes para a quina do prédio, ajustando o visor para que pudesse ver o que estava acontecendo. *Timing* perfeito. Começou a filmar exatamente quando o garoto se abaixou e olhou para dentro do carro. Ele levantou, deu uma última olhada em volta, depois forçou a porta e entrou, esticando-se para abrir a porta do carona. O cúmplice se jogou dentro do carro e, nos minutos seguintes, T.K. quase não conseguiu impedir que a câmera tremesse ao observar o silencioso, porém obviamente desesperado, campeonato de gritaria, enquanto o garoto sofria para fazer a ligação direta. De repente, a ignição deu sinal de vida e, com uma cantada de pneus, o carro saltou para fora da vaga e ganhou velocidade pela rua, vindo em sua direção. Sem parar na esquina, disparou a caminho da rua principal e sumiu.

Manteve a câmera rodando até o carro desaparecer completamente no final da rua. Protegendo a tela da claridade com a mão, leu a contagem de tempo da cena gravada. Quatro minutos e vinte segundos. Deu uma gargalhada. Muito ruim, garotos, pensou. Se continuarem assim, vocês vão acabar é *dirigindo* para o juizado de menores.

Fechando a lente, T.K. guardou a câmera de volta no bolso da suéter e caminhou alegremente pela rua sabendo que ele, Thomas Keene Júnior, dezenove anos recém-completos e sem uma aula de direção de que se lembrasse, não só era veterano de jogo, como ainda um dos artistas imbatíveis do serviço.

CAPÍTULO 16

Quando Rene Brownlow chegou na noite seguinte ao Corinthian Bar, na West Richmond Street, meia hora adiantada para o primeiro show, a última coisa que tinha vontade de fazer era subir num palco e ser engraçada por uma hora. A primeira onda de apreensão e saudade de casa tomou conta dela no momento em que saltou do trem na estação lotada em Edimburgo e, depois, alguns eventos conspiraram para reduzir sua já frágil confiança a pó. Sem querer gastar suas parcas economias num táxi, arrastou a Samsonite pesada, comprada para ela por Terry Crosland numa venda de garagem, sem ter se dado conta de que eram duas milhas de distância, nem de que a aventura seria uma espécie de *orienteering* (esporte em que os competidores são testados na capacidade de trafegar em lugar desconhecido apenas com a ajuda de mapas e bússola, sendo vencedor aquele que completa o percurso em menos tempo). A primeira parte do caminho parecia ser uma subida interminável desde a estação até chegar à George IV Bridge, onde, no final, havia um ligeiro alívio. Apesar de consultar o mapa, incluído no pacote do escritório da mostra, viradas erradas eram constantes e, mesmo as ruas estando lotadas de gente, a maioria das pessoas que ela abordou já sem fôlego, perguntando por direções, era de turistas.

A mulher que finalmente respondeu à terceira batida à porta da frente do bangalô nada espetacular em Greendykes Terrace olhou com suspeita para a figura rechonchuda de rosto corado, sentada em cima da mala no final da escadaria de pedra, respirando com dificuldade.

— Você deve ser Rene Brownlow, então — falou, cruzando defensivamente os braços sobre peitos cobertos por um agasalho castanho-claro.

Rene limitou-se a acenar positivamente, sem fôlego suficiente para responder.

— Bom, eu sou a senhora Learmonth, a proprietária. É melhor você entrar e eu te mostrar o quarto. — Ignorando a bagagem de Rene, virou-se e entrou novamente na casa.

Enquanto Rene usava sua última gota de energia para carregar com as duas mãos a mala pesada escadaria acima, a senhora Learmonth ficou parada, observando a subida da outra, ao mesmo tempo que inundava Rene com as intermináveis regras da casa. Só um banho por dia, entre as sete e meia e oito da manhã, café às nove em ponto, nenhuma visita, nunca usar o telefone da casa — mas ela passaria o endereço da cabine de telefone mais próxima —, não fazer barulho, e o quarto tinha de ser liberado para limpeza de onze da manhã até às três da tarde. Quando Rene olhou em volta, fazendo uma espécie de reconhecimento do quarto mínimo, quase sem móveis, construído num sótão de telhado baixo e inclinado, não conseguiu entender por que a roda presa da senhora Learmonth precisava de quatro horas para limpar um espaço tão diminuto. Mas ela estava muito cansada para comentar sobre isso ou qualquer outra condição da casa, só queria que a mulher a deixasse em paz para que pudesse descansar o corpo exausto na cama baixa de madeira, que parecia mais própria às dimensões e peso de uma fadinha subnutrida. Mais tarde naquela noite, depois de ter beliscado uma refeição horrível — guisado cozido demais, com legumes — na sala de jantar mínima e imunda da senhora Learmonth, tendo como companhia somente o tilintar dos talheres no prato pintado com motivos de folhagem, Rene ficou plantada na cabine telefônica a alguns metros da casa, tentando desesperadamente manter o autocontrole, quando a voz baixa e um tanto gutural de Gary soou do outro lado da linha.

Precisamente às onze horas naquele dia, Rene deixou a casa, louca para ficar longe daquele lugar e ainda mais desesperada para passar o mínimo possível de tempo ali, apesar de aquilo significar que teria de matar o tempo numa cidade estranha e com pouco dinheiro. Ficou sentada por duas horas num banco no alto do Parque Meadows, olhando os corredores, pessoas passeando com cachorros e golfistas praticando suas tacadas; andou de volta até a High Street para procurar o escritório do Fringe e depois se juntou a um pequeno grupo em volta de um jovem bem-vestido, que fazia um cachorro com balões de gás para um bebê no carrinho, enquanto ela engolia um sanduíche de presunto sem gosto com a ajuda de um copo de Coca-Cola; e quando o céu se encheu de nuvens e um vento desagradável ganhou força, procurou um lugar quente e acabou sentada sozinha a uma mesa de canto num pub lotado, tentando fazer o restinho de sua bebida durar o máximo possível, enquanto revisava seu show na cabeça.

Mas não adiantou. O dia todo, ela só tinha sido capaz de pensar no que Gary e as crianças estariam fazendo, imaginando sua casa envelhecida e o jardim desarrumado em Bolingbroke Close. Pensou em Stan Morris, sentado com os amigos à mesa habitual do Andy's, jogando dominó e falando animadamente sobre o que ela, Rene, estaria fazendo naquele exato momento. Pensou sobre o que estaria escolhendo na prateleira de descontos do mercado Morrison's para comer naquela semana, e, depois, passeou na sua imaginação pela Marina Way até Jacksons Landing, onde as gaivotas flutuavam preguiçosas, as cordas e correntes batiam contra os mastros dos barcos, e a água, também com preguiça, lambia os cascos lisos deles. Depois desejou, acima de tudo, que naquele momento pudesse ser transportada daquela cidade estranha de volta aos arredores calorosos e familiares da sua Hartlepool.

Dando um suspiro profundo e estabilizador, Rene abriu a porta pesada de vidro do lugar onde faria seu show e entrou. O Corinthian Bar era obviamente um estabelecimento novo, aço cromado do chão ao teto. Mesas, cadeiras, corrimãos, a barra de apoio para os pés no balcão, tudo brilhava, refletindo as milhares de lampadazinhas sem fio que cobriam o teto. À direita de onde estava, havia uma pequena bilheteria com pilhas de folhetos coloridos no balcão, fazendo propaganda dos próximos shows; à esquerda, um lance de escadas levava aos banheiros e, como indicava uma placa improvisada, ao teatro. A parede que acompanhava a escada era coberta de pôsteres, todos versões ampliadas da frente dos folhetos. Rene pegou um da pilha no balcão e deu uma olhada, enquanto atravessava a comprida passarela de cerâmica até o bar.

Enquanto todo lugar de comer e beber por onde tinha passado naquele dia estava lotado, o Corinthian Bar mal parecia estar funcionando. Havia apenas umas dez pessoas lá dentro, dois casais comendo nas mesas, o resto debruçado no balcão de granito escuro ou sentado nos banquinhos do bar. Quando Rene se aproximou, um barman jovem, de cabelo espetado cheio de gel, foi até ela, cumprimentando-a com um aceno de cabeça.

— E aí? Vai tomar alguma coisa?

— Não, nada, obrigada. Na verdade, eu vim pra fazer um show.

— Ah, tá. Só um minuto, então. — O rapaz correu os olhos pelo salão, as sobrancelhas franzidas como que procurando alguém em particular, depois relaxou a testa, quando viu uma garota subindo as escadas. — Ei, Andrea! A mulher que vai fazer o show hoje.

Rene sentiu-se imediatamente deprimida com a apresentação do rapaz. Não a chamara de "comediante" ou mesmo pelo nome. Só "a mulher". Virou-se e acompanhou a chegada de Andrea, cabelo louro liso e escorrido, jeans preto apertado e suéter de gola pólo acentuando o contorno elegante do corpo.

— Oi, você deve ser a Rene. — Ofereceu a mão, que exibia unhas vermelho-sangue. Falava em inglês estridente, sem o vestígio suavizador de um sotaque regional.

— Isso — Rene respondeu com um sorriso, consciente da gordura da própria mão, quando apertada pelas garras de Andrea.

— Ótimo. Bom, olha só, eu acho que a melhor coisa é levar você logo lá pra baixo e mostrar como funciona tudo. — Girou nos saltos agulha das botas e Rene foi atrás, fazendo o caminho de volta e descendo as escadas.

O lugar chamado de "teatro" era na verdade nada mais que um porão, mal e mal transformado por uma cortina preta pendurada ao longo da largura do teto liso. Mais ou menos dez mesas de plástico com cadeiras combinando, duas para cada, espremiam-se no auditório pequeno, algumas um pouco tortas por causa do chão irregular de pedra. O lugar era imundo, úmido, cheirava a cerveja velha, e Rene estava agradecida, pelo menos, por ser bem iluminado por dois refletores presos à parede do fundo, voltados diretamente para o microfone no centro da cortina.

— Quantas pessoas você espera que apareçam? — Rene perguntou, parada, a bolsa pendurada ao lado do corpo, enquanto olhava em volta o mísero espaço para a platéia.

Andrea cruzou os braços sobre os seios pequenos e aprumados.

— Isso depende, na verdade. A gente fica um pouco fora do circuito aqui, mas se tiver um boca a boca dizendo que tem um show legal, é bem possível que lote. Pode acreditar, a gente já teve mais de trinta pessoas aqui dentro.

A mulher lançou um sorriso tão animado que Rene sentiu-se na obrigação de uma resposta jovial.

— Nossa, que loucura, hein?! — disse, pensando que qualquer esperança vã de "fazer sucesso em Edimburgo" tinha acabado de ir pelos ares.

— Claro — Andrea continuou — que também vai depender do quanto você foi capaz de divulgar o show.

Rene olhou intrigada.

— E como é que eu faria isso?

O sorriso jovial sumiu do rosto de Andrea.

— Você não distribuiu filipetas?

— Como assim?

— Filipetas, folhetos, como o que você pegou na entrada. Você devia ter passado o dia distribuindo, lá na High Street.

Rene deu uma olhada no folheto que tinha na mão.

— Eu não sabia disso.

Andrea levantou as sobrancelhas.

— Como é que você imagina que alguém vá vir aqui, então? É lá que o pessoal fica o dia todo. Você tem que ir lá e atrair o público.

— Ah... — Rene respondeu baixinho.

— Senão você vai ficar de bolso vazio quando o show acabar.

Rene engoliu com dificuldade, sentindo as bochechas pegarem fogo de repente, de tanta apreensão.

— Como assim?

Andrea deixou escapar um suspiro pouco simpático.

— Você não tá sabendo das condições?

— Não — Rene respondeu forçadamente, começando a se irritar com a atitude da garota. — Não fui eu que arranjei essa história toda. Fizeram tudo para mim.

— OK. — Andrea, na defensiva, levantou a mão para acalmar Rene. — Eu vou te explicar, então. A gente aluga o teatro por um valor fixo pelas três semanas. Se você não conseguir cobrir esse mínimo com a bilheteria, então tem que pagar a diferença.

— E quanto é o aluguel do teatro?

— Mil e setecentas libras.

Rene olhou de boca aberta para a mulher. — Jesus, Maria, José! — exclamou, enquanto a soma piscava em néon na sua cabeça. — Isso significa... — Olhou o salão em volta, contando os lugares, tentando calcular que chance teria de arrecadar aquela quantidade de dinheiro. Vinte vezes cinqüenta por ingresso dá cem por noite; vezes vinte e uma noites, igual... Pouco mais de duas mil libras! E isso com um vagabundo em cada cadeira!

— Jesus, Maria, José! — disse mais uma vez, esfregando a mão na testa. — Isso é quase impossível! Eu imagino que não dê para fazer uma apresentação à tarde também, é possível?

Andrea balançou a cabeça negativamente, os olhos quase mostrando preocupação carinhosa e genuína.

— Acho que não. O teatro tá ocupado manhãs, tardes e noites. — Seu olhar se iluminou, encorajador. — Mas isso quer dizer que você vai ter os dias inteiros para distribuir as filipetas e atrair o público. E, depois, é claro que você vai conseguir uma crítica maravilhosa num dos jornais e acabar se apresentando pra uma casa lotada toda noite.

— Com certeza — Rene resmungou, sem esperança.

A voz do barman ecoou lá de cima:

— Andrea, tem umas pessoas aqui esperando pra comprar ingresso.

Andrea deu uma olhada no relógio de pulso e andou na direção da porta.

— Tô indo! — Voltou-se para Rene. — Se você pudesse ficar pronta pra começar em dez minutos... — Apontou com a cabeça em direção à cortina. — Eu tenho a impressão de que é um pouco apertado aí atrás, mas tem uma mesinha e um espelho, se você quiser fazer maquiagem ou qualquer coisa assim. — Deu uma olhada para a bolsa pequena de Rene. — Você usa algum objeto de cena?

Rene balançou negativamente a cabeça.

— Não. O que você vê é o que você leva. É o meu lema.

Andrea encolheu os ombros, como quem diz que não pode fazer mais nada para ajudar.

— OK. Espero que dê tudo certo, então. O Billy vai dar uma descida para ver se tá tudo bem com o som. — E ela girou nos saltos novamente, deixando a comediante com o próprio destino.

O primeiro show de Rene foi apresentado para a enorme platéia de cinco pessoas e, apesar da luz dos refletores contra os olhos, ela poderia dizer, desde o instante em que pisou no palco, que pelo menos três deles eram estrangeiros. Pela reação à primeira piada, que nunca falhara em produzir um rojão de gargalhadas antes, era claro que a capacidade que tinham de compreender a língua inglesa não se estendia às complexidades do sotaque de North Yorkshire. Durante a apresentação, Rene teve de preencher os terríveis silêncios entre as piadas com improvisações frágeis, que soavam nos seus próprios ouvidos quase como impedimentos da fala. Enquanto observava duas pessoas que se levantavam das cadeiras fazendo barulho e iam em direção à porta no meio do show, ela precisou de toda concentração para continuar falando e não acompanhar boquiaberta a retirada. Depois de quarenta e cinco longos minutos em que desejava, a cada segundo, que o chão de pedra se abrisse e devorasse seu ser desesperançado e sem graça, finalizou a sofrida apresentação quinze minutos antes. Esperou atrás da cortina enquanto os gatos pingados restantes iam embora rapidamente, depois sentou a uma das mesas da platéia deserta. Cobrindo o rosto com as mãos, relembrou cada momento difícil do show e se perguntou como, por Deus, ela seria capaz de agüentar mais três semanas daquele desastre.

— Como é que foi?

Rene tirou as mãos do rosto, apoiando-as na mesa, e olhou para o rosto sorridente de Andrea, ao lado da porta. Rene mordeu o lábio e balançou negativamente a cabeça.

— Não se preocupa. — Andrea disse enquanto desligava um dos refletores. — O primeiro é sempre o pior. Quando você se acostumar com o espaço intimista do teatro, vai achar muito mais fácil.

— Pode ser — Rene respondeu sem entusiasmo, pensando na habilidade de Andrea de distorcer seu próprio jargão de marketing a ponto de descrever aquela câmara subterrânea de tortura como sendo "intimista". Pegou a bolsa na mesa e caminhou lentamente até a porta.

— Que pena... — Andrea falou, desligando a outra luz, e o lugar mergulhou em escuridão total.

Rene parou ao pé da escada.

— Que pena o quê?

— Você ter achado que não foi muito bem hoje à noite. — Andrea disse animadamente enquanto fechava a porta do teatro. Passou por Rene e começou a subir os degraus. — Tinha um crítico da Rádio Scotland na platéia. — Sorriu discretamente para Rene. — Deixa para lá. Pode ser que ele nem se dê ao trabalho de comentar.

Rene ainda ficou olhando fixamente para as escadas um bom tempo depois de Andrea ter desaparecido de suas vistas, e então, apoiando a mão no corrimão cromado, sentou no primeiro degrau de baixo da escada, abraçou a bolsa contra o peito e caiu em prantos.

CAPÍTULO 17

Harry Wills estava sentado a uma mesinha de metal, em frente ao balcão do café Costa, no aeroporto de Edimburgo, remexendo seu expresso enquanto prestava atenção nos dois fotógrafos conversando em frente ao portão de desembarque, onde os passageiros do vôo recém-chegado de Londres inundavam a esteira de bagagens. Viu quando se separaram, os movimentos repentinamente mais animados, e quando a chuva de flashes ofuscantes começou, Harry levantou, engoliu o resto do café e foi na direção deles. Os fotógrafos agora andavam de costas, afastando-se da entrada, focando as lentes no homem alto, de óculos, vestindo capa de chuva azul-marinho, que acompanhava a jovem de cabelo escuro, caixa de violino na mão. O homem não dava atenção aos fotógrafos enquanto se aproximava do grupo de motoristas uniformizados. Falou com um, que imediatamente baixou a placa que estava segurando e os guiou com as mãos até a esteira das bagagens.

Enquanto os dois fotógrafos corriam em direção à saída do terminal, missão cumprida com sucesso, Harry espremeu sua figura volumosa entre a massa de gente esperando por suas malas, aproximando-se do homem por trás.

— Senhor Dessuin, senhorita Pascal, bem-vindos a Edimburgo.

O homem virou-se, franzindo a testa grande, o olhar questionador, e vagarosamente segurou a mão que Harry lhe estendia.

— Desculpe, eu não tenho certeza se fomos...

— Harry Mills, *The Sunday Times Scotland.*

— Ah, claro — Albert Dessuin murmurou, dando um aperto rápido na mão de Harry, o rosto não mostrando sinal algum de prazer em encontrar o jornalista.

— Eu pensei que seria bom vir aqui hoje e me apresentar pessoalmente. Nós já nos falamos bastante por telefone. — Harry transferiu o olhar para a moça, que continuava atenta à bagagem girando na esteira. — Entretanto, ainda não tive o prazer de falar com você, senhorita.

— Senhor Wills — Albert Dessuin interrompeu —, nós chegamos muito cedo em Londres, depois de uma noite inteira no avião vindo de Nova York e um atraso enorme no vôo para Edimburgo. Hoje à noite temos uma recepção que, com certeza, vai nos exaurir, e amanhã a senhorita Pascal terá de estar suficientemente recuperada para começar a ensaiar a apresentação no Usher Hall. Portanto, sugiro que o momento e o lugar sejam inapropriados para uma tentativa de entrevista.

— Claro, eu compreendo perfeitamente. Só imaginei que pudéssemos marcar...

— Eu também me lembro, senhor Wills — Dessuin continuou, estalando os dedos para o motorista e mostrando uma mala marrom na esteira —, que há poucos meses eu lhe dei uma entrevista bastante extensa. Não acredito que haja, depois de tão pouco tempo, muita coisa mais a dizer.

Harry Wills respirou fundo antes de limpar a garganta, na tentativa de conter a raiva da hostilidade medida do homem. Depois, num impulso, decidiu partir com tudo.

— Senhor Dessuin, eu realmente gostaria de escrever uma história do ponto de vista da senhorita Pascal. Falar sobre suas influências, seus interesses... e como é ser Angélique Pascal. Ela está se transformando numa das violinistas mais famosas do mundo, e as pessoas, incluindo os jovens, querem saber tudo sobre ela.

Harry virou-se para Angélique, que, tendo acabado de apontar mais uma mala para o motorista, observava agora o jornalista, em silêncio.

— Senhorita Pascal, haveria algum horário durante a próxima semana em que pudesse me conceder uma entrevista?

— Senhor Wills — Albert Dessuin exclamou, irado, enquanto puxava o carrinho de bagagens do motorista —, ao longo dos anos o senhor vem continuamente testando minha paciência e eu não vou mais tolerar isso. — Levou a mão às costas de Angélique. — De agora em diante, não considerarei mais nenhuma entrevista com o senhor. E, por favor, no futuro lembre-se de que foi sua própria estupidez que levou a situação a tal ponto.

Harry Wills ficou observando enquanto o motorista os escoltava apressadamente até a saída, Albert Dessuin, com a mão apoiada no braço de Angélique Pascal, guiava a moça quase forçosamente. Deixando escapar um grunhido de insatisfação, Harry usou as costas da mão para esfregar a testa com força e foi se arrastando até o carro.

Enquanto o Renault Espace deslizava pela Western Approach Road, Angélique quebrou o silêncio instalado desde a saída do aeroporto, vinte minutos antes.

— Albert? — disse, olhando o tráfego.

— *Oui?* — Dessuin respondeu, sem tirar os olhos de seu exemplar do *Le Monde*.

— Queria pedir uma coisa.

— O quê?

— Hoje à noite, na recepção, queria que você me desse um pouco de espaço.

Dessuin olhou para ela.

— O que você quer dizer com isso?

— Que eu quero que você me deixe andar sozinha.

— Eu não deixo sempre?

Angélique deixou escapar uma risada discreta.

— Não, Albert, você não deixa. — Olhou para ele e deu um sorriso. — Eu sei que você quer o meu bem, mas às vezes você pode ser bem... sufocante.

Dessuin encolheu os ombros.

— Pode parecer assim de vez em quando, mas proteger você é o meu trabalho e, tenho certeza, Madame Lafitte ficaria...

— Por favor, Albert — Angélique o interrompeu —, não vamos usar Madame Lafitte como desculpa. Você sempre menciona o nome dela como... uma espécie de chantagem.

Dessuin balançou a cabeça e, expressão ofendida, voltou para seu jornal. Angélique inclinou-se para ele.

— Então, vai me dar um pouquinho de liberdade hoje à noite? Eu não vou fugir de você.

Dessuin levantou a mão, desconversando.

— Faça como quiser, mas nada de falar com *journalistes, tu comprends*?

— *Oui, bien sûr.*

No escritório do festival internacional, Tess Goodwin terminava um telefonema e, mais uma vez, passava os olhos pela lista de afazeres referentes à recepção daquela noite no Sheraton Grand. O gerente de eventos do hotel tinha confirmado que o lugar estaria arrumado de acordo com o que Angélique pedira, e tudo estava sob controle para o serviço do bufê. A agência de relações públicas que iria ajudá-la durante o festival já havia pendurado dois pôsteres enormes de Giuseppe Montarino, barítono italiano, e da violinista francesa Angélique Pascal, em honra de quem a recepção se daria à noite.

Agora só faltava mesmo dar alguns telefonemas de cortesia para os patrocinadores dos eventos internacionais, que não haviam respondido ao convite. Ao esticar o braço para alcançar o telefone, viu a luz do interfone do chefe piscar um segundo antes de começar a tocar. Tirou o fone do gancho, percebendo que havia uma ligação de fora em espera.

— Alô, Alasdair?

— Está tudo pronto pra hoje à noite, Tess?

— Tudo certo. Só falta ligar pra alguns patrocinadores.

— OK, mas antes estou com um velho amigo seu na linha, querendo dar uma palavrinha com você.

— Quem é? — Mas o diretor já tinha desligado, e Tess dirigiu a pergunta à pessoa que queria falar com ela.

— Como assim, quem é? — Uma voz masculina respondeu, com uma risada. — Seu chefe não disse?

Tess sentiu o rosto enrubescer de pânico, reconhecendo imediatamente a voz macia de sotaque estrangeiro preciso. Um que ela esperava não ouvir nunca mais.

— É você, Peter?

— Claro que sou eu. Precisa perguntar?

— E por que é que você quer falar comigo?

— Por que não? Alasdair não é a única pessoa do festival com quem eu compartilho lembranças maravilhosas.

Tess apertou os olhos, nervosa, um frio na espinha de apreensão.

— Olha só, Peter, eu acho...

— Então, como vai a vida? Fiquei na dúvida se você ainda estaria trabalhando no escritório.

— Por que não estaria?

— Por nada.

Tess ouviu Peter Hansen suspirar.

— Eu pensei que podia ser um bom momento pra consertar a maneira como eu me comportei com você no festival do ano passado. As coisas deram uma complicada em Copenhague. Quem sabe se a gente se encontrasse...

— Como assim? Onde você tá?

— Aqui em Edimburgo. Eu vim pro festival... e pra te ver, é claro.

Tess deu um gritinho de incredulidade.

— O quê? Você tá falando sério?

— Nunca falei tão sério.

Tess sacudiu a cabeça diante do atrevimento do homem.

— Peter, eu realmente ando muito ocupada pra te encontrar. Pra começo de conversa, tenho essa recepção hoje à noite e, de qualquer maneira, a última coisa que eu realmente quero...

— Bom, eu posso chegar aí no escritório em cinco minutos. Também ia ser bom encontrar Alasdair.

— Você não pode fazer isso! — Tess exclamou, sabendo que o chefe, com sua perspicácia peculiar, perceberia seu desconforto.

— Então, onde é que a gente se encontra?

Tess pressionou a testa com a mão.

— Eu realmente tenho muito trabalho, Peter.

— Tudo bem. Por que você não me convida pra recepção hoje à noite, então?

— Não! — Mordeu com força o lábio inferior, concluindo que estava ficando quase sem alternativa, a não ser ir ao seu encontro. — OK. Onde você tá?

— Uns duzentos metros daí. Tem uma igreja do lado direito da High Street. Tô na escada.

— Me dá cinco minutos, então. Mas, eu vou logo avisando, não tenho muito tempo.

— Vou ficar te esperando e... Tess?

— O quê?

— Tô ansioso pra ver você de novo.

Quinze minutos se passaram antes que Tess conseguisse organizar a breve ausência do escritório e chegasse à igreja. Peter Hansen era facilmente reconhecível na multidão. Alto, esguio, o cabelo louro encaracolado de Viking caindo sobre a gola da jaqueta verde-escura, uma aura de auto-admiração quase visível. Assim que pôs os olhos nela, acenou com a mão e afastou-se do pilar de pedra na porta de entrada, onde tinha estado esperando. Desceu os degraus, esgueirando-se por entre a turba de pedestres e artistas de rua até ela, e enquanto se aproximava, abria os braços, para em seguida envolvê-la num abraço e plantar-lhe um beijo no topo da cabeça.

— Tess, é tão bom ver você. — Afastou-a de si, colocando as mãos nos ombros da moça. — Meu Deus, você tá linda. A vida tem sido generosa com você, hein?!

Tess deu um sorriso rápido.

— É, tem sim. Nunca estive melhor.

Peter enlaçou-a pelos ombros.

— Vem, vamos tomar um café.

Tess livrou-se do abraço.

— Eu disse que só tenho cinco minutos, Peter, e isso é tudo que tenho pra dar pra você.

— Acho que dá pra virar uma xícara de café em cinco minutos — disse, já caminhando pela High Street, em direção a um café onde, do lado de fora, mesinhas e cadeiras de metal ocupavam metade da calçada. Tess ficou parada uns minutos. Depois, com um suspiro resignado, seguiu atrás dele.

Tendo pedido um cappuccino para ela e um chá para ele, Peter apoiou os cotovelos na mesa, sorrindo afetuosamente, o que acentuava sua beleza irritante, apesar de Tess perceber que algumas linhas já marcavam o rosto bronzeado. Quando o encarou friamente, ele escorregou os braços pela mesa para alcançar suas mãos, mas ela evitou o contato, afastando-se e cruzando os braços.

— Acho que você ainda tem muita raiva de mim — Peter disse com uma rápida risada.

— Tinha, mas realmente não fiquei me prendendo a ela.

Ele concordou devagar com a cabeça.

— Olha, foi péssimo eu ter ido embora ano passado sem falar com você. Eu tive que voltar correndo pra Copenhague.

— O bilhete que você deixou dizia isso.

— É que a minha mulher... bom... ela não andava muito bem...

— Espero que ela esteja bem agora.

Peter fez uma pequena pausa, olhando para Tess, desconfortável com os comentários ácidos.

— Obrigado, ela está. Mas o que eu realmente queria...

— Por que você nunca atendia o telefone? — Tess perguntou, inclinando-se para a frente na mesa e olhando-o intensamente. — Eu te liguei várias vezes.

Peter levantou a mão, num gesto de desculpa.

— Eu não tive alternativa, pode acreditar. Minha mulher é muito... desconfiada...

— Com toda razão — Tess o interrompeu, sarcástica.

Peter torceu a boca.

— Meu Deus, você tá muito pérfida hoje.

— O que é que você tá fazendo de volta aqui, Peter?

A pergunta o desarmou por uns momentos.

— Vim pro festival, mas principalmente pra te ver. Você não sabe o quanto eu sinto sua falta. Acho que não teve um dia em que eu não tivesse pensado em você.

Tess acenou com a cabeça.

— Claro. Agora deixa ver se eu entendi direito. Você quer voltar de onde a gente parou?

— Claro que não. Isso ia ser pedir demais. Mas eu pensei que a gente podia sair pra jantar e lembrar dos bons momentos... porque foram bons momentos, Tess. Você sabe tão bem quanto eu.

Tess engoliu uma risada.

— Pra ser franca, eu não pensei muito nisso. E eu vou te dizer por que, Peter. Eu não tô disponível agora, nem pra você nem pra ninguém. Eu me casei.

Peter encolheu os ombros.

— Eu sei. Alasdair me falou no telefone. Você casou com o Allan, não foi?

— Isso.

— E se eu bem me lembro, você já saía com ele desde a primeira vez que a gente... se envolveu?

Tess mordeu o canto da boca.

— E daí?

— Daí que, se esse é o caso, nada mudou muito. Um jantar inocente é tudo que eu tô pedindo. Que diferença isso faz no seu relacionamento?

— Toda a diferença.

— Mas ele não precisa saber. Você pode simplesmente dizer que é parte da sua rotina de compromissos do festival. — Fez uma pausa para dar um gole no chá. — Eu posso falar com Alasdair, pra fazer parecer verdade.

Tess engoliu com dificuldade.

— Não, eu não quero que você faça isso.

Peter levantou as sobrancelhas.

— Ah, é claro. A gente não quer que o diretor descubra nosso caso. Isso pode tornar a sua vida difícil.

— A sua também.

— Na verdade, não. Alasdair sabe como eu sou, mas talvez ele achasse muito pouco profissional da sua parte.

— Você tá dizendo que contaria pra ele?

Peter riu.

— Claro que não. Só que, se eu tiver de tomar medidas mais formais pra conseguir um simples jantar, bom, isso pode colocar você numa situação um pouco difícil, você não acha?

Tess o encarou por um momento.

— Isso é a mesma coisa que chantagem.

Peter franziu o cenho.

— Ah, espero que nada tão sério assim, com certeza, mas acho que mostra o quanto eu quero ver você outra vez.

Precisando de tempo para considerar suas opções, Tess virou a cabeça e fixou o olhar numa jovem *performer* de rua, que fazia malabarismos com três tochas acesas nas mãos, de pé sobre os ombros de um homem com cara de assustado, certamente escolhido ao léu na multidão. Meu Deus, Tess pensou, ela não é a única brincando com fogo por aqui. Estava certa ao pensar que a proposta de Peter era a mesma coisa que chantagem, mas resolveu trazer a responsabilidade para si. Só lhe restava mesmo uma opção: sair para jantar com o homem e terminar aquela história para sempre, sem que Allan nem Alasdair precisassem jamais saber. Voltou-se para Peter.

— OK. Vamos jantar.

O rosto de Peter registrou a vitória.

— Fico tão feliz de ouvir isso. Quando, então?

Tess pegou a agenda na bolsa e deu uma olhada. Balançou a cabeça.

— Esta semana é impossível. Semana que vem; pode ser na terça ou na quarta.

Peter concordou:

— Tudo bem. Eu te ligo.

— Não. Eu ligo.

— Você ainda tem meu número?

— Se você não mudou...

Peter deu uma piscadela.

— Não. Exatamente o mesmo.

Tess olhou para o relógio.

— Caramba, eu tô muito atrasada. — Engoliu o resto do café, afastou a cadeira e levantou, levando a bolsa ao ombro. Peter também ficou de pé. Ela se preparou para fazer o caminho de volta pela High Street, antes olhando com hostilidade para o ex-amante. — O jantar na semana que vem vai ser o último, Peter.

— Então, vamos ter que celebrar com estilo. — Deu a volta na mesa, na expectativa de uma despedida carinhosa, mas ela se afastou antes.

Assim que Angélique Pascal entrou no salão de recepções do Sheraton Grand, teve certeza de que não queria se afastar de Albert Dessuin durante o evento. Imediatamente ao descer os degraus acarpetados até o ambiente lotado, sentiu os trezentos pares de olhos intrigados se voltando para vê-la e reagiu àquilo agarrando o braço do agente, em busca de segurança. Timidamente, retornou os sorrisos direcionados a ela, enquanto Albert a conduzia até um pequeno grupo perto da janela. Um homem magro, de óculos de armação preta e cara de estudioso, vestindo terno azul-marinho amarrotado, separou-se do grupo e veio na direção deles, mãos estendidas.

— Albert, me desculpe. Não vi você entrar. Bem-vindo a Edimburgo. — Apertou a mão de Albert, voltando-se para a violinista.

— Angélique, é um prazer conhecê-la, finalmente. Sou Alasdair Dreyfuss, diretor do festival internacional. — Beijou-lhe suavemente a face e ela educadamente virou o rosto, na expectativa de um segundo beijo, mas o homem já havia se voltado para o grupo. — Quero apresentá-la a alguns colegas, depois vou buscar um drinque para você. Bom, esta é Sarah Atkinson, nossa diretora de marketing...

Angélique escutou as apresentações, mas não compreendeu nada, já que o homem falava um inglês muito rápido, situação que só seria ajustada mais tarde. Sempre que alguém lhe perguntava alguma coisa, a moça olhava para Albert e ele respondia por ela, sorrindo para a pupila a cada vez, como quem diz "Quem imaginou que poderia se virar sem mim, não?". Aquilo fez com que ela se determinasse a tentar entender, para que pudesse responder, pelo menos uma vez, por si própria, mas o barulho no salão era ensurdecedor e, não importava o quanto se esforçasse, não conseguia decifrar o sentido de uma só conversa. Depois de quarenta e cinco minutos ouvindo palavras ininteligíveis sendo ditas a ela, sentiu-se repentinamente exausta, dando-se conta de que Albert estava certo em ter dito ao jornalista no aeroporto que ela estaria nocauteada ao final da recepção. Olhou em volta e percebeu um pequeno recuo no salão, perto das janelas de vidro que iam do chão até o teto. Apertou o braço de Albert e sinalizou com o dedo para que se inclinasse, e sussurrou em seu ouvido que iria olhar a vista por uns minutos. Ele concordou e ela se afastou rapidamente, a cabeça baixa para evitar que alguém aproveitasse a oportunidade para envolvê-la em outro discurso incompreensível.

O lugar era felizmente mais profundo do que ela havia imaginado, uma comprida passagem acarpetada que dava numa parede onde um grande espelho de moldura dourada estava pendurado. Vendo-se completamente escondida dos demais convidados no salão, Angélique cruzou os braços e debruçou na janela, olhando a rua movimentada de gente e tráfego lento. Quando vislumbrou o castelo enorme, de pedras escuras, bem no alto da cidade, deixou escapar um longo e alto suspiro.

— Você deve estar exausta — uma voz feminina disse.

Angélique virou-se e viu uma moça aproximar-se claudicante, duas taças de champanhe nas mãos.

— Eu vi que você não bebeu nada — disse, entregando-lhe uma taça.

— Obrigada. — Angélique sorriu. Ela já a havia visto antes, no meio do grupo, quando Albert cumprimentara o diretor do festival, e tinha ocorrido a Angélique, naquele momento, que as duas deveriam ser as pessoas mais jovens no salão. Embora fosse um pouco mais velha que a violinista, Angélique tinha imediatamente gostado do jeito dela. O cabelo castanho e curto emoldurava o rosto honesto, feliz, e a moça estava vestida de maneira quase informal, em comparação com as outras mulheres na recepção: casaco vermelho trespassado sobre a suéter preta de gola pólo e jeans.

— Desculpe, nós não fomos apresentadas. — A moça ofereceu a pequena mão pálida. — Sou Tess Goodwin. Eu trabalho no escritório internacional.

— Prazer, Tess — Angélique respondeu, apertando-lhe a mão.

— Seu inglês é ótimo. Meu francês é praticamente inexistente. Línguas nunca foram o meu forte no colégio.

— Ah, meu inglês não é tão bom assim e eu não entendo nada quando tem muita gente falando num lugar — Angélique disse, olhando ao longo do corredor, de onde vinha o barulho da recepção. — Não consigo me concentrar o suficiente. — Deu um gole no champanhe e olhou pela janela. — Edimburgo é uma cidade linda. Você é daqui mesmo?

— Não, sou de Aberdeen, que é um pouco mais ao norte. Mas eu moro e trabalho aqui, agora.

Tess aproximou-se da janela, o olhar sobre os telhados dos prédios dos lados da praça em frente ao hotel.

— Você consegue ver o cume da igreja daqui?

Angélique sinalizou que sim.

Tess sorriu.

— Eu me casei ali, há cinco meses.

— Que lindo! — Angélique exclamou com excitação genuína. — Eu acho que você deve ser muito feliz, então.

Tess riu.

— É, acho que sim.

— Como é o nome do seu marido?

— Allan.

— Eu gosto do nome *Alain* — Angélique disse com decisão, pronunciando o nome com sotaque francês. — É forte, é... em francês, a palavra é *sûr*.

Tess sorriu, embaraçada.

— Seguro. É isso?

— Isso. — Angélique confirmou com um gesto de cabeça. — Exatamente. Ele trabalha em Edimburgo também?

Tess estudou o interesse no rosto da violinista. Estava gostando da amizade franca com aquela jovem celebridade, que só tinha visto antes na televisão, escondendo o rosto das câmeras.

— Ele trabalha em Glasgow. Acabou de ser promovido, então tem trabalhado muito. — Olhou pela janela, a mente presa ao encontro clandestino que tinha marcado com Peter Hansen, algumas horas antes. — A gente não tem se visto muito ultimamente.

Angélique torceu o nariz.

— Isso deve ser terrível pra vocês, *n'est-ce pas*?

Tess sorriu para ela.

— Muito. Na verdade, a gente nem teve tempo pra viajar em lua-de-mel por causa disso.

— *Oh, ça c'est triste!* Mas vocês vão em algum momento, não vão?

— Claro, assim que acabar o festival. A gente vai passar duas semanas em Barbados.

— Eu soube que lá é lindo. E é um lugar pra onde eu nunca fui.

— Nossa, deve ser o *único* lugar pra onde você nunca foi.

Angélique deu uma risada curta e seca.

— Exatamente. Mas, infelizmente, minha vida significa nunca ficar tempo suficiente pra me divertir num lugar, ou pra aprender mais sobre ele.

— Eu posso imaginar. Tenho certeza que ficar voando pelos lugares do mundo não deve ser tão glamouroso quanto parece. — Tess tirou os óculos, colocando-os no parapeito da janela, e abriu o bolsinho da bolsa de camurça. — Olha só — disse entregando um cartão para Angélique —, se você quiser sair comigo e com o Allan uma noite dessas... A gente ia adorar te levar pra passear por Edimburgo.

Tess percebeu o olhar de tristeza da violinista, enquanto olhava o cartão.

— Obrigada, Tess. Muito gentil da sua parte. Duvido que consiga ter tempo pra passear, mas fiquei muito feliz com o convite.

Tess encolheu os ombros.

— Bom, fica com o cartão, de qualquer maneira. Se por acaso você tiver uma brecha ou mesmo se quiser só conversar, você me acha a qualquer hora no celular.

Os olhos de Angélique não desgrudaram do cartão.

— Muito, muito obrigada, Tess. Eu vou adorar fazer isso.

— Desculpe, espero não estar interrompendo nenhuma conversa particular.

As duas voltaram-se e viram um homem de meia-idade, começando a ficar careca, que estava parado observando a certa distância. Elegante no terno risca-de-giz cinza-escuro, de camisa listrada e gravata de seda amarela, o traço mais marcante era o sorriso carinhoso dirigido a elas.

— Eu só gostaria da oportunidade de dizer à senhorita Pascal o quanto eu gosto de vê-la tocar — disse enquanto caminhava até elas.

Tess virou-se para Angélique.

— Vou deixar você com seu fã — disse sorrindo discretamente.

A jovem violinista deu dois passos e beijou Tess no rosto.

— Adorei conhecer você, Tess.

— Eu também — Tess respondeu, passando pelo homem e atravessando o corredor. Ele a acompanhou com o olhar até que a moça desaparecesse no salão.

— Desculpe, não era minha intenção interromper. — O homem parecia envergonhado por ter invadido a privacidade de Angélique. — Mas eu realmente não queria ir embora esta noite sem ter dito, em pessoa, o quanto é maravilhoso ter a senhorita tocando em Edimburgo. Venho acompanhando seu trabalho nos últimos anos.

— Muito obrigada — Angélique disse, aceitando o elogio com um aceno de cabeça. — É muito gentil da sua parte.

O homem estendeu-lhe a mão.

— Meu nome é Gavin Mackintosh, senhorita Pascal, e é uma honra conhecê-la.

— É uma honra pra mim também, senhor Mackintosh — Angélique Pascal respondeu, sorrindo ao apertar-lhe a mão.

— Por favor, pode me chamar de Gavin.

— E você pode me chamar de Angélique.

— Eu adoraria — Gavin disse, repentinamente dando-se conta de que a mão que estava segurando valia milhões. Rapidamente afrouxou o aperto. — Então, é sua primeira vez aqui em Edimburgo?

— É.

— Que tal? Está gostando?

Angélique voltou a olhar pela janela.

— Isso é tudo que consegui ver até agora. Daqui, é tudo lindo.

— Então você acabou de chegar?

— Isso. Eu tava em Nova York na noite passada.

Gavin deixou escapar um suspiro.

— Não sei como você ainda tem forças; deve estar exausta.

Angélique encolheu os ombros.

— Eu me acostumo.

— E você fica por quanto tempo na cidade?

— Eu acho que sete noites. Vou ensaiar amanhã e depois vou dar vários concertos nas próximas duas semanas no... como é mesmo o nome? Ush...

— Usher Hall. — Gavin apontou para o grande prédio ornado de pedras, do outro lado da rua. — Ali, olha.

— Ah... — Angélique disse, movendo suavemente a cabeça para ver o prédio. — Não é longe pra ir a pé, então.

Gavin riu.

— Não, não é. E o resto da semana?

— Eu acho que tenho alguns concertos à noite, nos quais devo tocar umas sonatas de Bach pra violino.

E aí você decola de novo?

Angélique olhou para ele, sem entender.

— Como?

— E aí você viaja pra outro lugar?

— Ah, é, pra Cingapura.

Gavin balançou a cabeça.

— Não sei como você consegue.

Angélique riu.

— Às vezes, é bem difícil. Você também mora aqui em Edimburgo?

— Moro. Morei a vida inteira. Estudei aqui, fiz faculdade aqui. E agora eu moro aqui.

— O que é que você faz?

— Sou advogado.

— Eu acho que não sei esta palavra. Como seria em francês?

Gavin caiu na gargalhada.

— Não me pergunte! Não faço a menor idéia. Tem a ver com leis, é isso.

— Ah, entendi. E você tem família?

— Tenho. Minha mulher está por aí em algum lugar no salão, provavelmente me procurando, duas filhas e quatro netos.

— Quatro netos?! Que incrível! Mas você não parece tão velho assim.

Gavin mordeu o lábio e concordou com a cabeça. — Foi provavelmente a coisa mais gentil que alguém já me disse.

— *Mais, c'est vrai!*

— Mais gentil ainda.

Angélique afastou-se da janela.

— Acho que já fiquei muito tempo escondida aqui — disse, enlaçando seu braço no de Gavin. — Você me levaria pra conhecer sua mulher, Gavin? Eu adoraria que você me apresentasse a ela.

Gavin pegou a mão dela e apertou suavemente, totalmente cativado pelo charme da jovem violinista.

— Nada me daria maior prazer.

Não tinham dado mais que alguns passos na direção do salão quando Albert Dessuin apareceu repentinamente e olhou para eles. Gavin podia ver seus olhos enquadrando a mão aninhada embaixo do seu braço.

— Angélique? O que você está fazendo? Por que ficou tanto tempo longe? Tem muita gente que deveria ter conhecido, mas que já até foi embora. — Falou num francês muito rápido, como se para garantir que Gavin, caso tivesse algum conhecimento do idioma, não pudesse entender o que estava sendo dito.

— Albert, estive conversando com Tess e com Gavin, meus dois novos amigos — Angélique respondeu em inglês. — E agora estou indo conhecer a mulher do Gavin.

Gavin sentiu o olhar faiscante de desconfiança de Dessuin sobre ele.

— Desculpe, mas não vai dar tempo — Dessuin respondeu, agora em inglês. — Houve uma mudança de planos. Vamos a um restaurante jantar com Sir Alasdair Dreyfuss e ele já saiu. Fiquei de segui-lo imediatamente, de táxi.

— Ah, Albert, por favor, me deixa conhecer primeiro a mulher do Gavin.

Gavin notou que o tom da jovem tinha subitamente se transformado no de uma criança pedindo um favor.

Dessuin se aproximou e segurou o braço livre de Angélique.

— Desculpe, mas nós já perdemos tempo suficiente.

Olhou para Gavin, a boca num sorriso que não deixava transparecer nem uma gota de cordialidade.

— Perdão, senhor, mas isso vai ter de esperar uma nova oportunidade.

— É claro — Gavin respondeu, sabendo que a ocasião nunca mais se apresentaria. Desprendendo a mão dela de seu braço, abaixou-se e deu-lhe um beijo em cada face. — Foi um prazer, Angélique.

A jovem violinista sorriu para ele.

— Espero poder conhecer sua mulher outro dia, Gavin.

— Por favor, Angélique, nós precisamos ir agora — Dessuin disse imperativo, arrastando a moça ao longo do corredor.

Gavin observou enquanto os dois se afastavam, a cabeça preenchida por duas emoções conflitantes: o quanto gostava dela e não gostava dele. Enfiou as mãos nos bolsos do terno e caminhou lentamente de volta ao salão. Naquele exato momento, Angélique apareceu novamente.

— Dois ingressos pro concerto. — Virou-se e partiu. — *Albert, je viens!* — Olhou mais uma vez para Gavin. — Vou deixar na recepção do hotel. Não deixa de ir, por favor. — Soprou um beijo e desapareceu.

Enquanto Angélique seguia Albert Dessuin pelo hall do hotel, parou um segundo, colocando a bolsa no chão para endireitar o casaco. Viu quando Dessuin empurrou a pesada porta de vidro da saída, quase derrubando o senhor idoso que vinha entrando. Deixou escapar um gemido diante da total falta de educação de Albert e correu até a porta, exatamente quando o homem entrava, tremendo visivelmente.

— Mil perdões — disse, segurando seu braço. — O senhor está bem?

— Estou, muito obrigado — o homem respondeu, com um aceno de cabeça, mas Angélique tinha certeza, pela palidez em seu rosto, que o incidente lhe havia pregado um tremendo susto. Ele sorriu distraidamente para ela e se apressou até o balcão da recepção.

Angélique abriu a porta e desceu correndo as escadas até a calçada, onde Albert, mãos nos quadris, esperava por ela.

— Albert, por que você fez aquilo? Podia ter machucado seriamente aquele senhor.

— Ah, não se preocupe com ele. Preocupe-se com o problema que temos agora! — exclamou Dessuin, jogando as mãos para cima, mostrando sua frustração. O táxi que estava esperando por eles se encontrava espremido entre duas vans brancas, uma das quais tinha o nome "CinElectrics" na lateral.

Dessuin foi até a rua e bateu com os punhos na janela da van. O jovem motorista, que estava no celular, baixou lentamente o vidro.

— Qual é, camarada?

— Você poderia, por gentileza, sair com a van? Está prendendo o meu táxi.

— Só um minuto. — O motorista levantou a mão para conter o protesto de Dessuin. — OK. É a palavra final? — disse ao telefone. — Você quer que a gente volte pra Londres amanhã com a parafernália toda... tudo bem, se é uma ordem... — Deixou escapar um longo suspiro e apertou violentamente o botão para encerrar a ligação. — Vê lá se isso é vida. — Jogou o celular no console do carro e voltou-se para Dessuin. — Desculpe, chefe, vou sair agora.

CAPÍTULO 18

Tendo assistido à partida da famosa violinista Angélique Pascal, a jovem recepcionista também havia testemunhado o incidente na porta de entrada. Preparou-se para sair de trás do balcão e ver como estava o senhor idoso, mas acabou ficando onde estava, quando percebeu que ele se aproximava.

— O senhor está bem? — perguntou preocupada, notando sua nítida agitação.

— Estou. Muito obrigado — o homem respondeu, olhando o lobby do hotel à sua volta. — Será que você poderia me dizer onde tem um telefone?

— Com certeza, senhor, tem um telefone público logo ali no canto — respondeu apontando na direção de uma porta de vidro ao lado dos elevadores. — Por acaso, o senhor está hospedado no hotel?

— Estou sim. Hartson, quarto 215.

— Ah, senhor Hartson, tem um homem tentando contatá-lo com alguma urgência. — Virou-se e pegou um envelope de um dos escaninhos de correspondência do balcão. — Não, realmente ele não deixou nenhum recado, mas pediu que o senhor ligasse para este número assim que chegasse. Talvez o senhor prefira fazer a ligação daqui mesmo do salão da recepção. Depois eu transfiro o valor para a sua conta.

— Ótimo — Leonard Hartson disse, um pouco ausente enquanto se afastava do balcão sem agradecer a gentileza da recepcionista. Caminhou até a área de estar do lobby e puxou a cadeira perto do telefone. Tirando do bolso do paletó de tweed a caixa dos óculos, colocou-a na mesinha junto com o envelope, sentou-se e, depois de uma ligeira confusão com os objetos, puxou o telefone para perto e discou.

— Boa-noite, Springtime Productions — uma voz feminina atendeu imediatamente.

— Gostaria de falar com Nick Springer, por favor.

— Quem deseja, por favor?

— Leonard Hartson.

— Senhor Hartson, nós tentamos falar com o senhor o dia todo. Um minuto, vou transferir a ligação.

Leonard tirou os óculos, dobrando-os com uma mão e guardando-os de volta na caixa.

— Alô, Leonard? — Era a voz de Nick.

Leonard avançou na cadeira.

— Nick, as coisas aqui estão bastante confusas. Você tem alguma idéia do que está acontecendo?

— Desculpe, Leonard, eu andei tentando falar com você. É uma pena não ter um celular.

— Bom, eu nunca precisei de um, então, por favor, me explique o que está acontecendo.

— Realmente as coisas andam um pouco difíceis, Leonard. Imagino que você vá ficar decepcionado.

Leonard voltou a encostar-se na cadeira, pressionando o dedão e o indicador no canto dos olhos.

— Então é verdade. Você está recolhendo todo o equipamento?

— Infelizmente.

— Por que razão, Nick?

— Eu recebi hoje um e-mail da empresa japonesa de transmissão que autorizou a produção do filme. Foi totalmente de repente, para ser bem honesto, mas, *grosso modo*, o que acontece é que eles estão distribuindo trabalho feito loucos e veio uma contra-ordem mandando congelar todos os projetos recentes. E, infelizmente, o seu trabalho vem a ser um deles.

— Meu Deus. — Leonard pressionou a testa com a mão. — Tem alguma coisa que se possa fazer?

— A companhia de dança obviamente vai manter a apresentação no festival, mas eu não seria capaz de conseguir outro canal de exibição que assumisse a empreitada com tão pouca antecedência. Por isso, tivemos de cortar as despesas agora e mandar o equipamento de volta para Londres o mais rápido possível.

— Nada mais a fazer, então? — Leonard murmurou, desapontado.

— Acho que não. Eu realmente sinto muito, Leonard. Sei o quanto você estava esperando fazer este trabalho.

— Não é culpa sua, Nick.

— Olha, os meninos estão indo embora de van amanhã, mas você não precisa voltar correndo. Por que não fica mais um dia ou dois e assiste a algum show? Eu cubro o seu hotel. É o mínimo que eu posso fazer.

— Não, acho que vou mesmo pegar o trem para casa amanhã.

— Certo. Entendo perfeitamente.

— Teria sido um filme incrível, Nick, e eu não tenho palavras para agradecer o fato de você ter confiado em mim.

— Pode acreditar, se houvesse qualquer coisa que eu pudesse fazer para levar o projeto adiante a essa altura do campeonato, juro que faria. Mas, realmente, não consigo pensar em nada.

— Eu sei disso.

— Vê se não some. Prometo visitar você quando for lá para as suas bandas.

— Vá sim, Nick. Se cuide.

— Você também, Leonard.

O velho cinegrafista desligou o telefone. Ficou sentado por um tempo, olhando fixamente para a parede à sua frente. Depois, com um suspiro de exaustão, levantou-se e caminhou lentamente de volta ao balcão da recepção.

— Tudo certo? — a jovem recepcionista perguntou com um sorriso. — O senhor conseguiu fazer a ligação?

— Consegui, obrigado. É uma pena, mas acho que estou indo embora amanhã.

— Ah, que pena! — Olhou a tela do computador e digitou algo rapidamente. — Sua conta será cobrada diretamente da Springtime Productions, então não tem necessidade de nenhum procedimento antes de o senhor deixar o hotel amanhã de manhã.

— Certo. Muito obrigado pela ajuda. E desculpa se pareci um pouco desatencioso agora há pouco.

A jovem riu.

— É uma época bem confusa para todos nós em Edimburgo. O senhor não precisa pedir desculpas. Todos nós acabamos um pouco envolvidos na euforia do festival.

— É. Acho que sim — Leonard disse resignado. — Bom, vou para o meu quarto agora. Boa-noite.

— Boa-noite para o senhor também. Espero que tenhamos o prazer de tê-lo hospedado conosco novamente em breve.

Leonard esvaziou os bolsos do paletó de tweed e colocou tudo sobre a cômoda ao lado da porta, juntamente com o cartão magnético utilizado como chave do quarto. Desamassou o paletó, pendurou-o num cabide e guardou no armário. No caminho até a cama, afrouxou o nó da gravata de lã e desabotoou o colarinho da tradicional camisa Viyella. Sentou na ponta da cama e olhou para o telefone, pensando em como daria a notícia para Gracie. Ele mesmo sentia-se envelhecido de desapontamento, então não conseguia nem imaginar como ela, que tinha sido tão veemente ao incentivá-lo a aceitar o trabalho, iria reagir.

Alcançou o aparelho telefônico, manteve o fone suspenso por um instante, enquanto ordenava os pensamentos, e finalmente discou para casa.

— Alô? — Grace atendeu. Mesmo com uma única palavra, Leonard pôde perceber o tom de expectativa na voz da mulher.

— Gracie, querida, sou eu, Leonard — respondeu, tentando manter a tranqüilidade na própria voz.

— Ah, estava ansiosa para saber de você, meu amor. Como estão indo as coisas?

— Tudo bem.

— O equipamento chegou direitinho?

— Mais ou menos uma hora atrás.

— Que ótimo! Então, quando você acha que vão começar as filmagens?

Leonard não respondeu. Apertou os olhos e cerrou os punhos, batendo repetidamente no próprio joelho.

— Leonard? — Gracie chamou baixinho, a voz cheia de preocupação. — Está tudo bem, querido?

— Nós não vamos mais filmar, Gracie — Leonard respondeu, a voz subitamente carregada de emoção. Pigarreou, na tentativa de se controlar. — Acabei de falar com Nick. O trabalho foi cancelado.

— Como assim?

— O patrocínio foi suspenso e Nick disse que não dá tempo de conseguir dinheiro em outro lugar.

— Ah, não acredito, Leonard. Não tem nada que se possa fazer? Isso tudo dá uma sensação de perda de tempo e energia, não é?

— Pois é. Tive tantas idéias ótimas de como filmar o balé. Com todo esse equipamento novo eu poderia me arriscar a fazer coisas que nunca tentei. Eu realmente acredito que poderia ter feito um trabalho incrível aqui.

— Seu trabalho definitivo — Gracie disse, a voz carregada de decepção.

— É, acho que realmente poderia ter sido.

Houve um silêncio antes de Gracie voltar a falar. — E o que acontece agora?

— Vamos todos voltar amanhã. Devo estar chegando à noite.

— E o que vai acontecer conosco, Leonard?

Leonard sorriu.

— Nada, meu amor. Vamos simplesmente continuar com nossa vida tranqüila de aposentados, como temos feito nos últimos sete anos.

— Nada a esperar, a não ser a morte.

Leonard deixou escapar um riso de surpresa.

— Acho que não precisamos considerar essa possibilidade ainda, Gracie.

— Bom, então por que eu e você não corremos algum risco? Vamos fazer isso, fazendo o filme. Juntos.

— Como assim?

— Leonard, nós não temos filhos nem netos para abençoar com uma herança. Temos só um ao outro e o tempo está se esgotando para nós dois.

— Do que é que você está falando?

— Você tem alguma idéia de qual é o orçamento do filme?

— Não. Nick nunca me disse e eu não faço idéia de como andam os preços no mercado hoje em dia.

— Mais que trezentas mil libras?

— Eu nunca teria imaginado que pudesse custar tanto. Lembro de ter lido sobre um filme de baixo orçamento feito recentemente com duzentas e cinqüenta mil libras. Um documentário de quarenta e cinco minutos, então, talvez alguma coisa em torno de cem mil.

— Sendo assim, acho que devemos bancar o filme.

— *O quê?*

— Leonard, meu amor, quando nós pensamos em mudar para um lugar menor, dois anos atrás, o corretor avaliou a nossa casa em duzentas e setenta mil libras. Agora, deve estar valendo quase trezentas. Nós não temos hipoteca, então por que não a usamos como garantia num empréstimo para fazer o filme? Se, no pior dos casos, não der nenhum dinheiro e nós perdermos cem mil libras, bom, talvez seja mesmo a hora de mudar para um lugar menor.

Leonard afastou o fone da orelha por um instante, olhando para ele sem acreditar no que Gracie tinha acabado de propor.

— Gracie, meu bem, você enlouqueceu de vez?

— Não, e eu nunca falei tão sério na minha vida. Nem nunca tive uma idéia tão brilhante. Leonard, você sabe muito bem que amarga o dia em que abandonou o mundo do cinema até hoje, e vinha se sentindo vazio e insatisfeito. No lusco-fusco da vida. Viver com você nos últimos meses estava sendo uma delícia, uma verdadeira maravilha para mim. Eu vi você voltar a ser o homem que eu conheci trinta anos atrás, e eu amo isso. Amo você. Se voltar agora, tudo vai mudar e você não vai ter nada que o motive a olhar para a frente. Duvido que passe muito tempo antes que um de nós simplesmente vá embora. Leonard, nós estamos falando de um terço do valor da casa, mas, honestamente, eu prefiro o risco de perder tudo que nós temos do que o de perder você, do jeito que está agora.

O monólogo passional de Grace trouxe lágrimas aos olhos de Leonard e ele procurou por um lenço nos bolsos da calça, para assoar o nariz.

— Gracie, você é realmente uma mulher notável, sabia?

— Vamos fazer, então? Vamos nos arriscar?

— Nós sempre fomos tão cautelosos com dinheiro, Gracie. Nunca fizemos nada tão arrojado na vida.

— Exatamente. Mas pense como pode ser rejuvenescedor.

Leonard riu.

— Bom, sendo assim, por que não? Vamos lançar nosso destino ao vento.

— Ótimo. E sem arrependimentos, meu querido, não importa o resultado. Sem arrependimentos.

Leonard guardou o lenço de volta no bolso.

— Vou ligar para o Nick agora.

— Faça isso e amanhã eu vou ao banco na primeira hora, resolver o empréstimo.

— Não, calma, não faça nada ainda, Gracie. Deixe-me ver primeiro com o Nick quanto deve custar o filme. Depois ainda vou ver se consigo enxugar mais um pouco o orçamento. Eu ligo amanhã à noite.

— OK, meu querido. Durma bem agora. E não vá ficar remoendo a história toda. Tomamos a decisão e você vai precisar de toda energia nas próximas semanas para fazer um filme maravilhoso.

— Boa-noite, Gracie. Amo você, minha garota.

— Eu sei disso.

Depois de ficar sentado, sem ação, por cinco minutos, avaliando o acordo recém-feito com a mulher e tentando organizar os próximos passos imediatos, Leonard se levantou e saiu à procura do número do celular de Nick Springer. Ficou parado, apreensivo, enquanto discava.

— Alô? Nick Springer falando.

— Nick, é Leonard Hartson.

— Ah, oi, Leonard. Só um minuto, vou encostar o carro.

Leonard ouviu o barulho do acelerador e depois um silêncio.

— Ainda está aí?

— Estou.

— Está tudo bem com você?

— Tudo. Nick, eu fiquei pensando se você poderia me dizer qual era, mais ou menos, o orçamento do filme.

— Por que você está perguntando?

— Só queria saber.

— Bom, assim de cabeça, acho que era alguma coisa por volta de cento e cinqüenta mil, talvez um pouco menos.

— Certo. Nick, você poderia me fazer um favor?

— Claro. O quê?

— Você poderia ligar para a empresa de locação de câmera e para a CinElectrics e cancelar o retorno do equipamento?

— Do que é que você está falando, Leonard?

— Gracie e eu resolvemos financiar o filme.

— *O quê?*

— Nós vamos fazer um empréstimo no valor da nossa casa e fazer o filme. Foi uma decisão conjunta.

— Não, não. Eu não posso deixar vocês fazerem isso. De jeito nenhum.

— Algum motivo para não fazermos?

— Porque... você e Gracie não podem arriscar a própria segurança dessa maneira, Leonard.

— Podemos sim. De qualquer maneira, se você diz que o orçamento total é em torno de cem, cento e cinqüenta mil, então só precisaremos de um empréstimo de metade do valor da casa, e eu já andei pensando em umas coisas para reduzir mais ainda os custos.

— O que, por exemplo?

— Mandar o câmera e o assistente de volta para Londres. Vou procurar alguém daqui para me dar uma ajuda. Vou sair do hotel, claro, e procurar um lugar mais barato.

— Leonard, você está realmente falando sério?

— Como nunca na minha vida.

— Então, eu tenho que entrar no acordo.

— Nick, você não precisa...

— Não, eu faço questão. Sinto-me totalmente responsável por ter, talvez, precipitado a decisão de vocês, e simplesmente não posso permitir que assumam o risco sozinhos. Eu entro com cinqüenta mil e, depois, Grace, você e eu vamos produzir juntos, com o suporte da Springtime Productions. Estou na retaguarda para o que você precisar. Vou organizar todo o processo e a pós-produção vai ser feita em Londres.

— Tem certeza, Nick?

— Usando suas palavras, Leonard, como nunca na minha vida. Na verdade, estou tão feliz por você ainda poder fazer esse filme... Nossa, se não estivesse tão ocupado, eu seria seu assistente.

Leonard riu.

— Aí sim, seria como nos velhos tempos.

— É, mas, infelizmente, acho que é totalmente inviável. Tem certeza de que vai conseguir achar alguém pra te ajudar? Eu não conheço ninguém em Edimburgo.

— Não se preocupe. Tenho uns dias para procurar. Vou avisar no teatro onde a companhia vai se apresentar e, também, procurar o dono do armazém que vai ser nossa locação. Ele parece ser bastante bem relacionado.

— Bom, não vá fazer nada precipitado, Leonard.

— Como assim?

— Não vá tentar fazer tudo sozinho. Acaba não valendo a pena. Não se esqueça de que você não é mais tão novo e precisa cuidar da saúde.

— Nick, eu conheço o meu limite.

— Espero que sim. Já falou com a companhia de dança?

— Já. Estava voltando do hotel deles quando o equipamento chegou aqui. Eles têm uma garota escocesa como intérprete e nós falamos juntos com o diretor, o senhor Kayamoto, um homem muito educado e gentil. Não falou em momento nenhum sobre mudanças na agenda, então duvido que vá dar problema agora. Eu vou falar com a tradutora e marcar um novo encontro para amanhã. Tenho certeza de que o senhor Kayamoto vai ter todo o interesse em manter tudo como combinado previamente.

— Uma coisa acabou de me ocorrer, Leonard.

— O quê?

— Tem duas vans carregadas de equipamento aí. Como é que você vai conseguir dirigir as duas? E como é que você vai fazer com o material durante a noite?

Leonard ponderou por um momento, antes de responder:

— Eu acho, Nick, tendo visto o armazém, que posso dispensar parte do equipamento e ficar com o resto em uma van. Os rapazes levam a outra de volta para Londres com o que eu não for precisar. E não precisa se preocupar com segurança, eu posso guardar a van trancada com tudo dentro no armazém.

— Tudo certo, então. E, escuta, minha contribuição para a empreitada está disponível. Então, se precisar de algum dinheiro imediato, é só ligar. Estamos entendidos?

— Obrigado, Nick... por tudo. Não tenho palavras para dizer o quanto estou feliz por estarmos indo adiante, depois de tudo.

— Nem a metade do quanto eu estou, agora que conseguimos a solução. Meu coração andava um bloco de cimento desde o final do nosso telefonema. Mas, agora, estamos nos encaminhando para momentos de êxtase, Leonard, momentos de êxtase!

Leonard riu de alegria.

— É, estamos, não estamos? Apesar de certa precariedade.

CAPÍTULO 19

Na manhã seguinte, Leonard deixou o hotel cedo, depois de tomar café, e pegou um táxi até o alojamento onde o resto da equipe estava hospedado. Encontrou-os de péssimo humor, depois de uma noite remoendo o fato de terem perdido três semanas de trabalho, mas Leonard conseguiu acalmá-los dizendo que falaria com Nick sobre a possibilidade de conseguir alguma compensação por parte da companhia japonesa. A notícia pareceu surtir efeito e, quando partiram de volta para Londres na van dispensada, depois de ajudarem Leonard a escolher o equipamento que ficaria no armazém, todo ressentimento havia desaparecido. Foram embora acenando da janela do carro e desejando boa sorte.

Entretanto, o dia não continuou tão positivamente. Tendo fechado sua conta com o Sheraton Grand na noite anterior, Leonard passou a hora do almoço e parte da tarde no telefone do lobby do hotel, com jornais locais espalhados na mesa em frente a ele, tentando em vão achar um lugar para ficar. Às três da tarde deu-se conta de que a procura era inútil. Sem muitas alternativas à frente, foi até a recepção do hotel para saber se poderia ter seu quarto de volta por mais uma noite, mas recebeu a informação de que ele havia sido ocupado quase imediatamente depois de ele entregar a chave. Desesperado, explicou a situação à recepcionista, que sugeriu que ele fosse ao escritório do festival, para ver se lá poderiam ajudá-lo a encontrar uma solução.

O táxi levou Leonard pelo curto trajeto, passando pelo castelo e deixando-o em frente à antiga igreja no topo da Lawnmarket. Entrou no prédio arrastando a mala e caminhou pelo corredor até o escritório. Aproximou-se de um jovem, vestindo suéter com a logo do festival, em uma das cabines de atendimento.

— Posso ajudá-lo, senhor? — o rapaz perguntou, sorrindo animado.

— Sim. Seria possível eu falar com alguém do escritório internacional?

— O senhor tem hora marcada?

— Não, mas meu nome é Leonard Hartson e vim filmar a companhia japonesa de dança que vai se apresentar no festival.

— Ah, certo.

O rapaz pressionou o botão do interfone.

— Alô, Tess, tem um senhor Hartson aqui querendo falar com alguém... não, ele não tem, mas vai filmar a companhia japonesa de dança... OK, vou falar com ele.

O jovem desligou o interfone.

— Senhor Hartson, Tess Goodwin vem falar com o senhor em cinco minutos. O senhor pode seguir direto o corredor até o Hub Café, ela vai encontrá-lo lá.

— Muito obrigado — Leonard disse com um sorriso de agradecimento, atravessou o corredor e abriu a porta de vidro do bar.

Dez minutos depois, enquanto terminava a xícara de café morno, a porta se abriu e uma mulher jovem, de jeans e camisa colorida, segurando um bloco de espiral, entrou. Olhou em volta, até ver Leonard, que havia se levantado à entrada dela.

Tess caminhou até ele.

— Senhor Hartson?

— Eu mesmo.

— Tess Goodwin — disse, estendendo a mão para Leonard. — Trabalho no departamento de marketing internacional.

— Senhora Goodwin... — Leonard começou a falar, apertando a mão da moça.

— Tess, por favor.

Leonard concordou com a cabeça.

— Tess, obrigado por me receber. Imagino que você esteja muito ocupada neste momento.

— Até o pescoço, pra ser sincera. — Puxou uma cadeira. — Mas, não importa, vamos sentar e o senhor me diz como eu posso ajudar.

Leonard voltou a sentar-se, depois que ela tirou o celular do bolso da calça, colocou-o na mesa ao lado do bloco de notas e se acomodou confortavelmente. Abriu o bloco numa página em branco e manteve o lápis flutuando sobre ela, expectante.

Leonard tomou isso como um sinal de que a moça realmente tinha pouco tempo para perder com ele, então começou imediatamente a explicar a situação.

— Tess, isso provavelmente não tem nada a ver com o seu trabalho, mas, infelizmente, eu não sabia mais a quem recorrer. O fato é que, e eu não vou me dar ao trabalho de aborrecê-la e explicar as razões, tenho de conseguir novas acomodações para o período do festival e, até agora, não tive sorte.

— Onde o senhor está, por enquanto?

— No Sheraton Grand, mas houve mudanças inesperadas no orçamento do filme e eu não posso mais ficar lá.

Tess mordeu o lábio, pensativa.

— O senhor tem razão, isso realmente não é minha área. Nós temos um time de pessoas que cuida dos artistas internacionais, e eles normalmente se hospedam nos hotéis mais caros de Edimburgo. — Bateu com a ponta do lápis no bloco. — Eu não posso prometer nada, — disse, pegando o celular —, mas vou checar com o escritório do

Fringe. Eles lidam com muito mais artistas que nós, então talvez tenham alguma coisa disponível.

Discou o número e levou o telefone à orelha.

— Alô, posso falar com Lewis Jones, por favor? É Tess Goodwin, da feira internacional.

Sorriu afirmativamente para Leonard, enquanto esperava para ser atendida.

— Lewis, boa-tarde, é Tess... completamente atolada... Não, você tem razão, tempo zero pra aproveitar o casamento. Escuta, Lewis, estou com o senhor Hartson, que veio pra filmar uma das apresentações, e ele precisa mudar de hotel... ele tá no Sheraton Grand por enquanto, mas quer encontrar um esquema mais barato. Você sabe de algum lugar disponível? Não, entendo perfeitamente. — Tess olhou para Leonard. — Ele disse que a cidade está completamente lotada. — Escutou mais um pouco o homem do outro lado da linha. — OK. Eu espero. — Afastou o telefone da orelha. — Ele disse que alguém apareceu por lá umas semanas atrás, com quartos pra alugar, por causa de um cancelamento. Está só tentando achar o papel agora. — Uma voz ecoou pelo celular e ela voltou a escutar. Levantou as sobrancelhas esperançosamente para Leonard, enquanto anotava um endereço. — Jamie Stratton... OK... número 7, London Street?... Certo. E telefone?... Gênio. Obrigada, Lewis... isso, um drinque seria ótimo, se eu conseguir achar tempo... tchau. — Apertou a tecla End do celular.

— Bom, parece promissor. Vamos ligar pra Jamie Stratton.

— Se preferir, eu...

— Não, vamos ver se tem alguma coisa disponível primeiro — interrompeu, já discando o número anotado. Roía as unhas, enquanto esperava que atendessem do outro lado da linha.

— Alô, senhor Stratton? Oi, aqui é Tess Goodwin, do escritório internacional. Fui informada de que teria uns quartos pra alugar... ainda tem... ah, que maravilha... só um, pro senhor Hartson... certo... e vai ter gente em casa à tarde? Ótimo, então o senhor Hartson pode ir a qualquer hora... Muito obrigada mesmo... tchau.

Dirigiu-se a Leonard com um sorriso, ao encerrar a ligação e colocar o celular sobre a mesa.

— O senhor está com sorte. — Rasgou o pedaço de papel com as anotações e entregou a Leonard. — A London Street é bem central, acho que o senhor não vai ter dificuldade pra achar. Ele disse que o senhor pode ir a hora que quiser.

— Não tenho como agradecer, Tess — Leonard disse enquanto dobrava o papel e guardava no bolso superior do paletó de tweed.

— Estou feliz por termos encontrado uma possibilidade de solução pro senhor. — Tess ficou de pé e pegou suas coisas da mesa. — Agora, se o senhor me dá licença, eu realmente preciso correr. — Acenando brevemente, dirigiu-se rápido à porta de vidro do café.

Andando até a Lawnmarket, Leonard cruzou a rua de paralelepípedo, sentindo o sol morno do fim da tarde nas costas, indo na direção da High Street, onde o teatro de rua estava a todo vapor. Pessoas lotavam a via pública em volta das performances em curso. Primeiro houve uma banda de jazz, depois um malabarista em pernas de pau, seguido de um perito em se livrar de algemas, correntes e afins, sem camisa, o rosto pintado nas cores azul e branco da insígnia escocesa, que parecia perigosamente ameaçado de ser pendurado no poste de luz. A atenção atraída pelo entretenimento assustador, Leonard não prestou atenção na mulher atarracada paralela a ele, do outro lado da rua, tentando impedir que a enorme Samsonite que carregava tombasse na rua irregular.

Rene Brownlow bateu sem cuidado com a mala nos degraus da escada de pedra e abriu a porta do escritório do Fringe. Bufando, exausta, estacionou a mala a um canto fora da passagem e se aproximou do longo balcão abarrotado de folhetos e programas. Uma garota, vestida de maneira semelhante à da impressionante Andrea, do Corinthian Bar, deixou a tela do computador e foi até ela.

— Posso ajudar?

— Pode. Meu nome é Rene Brownlow. Venho me apresentando no Corinthian Bar, mas eu quero... — Não conseguiu ir adiante, sentindo o nó crescer na garganta e as lágrimas brotarem nos olhos, exatamente como vinha acontecendo nas últimas doze horas.

A garota sorriu para ela.

— Calma. Eu sei exatamente com quem você deve falar.

Voltou para trás do balcão e pegou o telefone.

— Lewis — Rene a ouviu dizer —, você tem mais uma alma torturada pra atender.

A garota desligou o telefone e foi até Rene, colocando as mãos em seus ombros.

— Vem, vou te levar pra ver o Lewis Jones. Ele vai te ajudar.

Aquelas tinham sido praticamente as primeiras palavras gentis ditas a Rene desde a sua chegada a Edimburgo, uma semana e meia antes; então, quando sentou na frente do homem jovem, de cabelo escuro encaracolado despenteado, fungava sem parar. Lewis inclinou-se para a frente na mesa, girando uma caneta entre os dedos, o sorriso rasgando o rosto salpicado de fios da barba nascente.

— Fala a verdade, as coisas não podem estar tão mal, podem? — disse com animado sotaque galês. Pegou um punhado de lenços de papel de uma caixa de Kleenex no canto da mesa e estendeu para Rene.

Rene acenou positivamente com a cabeça enquanto assoava o nariz com força.

— Não podia ser pior — soluçou. — Quase ninguém foi ver meu show, ninguém entende minhas piadas e eu nunca vou conseguir cobrir os custos do teatro. Eu só quero ir pra casa agora.

Lewis recostou na cadeira, o sorriso ainda colado no rosto.

— Rene, você acredita que é a quinta pessoa que veio aqui hoje me dizer a mesma coisa?

Rene secou os olhos, o soluço diminuindo ao passo que as palavras dele ecoavam.

— Jura?

— Juro. Você não está sozinha nesse barco.

— Mas eu nunca vou conseguir pagar...

— Olha, são só os primeiros dias — ele disse, debruçando na mesa outra vez. — Uma porção de artistas fica desanimada no começo. É por isso que eu recebo tanta gente nessa época. Meu conselho é que você agüente firme, porque, com certeza, vai se arrepender se desistir.

Uma garota de cabelo escuro despontou com a cabeça na lateral da parede que separava a mesa de Lewis do resto da sala.

— Lewis?

Lewis observou quando Rene escondeu o rosto, para não ser vista chorando. Ele olhou para a moça.

— Agora não, Gail, tô ocupado.

— Eu sei, mas é Rene Brownlow que tá com você?

— É, por quê?

— Eu pensei que você ia gostar de ver isto.

Estendeu um jornal dobrado até ele, antes de desaparecer novamente atrás da divisória. Lewis passou os olhos pela parte que Gail tinha marcado com caneta fluorescente amarela.

— Viu? — Estendeu o jornal na mesa em frente a Rene. — Você tá sendo um pouco precipitada, não acha? Tá no *The Scotsman*. Todo mundo lê esse jornal em Edimburgo.

Rene pegou o exemplar e olhou para sua foto em preto-e-branco. Passou os olhos rapidamente pelas palavras logo abaixo: "Rene Brownlow... sagacidade original... me fez morrer de rir com sua caracterização dos membros do Andersons Westbourne Social Club em Hartlepool, sua cidade natal... este show definitivamente merece ser visto." Rene colocou o jornal de volta na mesa e deixou escapar uma risada curta, interrompida pelo último soluço.

— Nada mal, né?

— Não — respondeu baixinho.

— Gostaria de ter tido críticas assim pra ler pras outras quatro pessoas que vieram falar comigo hoje.

Rene sorriu.

— Talvez seja o caso de continuar, então?

— Eu acho que é a melhor idéia. Espera até hoje à noite. Aposto que você vai encontrar o teatro lotado.

Rene abaixou a cabeça, pegou mais um lenço de papel e começou a enxugar os olhos novamente.

— O que é que foi agora? — Lewis perguntou, perplexo.

— Eu não quero continuar onde eu tô agora — Rene disse com novo soluço. — Tô numa casa horrível, com uma mulher horrível e tenho que sair todo dia às onze da manhã e ficar andando pelas ruas o dia todo.

Lewis esvaziou as bochechas num suspiro alarmado.

— Nossa, isso é um pouco violento, não é não? Parece que essa senhora está merecendo perder a cliente.

Puxou o ar por entre os dentes enquanto pensava sobre a reclamação de Rene.

— Só um minuto. — Começou a procurar entre as pilhas de papel atulhando a escrivaninha. — Onde foi que eu coloquei o endereço?

Voltou a atenção para uma bandeja de alumínio, vasculhando entre a papelada.

— Tava com isso na mão não tem nem dez minutos.

Abaixou por um instante, saindo do campo de visão de Rene, e reapareceu brandindo um pedaço de papel amassado.

— Aqui. Embaixo do meu pé.

Colocou o endereço na mesa, desamassando o papel com a mão antes de pegar o telefone e discar um número.

— Alô? Jamie Stratton? OK, bom, aqui é Lewis Jones, do escritório do Fringe. Eu dei seu nome pra uma colega minha... isso, isso... ah, você tem mais quartos disponíveis? Tem? Bom, então tem alguém aqui comigo que teria interesse em ficar com um... Isso, o nome dela é Rene Brownlow... É, como é que você sabe? Ah, tá... acabei de dar pra ela ler... Certo, então ela pode ir a qualquer hora? Ótimo, obrigado, Jamie.

Lewis sorriu para Rene.

— É isso, você já é famosa. Seu novo senhorio acabou de ler a crítica do seu show. — Copiou rapidamente o endereço num bloco, arrancou a folha e deu para Rene. — Você vai ficar na London Street, que é logo no final da rua, um pouco acima de Leith Walk. Quer dizer, um lugar ótimo. Ele disse que você pode ir na hora que quiser.

Ficando de pé, Rene estendeu os braços e se lançou sobre os ombros do galês magricela.

— Lewis, você é um sonho. Tenho que agradecer por você estar na hora certa, no lugar certo. — Deu-lhe um tremendo beijo no rosto. — E desculpe o blablablá.

Lewis riu.

— É pra isso que eu tô aqui. É por isso que eles me chamam de Jones, o esponja.

CAPÍTULO 20

Depois de desligar o telefone, Jamie Stratton deu socos no ar e deixou escapar um grito de alívio. Graças a Deus as coisas estavam melhorando, finalmente. Um mês tinha se passado sem nenhum dinheiro entrando em casa e seu saldo no banco estava no limite. Agora, num espaço de vinte minutos, tinha conseguido alugar dois quartos. Olhou para o relógio, pensando que provavelmente teria tempo suficiente, antes que alguém aparecesse, para ir até a esquina e buscar um café no The Grainstore para comemorar. Pescou as chaves na mesinha do hall e saiu do apartamento apressado, descendo de dois em dois degraus os três lances de escada.

Jamie comprava mais cafés por dia no The Grainstore do que seria de desejar, mas tinha um motivo especial para as visitas. Acreditava que, por baixo do avental de listras vermelhas, Martha tinha um corpo de matar, qualidade incomum numa garota quase da altura dele, na verdade uns três dedos mais que seus quase um metro e oitenta. Ainda assim, a atração por ela ia além de mero interesse carnal. O humor estava sempre presente nos olhos verde-azulados, o rosto exibindo tanta saúde que maquiagem era dispensável e o ar cômico marcado pelo inútil arco preto de plástico sempre enfeitando o cabelo louro, curto e revolto.

Desde o primeiro dia dela trabalhando no café, Jamie considerava Martha sua mulher definitiva. O único problema era que, durante os vários encontros breves, descobrira que ela era quase seis anos mais velha e tinha estado num relacionamento estável por três deles. Mas a inacessibilidade só fazia com que o arroubo de paixão aumentasse.

O café estava bem movimentado naquela tarde, mas, com a hora do rush ainda por chegar, não havia fila no balcão. Martha viu quando ele chegou e imediatamente voltou-se para uma colega, envergando os ombros e franzindo as sobrancelhas em sofrimento. Jamie viu todos os movimentos dela, mas, sem se deixar dissuadir pela falta de reciprocidade amorosa, aproximou-se com um sorriso largo.

— Oi, Martha.

Quando olhou para ele, Martha ofereceu somente o mais breve dos sorrisos.

— E aí, James, que é que você vai querer hoje?

— Um café pra viagem.

Martha voltou-se para a máquina de expresso e, retirando um dos compartimentos para o pó, bateu com força na bandeja de sobras para jogar fora o café velho.

— Então, como vai a vida hoje? Sozinho no apê ainda?

— Não. Consegui alugar dois quartos.

Martha olhou para ele por sobre os ombros e deu um sorriso um pouco mais significativo, o que gerou um redemoinho de calafrios no estômago de Jamie.

— Isso vai deixar o gerente do seu banco feliz, então?

— Com certeza. — Jamie enfiou a mão no bolso da calça procurando algum dinheiro trocado. — E você? Ocupada como sempre?

Martha pousou o copinho de poliestireno no balcão e fechou-o com a tampinha.

— Trabalhando em tempo integral — disse estendendo a mão para receber o dinheiro. — A gente só fechou depois de meia-noite ontem.

Jamie entregou o dinheiro contado.

— Nada mais de câmeras sumindo, então? — perguntou e riu.

Martha o olhou nos olhos, enquanto registrava o pagamento.

— Péssima piada. — Fechou com força a gaveta da caixa registradora. — Não é nada bom pros negócios ter gente entrando aqui e roubando.

— Não, com certeza. — Ele pegou o café no balcão. — Bom, melhor eu ir andando. Vai que um dos inquilinos bate lá em casa. Te vejo mais tarde.

— Nada na vida é mais garantido que isso — Martha respondeu baixinho entre os dentes, enquanto se voltava para outro cliente.

Ao ver o táxi ir embora em frente ao seu prédio, Jamie Stratton correu os últimos metros pela London Street e fez a volta no gradil que dava para os degraus da frente. Um senhor, elegantemente vestido com paletó de tweed, estava de pé na porta da frente, mala grande ao lado, pressionando um dos botões do painel de bronze do interfone.

— O senhor é o senhor Hartson?

O homem virou-se e apreciou o jovem em frente a ele, bermudão na altura da batata da perna, camiseta branca folgada e chinelos de dedo.

— Oi, eu sou Jamie Stratton. Tinha dado uma saída, desculpe. Fui buscar um café.

— Não precisa se desculpar — Leonard Hartson respondeu, com um aceno de cabeça. — Acabei de chegar.

Jamie tirou um molho de chaves do bolso da bermuda e destrancou a porta. Segurando-a com o pé, estendeu a mão livre e agarrou a alça da mala do novo inquilino.

— Eu posso fazer isso — Leonard disse, movendo-se para pegar a mala da mão de Jamie.

— Não precisa se incomodar. Tô acostumado a carregar peso escada acima. O apartamento é no terceiro andar, o senhor já vai ter que encarar uma ligeira escalada.

Leonard riu.

— Sendo assim, vou agradecer sinceramente por ter um senhorio atlético.

Quando o homem chegou lá em cima, Jamie já tinha aberto as persianas das enormes janelas, dado uma rápida avaliada na situação do quarto e deixado escapar um palavrão em voz alta ao ver a capa de um exemplar da revista *GQ* (*Gentlemen's Quarterly*, revista masculina abordando temas como moda, sexo, comida, boa forma física, música, filmes etc.) aparecendo sob o dossel de uma das camas. Enrolou a revista em forma de canudo e foi até o hall, encontrando Leonard Hartson no momento em que entrava no apartamento, bufando com o esforço.

— Meu Deus, que subida! — Leonard disse, apoiando a mão no aparador.

— É, desculpe por isso. Melhor ir aos pouquinhos — Jamie disse, estendendo a mão para guiar Leonard até o quarto. — O senhor vai ficar aqui, senhor Hartson. É o lado silencioso do prédio, não vai ouvir o barulho do tráfego. O banheiro fica à esquerda, do lado da porta do quarto. Espero que não se incomode de dividir comigo. A cozinha é passando o hall à direita e tem uma sala de estar do outro lado, com tevê a cabo, que o senhor pode assistir quando quiser. — Olhou em volta, para ver se estava esquecendo de alguma coisa. — Tudo bem pro senhor?

Leonard concordou com a cabeça.

— Perfeito. — Deu um sorriso para Jamie. — Quase tão bem equipado quanto meu quarto no Sheraton Grand. — Andou até a janela e olhou o pequeno jardim rodeado pelos outros prédios. — Muito simpático mesmo. — Virou-se para o rapaz. — E o preço?

— Bom, é... — Jamie tinha pensado um bocado sobre o assunto. A agência cobraria quarenta libras por noite cada quarto, durante todo o festival, menos o percentual deles, mas Jamie tinha que compensar pelo menos uma parte das perdas.

— Que tal cinqüenta libras por noite?

Leonard acenou com a cabeça, concordando.

— Você consideraria a proposta de sessenta libras por noite, podendo usar o telefone? Chamadas locais, claro.

Jamie levantou a sobrancelha, pensativo.

— Acho que tudo bem por mim. OK, combinado.

— Ótimo.

Jamie encostou na parede e cruzou os braços no peito.

— Então, o senhor vai ficar até o fim do festival?

— Vou.

— Pra ver os shows?

— Não. Estarei trabalhando.

Jamie franziu as sobrancelhas, tentando imaginar que tipo de trabalho um homem daquela idade, claramente além da aposentadoria, estaria fazendo no festival.

— E o que é que o senhor faz?

— Eu sou diretor de fotografia e câmera.

— Jura? — Jamie disse, visivelmente impressionado. — Que trabalho incrível! Que tipo de filmes o senhor faz?

— Bom, eu trabalhei em todo tipo de filme na minha época, mas, agora, vim para fazer um documentário.

— Então o senhor já fez longas também?

— Já, com certeza.

— Será que eu já vi algum filme seu?

— Não, a não ser que você seja fã de filmes antigos — Leonard disse com uma risada. — O último longa em que trabalhei foi feito bem antes de você nascer.

— Então aposto que meu pai vai saber. Ele é totalmente fissurado em cinema.

Leonard balançou vagarosamente a cabeça em confirmação.

— Não me diga. E seu pai teria, por acaso, alguma ligação com a indústria cinematográfica?

Jamie riu.

— Sem chance! Meu pai é fazendeiro. Por que o senhor tá perguntando?

— Porque estou procurando alguém para me ajudar e não sei muito por onde começar. — Esfregou o dedo na lateral do rosto marcado. — Com certeza você não sabe de ninguém procurando trabalho para as próximas três semanas, sabe? Não precisa ter experiência, necessariamente. Só preciso de alguém forte e com alguma massa cinzenta.

Jamie encolheu os ombros.

— Acho que não. Meus amigos da faculdade já saíram da cidade pra trabalhar ou de férias. Mas eu vou pensar no assunto.

— Muito gentil da sua parte — Leonard respondeu.

Jamie desencostou da parede quando ouviu o interfone tocar no hall. Pediu licença a Leonard e foi rapidamente atender a chamada.

— Alô?

— Alô? Jamie Stratton?

Jamie fez uma careta ao ouvir a voz distorcida pela boca certamente grudada no microfone do aparelho da entrada.

— Isso.

— Oi, aqui é Rene Brownlow. Tô aqui na porta.

— Certo. Eu vou apertar o botão. Quando você ouvir um barulho, empurra a porta. Aqui é o terceiro andar.

— Hã? Eu não consigo arrastar essa mala desgraçada nem mais um centímetro. Meus braços já andam tão estirados que você pode até achar que meu pai é um macaco.

Jamie riu.

— Tá, espera aí, eu vou descer.

Prendeu a porta com o capacho, para impedir que batesse, e desceu as escadas na velocidade habitual. Abriu a porta de entrada e uma mulher de cabelo curto e liso, a figura pequena, porém redonda, envolvida por um casaco que parecia feito de pedaços de tapete multicoloridos, pulou para trás, surpresa.

— Nossa, que rápido! Você parece que tem asas nos pés!

— Eu tô acostumado a descer correndo — Jamie disse, pegando a mala. — Ah, antes que eu esqueça, li a crítica do seu show hoje de manhã. Muito legal.

Rene olhou boquiaberta com que facilidade ele levantou seu imenso "carma" Samsonite.

— Bom, que bom ouvir isso — respondeu, distante.

Jamie esticou o pescoço, ouvindo o telefone tocar lá em cima.

— Caramba, é meu telefone. Melhor eu tentar atender, pode ir subindo no seu tempo. — Virou-se e começou a escalar dois degraus por vez, como se estivesse carregando alguma coisa tão pesada quanto um saco de papel.

Rene ficou na frente do prédio um minuto, olhando até ele desaparecer.

— Esse deve ser o Super-Homem — disse, sem acreditar, antes de começar a subir em passos bem mais lentos.

Largando a mala com barulho no chão de madeira da entrada do apartamento, Jamie cruzou o hall e deu um mergulho para alcançar o telefone.

— Alô?

— Boa-tarde, Jamie. Gavin Mackintosh falando.

Jamie recuperou o fôlego antes de responder:

— Oi, Gavin. Desculpe a demora. Eu tava lá embaixo quando o telefone começou a tocar.

— Quer que eu ligue outra hora?

— Não, de jeito nenhum.

— Ótimo. Eu estou ligando pra saber se você conseguiu encontrar inquilinos pro período do festival.

— É até engraçado você dizer isso — Jamie falou, olhando em volta e verificando que a porta do quarto do senhor Hartson estava fechada e que Rene Brownlow ainda não tinha chegado lá em cima. — Dois inquilinos acabaram de chegar.

— Excelente. Isso significa que vai dar para pagar a hipoteca?

— É, acho que vai ficar tudo certinho até o fim de setembro.

— Bom, então eles vão ficar durante todo o festival.

— Não sei se os dois. Uma tá se apresentando no Fringe, então pode ser que vá embora antes da última semana. O outro cara é um senhor, um diretor de fotografia, que vai fazer um documentário, sei lá, no festival, então imagino que vá ficar até o fim. Falando nisso, Gavin, você não conhece ninguém de cinema, conhece?

— Não, acho que isso é totalmente fora do meu campo de relações, Jamie. Por que a pergunta?

— Bom, é que esse diretor de fotografia tá precisando de um assistente, aí ele me perguntou se eu não conhecia ninguém. Eu acho que ele tá meio desesperado, porque falou que podia ser alguém sem experiência.

— Nada me vem à cabeça, mas vou pensar no assunto.

— Isso ia ser bom. Valeu, Gavin. — Jamie acenou para Rene, que entrava no apartamento e caía sentada sobre sua mala. — Antes que eu esqueça, papai te ligou?

— Não. Que é que houve?

— Talvez role um jogo em Muirfield amanhã à noite.

— Ah, então preciso avisar que não vou poder. Vou com Jenny assistir ao concerto da Angélique Pascal.

— A violinista francesa, é isso?

— Exato.

— É, tinha uma foto dela chegando ao aeroporto de Edimburgo, na primeira página do jornal de hoje. Ela é bem gata.

Gavin riu.

— Não posso dizer que você esteja enganado. Estivemos juntos ontem, numa recepção, e ela é uma moça extremamente cativante.

— Parece que você foi meio fisgado, Gavin, é isso? Talvez você devesse dar uma dispensada na Jenny amanhã e ir sozinho ao concerto.

— OK, Jamie, acho que é um bom momento para finalizar a ligação, antes de você me aparecer com outra das suas sugestões e eu ficar tentado a cobrar pela minha hora. Mas, fora isso, não some.

— Tá certo. Valeu, Gavin.

Jamie desligou e olhou para sua nova hóspede, ainda sentada sobre a mala, recuperando o fôlego.

— Desculpe.

Rene levantou a mão.

— Imagina. Eu é que não tô acostumada a fazer tanto exercício. Morar em Edimburgo é tipo viver num maldito spa. — Levantou devagar. — Vou te falar, eu vou voltar pra Hartlepool uma sombra da minha antiga pessoa.

Jamie sorriu e pegou a mala.

— Vem, vou te mostrar o quarto e você pode dar uma descansada pra se recuperar.

CAPÍTULO 21

O carro de polícia estava parado no sinal de trânsito da Stockbridge quando o aviso de comportamento suspeito chegou pelo rádio, vindo da sala de controle de operações. Estando a apenas quatro ruas de onde o suposto incidente ocorria, a policial Heather Lennox atendeu ao chamado, enquanto seu colega ligava a luz azul da viatura, sinalizava a saída com um toque rápido na sirene e manobrava o carro, dobrando à esquerda depois do sinal.

Quando se aproximaram da rua, o motorista desligou a luz azul e dobrou a esquina devagar, pretendendo chegar de surpresa. Acendeu o farol alto, iluminando os dois jovens que se voltaram, em pânico, imediatamente se afastando do carro que eles estavam a um segundo de invadir. Enquanto a viatura policial acelerava em sua direção, os garotos começaram a correr feito gazelas apavoradas e, quando foram emparelhados pelo veículo, fizeram o impossível: escalaram um muro de dois metros e desapareceram.

O motorista tirou o cinto de segurança e abriu a porta, pronto para persegui-los, mas foi impedido por Lennox.

— Deixa pra lá, Jim. A gente nunca vai alcançar esses garotos.

Girou o corpo no banco e olhou pelo vidro traseiro.

— Você viu alguma coisa estranha ali atrás, quando a gente entrou na rua?

O policial encolheu os ombros.

— Tenho certeza de que tinha alguém parado naquela última porta vendo tudo com alguma coisa parecida com um binóculo.

Virou-se e pegou o rádio no painel.

— Acho bom a gente checar. Melhor manobrar pra não ter que sair de ré.

O motorista girou o volante, indo para a frente e para trás até conseguir fazer a manobra na rua estreita, entre duas filas de carros estacionados. Foi até o fim da rua e parou na esquina.

— Pra que lado? — perguntou.

Lennox levou o corpo à frente, olhando em todas as direções. Observou os pedestres atravessando sob a luz alaranjada dos sinais vermelhos, na sua maioria em duplas. Só havia uma pessoa aparentemente andando sozinha.

— Aquele ali à esquerda. Entra no meio dos carros e passa devagar pra eu dar uma olhada na cara dele.

Cinqüenta metros adiante, Thomas Keene Júnior ainda ria sozinho. Era a terceira vez que filmava os dois garotos da área tentando arrombar um carro, mas naquele dia eles mereciam o Oscar. Ele tinha programado o zoom para pegar todos os detalhes do roubo e, conseqüentemente, conseguira ver a expressão de horror no rosto dos dois quando olharam para o começo da rua. Percebendo que algo acontecia fora do quadro, T.K. abrira o plano, vira o carro de polícia que se aproximava e mantivera a câmera ligada até que os garotos desaparecessem pelo muro. Não poderia ter captado melhor a cena, tão bem na verdade que não resistiu à tentação de voltar a fita e assistir a tudo novamente ali mesmo. Abrindo o visor, apertou o playback, estudando a cena enquanto andava, sem prestar atenção aos carros que passavam por ele.

— Falando no diabo... — Lennox deixou escapar baixinho, quando o carro passou vagarosamente pelo rapaz andando na calçada.

— Você conhece? — o motorista perguntou.

— Esse aí, Jim, é Thomas Keene Júnior, jovem de Pilton Mains que tem mais carros roubados nas costas do que a rainha da Inglaterra tem de jóias.

— Você acha que ele viu a gente, então? Que é que ele tava fazendo?

— Não sei. Tava segurando alguma coisa, mas não consegui ver o que era. — Fez um gesto com a mão. — Vira aqui à esquerda e a gente espera pra fazer umas perguntas pro garoto, que tal?

T.K. estava tão distraído com sua obra de arte que tropeçou no meio-fio, dando um jeito no tornozelo. Gemendo de dor, fechou o visor da câmera e abaixou para esfregar a região dolorida. Foi quando se deu conta das duas sombras escurecendo a área em volta dele.

— Boa-noite, Keene — a policial disse, descontraidamente. — Lembra de mim?

Thomas levantou a cabeça devagar e viu os dois uniformes acima dele. Merda, ele pensou, os malditos canas. Seu primeiro pensamento foi o de que era inocente, mas em seguida olhou para a câmera ao lado do pé direito. Droga, ele não podia ser visto com ela. Tinha ficado longe de confusão tanto tempo, não seria pego por algo tão banal.

— Você poderia ficar de pé e responder a umas perguntinhas, Keene? — a policial perguntou, dando um passo em sua direção.

— Meu tornozelo tá ruim.

— De pé, rapaz — o policial disse, severo, dando suporte à colega.

T.K. apanhou a câmera e posicionou os pés como se fosse um corredor de cem metros rasos, pronto para dar a largada. O policial percebeu a intenção do garoto e estendeu o braço para agarrar-lhe o ombro. Mas a mão fechou sobre o vento. Thomas Keene Júnior, gato escaldado, já havia zarpado.

— Traz o carro. Eu pego ele! — o policial gritou para a companheira, enquanto saía correndo na caça ao jovem. Depois de cinqüenta metros, perguntou-se se não havia sido um pouco precipitado na segurança da afirmação anterior, já que a distância entre ele e o safado do moleque crescia a cada segundo.

T.K. olhou rapidamente para trás. Estava com certeza alcançando distância desanimadora para seu perseguidor, mas ainda podia ver o policial, o que significava não estar ainda em posição de se livrar da câmera sem que o movimento fosse percebido. Tinha que sumir de vista primeiro.

O conhecimento que T.K. tinha de cada atalho para o lado norte de New Town era infinito, portanto soube ter cometido um erro fatal no momento em que virou na ruazinha residencial. A rua de paralelepípedos, rodeada de casas de pedra agradavelmente simétricas e portas de garagem pintadas de cores luminosas, acabava abruptamente num muro de uns cinco metros de altura, coberto, por alguma razão estúpida, de arame farpado. Sem alternativa, T.K. seguiu correndo até chegar ao muro. Virou-se, encurralado, agradecido pelo fato de a rua ser iluminada somente na entrada. Olhou em volta, desesperado. De um lado, viu dois loureiros de vaso, um de cada lado da porta de entrada da última casa. Não teria tempo de cavar para esconder a câmera ali, pensou. Do outro, avistou um amontoado de latas de lixo organizadamente acomodadas no canto do muro, onde os donos da casa deveriam imaginar que fossem menos ofensivas à paisagem. Arrastou uma delas, abriu a tampa e colocou a câmera escondida no fundo, misturada aos sacos de plástico. Uma decisão de momento o fez pegá-la de volta. Perder o equipamento roubado era uma infeliz necessidade, mas de jeito nenhum perderia aquelas imagens. Apertou a tecla Eject, retirou a fita, colocou a câmera novamente no esconderijo, depois agachou atrás da lata de lixo e enfiou a fita dentro do tênis surrado. Encostou na parede, ajeitou os joelhos e respirou profundamente. Foi só o que teve tempo de fazer. Viu o clarão de uma lanterna iluminar as latas de lixo e alcançar em cheio o próprio rosto, dez segundos depois. Levantou a mão para proteger os olhos, escutando a respiração ofegante do policial.

— OK, garoto, vai vir quietinho agora ou vou ter que usar um pouco do meu poder de persuasão?

Gavin Mackintosh colocou-se de pé, juntamente com o resto da platéia do Usher Hall, para aplaudir efusivamente a performance do *Concerto Nº 3 em G Maior* de Mozart. Com o braço estendido, o regente dirigiu o clamor à jovem solista e girou em seu pedestal, cumprimentando-a com uma mesura. Angélique Pascal, vestido tomara-que-caia preto envolvendo o corpo pequeno, devolveu a reverência soprando-lhe um beijo, antes de fazer o mesmo com a enorme platéia que rodeava o palco.

Gavin continuou com as palmas até que fossem as últimas a soar fragilmente dentro da grande sala abobadada, olhos fixos na orquestra que deixava a cena. Jenny, sua mulher, casaco e bolsa já nos ombros, tocou-lhe o braço, chamando sua atenção para as pessoas da mesma fila que esperavam para passar por ele. Gavin levantou a mão se desculpando, enfiou o programa do concerto no bolso do paletó e seguiu a mulher, que descia em direção à saída.

Do lado de fora, um vento frio soprava sobre a Lothian Road, batendo com força nas paredes curvas do Usher Hall. Fechando o botão do meio do paletó, Gavin segurou o braço de Jenny e a conduziu por entre as pessoas, ao tempo que tirava o telefone do bolso superior, voltando-o ao toque sonoro. Ainda bem que tinha se lembrado de colocar o aparelho no vibrador antes de começar o concerto, porque sentira o bolso tremer no meio da apresentação, sendo encarado e cutucado pela mulher, que tentava impedir sua reação imediata de atender a chamada. Ouviu a mensagem da caixa postal enquanto andavam.

— Inferno — murmurou, guardando novamente o telefone no bolso e guiando Jenny até o outro lado da calçada.

— Não vai me dizer que você tem uma emergência — disse ela, numa mistura de desapontamento e sofreguidão.

— Infelizmente. Um dos casos do John Anderson. O rapaz foi levado para a delegacia de Gayfield Square. — Fez sinal para um dos poucos táxis na rua com a luz de "livre" acesa. — Não deve ser nada muito complicado, mas vou precisar passar no escritório para resgatar o dossiê do garoto. Você vai nesse táxi para casa e eu vou assim que puder. — Quando o carro preto parou ao lado deles, Gavin abriu a porta e beijou a mulher no rosto. — Pelo menos, este ano conseguimos ver um concerto.

Jenny deu um sorriso sagaz.

— Ainda bem. Acho que você ficaria tão aborrecido de perder os dotes musicais quanto os físicos da senhorita Pascal esta noite.

Gavin riu.

— Minha querida, isso não passa de excitação infantil.

Fechou a porta e, com um aceno rápido de despedida enquanto o táxi se afastava, dirigiu-se à Princes Street, olhando para trás de quando em quando, na esperança de encontrar outro táxi disponível.

Thomas Keene Júnior estava sentado na cadeira de madeira dentro da sala de interrogatório sem janela, mordendo avidamente a unha, que já estava roída até o toco. Meu Deus, como detestava o cheiro desses lugares. Sempre o mesmo, um aroma azedo de desinfetante que mal conseguia encobrir o odor exalado do medo. Seu estômago sempre revirava e, dessa vez, o desconforto se acentuava com o suor gelado e grudento que principiava devido ao atraso na ingestão de metadona.

Olhou para o par de tênis incriminatório na mesa.

— Que inferno! — gritou, batendo com os cotovelos na mesa e dando tapas seguidos no rosto. Por que diabos ele tinha guardado a fita? Devia saber que fariam uma busca nele. Agora, se conseguisse se livrar dessa maldita confusão, sua vida não valeria um tostão. Tinha evidência suficiente naquela fita para colocar pelo menos nove caras frente a frente com o juizado de menores e não levaria muito tempo para que todo mundo em Pilton Mains soubesse exatamente quem era o responsável pelas provas. Encostou na cadeira, cruzando as mãos atrás da cabeça. Tinha pedido para ver seu advogado na hora em que a maldita policial segurara a fita entre o indicador e o dedão, como se fosse Sherlock Holmes. "Ora, ora, o que é que nós temos aqui, Keene?", tinha perguntado. "Uma bomba em miniatura que vai explodir em sua mão em dois segundos", ele tivera vontade de responder, mas sentira que aquilo não o ajudaria em nada. Em que inferno tinha se metido o doutor Anderson? Os canas já deviam ter mandado chamá-lo há pelo menos uma hora e meia.

A porta da sala de interrogatório foi aberta e a policial Lennox entrou, mal disfarçando o sorriso sarcástico.

— Seu advogado chegou, Keene.

Um homem grande, terno risca-de-giz azul-marinho, entrou e bateu com a pasta parda na mesa. T.K. olhou para ele, alarmado.

— Cadê o doutor Anderson? — perguntou, o pânico transparecendo na voz.

— De férias, infelizmente, Thomas. Meu nome é Mackintosh. Você vai ter de se contentar comigo.

T.K. deixou escapar um grunhido de desesperança ao ouvir o tom gutural na voz do novo advogado. Acabou, ele pensou. Não tem jeito de escapar das grades agora.

Gavin virou-se para a policial.

— Guarda Lennox, você me permitiria dois minutos a sós com meu cliente?

A policial balançou a cabeça, em dúvida.

— Nós realmente precisamos adiantar o caso, doutor Mackintosh, mas vou lhe dar seus dois minutos se o senhor garantir não atrapalhar durante a entrevista.

— Você tem minha palavra.

Quando a porta se fechou, Gavin puxou uma cadeira de frente para T.K. e sentou. Tirou um par de óculos para leitura em formato de meia-lua do bolso, colocou no rosto e depois, abrindo os elásticos da pasta, ficou um momento em silêncio, enquanto passava os olhos pelas primeiras páginas do relatório. Colocando o arquivo de lado, inclinou-se sobre a mesa e olhou para o jovem, por cima dos óculos.

— Bom, sua ficha não me parece muito animadora, não é, Thomas?

— Eu não fiz nada — T.K. respondeu num grunhido.

Gavin teve dificuldade de conter o riso.

— Eu não diria isso. Naquele videoteipe há evidências suficientes para reduzir o roubo de carros em Edimburgo pela metade da noite para o dia.

— *Merda* — T.K. deixou escapar, jogando a cabeça para trás e apertando os olhos.

— O que aconteceu com a câmera, Thomas? — Gavin perguntou.

— Caiu na corrida.

— Você não jogou fora, jogou?

— Como? Se era minha...

— Então, por que tirou a fita?

T.K. fez uma pausa de menos de um segundo, antes de responder:

— Porque eu tinha acabado de colocar uma nova.

— Você sabe que o parceiro da guarda Lennox voltou ao local para procurar a câmera e não encontrou nada?

— Algum trombadinha deve ter pego, então. Aquilo custou uma grana.

— Qual era o modelo, Thomas?

— JVC digital compacta.

Gavin assentiu com a cabeça. Tinha certa tendência de acreditar no garoto. A experiência dizia que quem rouba câmeras normalmente não se interessa por marca ou modelo, mas por quanto se pode faturar com a venda.

— Você parece um pouco desconfortável, Thomas. Voltou com as coisas pesadas?

— Não. Eu tô limpo. Tô suando porque já passou da hora da minha medicação.

— Você pode me dizer por que andou filmando gente roubando carros?

T.K. encarou o advogado, desconfiado, antes de encolher os ombros em resposta.

— Ajudaria se você respondesse alguma coisa, Thomas. Como é que você fica sabendo quem vai fazer os roubos?

T.K. suspirou e olhou para a lâmpada fluorescente do teto.

— Eles se encontram toda noite no prédio. Ficam contando como eles roubam os carros. Tem uns que aprendem sozinhos, outros aprendem com os caras que eles conhecem nos centros de detenção nas outras cidades. É assim que funciona.

— É como se fosse um clube, então?

— Acho que é.

— E você era do clube, então?

— Não! — T.K. respondeu com veemência. — Se quiser uma prova, é só ver o filme. Eu nem cheguei perto deles.

— Você anda participando de alguma armação, Thomas?

— O quê?

— Roubo de carros parece ser a sua especialidade...

— Era — T.K. o interrompeu.

— Bom, seu conhecimento é provavelmente maior do que o dos rapazes que você vem filmando, e até eu sei que os artigos anti-roubo dos carros modernos têm dificultado os arrombamentos. Então, eu fico pensando se você não está montando um esquema de treinamento elaborado.

T.K. deixou escapar uma risada.

— Tá falando besteira, meu senhor. Eu não queria mais roubar carro nenhum, entendeu? Eu queria filmar as paradas. O que mais tem pra filmar por aí quando a pessoa vive num buraco que nem Pilton Mains?

Gavin mordeu o canto da boca, estudando o rosto esquálido daquele rapaz de boca suja.

— Isso é verdade, Thomas?

— É. — T.K. respondeu baixinho, evitando contato com os olhos do advogado, como se estivesse embaraçado com o que Gavin tinha acabado de arrancar dele. — Eu tô tentando andar na linha, mas as oportunidades não aparecem de uma hora pra outra.

Gavin aquiesceu com um gesto de cabeça e puxou o relatório para si. Fechou a pasta com o estalido típico que puxar e soltar os elásticos provoca e ficou de pé.

— Aonde é que o senhor vai? — T.K. perguntou, endireitando o corpo na cadeira num pulo, o olhar subitamente desesperado.

— Acho que está na hora de começar o interrogatório, não acha, Thomas?

T.K. cruzou os braços no peito, para impedir a tremedeira que começava por causa da falta do remédio e da incerteza sobre o que iria acontecer com ele.

— Sério, doutor Mackintosh, eu não fiz nada. O senhor tem que acreditar em mim.

Gavin piscou para ele.

— Pode ficar tranqüilo, Thomas. Responda às perguntas. Eu estou do seu lado.

Quinze minutos depois de meia-noite, Gavin saiu da delegacia diretamente para o ar frio da noite e ficou escutando o vento balançar as folhas das árvores da calçada arborizada de Gayfield Square. Um minuto depois, ouviu a porta da delegacia se abrir. Sentiu alguém se aproximar e parar ao lado dele. Virou-se para ver T.K. enfiar as mãos nos bolsos do jeans largo e puído, enquanto soltava um suspiro aliviado.

— Valeu, doutor Mackintosh — disse balançando a cabeça positivamente, em agradecimento. — Não sei o que o senhor disse depois da entrevista, mas... valeu geral.

— Eu coloquei o meu pescoço em jogo por você, Thomas, e, julgando pelas anotações, o doutor Anderson fez o mesmo no passado. Mas eu assumi o risco porque acredito que você esteja fazendo um esforço para ficar longe de confusão. Só não me decepcione, Thomas.

T.K. respondeu com um aceno de cabeça, antes de deixar escapar um suspiro e olhar para os dois lados da rua. Sabia que ainda não estava completamente livre dos problemas. Tinha que voltar para Pilton Mains, e só Deus sabe que tipo de recepção estaria aguardando por ele. Sem dúvida a polícia já teria batido às portas, o que significava que era pouco provável que atravessasse a noite sem levar uma facada ou ter uma garrafa rasgando alguma parte do seu corpo.

Virou-se para Gavin, lançando-lhe um sorriso triste.

— Doutor Mackintosh, eu não queria perguntar, mas tem alguma chance do senhor me dar uma grana pra eu voltar pra casa? Eu tô liso.

Gavin puxou o ar entre os dentes.

— Onde você guarda a metadona, Thomas?

T.K. franziu as sobrancelhas, sem entender.

— Como assim? Em casa, no meu quarto.

— Bom... — disse Gavin, balançando pensativamente a cabeça. — Sugiro que a gente tome um táxi até minha casa. Eu pego meu carro e você me mostra onde você mora. Quando eu achar a metadona no seu quarto, trago você de volta para se hospedar num albergue esta noite. Não é nenhum cinco estrelas, mas imagino que seja bem mais seguro que voltar pra Pilton Mains agora.

— O senhor tá brincando — T.K. balbuciou.

Gavin apontou o dedo para o rapaz, indicando que T.K. o seguisse na direção de Leith Walk.

— Não costumo fazer isso com todos os clientes, entende, T.K., mas acontece que, no seu caso, tenho um motivo especial. — Olhou severamente para o rapaz. — Tenho horror de ser chamado em delegacias quando deveria estar na cama, e vou fazer o que puder pra evitar que aconteça de novo. Então, amanhã de manhã apanho você no albergue às nove e meia em ponto. Fui claro?

T.K. balançou a cabeça positivamente, melancólico.

— Porque, depois, vou testar uma idéia que eu tive, que, se tiver um resultado favorável, pode fazer com que eu nunca mais encontre você numa delegacia de polícia.

CAPÍTULO 22

Albert Dessuin chegou um pouco mais de três quartos de hora atrasado ao Sheraton Grand para a recepção depois do concerto. Seu celular tocara assim que saíra do Usher Hall e ele tivera que encontrar um lugar calmo o suficiente no agitado quarteirão do festival para acalmar a mãe, enquanto ela desfiava o novelo de sofrimentos daquele dia em particular. Tivera que ouvir, argumentar e aceitar ser responsabilizado por negligência. Quando finalmente esgotara todas as tentativas de apaziguamento, desligara o telefone pressionando com força a tecla e arremessara o aparelho o mais longe que conseguira. Agora, enquanto entrava no salão de festas, dava-se conta da nuvem negra de frustração e agastamento que se abatera sobre ele depois daquele telefonema.

Pescou uma taça de champanhe da bandeja de um garçom logo na entrada, bebeu de um gole só e pegou mais uma, antes de dar a volta do lado de fora do salão, na esperança de encontrar Angélique Pascal e encorajá-la a ir embora antes de se ver envolvida em rodas de conversa. Não conseguiu ir longe. Uma senhora baixinha e grisalha, sorriso amável, aproximou-se quase instantaneamente e gaguejou, em péssimo francês, falando sobre os concertos que ela e o marido tinham assistido no festival. Sorrindo desinteressado, Dessuin olhou por sobre a cabeça dela, procurando entre o aglomerado de gente, finalmente fixando o olhar num grupo de homens em volta do bar. Em meio a eles, Angélique e outra jovem encontravam-se sentadas no balcão, rindo e conversando. Dessuin imediatamente reconheceu a moça como Tess Goodwin, a assistente de marketing do escritório internacional de quem Angélique tinha ficado amiga na recepção de boas-vindas, dois dias antes. Viu quando Angélique virou-se para Tess e cochichou em seu ouvido, as mãos em concha. A jovem reagiu encarando a violinista com olhos esbugalhados e boca aberta de quem mal acredita no que ouve, antes de as duas explodirem numa gargalhada. Os homens, em consideração, fizeram o mesmo, embora não tivessem a menor idéia do que havia sido dito.

Albert deixou a senhora falando sozinha, o rabicho da conversa se transformando em silêncio abismado, enquanto se movia para uma posição que permitisse enxergar melhor as moças, percebendo imediatamente que o curto comprimento das saias e a altura do balcão sobre o qual estavam sentadas ofereciam sem dúvida distração bem mais atraente que qualquer coisa que estivesse sendo falada. Pegando mais uma taça de champanhe da bandeja de uma garçonete que passava, Albert começou a andar em direção ao grupo, mas foi interceptado por uma mão em seu braço e introduzido ao principal patrocinador do concerto, um homem pequeno com ar egocêntrico, quase claustrofóbico, vestindo smoking de corte perfeito e colete de seda vermelho-escuro. Tinha a seu lado uma mulher de longos cabelos louros e lisos, pele bronzeada em excesso, que não somente devia ser uns vinte anos mais jovem, como também uns dez centímetros mais alta. Albert sorriu e fingiu ouvir o que estava sendo dito, mas seus olhos continuavam fixos do outro lado da sala em Angélique, a mente fritando de raiva e ciúme.

Desde o concerto em Munique, duas semanas atrás, vinha percebendo mudanças desagradáveis na maneira de a moça se comportar com ele e dera-se conta de que ela não era mais a menina flexível de classe operária de Clermont Ferrand que, desde o momento em que tinha aparecido no conservatório, dependera dele para tudo. A nova, crescida, Angélique Pascal, mostrava-se muito independente e autoconfiante, sempre questionando o julgamento dele ou dando pouca atenção aos seus conselhos sobre seu estilo musical. E mais, tinha começado a apresentar clara aversão àqueles abraços de congratulação, comuns entre eles desde as primeiras aulas. E aquilo era algo que ele não podia permitir que continuasse. Ela tinha, afinal de contas, se tornado sua propriedade. Ele investira a vida nela e, finalmente, desejava possuí-la por inteiro, mesmo que dezesseis anos os separassem na idade. Sabia que aquela seria a melhor maneira de provar para a mãe que tinha algum valor e alguma importância para o mundo, não sendo simplesmente um lacaio qualquer, como ela costumeiramente o descrevia. E aquilo definitivamente a maltrataria! Era fundamental para seus próprios interesses, e sua sobrevivência financeira, que mantivesse Angélique presa em rédea curta, sob seu controle.

Com um gesto de cabeça para o patrocinador e sua mulher, Albert pediu licença e virou-se para observar Angélique, no exato momento em que ela apoiava a mão no ombro de um dos homens do grupo, puxava-o para si e beijava-o na testa. Depois jogara a cabeça para trás numa gargalhada, afastando-o e acenando com a mão como se o dispensasse. Aquela atitude não contribuía em nada para melhorar o humor já endurecido de Albert. Somente indicava mais uma alteração desagradável no caráter de Angélique Pascal, já que ela demonstrava saber o que tanto seu status quanto sua sensualidade poderiam fazer por ela. Estava aprendendo as artes do flerte e da manipulação, qualidades não diferentes da patifaria dissimulada utilizada pelas prostitutas no Quartier Latin, para atrair a clientela todas as noites. E se aquela era a maneira como desejava se comportar, então era óbvio para Albert que tinha chegado a hora de deixar a doçura e a paternidade de lado e ensiná-la algo mais que tocar violino.

Secando gotas de suor da testa com um lenço, Albert partiu determinado em direção ao grupo.

— Albert?

Virou-se para a pessoa que o cumprimentara, pronto para cuspir fogo com palavras vigorosas de dispensa, mas refreou seus impulsos quando viu Sir Alasdair Dreyfuss, sorridente, ao seu lado.

— Desculpe, tenho sido negligente com o senhor esta noite — disse o diretor, segurando o braço de Albert. — Acho que o senhor Montarino imagina que a festa de hoje seja somente para ele e não pára de solicitar minha atenção a todo instante.

Albert inspirou profundamente, forçando um sorriso para o diretor.

— Por favor, não se incomode. Eu também venho sendo tomado por vários grupos de conversa.

— E a maioria sobre o concerto desta noite, tenho certeza. — Alasdair olhou na direção de Angélique. — Impressionante. Ela parece melhor cada vez que a vejo tocar. Você realmente merece os parabéns, Albert.

— Obrigado — Albert respondeu distraidamente, virando-se para olhar para sua protegida.

Alasdair percebeu o olhar preocupado do empresário. — Você está bem, Albert? Está parecendo um pouco pálido.

Albert acenou negativamente.

— Não, é só um pouco de dor de cabeça, mas estava realmente pensando em dar uma escapada para descansar um pouco no quarto.

— Bom, ficaria agradecido se pudesse me dar um minuto antes de ir — o diretor disse, pegando-o pelo braço e guiando-o para longe do grupo de admiradores da jovem violinista. — Gostaria de uma palavra rápida sobre os próximos concertos de Angélique. Vamos ali para o recuo do salão, perto da janela, onde não seremos perturbados.

E enquanto Sir Alasdair o levava pela sala, Albert ouviu a gargalhada de Angélique mais uma vez e virou-se, uma fúria paranóica queimando-lhe os olhos à medida que a distância aumentava entre eles.

Enquanto Tess agradecia a presença dos convidados que partiam, na porta do salão, ouviu seu telefone tocar dentro da bolsa. Deixou Sarah Atkinson encarregada da função, desceu os degraus acarpetados até o centro do ambiente já quase deserto e revirou a bolsa, procurando o celular. Olhou o visor e respirou fundo antes de pressionar o botão para atender.

— O que é que você tá fazendo? — sussurrou irritada, levando a mão em concha ao aparelho e olhando em volta para ver onde estava Alasdair Dreyfuss, que conversava com um grupo que ia embora. — Eu disse que *eu* ia te ligar.

— Eu sei — Peter Hansen respondeu —, mas queria que você soubesse que reservei uma mesa pra daqui a uma semana no La Hirondelle, às oito e meia. Pensei que, como era nosso restaurante favorito, podia ser um bom lugar pra renovar a amizade.

— Isso não vai acontecer, Peter. Eu só aceitei jantar com você porque amo o meu marido, amo o meu trabalho e, com certeza, não vou perder os dois por sua causa. Você entendeu?

— Ah, Tess, não tem motivo pra você agir assim. Um passo de cada vez. Meu plano é não ir embora de Edimburgo sem resolver as nossas diferenças. — Tess ouviu uma de suas risadas lentas e sedutoras, que ela fora idiota o suficiente para achar atraentes no começo do relacionamento. — E pensei que você podia usar aquele vestido azul que eu te dei. Você fica linda com ele.

— Você acha que eu guardei? — Tess deu uma risada de escárnio. — Joguei fora há mil anos.

Houve um breve silêncio.

— OK. Tudo bem, então. — O tom desapontado dele satisfazendo Tess. — Com certeza vai ficar linda com qualquer roupa.

— Tenho que ir, Peter. Os convidados tão indo embora.

— Então tá. Daqui a uma semana, oito e meia, no La Hirondelle. Vou estar lá te esperando.

Tess não se deu ao trabalho de uma palavra de despedida. Finalizou a ligação, jogou o telefone na bolsa e, tirando uns minutos para se recompor, colocou um sorriso no rosto e retomou o posto ao lado de Sarah Atkinson.

CAPÍTULO 23

Ainda com o tomara-que-caia preto que usara na apresentação, Angélique Pascal estava enroscada na cama do hotel, olhando a imagem distorcida da caixa do violino sobre a cadeira creme estilo Regência encostada na parede. O lado do rosto estava úmido e grudento devido às lágrimas de frustração e cansaço, derramadas sobre o travesseiro, mas não tinha energia nem vontade de se mexer.

Nunca tivera uma briga como aquela com Albert Dessuin. Tinha tocado com todo o coração naquela noite e, conseqüentemente, sentira-se extraordinariamente animada durante a recepção que seguira o concerto, dissipando a sombra de exaustão que a vinha envolvendo no último mês. Mas aquele sentimento só durara até que retornasse, ou fosse "retornada" por Albert ao quarto do hotel, depois de ele ter causado uma cena embaraçosa na recepção lotada, ao arrancá-la de lá como se fosse uma garota de escola malcriada sendo levada para a sala do diretor. Tudo o que tinha dito era que queria sair para tomar um drinque com Tess e o marido, e fora então que Dessuin tivera o ataque de ira. Na privacidade do seu quarto, acusara-a de desleixo na apresentação e na maneira de se comportar tanto no palco como na festa. E depois, mostrando irracionalidade quase perturbadora, literalmente *ordenara* que começasse a praticar parte do Concerto para Violino de Szymanowski, obra não listada para apresentações até o concerto em Cingapura, dali a dez dias. Naquele momento havia retaliado. Não perdera a cabeça, não gritara, simplesmente dissera, em tom calmo e controlado, que bastava para ela. Quando a viagem para Edimburgo terminasse, queria dar uma parada total.

— O que você quer dizer com isso? — Dessuin perguntara desesperado, olhos espremidos de raiva.

— Albert, você precisa entender que não posso continuar assim, tocando noite após noite. Tá ficando muito... automático, impessoal pra mim, e isso afeta o meu jeito de sentir a música. Você provavelmente tem razão de me criticar, apesar de eu ter feito um esforço pra tocar bem hoje, mas não tá me fazendo feliz, Albert, ter que fazer um *esforço* em vez de tocar com prazer e naturalidade. Preciso descansar. Quero tempo pra voltar pra França, visitar meus amigos e também ver Madame Lafitte. Eu sei que ela pode me ajudar a retomar a esperança e o entusiasmo pela música.

— Ora, aquele corvo velho não vai poder te dar *nada* agora.

— Albert, você não tem o direito de chamar Madame Lafitte de...

— *Tais-toi et écoute-moi*. Você não vai voltar para a França, nem para Clermont Ferrand. Vai continuar tocando até que eu diga para parar. Simples assim.

— Mas não tem a menor possibilidade...

— Exatamente, não tem a menor possibilidade de você dar para trás nas suas obrigações neste momento. Você pode imaginar o que a imprensa iria dizer? Iria vaticinar o fim da sua carreira.

— A gente não pode dizer que eu tô doente?

— Mas você não está, está? E eu não vou ser cúmplice desse tipo de subterfúgio. Não, a turnê continua. E que isto ponha um fim a toda essa *merde*. Agora, uma vez que você tenha trocado esse vestido que, preciso dizer, faz com que pareça uma fatia de torta, por favor, volte aos estudos.

Angélique balançara a cabeça, deixando escapar uma risada curta e baixa.

— Albert, às vezes você é tão parecido com a sua mãe.

— Como você *ousa* dizer uma coisa dessas?! — Dessuin gritara, levantando a mão como se fosse dar um tapa em seu rosto. Caindo de costas na cama, para evitar o ataque, Angélique rastejara para longe, encostando no espaldar da cama, olhando para ele aturdida. Ele baixara a mão ameaçadora, girara sobre os calcanhares e sumira do quarto. Depois, no silêncio que se seguira, Angélique ajoelhara na cama, exausta e assustada.

Sentando-se, olhou para o radiorrelógio na mesa-de-cabeceira. Meia-noite e quinze. Duas horas haviam se passado desde que Dessuin deixara o quarto. Arrastou o bumbum até a beira da cama e ficou de pé. Na intenção de tomar um banho, tirou o vestido e andou até o banheiro, a nudez violada somente pela calcinha preta de renda.

Virou-se num sobressalto ao ouvir a porta de ligação com o quarto contíguo se abrir, sua reação imediata foi cobrir os seios com as mãos e fechar as pernas, na tentativa de esconder o que a calcinha mal conseguia.

— Albert, que diabos você tá fazendo? — dirigiu-se a Dessuin, que estava plantado na entrada do quarto, emoldurado pela porta, uma das mãos apoiada para manter o equilíbrio. Na outra mão segurava uma garrafa de uísque J&B pelo gargalo. — Eu tô nua, sai daqui *agora*, por favor.

Dessuin deu uma risada desdenhosa.

— Olhe só para você, Miss Decência — disse lentamente em voz engrolada —, tentando cobrir-se como se tivesse alguma coisa para esconder de mim.

Angélique virou-se na direção do banheiro, mas, mesmo bêbado como estava, Dessuin ainda conseguiu cruzar o quarto e bloquear a passagem, antes que ela tivesse tempo de buscar refúgio. A moça voltou para o centro do quarto, tremendo de medo e dúvida.

— Ora, Angélique. — Riu sarcástico. — Para que se incomodar em agir tão friamente comigo? Sem dúvida você teria adorado dar para um daqueles homens jovens a chance de ver você como eu estou vendo agora.

Angélique agachou, cobrindo o rosto com as mãos em concha e o que podia dos seios com os cotovelos.

— Albert — soluçou baixinho —, por favor, me deixa em paz.

— Deixar você em paz? — ele grunhiu. — Por que eu deveria deixar você em paz? — Aproximou-se e debruçou sobre ela, que pôde sentir o cheiro do álcool em volta dele como uma nuvem venenosa. — Você me pertence, nunca vai se livrar de mim.

Angélique tirou as mãos do rosto, encarando-o, os olhos agora cheios de ódio e desilusão.

— Meu Deus, você é uma fraude, Albert Dessuin. Tô começando a perceber isso agora. Você não passa de um imprestável, seu bêbado *cochon*!

A força da pancada foi tamanha que Angélique caiu de lado e rolou pelo chão. Ficou caída, a cabeça rodando, tentando se orientar e entender como conseguiria evitar o próximo golpe. Começou a se enroscar em posição fetal, na tentativa de se proteger, quando ele a puxou pelo braço, fazendo com que ficasse de pé. Angélique deixou escapar um gemido de dor quando ele enterrou as unhas em sua pele, arrastando-a até a escrivaninha para que pudesse se livrar da garrafa de uísque. Depois, com as duas mãos livres, levantou-a do chão, jogando-a esparramada na cama.

— Certo, senhorita Pascal, musicista de fama internacional; se você escolher me chamar assim, vou te mostrar exatamente o que um *cochon* faz de melhor.

Desabotoou a calça, desajeitado, deixando-a escorregar até embaixo, mas, quando tentou retirar os pés, os sapatos ficaram presos na bainha. Ele, embriagado, perdeu o equilíbrio e caiu no chão. Angélique, vendo sua chance de escapar, pulou da cama e pegou seu vestido. Quando corria a caminho da porta, uma mão a segurou pelo tornozelo e ela tombou na direção da escrivaninha, ao espalmar as mãos para aparar a queda ela esbarrou no uísque. A garrafa escorregou da mesa e caiu sobre a cesta de lixo de metal, quebrando o gargalo e espalhando uísque na parede e no carpete. Usando o resto de sua energia num último movimento, Dessuin puxou Angélique para o chão e, apesar da embriaguez, o grito que se seguiu perfurou-lhe a alma, fazendo com que ele imediatamente soltasse o tornozelo da jovem.

Dessuin rastejou, apoiando-se na parede para manter-se de pé. Com a cabeça pendida, fixou o olhar bêbado em Angélique. Qualquer pensamento de proteger sua decência fora há muito perdido, agora Angélique estava sentada no chão, pernas abertas, olhando para a própria mão e para o sangue que escorria da ferida pelo braço.

— *Mon Dieu*, que é que você *fez*? O que é que você fez? — Chorava alto, os soluços desolados chacoalhando todo o seu corpo. — Você acabou de arruinar a minha *vida*!

— Angélique... — Dessuin suplicou, a voz grave e mais engrolada que antes — me desculpe, *ma chérie*, eu não queria... — Tentou mover-se na direção dela, mas a luta violenta e a quantidade de álcool que percorria seu corpo naquele momento fizeram sua parte e ele caiu inconsciente no chão.

Sem tirar os olhos da mão, Angélique levantou devagar e passou pelo homem desmaiado. Foi até o banheiro e ligou a torneira de água fria, gritando de dor enquanto mantinha a palma da mão para cima sob o jato d'água. Levantou as mãos para ver na luz se ainda havia algum caco de vidro dentro do ferimento. O corte era longo e profundo, mas parecia limpo. Pegou uma toalha branca e amarrou-a com força na mão. Depois, pela primeira vez, viu sua figura trêmula e nua diante do grande espelho sobre a pia. Meu Deus, Angélique, o que é que tinha acabado de acontecer ali? Tudo havia mudado, ido embora nos últimos minutos. O que você vai fazer agora? Não pode ficar aqui, não com o homem que traíra sua confiança e dera fim a um sonho maravilhoso. Talvez todo mundo acreditasse que era sua culpa. Ele certamente faria tudo para manipular a história e fazer parecer assim.

Você não tem alternativa, a não ser ir embora agora, deixar tudo para trás. Mas ir para onde? Onde procurar refúgio, estando completamente sozinha numa cidade grande estrangeira e sem conhecer ninguém?

Espiou pela porta do banheiro e olhou para Dessuin. Deitado, roncava de boca aberta, os óculos tortos no rosto. Viu duas pequenas manchas de sangue no carpete ao lado da mesa e decidiu encobrir suas pegadas, removendo ao máximo as evidências da luta.

Movendo-se com cuidado nas proximidades da figura desacordada, Angélique limpou o sangue do tapete e enxugou o resto de uísque com a ajuda de papel higiênico, que jogou fora no vaso, apertando a descarga. Levou a garrafa e o gargalo quebrado até o quarto de Dessuin, colocando-os no cesto de lixo. Voltou ao seu quarto, pegou o tomara-que-caia do chão e vestiu. Pegou um paletó de linho no guarda-roupa, jogou-o de maneira desajeitada sobre os ombros e calçou um par de sapatos sem salto. Passou os olhos pelo cartão deixado ao lado do telefone na mesa-de-cabeceira, andou até lá e tirou o fone do gancho. Começou a discar o número do cartão, mas depois desistiu e desligou o telefone. Não podia ligar para Tess. Estava muito envolvida e, se a visse nesse estado, perguntas seriam feitas e a história estaria na primeira página de todos os jornais internacionais em questão de dias. E aquilo era algo que Angélique não podia permitir que acontecesse.

Foi até a porta, depois deu uma última olhada para as coisas agora inúteis para ela — Albert Dessuin, seu ex-tutor e empresário e a caixa preta do violino, apoiada na cadeira creme estilo Regência encostada na parede.

Angélique olhou a chave do quarto em cima da escrivaninha, mas decidiu que não a pegaria. Nunca mais precisaria voltar ali. Fechou a porta atrás de si e apressou-se pelo corredor. Pressionou o botão do elevador e, enquanto esperava que ele viajasse do primeiro andar até ela, seu rosto se contorceu e lágrimas rolaram sem prevenção pela face, em plena realização do que estava deixando para trás, além da terrível incerteza sobre o que seria de sua vida no futuro, depois de mudanças tão profundas.

CAPÍTULO 24

Durante as três agitadas semanas do festival de Edimburgo, a cidade raramente sucumbe ao descanso. A qualquer hora do dia ou da noite, em cada esquina, todas as vielas dos dois lados das pontes transformam-se em palco para aspirantes a músicos, atores, comediantes, artistas de todo tipo, atraindo público rotativo saído da multidão que toma as ruas e criando uma inelutável cacofonia de sons, abafando até mesmo o zumbido do tráfego constante. Nas primeiras horas da madrugada, um pedestre passeando pela Princes Street, tão movimentada como no sábado antes do Natal, poderia encontrar-se marchando com orgulho militar ao som de gaitas de fole, antes de passar deslizando por um quarteto de cordas tocando uma valsa de Strauss, e depois afastar-se cambaleando, às gargalhadas, devido à performance de um comediante dentro de uma lixeira plástica de rodinhas. Podia depois ser levado a lágrimas de compaixão por uma dupla de atores adolescentes interpretando a cena da morte de *Romeu e Julieta* com tanta paixão e fervor quanto se pode testemunhar no esplendor aveludado do The Old Vic, usando somente uma mesa dobrável como cenário.

E intensificando a atmosfera de entusiasmo e boemia, havia a luz brilhante emanando das janelas enevoadas dos restaurantes, os bares lotados, os cafés com filas de espera e o zunzum dos camelôs, todos abertos até a hora estipulada por lei para o encerramento das atividades, ou até quando o último cliente julgasse conveniente adiar sua volta para o hotel, pensão, alojamento ou quarto dividido.

Era esse o pano de fundo quando Jamie Stratton, tendo despendido toda a noite revisando uma pletora de shows do Fringe no teatro Pleasance, voltava para casa pela London Street. As badaladas das duas horas da madrugada soaram ao longe, quando ele deixava a algazarra da rua do teatro para trás. Enquanto apertava o passo na Broughton Street, escutou o frenético *finale* de uma animada banda irlandesa ecoar através das portas abertas de um pub e seu pensamento inicial foi o de atravessar a rua e tomar uma última dose, antes que o bar fechasse. Mas, depois, percebeu que as luzes do The Grainstore ainda estavam acesas logo adiante, e, sabendo que Martha costumava fechar o café à meia-noite, no máximo, sua curiosidade sobre o motivo de ainda estar aberto dissipou sua necessidade de outro drinque.

O café parecia completamente deserto, as cadeiras de cabeça para baixo sobre as mesas, o chão limpo. E nenhum sinal de Martha. Sentiu um frio na barriga quando tentou abrir a porta. Estava trancada. Voltou para a calçada, a cabeça a mil. E se aquele drogado que tinha roubado a câmera estivesse de volta? Talvez tivesse esperado Martha ficar sozinha para entrar e roubar, amarrando-a depois nos fundos da loja. Talvez Martha realmente precisasse dele.

Aproximou-se da porta novamente e bateu com o punho na moldura de madeira.

— Martha, você tá aí dentro? — gritou. — Martha? Tá me ouvindo? Tá tudo bem com você?

Encostou o rosto no vidro, apertando os olhos por entre as frestas da logomarca do café. Depois, aliviado, avistou Martha olhando por cima do balcão, atrás do qual estivera sentada. Pondo-se de pé, ela apoiou um livro grosso sobre o microondas atrás de si e, com ar desconsolado, deu a volta no balcão aproximando-se da porta. Abriu uma fresta.

— Que é que você quer, Jamie?

— Nossa, você me deixou preocupado. Pensei que tinha acontecido alguma coisa.

— Como assim?

— O café normalmente já tá fechado a esta hora. Vi as luzes acesas, aí achei que...

— O que é que você pensou?

— Que você podia estar sendo assaltada, sei lá.

Martha riu, fazendo troça.

— Ah, e eu imagino que você fosse dar uma de "Sir Galahad, o Valente Cavaleiro" e me salvar.

— Sei lá, não, eu só queria... — Coçou a cabeça, sem graça. — Por que você ainda tá com a loja aberta?

Dando uma olhada para trás, Martha abriu a porta e saiu do estabelecimento.

— Olha só, Jamie — disse baixinho —, você quer realmente me ajudar?

Jamie encolheu os ombros.

— Claro. Que é que você quer?

Martha apontou o dedo sobre o ombro.

— Tem uma garota aqui que não quer ir embora de jeito nenhum. Não consigo me livrar dela. Toda vez que eu acho que acabou, ela me pede outro café. Eu tô exausta, só penso em ir pra casa e dormir.

Jamie olhou pelo vidro da loja.

— Não tô conseguindo ver.

— Lógico que não. Ela tá sentada lá na mesa atrás do armário das bebidas.

— Ah, tá. E por que você simplesmente não diz pra ela ir embora?

Martha levantou as sobrancelhas.

— Porque eu acho que ela é francesa, ou sei lá de onde, e eu não sei o que falar pra ela.

— Então você quer que eu mande a garota embora... em francês?

— Ah-ah! — Martha cantou, mostrando as palmas das mãos, como se Jamie tivesse acabado de dar a resposta certa para a pergunta de um milhão de dólares.

Jamie mordeu a unha tentando lembrar algumas frases do seu parco vocabulário de francês do ensino médio.

— Acho que dá pra tentar.

— Faz isso, por favor — Martha pediu, pulando na calçada e dando a volta atrás de seu salvador. Colocou as mãos nas costas de Jamie, empurrando-o para dentro do café. — Vou pegando minhas coisas, enquanto você se livra dela.

Ao aproximar-se do balcão, viu pela primeira vez a garota de cabelo escuro sentada lá no fundo, atrás do armário de bebidas. Ela pareceu não perceber sua chegada, olhava a rua às escuras na lateral do bar pela janela, girando a xícara vazia no pires.

Jamie alcançou a mesa onde a jovem estava e apoiou os cotovelos no encosto da cadeira de frente para ela.

— *Excusez-moi, mademoiselle? Êtes-vous française?*

No momento em que ela se voltou para olhar para ele, Jamie sabia que algo estava errado. Os olhos da moça estavam banhados em lágrimas e a única cor na palidez do rosto vinha de um machucado horrível, que espalhava um tom arroxeado por toda a bochecha direita. Estava torta na cadeira, debruçada para a frente, com uma das mãos escondida no bolso volumoso do casaco de linho.

— *Tout est bien, n'est-ce pas?* — Jamie perguntou.

— *Oui* — a garota respondeu, sem convicção.

Havia alguma coisa estranhamente familiar nela, mas Jamie não sabia o que era, o pensamento mais ocupado em lembrar palavras em francês.

— *L'heure est très tarde, mademoiselle, et mon amie veut fermer le café.*

A jovem concordou vagarosamente com a cabeça, sorrindo sem jeito.

— Claro, desculpe. Não devia ter ficado até tão tarde. — Seu inglês desbancava de longe o francês gago de Jamie. — Vou embora.

— Desculpe. Não imaginei que você falasse inglês. Com certeza Martha teria falado com você, se soubesse.

— Por favor, não precisa se preocupar. — Ela acenou levemente com a mão livre. — De qualquer maneira, eu realmente me distraí. — Jamie notou que ela apertava os olhos, como se tivesse sentido uma pontada de dor ao levantar. — Talvez você pudesse fazer a gentileza de me dar uma dica, antes de eu ir embora?

— Claro.

— Você sabe se tem algum hotel aqui perto onde eu possa conseguir um quarto?

Jamie começou a explicar que era pouco provável que achasse um lugar para ficar, sem mencionar que ele tinha um quarto disponível no apartamento, porque, enquanto falava, estudava o rosto da moça, buscando no fundo da memória alguma referência de onde poderia tê-la visto antes. E, de repente, a imagem da primeira página do jornal lhe veio à mente e ele estalou os dedos, reconhecendo-a.

— Meu Deus do céu! Você é Angélique Pascal, não é?

Jamie viu os olhos da jovem se arregalarem alarmados no momento em que a pergunta foi feita. Ela abaixou a cabeça como se tentasse evitar o reconhecimento e passou por ele em direção à porta.

— Eu tenho que ir, mas 'brigada pela gentileza.

— Espera aí! — Jamie disse com tanto vigor que a jovem violinista parou no meio do caminho. — Olha só, eu não tenho nada com isso, mas por que você tá procurando um hotel? Você, mais que ninguém, deve ter onde ficar hoje à noite. Você é uma das estrelas do festival, deve estar hospedada num hotel incrível. — Silenciou, dando tempo para que respondesse, mas ela continuou olhando para o chão. Deu um passo na direção da moça, baixando a cabeça para tentar ver seu rosto. — Aconteceu alguma coisa, não foi? O que é que deu errado?

Angélique Pascal deu um passo na direção da porta.

— Eu preciso...

Jamie bloqueou sua passagem.

— Eu acho que você tá com dor, não tá? Que foi que aconteceu com a sua mão?

A violinista, sentindo-se acuada, lançou um olhar assustado para o jovem parado no seu caminho e novas lágrimas brotaram-lhe nos olhos.

— Eu me machuquei — soluçou. — Muito, eu acho.

Jamie envolveu-a com o braço.

— Vem cá, você não tá nada bem pra ir embora. Vem sentar de novo. — Guiou-a de volta para a mesa. Assim que ela se sentou novamente, ele puxou uma cadeira e sentou-se ao seu lado. — Tudo bem — disse estendendo a mão. — Deixa-me dar uma olhada.

Angélique tirou o casaco e puxou a mão enrolada na toalha manchada de sangue do bolso, devagar.

A porta do banheiro bateu com estrondo. Jamie se virou e viu que Martha olhava para ele em choque, segurando a bolsa pendurada ao lado do corpo.

— O que é que você tá fazendo? — balbuciou. — Eu pedi pra você se livrar dela.

— Martha, vem aqui um minuto.

Rolando os olhos, Martha andou rapidamente até a mesa, desesperada para fechar o bar o mais rápido possível, quando viu a mão enrolada de Angélique.

— Ai, meu Deus... — murmurou, imediatamente dando as costas para a imagem sangrenta.

— Tudo bem — Jamie disse gentilmente para a violinista. — Apóia o cotovelo na mesa. Vou tirar a toalha bem devagar, tá?

Ele desenrolou cuidadosamente a toalha, entregando-a para Martha, que a pegou como se segurasse a pele recém-arrancada de uma lebre. Jamie apertou os olhos e olhou para ela, balançando a cabeça, ao que Martha murmurou um palavrão.

Quando Jamie descerrou com os dedos as mãos de Angélique, o sangue imediatamente pingou sobre a mesa e a jovem violinista deixou escapar um grito abafado de dor.

— Martha, me dá um papel-toalha pra eu limpar isso aqui. E também alguma coisa limpa pra cobrir.

Suspirando impaciente, Martha largou a bolsa no chão e abaixou atrás do balcão. Enquanto esperava, Jamie estudou o corte irregular na palma inchada da violinista.

— Nossa, tá profundo isso. Como é que você conseguiu se cortar desse jeito?

— Caí em cima de um vidro quebrado — Angélique respondeu com voz falhada.

— Onde? Na rua?

— No meu quarto, no hotel... — A voz foi sumindo até quase um silêncio, enquanto olhava preocupada para Jamie e Martha, que agora voltava para a mesa com um rolo de toalha de papel e dois panos de prato.

Jamie mordeu o lábio enquanto estudava o rosto da violinista.

— Bom, uma coisa de cada vez. Primeiro, a gente precisa limpar isso direito, depois vai precisar dar uns pontos. Acho que você vai ter que tomar uma injeção contra tétano, também.

— Não, tenho certeza que não precisa disso tudo — Angélique disse rápido, tentando afastar sua mão de Jamie.

— Claro que precisa — Jamie disse, pressionando sua mão para segurá-la. — Já vi mil machucados assim, e todos precisaram de pontos.

— Você é médico?

Jamie deu um risinho.

— Não, eu jogo rúgbi. — Apontou para o corte na mão da jovem. — Todo jogo tem um machucado desse tipo.

Enquanto Jamie enrolava a ferida com um dos panos de prato de Martha, Angélique observava o rosto do jovem bem constituído, que estava sendo tão gentil com ela, percebendo agora as pequenas cicatrizes que lhe eram tão familiares.

— Meus irmãos jogavam rúgbi num time de Clermont Ferrand, mas eles estão velhos agora.

— Jamie jogava pela Escócia, não é, Jamie? — Martha disse de longe, com algum sarcasmo. — Ou foi nisso que me induziram a acreditar.

Jamie olhou para ela, interrogativo, sem perceber a amargura no tom da moça.

— Só na categoria abaixo de vinte e um anos.

— *C'est vrai?* — Angélique perguntou, visivelmente impressionada. — Você é famoso, então?

Jamie riu.

— Nem um décimo do quanto você é. — Levantou-se. — Bom, Martha, melhor a gente levar Angélique num hospital, e...

— Como assim, a gente? — Martha interrompeu.

Jamie virou as costas para Angélique.

— Você tem carro, Martha, eu não.

— Olha só — Martha sussurrou —, amanhã, às oito e meia da manhã, tenho que abrir o café. Não dá pra vocês pegarem um táxi?

— Pelo amor de Deus, Martha. Deixa a gente lá, pelo menos — Jamie falou entre dentes. — A gente pega um táxi, depois que ela fizer um curativo decente.

Martha olhou para Jamie, surpresa com a veemência do comentário.

— Tudo bem, não precisa ficar nervosinho. Só que você vai ter que me esperar limpar a mesa dela e fechar o caixa.

Jamie concordou com a cabeça.

— OK.

Enquanto observava Martha levar a xícara de café da mesa de Angélique, Jamie se entristeceu por ver abalada a ilusão que tinha a respeito dela e pensou que, da próxima vez que entrasse no The Grainstore, seria pelo café, mais nada.

— Escuta, Angélique, tô tentando organizar as coisas na minha cabeça. Quem mais sabe que você machucou a mão?

Angélique balançou a cabeça.

— Ninguém.

— Certo — Jamie disse, esfregando os dedos na testa. — Bom, eu acho o seguinte: sei que você tocou hoje à noite no Usher Hall e com certeza vai tocar amanhã em algum outro lugar. O problema é que eu acho que nós dois sabemos que você não vai poder tocar com a mão assim. — Fez uma pausa, percebendo a expressão desconfortável no rosto da violinista. — Então, acho que a gente devia avisar pra alguém que você tá fora de combate. — Angélique baixou a cabeça mais uma vez. — E o cara que tava na foto com você? Ele é seu empresário? Você acha que a gente devia falar com ele?

— Não! Isso não! — Angélique gritou, levantando a cabeça e olhando para ele em pânico.

Jamie levantou a mão para acalmá-la.

— Tá bom, tá bom, a gente não fala com ele. — Suspirou longamente e balançou a cabeça. — Angélique, eu não tenho a menor idéia do que aconteceu hoje, mas, se você tá tentando se esconder de alguém ou de alguma coisa, a imprensa vai ficar sabendo assim que você não aparecer no próximo concerto, e eu tenho certeza que eles virão atrás de você. Tem um quarto sobrando no meu apartamento e você é mais que bem-vinda lá por uma noite ou duas, mas eu não posso te esconder, a não ser que eu saiba de quê ou de quem eu tô te escondendo. — Angélique Pascal não fez menção alguma de responder e ele debruçou sobre a mesa. — Então, o que é que você quer que eu faça?

A violinista não respondeu de primeira. Continuou sentada, olhando a mão enfaixada.

— Olha só, talvez — disse finalmente, olhando para ele — por uma hora mais ou menos?

Jamie assentiu com a cabeça.

— OK. Com o maior prazer. — Olhou em volta quando Martha saiu de trás do balcão e pegou a bolsa no chão. — Vamos deixar assim por enquanto — disse baixinho, acenando para Martha com a cabeça.

Ela foi até a entrada e abriu a porta.

— Vamos lá, então — disse, resignada. — Vamos levar você pro hospital.

CAPÍTULO 25

Cathy Dent e Phil Kenyon conversavam animadamente quando entraram no escritório da Exploding Sky Company, no exato momento em que o relógio de parede, rodeado de fotografias emolduradas, marcava nove horas. Os dois silenciaram quando viram que Roger já estava lá, sentado com os pés na mesa, caneca de café na mão, apreciando a paisagem de Cotswold através do vidro da janela marcado pela chuva.

Percebendo que o chefe estava numa daquelas manhãs de humor alterado, Phil fez uma careta para Cathy antes de ir até Roger e dar-lhe um tapinha carinhoso no ombro.

— Como vão as coisas, compadre? — perguntou animado. — Ansioso pra ir, não é? — Jogou as pastas que vinha carregando na mesa e foi até a pequena cozinha na entrada do escritório para preparar um café para ele e Cathy.

Cathy puxou a cadeira ao lado de Roger e ligou seu computador. Olhou para o marido, que ainda não dera mostras de ter notado sua presença.

— Tudo bem, amor? — perguntou com uma pontinha de preocupação.

Roger olhou para ela e sorriu.

— Tudo bem.

— Nem ouvi quando você levantou de manhã.

— Eu sei. Tô aqui desde as seis.

— E o que é que você ficou fazendo?

— Nada de mais. Pensando.

— Sobre o quê?

Roger encolheu os ombros.

— Várias coisas.

Phil veio da cozinha trazendo duas xícaras de café. Entregou uma para Cathy, puxou a cadeira de rodinhas da outra mesa e pegou a agenda na mesa em frente a Roger, antes de sentar. Apoiou a xícara na ponta da mesa e abriu a agenda numa página marcada com um clipe, que ele moveu para a folha do dia 7 de agosto.

— OK, então parece que hoje vamos ter o equipamento pronto para Edimburgo.

Deslizando os pés para fora da mesa, Roger inclinou o tronco para a frente, sacudindo a cabeça.

— Um pouco mais que isso, Phil.

Phil olhou intrigado para Cathy, mas ela respondeu com um simples movimento de cabeça.

— E o que é que você quer dizer com isso?

Roger pegou uma pilha de papéis na sua frente, igualou as folhas com uma batidinha na mesa e entregou o calhamaço para o colega, sem olhar para ele.

— Diz o que você acha disso.

Phil passou os olhos pela papelada.

— É o projeto de fogos pra Edimburgo.

Roger concordou com a cabeça.

— Você mudou.

— É, mudei.

— Mas você colocou mais coisa.

— Eu sei.

Phil voltou ao começo do projeto que tinha em mãos e estudou as alterações de Roger, em silêncio. Quando finalmente chegou à última página, deixou escapar um suspiro de frustração.

— Isso vai esculhambar todas as marcações de tempo.

— Não vai não. Os fogos novos vão acontecer junto com os já programados.

Phil jogou a papelada na mesa.

— Mas todas as unidades de disparo já tão cheias, Rog. Não tem lugar pra mais essas.

— Vou aumentar a quantidade de unidades de trinta e sete pra quarenta. Acho que vai ser suficiente.

— E vai complicar tudo também. Jesus, isso não vai ser fácil de preparar, companheiro.

— Eu sei. Por isso, mudei nossa ida pra 26 de agosto. A gente ganha mais um dia.

Phil folheou a agenda.

— Mas é daqui a nove dias!

— Exato. O que significa que a gente tem um bocado de trabalho pela frente, não tem?

— E como! E a equipe? Eles vão conseguir?

— Ainda não tenho certeza. Cathy pode mandar um e-mail falando sobre a mudança no roteiro. Se não der tempo, a gente vai começando sem eles.

Cathy, que estivera observando a conversa entre os dois homens em silêncio, levantou da cadeira, colocou-se atrás do marido, enlaçando-lhe o pescoço e beijando-lhe o topo da cabeça.

— É o que eu tô pensando?

— É, meu amor, exatamente.

Phil deixou escapar uma rápida risada.

— OK, vocês dois, qual é o mistério? É claro que vocês tão me escondendo alguma coisa.

Roger segurou as mãos da mulher e olhou para o companheiro.

— Meu canto do cisne, meu amigo. Decidi que Edimburgo vai ser meu último show.

Phil encarou o chefe, boquiaberto.

— Você tá brincando, Rog. — Fez uma pausa. — Não tá?

— Não, não tô. — Roger retirou as mãos da mulher do seu pescoço e pôs-se de pé. — Venho fazendo isso há mais de vinte anos e eu tô simplesmente... exausto disso tudo. É jogo pra gente jovem, Phil. As mudanças de lugar, o volume de trabalho... tá ficando pesado demais pra mim. Acho que tá na hora de mudar. Ir mais devagar, ter mais tempo com Cathy e, de repente, até fazer uma coisa completamente diferente.

— Tipo o quê?

Roger deu uma risada e enfiou as mãos nos bolsos da calça.

— Sempre gostei da idéia de criar uns porcos.

Phil jogou a cabeça para trás, às gargalhadas.

— Você não pode estar falando sério! Você não sabe nada de criação de porcos!

— Tanto quanto eu sabia de fogos de artifício quando comecei.

— Ele sabe muita coisa, na verdade — Cathy interveio. — Anda lendo bastante sobre o assunto desde o ano passado.

Phil sacudiu a cabeça, sem acreditar.

— Meu Deus, então você vem planejando isso esse tempo todo?

— Um pouquinho mais, talvez — Roger respondeu. — Foi uma das razões pra eu ter comprado um lugar aqui no campo. Os trinta acres incluídos no terreno são exatamente o que eu vou precisar.

Phil sugou o ar por entre os dentes.

— Meu Deus, Rog, você não tira metade do doce da boca da criança assim. — Deixando a agenda sobre a mesa, levantou-se e coçou a cabeça. — É isso, então? É o fim da Exploding Sky Company.

— Não precisa ser — Roger respondeu, pegando um documento extenso na mesa e entregando-o para o australiano abrutalhado.

— O que é isso?

— Um acordo de parceria.

— Dizendo o quê? — Phil perguntou, olhando a primeira página do documento.

— Eu continuo sendo acionista da Exploding Sky Company, mas passo quarenta e nove por cento da companhia pro novo sócio. Os negócios tão indo bem, então não tem motivo pra ele não conseguir pagar pelas ações num período de dez anos, na base do empréstimo sem juros.

Os olhos de Phil não desgrudavam do papel.

— Meu nome tá aqui.

— Claro — Roger respondeu, rindo. — Eu não teria ninguém mais como sócio. Você, Cathy e eu construímos a Exploding Sky juntos, Phil, e se você não vai tocar a empresa, prefiro fechar tudo. — Pendeu a cabeça para o lado. — Mas eu ia achar uma pena, principalmente agora que a gente tá no topo.

Phil permaneceu em silêncio por um momento, mordendo o lábio inferior, enquanto folheava o documento.

— Mas não é uma situação um pouco desvantajosa pra você e pra Cathy?

— De jeito nenhum. A gente mantém o controle acionário e a empresa funcionando. Não perde nada. — Olhou para o amigo. — Então, o que você acha?

Phil encolheu os ombros.

— O que é que você imagina? Vou com tudo, companheiro, sem sombra de dúvida.

Roger estendeu a mão para o australiano, que a apertou decidido.

— Tem só uma coisa — Roger disse, levantando o indicador. — Parte do pagamento é isso. — Apontou para o novo projeto do show em Edimburgo em cima da mesa. — Eu quero um show de fogos pra detonar, arrasar quarteirão, deixar todo mundo estatelado no chão. E você vai fazer isso acontecer.

Phil deu uma gargalhada.

— Sei. Você quer sair de cena com uma explosão, não é isso?

Roger deslizou um braço em volta dos ombros de Cathy.

— Literalmente, meu amigo, literalmente.

CAPÍTULO 26

Enquanto Gavin Mackintosh retirava o tíquete da máquina de estacionamento na esquina da rua, Thomas Keene Júnior esperava de pé ao lado do Volvo do advogado, olhando em volta com hesitação. Tentava entender se havia alguma razão obscura por trás da decisão do homem de estacionar exatamente onde, duas semanas atrás, T.K. tivera uma recaída e roubara a câmera de vídeo. Ninguém parecia se importar com sua permanência ali — os carros barulhentos passavam sobre os paralelepípedos da London Street e alguns pedestres andavam despreocupados para cima e para baixo —, mas, para o desconfiado T.K., era exatamente a normalidade da situação que parecia esconder uma grande ameaça.

Prendendo o tíquete no pára-brisa, Gavin fechou a porta do carro e percebeu o desconforto evidente nos movimentos do jovem, mas interpretou isso como simples nervosismo diante do encontro que estava por acontecer. Gavin andou até ele e deu-lhe um tapinha de confiança nas costas.

— Vamos lá, então. Vamos ver o homem.

Atravessaram a rua e subiram os três degraus largos que levavam a uma das muitas entradas no prédio georgiano de janelas compridas. Passando o dedo pela lista de nomes no painel de metal escovado, Gavin pressionou um dos botões e esperou, assobiando baixinho.

— Residência do senhor James Stratton. — A voz feminina soou pelo interfone, num sotaque afetado de classe alta nada convincente. — Em que posso ajudar?

Gavin deu um risinho e pressionou o botão.

— Jamie está, por favor?

— Não vi o Jamie hoje de manhã — a voz respondeu, agora com forte sotaque de Yorkshire. — Provavelmente ele ainda tá dormindo.

— Sei. Bom, meu nome é Gavin Mackintosh. Sou advogado do Jamie e precisava falar com ele com certa urgência. Ficaria muito grato se você me deixasse entrar.

— Tá bom, só um minuto. — Em seguida, do outro lado da linha vieram um estrondo amplificado e um palavrão, a voz dizendo depois de alguns segundos: — É... Desculpe. Deixei o fone cair. — Longa pausa. — Alguma dica de como essa geringonça funciona?

— Acho que tem um botão na parte superior do telefone que você deve apertar.

Imediatamente houve um chiado e Gavin empurrou a pesada porta de entrada. Com T.K. em seus calcanhares, subiu os três lances da escadaria de pedra desgastada até o apartamento de Jamie, onde uma mulher rechonchuda e atarracada, cabelo curto cheio de mechas, esperava para cumprimentá-los na porta.

— Bom-dia — Gavin disse, estendendo a mão para ela. — Você deve ser a nova inquilina de Jamie. Eu sou Gavin Mackintosh.

— Rene Brownlow — ela respondeu, apertando brevemente a mão de Gavin. — Prazer.

Gavin apresentou o companheiro jovem, que se escondia atrás dele.

— E o rapaz aqui é Thomas Keene Júnior.

Rene cumprimentou o rapaz rapidamente com a cabeça, antes de dar um passo para dentro do apartamento. — Bom, melhor vocês entrarem, então. — Fechou a porta com estrondo, depois da entrada da dupla. — Como eu falei ao telefone, quer dizer, interfone, ainda não vi o Jamie hoje de manhã. Quer que eu bata lá na porta do quarto dele?

— Não precisa ser agora — Gavin disse, pensativo. — Você por acaso conhece o outro inquilino?

Rene respondeu negativamente com a cabeça.

— Não exatamente. Cruzei com ele uma ou duas vezes no corredor, mas ainda não fomos formalmente apresentados.

Gavin sugou o ar por entre os dentes.

— Não tem problema. Alguma idéia se ele está em casa ou não?

— Ah, tá sim. — Apontou para uma porta no fim do corredor. — Vi que ele entrou na sala de tevê faz uns dez minutos.

— Certo — Gavin respondeu, balançando devagar a cabeça, enquanto olhava para a porta. — E você não sabe o nome dele?

— Infelizmente, não faço a menor idéia. — Alguns segundos depois o rosto de Rene se iluminou. — Só um minuto. Tenho quase certeza que o Jamie escreveu os nomes num quadro na cozinha. — Passou por eles e entrou no primeiro cômodo à esquerda. — Tá aqui — disse com a voz abafada pela porta da cozinha. — Leonard Hartson. — Apareceu de volta no hall. — Deu pra ouvir? O nome dele é Leonard Hartson.

Gavin abriu um sorriso largo.

— Obrigado. — Apontou para a sala da tevê. — Vou dar um pulo lá com o Thomas para falar com ele, e espero que, quando terminarmos, Jamie já tenha saído do quarto.

Rene encolheu os ombros.

— Por mim, tudo bem. Quer um café ou alguma outra coisa? Acabei de botar a chaleira no fogo.

Gavin balançou negativamente a cabeça.

— Obrigado, mas acho que não. Thomas e eu temos um assunto sério pra tratar com o senhor Hartson.

Rene acompanhou com os olhos enquanto o advogado de Jamie, seguido de sua sombra mais jovem, atravessava o corredor e batia à porta da sala de estar. Quando a porta foi aberta, ele olhou ao redor do cômodo.

— Senhor Hartson? — Rene o ouviu dizer. — Espero não estar incomodando. Posso entrar um instante?

Meia hora depois, sentada à mesa da cozinha, Rene levantou os olhos de uma revista *Hello* velha que estava folheando e viu Jamie entrar, vestindo somente uma toalha enrolada na cintura. Parecendo não perceber a presença dela, caminhou automaticamente até o fogão e acendeu a boca onde estava a chaleira. Rene sorriu e pegou sua xícara de chá.

— Você não devia andar por aí assim, Jamie, principalmente se estiver hospedando garotas impressionáveis.

Virando-se num pulo, Jamie cruzou os braços sobre o peito, na tentativa de cobrir o corpo seminu, e olhou para Rene com olhos embaçados.

— É, desculpe. Fui dormir meio tarde ontem. Não tô totalmente acordado ainda.

— Caiu na gandaia, né?

— Antes fosse — Jamie respondeu, pegando uma caneca no armário em cima da pia.

Jogou uma colherada cheia de café instantâneo dentro e completou com água quente até a boca. Andou até a mesa, puxou uma cadeira e sentou suspirando de cansaço, como se a simples ação tivesse drenado o resto da energia do seu corpo.

— Tive que levar uma pessoa ao hospital.

O humor no rosto de Rene se transformou em preocupação.

— Nada muito sério, espero.

— Não exatamente. Três pontos num corte na mão. — Jamie debruçou sobre a mesa, esfregando os olhos cansados. — Mas isso é só metade da história.

— Vai contar o resto?

Jamie sorriu para ela.

— Até contaria... mas é meio segredo, na verdade.

Rene balançou a cabeça, concordando.

— OK, mas me avisa se tiver alguma coisa que eu possa fazer pra ajudar.

— Tá, eu aviso. Valeu. — Olhou para o relógio e levantou. — Tenho que dar um telefonema.

O barulho de porta batendo no fim do corredor fez com que Rene se lembrasse de algo.

— Ai, caramba, já ia esquecendo de te falar. Seu advogado chegou aí há uma meia hora, junto com um garoto com cara de sono. Eles tão lá no quarto de tevê com aquele senhor que aluga o outro quarto.

Jamie franziu as sobrancelhas.

— Gavin Mackintosh?

— É, isso mesmo.

— Ele tá aqui, no apartamento?

— Exato. — Uma voz disse atrás dele e Jamie se virou para ver a figura do advogado emoldurada pela porta da cozinha.

Jamie balançou a cabeça, sem acreditar.

— Que loucura! Ia te ligar agora. Como assim? O que é que você tá fazendo aqui?

— Só algumas negociações que valem a pena. Consegui achar alguém pra dar uma mão para seu inquilino, senhor Hartson.

— O quê? — Jamie perguntou, ainda atarantado com a presença de Gavin ali. — Quem?

Gavin entrou na cozinha e se atirou no sofá detonado apoiado na parede ao lado da geladeira.

— Um jovem, chamado Thomas Keene. Duvido que você conheça, Jamie. — Deixou escapar uma risada. — Não é muito o tipo universitário aquele ali.

— E o que é que o senhor Hartson achou?

— Ele acha que Thomas vai se encaixar bem no que ele precisa, e tudo que eu tenho a dizer é que espero que ele esteja certo. — Gavin cruzou as pernas e estendeu os braços no encosto do sofá. — Eu até fiquei impressionado com a facilidade dele na entrevista. Duvido que tenha tido uma assim na vida.

— E o que é que ele fazia antes?

Gavin acenou com os dedos.

— Isso vai ficar entre mim, Thomas e o senhor Hartson, por enquanto. Digamos que seja um período de experiência.

Rene riu.

— Acho que já sei de onde ele tá vindo, então. Conheci uma porção de garotos desse tipo no meu tempo. — Levantou da cadeira. — Então, que tal um chá ou um café, agora, doutor Mackintosh?

— Acho que um café cairia muito bem, Rene. Obrigado. — Gavin olhou para Jamie. — E você? Ia me ligar pra quê?

Jamie coçou atrás do pescoço e deu uma olhada furtiva na direção de Rene.

— Bom, é meio delicado...

— Não precisa se preocupar — Rene disse, tendo visto o olhar de Jamie. — Já entendi. Vou dar uma sumida. — Entregou a xícara de café para Gavin. — Tenho que inventar umas piadas novas pro meu show de hoje, de qualquer jeito.

Jamie recostou na bancada da pia e cruzou os braços.

— E como é que tá lá? A crítica do jornal ajudou?

— Um pouco. Meia casa mais ou menos agora, mas ainda é difícil. — Sorriu para os dois homens. — Mas isso é problema meu, né? Vou deixar vocês com o seu.

Quando ela fechou a porta ao sair, Gavin encarou o jovem cliente.

— Qual o problema que nós vamos discutir agora, Jamie?

Jamie voltou para a mesa, puxou uma cadeira e sentou de frente para Gavin.

— Bom... — começou a dizer, mas parou, sacudiu a cabeça e inclinou o corpo sobre os joelhos. — Gavin, você não vai acreditar em quem tá dormindo no quarto que tava vazio.

— Quem?

— Você tá preparado pra isso?

— Sou todo ouvidos, Jamie — Gavin respondeu, dando um gole no café.

— Angélique Pascal.

Gavin quase engasgou. Rapidamente baixou a xícara e pegou o lenço no bolso do paletó.

— Acho que alguém está te enganando, garoto. — Gavin riu, limpando a boca.

— Não. É verdade, Gavin.

Gavin olhou para Jamie, boquiaberto. — Você está falando sério, Jamie?

— Claro que tô.

— Então... — Gavin sacudiu a cabeça, sem palavras por um instante. — O que ela está fazendo aqui, pelo amor de Deus? — Olhou calculadamente para a pouca roupa de Jamie. — Você não... é... se envolveu com...

— Não, claro que não — Jamie protestou. — Nada disso. Encontrei com ela num café, ontem de noite, e eu e essa outra garota acabamos levando a Angélique pro hospital. Aí, depois...

— *Hospital?* Como assim?

— Ela cortou a mão.

— A mão? — Os olhos de Gavin repentinamente escureceram de preocupação e ele balançou a cabeça devagar. — Ah, não, Jamie, ela não pode ter machucado a mão. Não ela.

Jamie mordeu o lábio inferior.

— É, eu sei o que você quer dizer. É por isso que tava tão apavorada de ir pro hospital. Ela realmente achava que iam dizer que nunca mais ia poder tocar violino. Mas, na verdade, o machucado não era tão sério como tava parecendo. O médico disse que não pegou nenhum tendão e que o inchaço dos dedos vai sumir rápido. Então, eu acho que ela não vai ficar fora de combate muito tempo. Mas muito dificilmente vai dar pra tocar mais alguma coisa no festival.

— *Você* acha, Jamie? Eu fico mais interessado no que o médico acha.

Jamie fez uma pausa e observou o olhar rígido do advogado.

— Na verdade, Gavin, a gente não comentou com o médico que a Angélique era violinista. Inclusive, eu fiz uma coisa que provavelmente é contra a lei. Dei um nome falso pra registrar a entrada dela no hospital.

— Você fez *o quê*?

— Escuta, ela insistiu. Eu não podia ir contra. Ela disse que não queria que ninguém soubesse quem ela era, porque tava com medo da imprensa acabar descobrindo sobre o machucado e... ela também não quer que saibam onde ela está.

Gavin tentou decifrar a lógica desconcertada por trás da presença da jovem violinista naquele apartamento.

— Jamie... Jamie... — gaguejou, as mãos levantadas como se tentasse manter o equilíbrio necessário para pensar. — Estou completamente no escuro quanto ao que está acontecendo aqui; então, por favor, comece do começo, tudo exatamente como aconteceu ontem à noite.

— OK, mas vai levar um tempo. Fiquei acordado até cinco horas da manhã ouvindo a odisséia toda.

Gavin concordou com a cabeça.

— Tudo bem — disse levantando-se. — Melhor eu cancelar todos os meus compromissos da manhã. — Bateu nos bolsos do paletó. — Droga. Devo ter deixado meu celular no carro. Posso usar o telefone?

Jamie apontou para a porta.

— Ali, no aparador.

Depois que Gavin deixou a cozinha, Jamie se levantou e foi fazer o costumeiro segundo café da manhã. Quando despejava água na caneca, ouviu uma batida à porta. Leonard Hartson estava no hall com um jovem alto, cabelo desalinhado, que olhava por sobre seu ombro.

— Achei que você ia gostar de saber que consegui um assistente — Leonard disse. — Graças à tentativa mais que gentil do seu advogado. Queria agradecer por ter divulgado minha necessidade tão prontamente.

— Que bom que funcionou, senhor Hartson! — Jamie respondeu, carregando seu café até a porta e apoiando um ombro na moldura. — Espero que dê tudo certo. Vocês começam a filmar hoje?

— Não, ainda não. Meu plano é dar um curso-relâmpago sobre o equipamento para o nosso Thomas aqui. — O cameraman virou-se e sorriu para o jovem. — Vai ser duro, mas estou contando que meu assistente seja desses que aprendem rápido.

Jamie sorriu amigavelmente para Thomas, mas não teve o cumprimento retribuído. Observando a expressão aparvalhada no rosto do assistente, achou que Thomas Keene parecia tudo, menos o tipo que aprende rápido.

— Bom, boa sorte, então. Pra vocês dois.

Enquanto observava os dois se dirigirem à porta da frente, Jamie foi tomado pela incongruência quase cômica daquela nova parceria, a figura alta e magricela do novo assistente com sua suéter puída de capuz e o jeans folgado quase caindo, sobrepondo-se ameaçadoramente à diminuta, porém elegante, figura do velho cameraman. Depois, pela segunda vez em muitas horas, Jamie pegou-se vasculhando a mente por um lampejo de lembrança, sabendo que havia algo vagamente familiar naquele garoto — especialmente, por alguma razão, na sua figura de costas.

— Certo — Gavin Mackintosh disse, tirando agenda e caneta do bolso do paletó enquanto passava por Jamie e entrava na cozinha. — Minha manhã é toda sua, Jamie, então fecha a porta e vamos rever toda a história.

Uma hora depois, Jamie agradecia a chance de descansar a voz, enquanto Gavin, sobrancelhas franzidas, folheava em silêncio o amontoado de anotações que havia feito na agenda.

— Isso é tudo? — o advogado perguntou finalmente, olhando sério para Jamie por sobre os óculos. — Ela não contou mais nada?

— Bom, não foi exatamente assim, tintim por tintim, mas quase.

Quando Gavin voltou a olhar suas anotações, Jamie começou a tamborilar sobre a mesa.

— Então? O que é que você acha que a gente deve fazer? — perguntou baixinho, louco para saber o que se passava na cabeça do advogado. Jogando a agenda na mesa, Gavin tirou os óculos e segurou-os entre os dedos, jogando-os para a frente e para trás, enquanto olhava pela janela, pensativo.

— Boa pergunta, Jamie. Muito boa pergunta. — Deixou escapar um longo suspiro. — Acho que nada pode ser feito sem que eu tenha falado com Angélique e me certificado do caminho que ela quer tomar.

Jamie levantou-se de um pulo.

— Vou acordar a Angélique, então.

— Isso seria bom — Gavin respondeu. — E se você não se importar, acho que preferia falar a sós com ela. Pode ter algum procedimento legal complicado envolvido nessa história toda. E nesse caso é melhor que tudo seja o mais confidencial possível.

— Tudo bem — Jamie disse, feliz de ter Gavin se responsabilizando por Angélique. — Você quer que eu faça alguma coisa?

— Não agora, mas sugeriria que você tomasse um banho e trocasse de roupa, porque pode ser que precise da sua ajuda depois de falar com ela.

Cinco minutos depois, Jamie trazia Angélique até a cozinha. A moça estava sonolenta e o roupão que ela estava usando, muito grande para seu tamanho, arrastava no chão atrás dela sobre o piso de madeira como se fosse a cauda de um vestido de noiva.

— Ela tá meio chapada, eu acho — Jamie disse. — O médico deu um analgésico muito forte pra ela ontem.

Enquanto Jamie a ajeitava numa cadeira, Gavin sorria gentilmente para a jovem violinista, na tentativa de deixá-la confortável, mas seus olhos registraram uma raiva profunda quando viu uma das faces da moça roxa e o curativo branco envolvendo sua mão. Esperou que Jamie deixasse a cozinha antes de sentar-se de frente para ela.

— Angélique, não sei se você se lembra de mim, mas meu nome é Gavin Mackintosh. Nos conhecemos na noite da recepção no Sheraton Grand.

— *Bien sûr* — ela respondeu, grogue. — Você é o homem da lei.

— Exatamente.

A atenção de Angélique se voltou para o ambiente nada familiar e ela passou os olhos embaçados pela cozinha, antes de fixá-los em Gavin, surpresa.

— O que é que você tá fazendo aqui? Você não mora aqui também, mora?

Gavin riu.

— Não, não moro.

A confusão desapareceu de repente do rosto da moça e ela o encarou, olhos arregalados de pânico.

— Então, quem te falou que eu tava aqui? — perguntou, levantando-se, desajeitada. — Como é que você descobriu?

— Calma, Angélique — Gavin disse devagar, levantando as mãos para acalmar sua ansiedade. — Você está em segurança aqui. Ninguém sabe de nada, a não ser Jamie e eu.

Gavin sorriu confiante, ao passo que ela estudava seu rosto, tentando detectar algum sinal de dissimulação. Depois, devagar, sentou-se novamente.

— Eu vou explicar — Gavin disse, debruçando sobre a mesa e cruzando os dedos. — Por acaso, eu sou advogado do Jamie. Sou amigo do pai dele há muitos anos e sempre cuidei dos negócios da família. Agora, quase neste instante, Jamie ia me telefonar e se aconselhar comigo sobre seu... sua situação, mas acabou acontecendo de eu ter que vir fazer uma visita por um motivo completamente diferente.

A violinista respirou com dificuldade.

— Então, Jamie contou toda a história? — perguntou baixinho.

— Contou.

— Ele é uma pessoa muito gentil.

Gavin concordou.

— Você teve muita sorte de ter encontrado Jamie ontem à noite.

— Eu sei disso — Angélique disse de maneira quase inaudível. — Tinha ido a um monte de lugares antes, mas era sempre tanta gente, tanto barulho... e eu só queria ficar um pouco sozinha. Vi que o café tava vazio quando eu passei e entrei. Nem percebi que tava fechando. A Martha também foi muito gentil de ter mantido o bar aberto por minha causa e depois ter me levado no hospital.

— Mas Martha não estava junto quando você contou sua história pro Jamie?

— Não, ela já tinha ido pra casa, mas, quando ela deixou a gente no hospital, Jamie pediu pra ela prometer não dizer nada pra ninguém. Foi até meio... *brusque*. Acho que ele não gosta muito dela.

Naquele momento Gavin não estava nem um pouco interessado no gosto de Jamie. Sua grande preocupação era a moça vulnerável cujo mundo, nas últimas doze horas, havia virado de cabeça para baixo e que tivera a confiança no empresário, tutor e companheiro de viagem destruída. Deixou escapar um longo suspiro de dó.

— Angélique, eu sinto tanto pelo que aconteceu com você.

Angélique desviou os olhos do advogado e começou a mexer no cordão do roupão.

— Como você está se sentindo hoje?

Ela deu de ombros.

— Com dor.

— Imagino. — Gavin levou o dedo aos lábios, pensativo. — Angélique, sei que é uma pergunta difícil, mas infelizmente tenho que perguntar. O que você quer fazer com o senhor Dessuin?

Ela levantou a cabeça, lançando-lhe um olhar questionador.

— O que é que você quer dizer?

— Bom, eu sei que ele é seu tutor e empresário há muitos anos, mas, na minha opinião, as últimas atitudes podem sugerir perigo real no futuro. E meu conselho seria que nós entrássemos com um mandado de restrição contra ele o mais rápido possível.

— Como é que se faz isso?

— Você e eu teríamos que ir ao tribunal de Edimburgo solicitar o que chamamos de interdição temporária.

— E eu ia aparecer nos jornais?

— Não é muito comum a imprensa aparecer numa primeira audiência, mas não posso garantir isso, principalmente quando o caso envolve uma pessoa tão famosa como você.

— Então, não posso deixar isso acontecer.

Gavin recostou na cadeira, cruzou os braços e soltou o ar preso nas bochechas. — Posso perguntar por que não, Angélique? Minha preocupação é que ele venha a tentar repetir o que fez na noite de ontem.

Angélique sacudiu a cabeça.

— Você não conhece Albert Dessuin. Ele é muito... como é que eu posso dizer... complexo?

— Tenho certeza de que deve ser, pelo que ele fez com você.

— Não, o que eu estou dizendo é que realmente entendo o Albert, apesar de ele nunca ter acreditado nisso. Se sair alguma coisa ruim sobre ele nos jornais, eu sei que faria algo muito estúpido.

— Que tipo de coisa?

Angélique fez uma pausa.

— Ele provavelmente tentaria alguma coisa contra si mesmo.

— Você quer dizer... tentar suicídio?

Angélique encolheu os ombros.

— É bem possível. É uma coisa de família na verdade, eu acho, porque descobri que o pai dele se matou. E, fora isso, tem tantas *irrationnalités* na cabeça do Albert... Eu sei porque já me sujeitei a todas elas durante esse tempo todo com ele. Então, mesmo que ele tenha me tratado tão mal na noite passada, eu não posso fazer nada contra ele. Sempre seria minha culpa.

Gavin, frustrado, esfregou a testa.

— Mas você precisa entender que eu não posso deixar você ir embora de Edimburgo com ele. Seria *minha* culpa se alguma coisa acontecesse com *você*.

A violinista sacudiu a cabeça.

— Eu não vou embora de Edimburgo com Albert. Acabou. Decidi isso antes de deixar o quarto do hotel.

— E o que é que você vai fazer? Viajar pelo mundo por contra própria?

Angélique pareceu incerta.

— Acho que eu vou ter que arrumar outro empresário.

— Mas e Dessuin, Angélique? Você é famosa. Não vai ser difícil para ele descobrir onde você está a qualquer hora do dia ou da noite. Você mesma disse que ele é uma pessoa complexa, e que deixá-lo pode muito bem disparar uma certa paranóia na cabeça dele. Se esse é o caso, você nunca vai estar segura.

Angélique olhou para o advogado, triste.

— Eu sei disso, mas não posso ser a razão de alguma coisa que ele faça contra si mesmo.

Gavin encostou pesadamente as costas na cadeira e cruzou os braços.

— E o que é que nós fazemos, então? O quê? — murmurou.

— Não sei — Angélique retrucou.

Gavin levantou-se da mesa e começou a andar de um lado para outro.

— Tudo bem, vou deixar esse assunto de lado, por enquanto, contra a minha vontade. O que tenho que fazer, com urgência, é achar uma maneira de dar a notícia de que você não vai tocar hoje à noite, nem pelo resto do festival, provavelmente. Por causa das atuais circunstâncias com Dessuin, precisamos fazer de um jeito que ninguém precise saber exatamente o que aconteceu. E com certeza não vamos revelar onde você está. — Sacudiu as mãos enquanto pensava. — Podemos dizer que você machucou a mão num acidente e teve que voltar para a França para se recuperar. — Ponderou por um instante. — Na verdade, não é má idéia. Pode até servir como despistador para o Dessuin.

— Despistador? O que é isso?

— Uma pista falsa. Isso com certeza vai fazer com que saia do hotel e, se possível, do país. Seu passaporte ficou com você, não ficou?

— Ficou. Tá na minha bolsa.

— Ótimo. Assim fica mais fácil ainda de ele morder a isca. O único problema são as suas roupas. Jamie disse que você deixou tudo no hotel.

— Meu violino também.

— E a chave do quarto?

— Deixei lá também — Angélique disse, sem jeito.

Gavin sacudiu a cabeça.

— Nada para se preocupar. Só precisamos achar uma maneira de tirar suas coisas de lá, quando Dessuin não estiver por perto. — Suspirou ansioso. — Meu Deus, a trama engrossa a cada minuto, não é? — murmurou.

— Gavin, eu vou mesmo voltar pra França?

— Você decide, Angélique, mas talvez fosse melhor, pelo menos agora, você ficar bem quietinha aqui em Edimburgo. Usar o tempo pra se recuperar e, também, me dar oportunidade de monitorar Dessuin enquanto você ainda está sob a minha proteção.

— E onde eu ficaria?

— Não tem lugar melhor do que onde você está agora. Não acho que seria muito inteligente você ir para a minha casa, diante das circunstâncias. Estou misturando seriamente as regras da minha profissão com todo esse artifício pra te esconder, então é melhor que eu seja visto numa posição mais imparcial. De qualquer maneira, ninguém está usando o quarto onde você dormiu e Jamie vai estar por aqui até o final de setembro. Acho que não poderia ter encontrado alguém melhor para tomar conta de você.

— Mas ele pode não querer que eu fique aqui. A vida dele pode virar um inferno com tanto segredo.

Gavin sorriu para ela.

— Eu falo com ele. Tenho certeza de que vai ficar mais do que feliz.

— Posso pagar, é claro.

Gavin estalou os dedos das duas mãos ao mesmo tempo.

— Meu Deus, tem um problema. — Gavin sentou novamente na cadeira, cerrando os punhos contra a mesa. — Angélique, Dessuin controla suas finanças?

A violinista sacudiu a cabeça.

— Não, tudo é controlado pelos advogados da Madame Lafitte, em Clermont Ferrand. Eles me dão uma quantia por mês e pagam o salário do Albert.

Gavin respirou aliviado.

— Bom, uma preocupação a menos, mas teremos que avisá-los na hora certa. — Levantou-se novamente. — E o que é que você acha da história que inventamos para a imprensa? Você concorda?

— É, acho boa idéia.

— Certo — Gavin disse, andando até a janela e olhando lá fora a atividade na London Street. — Bom, o que me resta agora é achar um jornalista que tenha alguma integridade. — Deu uma risada cínica. — Isso é uma tremenda tarefa.

Angélique sentou-se em silêncio por um momento, as sobrancelhas franzidas pela dúvida.

— Eu conheço um jornalista em Edimburgo. Há anos ele vem tentando me entrevistar, mas Albert nunca deixa. Talvez a gente possa pedir a ajuda dele.

— Você sabe o nome dele?

A violinista olhou para o teto. — *Qu'est-que c'est? Qu'est-que c'est?* Ele encontrou a gente no aeroporto. — Levantou uma mão quando o nome surgiu-lhe na memória. — Acho que o sobrenome dele é Will. Não, Wills. Harry Wills. Parece uma pessoa legal, e acho que não gosta muito do Albert.

Gavin concordou com a cabeça.

— Ótimo, parece o contato perfeito. — Debruçou sobre a mesa e anotou o nome do jornalista na agenda. — Não o conheço pessoalmente, mas já li artigos dele no *The Sunday Times*. Vou ver se marco um encontro logo, porque é fundamental que nossa história esteja no *Evening News* hoje à noite. Também vou pedir ao senhor Wills para passar as informações para o escritório internacional do festival. Eles precisam saber o mais rápido possível, para poderem arranjar outro solista para a apresentação de hoje.

Os olhos de Angélique se iluminaram.

— Claro, ele tem que falar com Tess Goodwin. Lembra dela?

— Não. Deveria?

Gavin olhou a moça, confuso.

— Eu tava conversando com ela na recepção quando você chegou pra falar comigo, lembra?

Gavin fez que sim.

— Ah, lembrei.

— Ela trabalha no escritório internacional e ficou minha amiga. Eu ia ligar pra ela ontem à noite, mas fiquei com medo da história verdadeira acabar nos jornais.

Gavin anotou mais um nome na agenda.

— É, acho que foi bom não ter ligado para ela. Não tem necessidade de envolvê-la agora. — Guardou agenda e caneta no bolso do paletó. — A única outra pessoa com quem vou falar sobre o incidente é meu médico, que é uma pessoa de confiança e um grande amigo. Vou pedir que venha aqui para dar uma olhada em você e, com certeza, ele vai poder cuidar de perto dessa sua mãozinha especial. — Sorriu para a jovem violinista. — Agora, quero que você volte para a cama e descanse bastante. Não se preocupe com nada. Está tudo sob controle. Se quiser falar comigo, é só falar com Jamie. Nesse meio-tempo, vou garantir que ele tome conta de você.

Quando se virou para ir embora, Angélique levantou da cadeira, cruzou a cozinha na direção dele e segurou seu braço.

— Gavin.

— O que foi?

— Foi muita sorte minha ter te conhecido na recepção. Obrigada por estar sendo tão meu amigo.

Gavin abriu um largo sorriso.

— Minha querida, as circunstâncias não são as melhores, mas realmente é um prazer poder ajudar.

CAPÍTULO 27

Albert Dessuin sentava-se encurvado na cadeira de seu quarto, a cabeça latejando, aninhada entre as mãos trêmulas, tentando desesperadamente organizar o pensamento confuso e se lembrar do que tinha acontecido na noite anterior. Ao acordar do estupor alcoólico, estava no chão do quarto de Angélique Pascal, mas sua memória dos fatos que o haviam levado até lá tinham sumido completamente. As evidências mostravam somente que os lençóis da cama da jovem estavam amarrotados, mas a cama não estava desfeita, e a garrafa de uísque que ele provavelmente consumira estava quebrada ao meio na lixeira de seu próprio quarto.

Tentou se convencer de que nada de errado havia acontecido. Sempre bebera sozinho — nunca permitira que Angélique o visse embriagado —, então talvez tivesse ido ao quarto dela na noite anterior só para ver como estava, não a encontrando lá. Mas, se assim fosse, onde estaria ela agora? Não, era mais provável que estivesse ali somente por uma hora ou duas e que Angélique tivesse acordado cedo e deixado o quarto antes de ele entrar. Mas esse pensamento também não ajudava. Ela não tinha dormido na cama — a não ser que a tivesse arrumado ela mesma. E por que ela faria a cama, num hotel?

Ele se levantou e andou devagar pelo quarto até o banheiro, envolvendo o corpo trêmulo com os braços. Precisava de um banho. Sempre ajudava a clarear as idéias.

No topo da Lawnmarket, na cidade velha, no quarto piso do Hub, Tess Goodwin estava à sua mesa no escritório da mostra internacional, ouvindo boquiaberta a voz grave do homem do outro lado da linha telefônica. Quando terminou a ligação, nenhuma palavra de agradecimento ou cumprimento saiu de sua boca. Estava muito chocada para falar.

Pondo-se de pé, deu a volta na mesa e correu até a sala de Sir Alasdair Dreyfuss. O encontro com Sarah Atkinson e o rabugento diretor da Orquestra Sinfônica Nacional da Estônia estava previsto para durar ainda mais ou menos meia hora, mas isso definitivamente não podia esperar. Bateu levemente à porta e entrou sem esperar pela resposta.

Alasdair Dreyfuss e Sarah Atkinson olharam para ela imediatamente, dúvida e irritação nos olhos de um e do outro, enquanto o estoniano girava sua figura corpulenta na cadeira, o atrito do movimento contra o couro causando um barulho flatulento.

— Acho que você está fazendo uma confusão de horários, Tess — Alasdair disse de pronto, suspendendo o punho da camisa e conferindo o relógio de pulso. — Eu disse que não estaria livre antes de meio-dia.

— Desculpe interromper, Alasdair, mas aconteceu uma coisa muito importante e queria saber se posso ter um minuto com você e com a Sarah.

— Não pode esperar um pouco, Tess? — Sarah perguntou abruptamente, mas foi interrompida pela mão do diretor em seu braço. Alasdair teve certeza, pela expressão tensa no rosto da assistente de marketing, de que algo realmente sério acontecera.

— Valdek, você poderia nos dar licença um minuto? — disse, levantando-se. — Peço desculpas por isso.

O homem na cadeira de couro deu seu consentimento com um aceno da mão de urso, e tanto Alasdair quanto Sarah seguiram Tess até a outra sala.

— O que foi que houve, Tess? — o diretor perguntou, fechando a porta atrás de si.

— Acabei de receber a ligação de um jornalista, dizendo que Angélique Pascal sofreu um acidente ontem à noite. Machucou seriamente a mão e tá indo pra França.

— O quê? — seus dois superiores exclamaram em uníssono.

— Ele disse que a história vai estar na primeira página do *Evening News* hoje à noite. Só telefonou pra avisar, pra dar tempo da gente arrumar outro solista pra tocar no lugar da Angélique no concerto de hoje e rearranjar a programação do resto do festival.

— Será que a informação é verdadeira, Tess? — Sarah Atkinson perguntou. — Quem é esse jornalista?

— Ele não disse o nome. E eu também não reconheci a voz dele. — Tess sacudiu a cabeça. — Não acredito que isso tenha acontecido. Passei a última noite quase toda com ela, na recepção. Ia sair depois comigo e com o Allan, mas aquele empresário dela não deixou.

— Talvez seja algum tipo de golpe, então — Sarah Atkinson disse, olhando para Tess e o diretor.

Alasdair Dreyfuss fitava Tess intensamente, perdido em pensamentos, enquanto roía a unha do indicador. — Temos que tomar a informação como verdadeira — disse finalmente. Voltou-se para a diretora de marketing. — Sarah, você vai até minha sala, pede desculpas ao meu amigo estoniano por mim e finaliza a reunião com ele.

Depois, me acha Julia Parfitt e diz para ela ficar de *standby* para a apresentação de hoje à noite.

— O que é que você vai fazer, Alasdair? — Sarah perguntou.

— Primeiro, vou ligar pro *Evening News* e saber se vão realmente publicar a história. Se for mesmo verdade, preciso encontrar Albert Dessuin e perguntar que diabo está acontecendo e por que ele não me avisou antes. — Tirou os óculos e esfregou os olhos. — Porcaria, achei que tudo estava indo tão bem.

Albert Dessuin estava de pé no centro do salão de jantar do hotel, olhando em volta as poucas mesas ainda ocupadas com o café-da-manhã. Sentiu um aperto na boca do estômago ao descobrir que Angélique não estava ali. Saiu apressado e desceu as escadas até a recepção. Havia uma fila de pessoas esperando para sair do hotel com suas bagagens, mas passou por elas sem se importar, indo direto ao balcão.

— Por favor... — disse rispidamente para a jovem recepcionista, que tentava, sem sucesso, passar um cartão de crédito.

— Desculpe, senhor — a moça respondeu com um sorriso —, mas tem uma fila de espera. Sinto informar que o senhor vai ter que esperar sua vez.

— Eu não posso esperar. Você precisa me dizer se viu Angélique Pascal hoje de manhã.

A jovem olhou para ele, em dúvida.

— O senhor está falando da violinista?

— Claro que estou falando da violinista. Tem alguém mais com esse nome hospedado aqui no hotel?

O tom de Dessuin fez enrubescer o rosto da moça.

— Desculpe, senhor, acabei de começar meu turno e, com certeza, não a vi a senhorita Pascal até agora.

Dessuin bufou, irritado.

— Bom, então, quem *estava* trabalhando no horário? Preciso falar com essa pessoa imediatamente.

— Vou ver se consigo saber, senhor. — Sorriu pedindo desculpas ao casal que estava atendendo e saiu do balcão. Virou-se para Dessuin. — Poderia perguntar quem é o senhor?

— O empresário dela. Albert Dessuin. Agora, vê se acha alguém que saiba onde ela está. Pode ter acontecido alguma coisa grave.

— Desculpe. Senhor Albert Dessuin? — Uma voz soou no final do balcão.

Albert virou-se para a outra recepcionista, que tinha a mão em concha cobrindo o bocal do telefone. Os hóspedes que esperavam na fila lançavam agora olhares de impaciência.

— Sim?

— Telefone para o senhor.

— *Enfin!* — Dessuin exclamou, apressando-se e fazendo com que o primeiro hóspede da fila se afastasse num pulo para evitar uma trombada. — Obrigado — disse para a recepcionista, arrancando-lhe o telefone da mão com um leve sorriso. Deu as costas para a platéia hostil. — Angélique, onde é que você se meteu? — sussurrou no aparelho.

— Ah, então, obviamente *você* não sabe o que aconteceu também, sabe? — uma voz masculina respondeu.

— Quem fala?

— Alasdair Dreyfuss, Albert.

Albert Dessuin perdeu a voz por alguns instantes, os olhos revirando de embaraço.

— Ah, desculpe, Alasdair — balbuciou finalmente. — Tive uma manhã péssima. Não era minha intenção ser indelicado com você.

— Que diabos está acontecendo, Albert?

— Como?

Ouviu o diretor deixar escapar um suspiro de impaciência.

— Albert, acabei de falar com o *Evening News* e eles vão publicar uma matéria de primeira página sobre Angélique Pascal.

— Não, não pode ser.

— Com certeza, Albert. Parece que Angélique sofreu um acidente na noite passada. Cortou seriamente a mão e está indo para Paris, o que, claro, significa que não vai cumprir os compromissos do festival.

Como é que você pode não estar sabendo de nada, Albert?... Albert?... Você ainda está aí?

As palavras do diretor do festival internacional foram suficientes para clarear o *fog* da amnésia alcoólica na mente de Dessuin. Viu Angélique Pascal nua num rasgo de memória, sua mão levantada indo fortemente de encontro ao rosto da moça. Vagarosamente cerrou e descerrou os punhos, percebendo a pele repuxada nas costas do dedo. Não havia notado isso antes.

— Não — murmurou, baixando o fone. — Não, não. O que foi que eu fiz?

— Albert, pelo amor de Deus, você está aí? — a voz distante de Alasdair Dreyfuss perguntou novamente.

Dessuin levantou o fone lentamente de volta à orelha.

— Estou — disse com a voz fraquejando.

— Fiquei numa posição difícil, você sabe, Albert. Uma coisa é rearranjar os últimos concertos da semana que vem, mas conseguir outra solista para o concerto de hoje à noite... bom, realmente teria ajudado se você...

Como se estivesse em transe, Dessuin estendeu a mão até o balcão e desligou o telefone. Voltou-se e andou até uma cadeira em frente a uma mesinha de centro na área da recepção e sentou-se. Cobrindo o rosto com as mãos, juntou as cenas do que acontecera na noite anterior e lágrimas de remorso e vergonha começaram a rolar pelo seu rosto.

— Ah, Angélique... — soluçou baixinho. — Não queria machucar você. Nunca quis machucar você. Por favor, não conte para ninguém que eu fiz essa coisa horrível. *Por favor*.

Sentiu uma mão pressionar levemente seu ombro.

— Tudo bem com o senhor? — uma voz feminina perguntou.

Dessuin descobriu o rosto e viu a jovem recepcionista que tinha ido buscar informações sobre o paradeiro de Angélique.

— Estou bem, obrigado — respondeu com voz trêmula.

— Infelizmente não consegui encontrar a recepcionista que estava trabalhando ontem à noite.

Dessuin sacudiu a cabeça.

— Não importa mais. — Alcançou a mão da moça e apertou-a com força. — Você faria uma coisa para mim, por favor?

— Claro, senhor — a jovem respondeu incerta ao olhar para a própria mão, retida por Dessuin.

— Angélique não pode ir embora sem mim. Preciso saber onde ela está.

— Eu sei, senhor — respondeu baixinho. — Estamos fazendo o possível.

— Não, o que eu quero dizer é... você poderia descobrir para mim quais são os vôos de Edimburgo para Paris de hoje, por favor?

A jovem sorriu aliviada ao ver a chance de se livrar do estranho homem francês.

— Claro. Vou checar na internet imediatamente para o senhor.

— Muito obrigado — Dessuin disse, soltando-lhe a mão. — Vou para o meu quarto agora.

Pondo-se de pé, foi até a escada e começou a subir os degraus como se fosse um velho, arrastando os pés num esforço tremendo, enquanto se apoiava no corrimão de madeira. No meio do caminho, seu celular tocou e ele checou ansiosamente o visor, na esperança de que fosse Angélique.

Não era. Continuou subindo os degraus, sem atender o telefone que continuava tocando em sua mão, até chegar ao próximo andar. Pressionou o botão para responder à chamada, enquanto cruzava o corredor atapetado até os elevadores. — *Bonjour, maman. Ça va?*

As outras quatro pessoas dentro do elevador não saberiam que ele estava ao telefone, não fosse o fato de ter o celular encostado na orelha. Não dizia nada, simplesmente ouvia com expressão desolada. Quando o elevador finalmente chegou ao seu andar, saiu e esperou que a porta se fechasse.

— Escuta o que eu vou dizer, sua velha mimada. Quando é que você vai parar e pensar em mim? Você nunca fez isso! Nunca, *nunca*!

Desligou o telefone e jogou o aparelho dentro do bolso. Enquanto atravessava o corredor até o quarto, sentiu o peso da desesperança e do desespero sobre ele, concluindo que havia acabado de afastar a única pessoa que ainda fazia parte de sua vida patética e triste. Exatamente como o pai fizera.

CAPÍTULO 28

No meio do enorme e desabitado armazém de porto em Leith, Thomas Keene Júnior sentava-se desconfortável sobre a caixa prateada da câmera, expressão de concentração dolorosa no rosto, enquanto tateava dentro do saco preto no colo, tentando carregar o negativo falso no chassi da câmera pela vigésima vez em uma hora. Olhou para o relógio de pulso que Leonard Hartson havia deixado no tripé do refletor para que T.K. medisse seu progresso, mas isso só servia para lembrá-lo de que eram quase três da tarde e que seu estômago estava roncando de fome.

Fechou os olhos, tentando visualizar o que seus dedos faziam dentro do saco, enquanto enfiava o filme pela fenda de um dos lados do chassi e o pegava do outro lado, ajustando-o direitinho nas bobinas, antes de travar o chassi novamente. Quando pensou que tudo estava em seus devidos lugares, livrou os braços das amarras das luvas elásticas do saco preto, no momento em que a porta de incêndio nos fundos do armazém se abriu e fechou com estrondo, iluminando rapidamente o chão com um raio de sol vindo de fora. Fechando o velcro do saco preto, T.K. observou quando Leonard Hartson veio andando em meio aos cabos de eletricidade, abaixando de vez em quando para desviar dos refletores que haviam montado mais cedo.

— Para você — Leonard disse, entregando um saco de papel marrom e uma lata de Sprite para T.K. — Dois mistos-quentes. — Sentou-se de frente para T.K., sobre a caixa de um dos refletores. — Como foi desta vez?

— Acho que peguei — T.K. respondeu, botando o saco preto de lado e puxando o lacre para abrir a lata do refrigerante.

— Não faça isso, ainda — Leonard disse de pronto.

T.K. encarou Leonard.

— Como assim não?

O câmera apontou o dedo significativamente na direção de seu assistente.

— Outra regra de ouro. Nunca pegue em comida ou bebida enquanto estiver carregando um chassi. Se um simples corpo estranho cair dentro do saco preto, pode melar o rolo inteiro de filme.

— Mas eu já terminei de carregar.

— Não, você não terminou. O que foi que eu falei? Chassi fora do saco, você verifica se está lacrado, passa a fita crepe e anota o número do negativo e do rolo. É a ordem das coisas.

T.K. deixou escapar um suspiro de insatisfação, cuidadosamente colocando a lata no chão e pegando o saco preto.

— Desculpe, Thomas — Leonard disse com um risinho —, eu avisei que esse aprendizado seria uma escalada difícil. — Inclinou-se e deu um tapinha no joelho do rapaz. — Mas não se preocupe, você está indo muito bem. Teve mais informações despejadas sobre as costas em um dia do que muito assistente teria em um mês.

T.K. abriu o zíper do saco preto e tirou o chassi. Quando o apoiou sobre os joelhos, a tampa de um dos lados caiu na sua mão.

— *Merda!* — Olhou apreensivo para Leonard. — Quer dizer, caramba. Desculpa.

Leonard levantou uma sobrancelha em sinal de reprovação.

— Não se preocupe. É só a sobra do filme. Mas não se esqueça, você tem de checar se a tampa está devidamente lacrada. Se tivesse carregado o chassi com um filme virgem, teríamos que jogá-lo fora.

— Não vou conseguir pegar essa parada.

Leonard estudou o rosto do garoto um instante, tentando entender o sentido da última frase pela expressão dele. Finalmente, simplesmente balançou a cabeça.

— Thomas, para nossa parceria funcionar nas próximas semanas, acho que vai ser da maior importância que entendamos o que dizemos um para o outro. Veja bem, por favor, não estou dizendo nada que denigra o sotaque escocês, pode acreditar em mim, e provavelmente é totalmente minha culpa não ter reservado um tempinho para estudar os intricados coloquialismos... — Parou no meio da frase quando viu o sorriso largo no rosto de T.K. — Está rindo de quê?

— Você está dizendo que não entende nada do que eu falo? — T.K. perguntou, esforçando-se para pronunciar corretamente as palavras.

Leonard concordou com a cabeça.

— Acho que é exatamente o que estou dizendo.

— Legal, porque eu ia te dizer a mesma parada.

Olharam-se por um momento, antes de caírem na gargalhada, girando para trás nos bancos improvisados.

— Bom — Leonard disse finalmente, pegando um lenço no bolso do paletó e secando uma lágrima da bochecha —, acho que acabamos de fazer um avanço, Thomas.

Ainda sorrindo, T.K. tirou cuidadosamente o filme do chassi e colocou tudo de volta no saco preto.

— Pode me chamar de T.K. — balbuciou enquanto fechava o zíper e apertava o velcro para fechar a bolsa.

— Como? — Leonard perguntou.

— T.K. — As bochechas enrubesceram de embaraço, enquanto tirava as mãos das luvas elásticas novamente. — Todos os meus amigos me chamam de T.K.

Nesse instante, Leonard deu-se conta de que houvera mais que um avanço na barreira lingüística entre eles.

— Sendo assim, vou achar muito bom chamar você de T.K.

— Acho que peguei a parada agora.

— OK — Leonard disse, alcançando o relógio de pulso no tripé do refletor. — Vou marcar o tempo.

Segundos antes de completar dois minutos, T.K. tirou as mãos do saco preto, abrindo-o e entregando o chassi carregado para Leonard. Checando primeiro se as tampas estavam lacradas, o cameraman abriu os dois lados, para ter certeza de que o carregamento havia sido feito corretamente.

— Perfeito. Eu não teria feito melhor — disse, devolvendo o chassi para T.K. — Depois de almoçar, pode fazer uma tentativa de carregar um chassi com negativo de verdade.

Enquanto Thomas Keene Júnior, feliz, tinha encontrado um trabalho lucrativo naquele dia, o caso não era o mesmo com Gary, marido de Rene Brownlow, em Hartlepool. Tendo deixado Robbie e Karen na escola de manhã, tomara um ônibus para o centro da cidade e despendera a maior parte do dia sentado na agência de empregos, o olhar vazio fixo na pletora de cartazes falando sobre as conseqüências de ser pego trabalhando sem qualificação e listando os benefícios do desempregado. Depois, quando sua tão esperada entrevista acontecera, tivera que sair no meio, para buscar os filhos no colégio. Seus pais estavam ocupados naquela tarde, o pai ajudando o amigo no loteamento e a mãe fazendo a compra semanal no Morrison. Não lhe restara alternativa senão voltar e pegar os meninos.

Quando entrou no Anderson's Westbourne Social Club, sua primeira impressão foi de que o espaçoso bar estava deserto. Não havia ninguém ali e as duas mulheres atrás do balcão conversavam tranqüilamente, antes de serem surpreendidas pelo barulho das portas de vaivém se abrindo e fechando. Somente quando ouviu o som das pedras de dominó na mesa próxima ao palco, no final do salão, foi que concluiu que alguns, se não todos, integrantes do "comitê do Fringe" de Rene estavam lá.

Andou até o bar e piscou para a mais velha das duas mulheres.

— Oi, Mags. Espero que você não se importe de eu ter trazido as crianças. Só queria dar uma palavrinha com Terry Crosland.

— Tudo bem — Mags respondeu. — O senhor Prendergast vai ficar fora o dia todo, nem se preocupa. — Olhou por sobre o ombro de Gary e abriu a boca entupida de batom num largo sorriso. — Você só queria falar com o Terry ou veio ver a gangue toda?

Gary se virou e viu que os cinco jogadores de dominó deixavam a mesa e vinham juntos na sua direção, expressão inquisitiva nos rostos.

— Notícias de Rene? — Stan Morris, auto-intitulado presidente do comitê, perguntou.

— Tá tudo bem — Gary respondeu, sem muita ênfase, encontrando os olhos de Terry e cumprimentando-o com um aceno de cabeça.

— Ela já apareceu na tevê? — Skittle indagou, franzindo os olhos para Gary por trás dos óculos de lentes de fundo de garrafa.

— Não. Ainda não.

— Temos que dar tempo ao tempo! — Stan Morris disse, fuzilando Skittle com os olhos. — Demora para a pessoa ficar famosa. — Enfiou as mãos nos bolsos do paletó de tweed. — Eu lembro que quando apareci na televisão...

Foi interrompido pela gargalhada desconcertante de Derek Marsham.

— A gente já ouviu essa história, não é? Você só ficou andando pra frente e pra trás do repórter, quando ele tava fazendo uma matéria na marina, pra mostrar essa sua cara feia no vídeo.

Stan Morris bufou indignado.

— Pois fique você sabendo que eu fui chamado...

— Tá bom. Já chega, gente — Terry Crosland interrompeu, passando por Stan e fazendo com que engolisse o resto da explicação. Passou a mão na cabeça de Robbie. — Quer falar comigo, companheiro? — dirigiu-se ao marido de Rene.

— É. Se você puder me dar um minuto — Gary respondeu, olhando para os outros membros do comitê, que se amontoavam claustrofobicamente em volta deles.

Terry voltou-se para os colegas de dominó e acenou na direção da mesa, como se conduzisse uma manobra de marcha a ré.

— Vão lá, rapazes, de volta ao jogo. Eu volto assim que der uma palavrinha aqui com o Gary.

— Mas e se for sobre Rene? — Stan logo se manifestou. — Eu sou o presidente, afinal...

— Eu sei, Stan — Terry disse em tom diplomático. — Se alguma parte da nossa conversa tiver relação com suas funções de presidente, então é claro que vou manter você informado.

— OK — Stan concordou, levantando os ombros por baixo do paletó de tweed. — Justo. Vamos, vamos voltar para a mesa e deixar o Terry e o Gary conversarem.

— Desculpe — Terry dirigiu-se a Gary, uma vez que os quatro membros do comitê estavam instalados de volta na mesa. — Stan gosta das coisas como manda o figurino.

— Talvez fosse bom ele "trocar de roupa" de vez em quando.

Terry deu uma gargalhada.

— É, acho que você tá certo. — Apoiou os cotovelos no balcão do bar. — Quer uma cerveja ou alguma outra coisa?

— Só uma Coca.

— E pro seu rebanho? — Terry perguntou, olhando para os filhos de Gary. — Coca-Cola?

Robbie e Karen concordaram com a cabeça.

Terry virou-se para a garota do bar.

— Mags, quatro Cocas. E dá pras crianças aqueles dardos que você guarda atrás do bar. Eles podem jogar enquanto eu e Gary conversamos.

Os dois homens levaram os copos para a mesa no canto mais distante do jogo de dominó e sentaram-se.

— Como andam as coisas com você? Alguma sorte na procura de trabalho?

Gary sacudiu negativamente a cabeça.

— Ainda não. — Acendeu um cigarro e deu uma olhada em volta, como se estivesse embaraçado de olhar Terry nos olhos. — Olha só, eu não falei nada no dia que a gente embarcou a Rene, mas a primeira coisa que quero fazer é pedir desculpas por ter sido tão rude quando você apareceu lá em casa, pra encontrar com ela. Eu não tinha o direito.

Terry acenou com a mão, dispensando o comentário.

— Não precisa se desculpar. Como eu disse antes, entendo perfeitamente sua situação.

— É, talvez, mas você não devia ter sido alvo dos petardos da minha frustração.

— Chega disso — Terry respondeu, dando um gole na Coca. — Então, notícias dela?

— Tenho.

— Como vão as coisas por lá?

— Não tão bem, eu acho.

— É? — Terry debruçou sobre a mesa, olhar preocupado no rosto magro. — O que é que há de errado?

— Parece que as coisas não estão funcionando. A gente se falou duas noites atrás e ela disse que não tem tido muita gente pra ver o show. Também tá preocupada à beça de ter que pagar a conta do teatro quando acabarem as apresentações.

— Ela não tem que se preocupar com isso! Já tá tudo providenciado!

— Bom, mas isso é só um dos problemas. Ela tá numa casa horrível e tem que sair todo dia cedo e ficar quase o tempo todo na rua.

— Ela não consegue achar outro lugar pra ficar?

— Ela ia atrás disso hoje de manhã, mas, pra falar a verdade, Terry, precisei me segurar pra não falar pra ela fazer as malas e voltar pra casa.

— Ai, que droga — Terry murmurou, passando levemente a mão sobre a mecha que caía do seu topetinho. — Isso nao tá soando nada bem, tá?

— Pra ser sincero, não.

— Ainda tem uma semana e meia até o fim do festival. Se ela conseguir agüentar um pouco mais, as coisas podem mudar.

Gary encolheu os ombros.

— É, podem, mas acho que o que ia ajudar bastante é um pouco de encorajamento do pessoal de casa.

— Como assim?

— Bom, é a última coisa que eu poderia estar fazendo, mas vou pegar as crianças e ir com elas pra Edimburgo ver o show. Dar um apoio moral, esse tipo de coisa. — Apagou o cigarro no cinzeiro. — Fiquei pensando se você não estaria a fim de ir com a gente.

Terry sugou o ar por entre os dentes repetidamente, enquanto avaliava a sugestão de Gary.

— Rapaz, eu não sei se consigo ir neste fim de semana. Tô cheio de trabalho. Será que dá pra ser no próximo?

A risada de Gary carregava uma pontinha de cinismo.

— Não tem nada na minha vida me pressionando agora, Terry. Pode ser qualquer fim de semana. A única coisa é que, aí, a gente só daria uma força pra Rene no último show. Mas também acho que não teria problema nenhum.

— Vocês podem voltar juntos pra Hartlepool, depois.

— Verdade. — Acendeu outro cigarro que tirou do bolso. — OK. Vamos na semana que vem.

Terry indicou com a cabeça o grupo que jogava dominó no fundo do salão.

— E eles? Não sei se consigo manter minha popularidade se não contar nossos planos pra eles.

Gary deu uma longa tragada no cigarro.

— Conta pra eles, então. Eu não me importo se vier todo mundo. Eles merecem, na verdade, depois de terem levantado toda a grana pra ela ir. E de qualquer maneira isso vai engordar o público do show, mesmo que seja só na última noite. — Bebeu o resto da Coca-Cola e levantou. — Bom, melhor eu levar as crianças pra casa. Eles têm dever pra fazer.

— E como é que você tá planejando ir pra Edimburgo?

— Eu ainda não pensei sobre isso. Provavelmente de trem, apesar de achar que não tenho grana suficiente.

— Nesse caso, acho que a gente pode ir na minha van. Ela tá totalmente ilegal, mas vou ficar feliz de arriscar.

— Você acha que dá?

Terry riu.

— Acho. Dou uma geral nela antes de viajar e aproveito pra trocar o cano de descarga. Já tem um tempo que preciso fazer isso.

— A gente também vai ter que achar um lugar pra ficar, não é?

— Verdade — Terry respondeu, coçando o queixo. — Vou falar com Stan Morris. Ele vive falando dos contatos incríveis dele, então vamos ver o que arruma.

Gary concordou com a cabeça e estendeu a mão para Terry.

— Obrigado pela ajuda, irmão.

Terry se levantou e apertou a mão de Gary.

— Nem pensa nisso.

Olhou para a mesa onde estavam os outros quatro membros do comitê, que agora olhavam para eles expectantes.

— Bom, melhor eu ir até lá e fazer a reportagem. — Piscou para Gary. — Duvido que o dominó dure depois disso.

CAPÍTULO 29

No espaço de vinte e quatro horas, o mundo de Thomas Keene Júnior tinha se transformado num lugar iluminado. Naquela noite, tendo primeiro acompanhado Leonard Hartson até seu apartamento, de táxi, ele agora cruzava a cidade até seu alojamento com andar determinado e ombros altos; um homem jovem aparentando orgulho de si mesmo.

E tinha todos os motivos. Não só conseguira um trabalho, como fora elogiado pelo chefe pela rapidez para apreender tantas informações técnicas num só dia. "Disse que o aprendizado seria uma escalada difícil", o cameraman dissera no táxi, "mas, até agora, você parece ter transformado tudo numa simples subidinha de ladeira."

Enquanto andava, T.K. repassou mentalmente as habilidades aprendidas naquele dia. O carregamento do chassi e como encaixá-lo na traseira da câmera, a colocação do filme no lugar certo, a suspensão e o recolhimento das pernas do tripé, o nivelamento da "cabeça" e a montagem dos refletores. Quando entrou na rua do albergue, estava tão imerso em seus pensamentos que não prestou atenção nos dois rapazes encostados na grade do outro lado da rua. Assim que eles o viram, começaram a andar em sua direção. Atravessaram a rua para encontrá-lo numa diagonal, sempre mantendo os rostos virados para não serem reconhecidos.

T.K. só se deu conta da presença deles quando começou a subir os degraus de pedra que levavam à porta do albergue. Sentiu uma mão agarrá-lo pelo braço, outra pelo ombro, e ele foi virado e jogado contra o corrimão com tanta força que um grito de dor lhe escapou quando suas costas foram de encontro ao ferro das grades. Um dos garotos segurou o colarinho de sua suéter e torceu, deixando T.K. sem ar.

— Que merda que você andou fazendo, seu pé-de-chinelo? — disse o garoto, rosto contorcido de raiva.

— Caramba, Lenny, me solta — T.K. pediu, a voz estrangulada, o rosto arroxeando. — Não tô conseguindo respirar.

— A idéia é essa, palhaço. Os canas foram atrás do meu irmão mais novo hoje de manhã e adivinha por causa de quem?

— Eu juro, Lenny, não foi...

O outro garoto deu um passo à frente e estapeou o rosto de T.K.

— Não tenta negar, moleque. Todo mundo sabe que foi você. A parada dos teus vídeos com a galera roubando os carros já tá rolando de boca em boca.

Os olhos de T.K. se encheram de lágrimas de pânico e suas pernas fraquejaram. Começou a escorregar devagar até o chão.

— Rolou uma confusão, Rab, acredita em mim.

Lenny afrouxou o colarinho de T.K. Não queria que ele apagasse, ainda.

— Uma porra de uma confusão! — Largou a suéter de T.K., chutando-o violentamente. T.K. deu outro grito de dor.

Um homem vestindo terno, carregando uma pasta de couro, diminuiu o passo ao se aproximar, o olhar preocupado. Rab olhou para ele e estalou os dedos.

— Pode ir andando, coroa. A parada aqui é particular.

O homem lançou um olhar para T.K., depois para seus agressores de cabeça raspada. A visão da tatuagem no pescoço do jovem que o encarava rapidamente dissipou qualquer intenção de interferência e o homem continuou a subir a rua apressadamente.

Lenny agachou, seu rosto a alguns míseros centímetros de T.K.

— Então você achou que ia se esconder da gente? Azar seu que o Peesy McGill quis enfiar o pé na jaca ontem e foi lá no teu cafofo te procurar. Foi ele que te viu e falou pra gente. — Deu uma piscada cínica para T.K. — Como diz o Rab, Thomas Keene, o verbo tá solto. Tá todo mundo atrás de você. Já era, parceiro.

A porta do albergue foi aberta de repente e um homem enorme apareceu no alpendre. Vestia calça de moletom e uma camiseta branca suja que cobria a imensa barriga, os braços de tamanho proporcional ao resto do corpo.

— Que porra é essa que tá acontecendo aqui?

— Não é da tua conta, baleia — Rab disse, levantando o dedo na cara dele.

O homem desceu a escada e agarrou a lapela da jaqueta jeans de Rab com uma das mãos, levantando-o.

— O que acontece nesses degraus é da minha conta, seu merdinha — disse entre dentes, olhando rapidamente para T.K., esparramado na escada. — Principalmente quando é com um dos meus. — Puxou o jovem para si. — E tem mais: não gosto que me chamem de baleia; então, se eu fosse você, daria o fora antes que eu chame os tiras. Tá entendido?

Soltou o garoto com um empurrão, fazendo-o rolar os degraus. Lenny levantou e se afastou para ir juntar-se ao colega na calçada. Cerrou os punhos e fez um movimento rápido com o dedão, como se acionasse um canivete.

— O teu tá guardado, Thomas Keene. Você não vai conseguir se esconder da gente.

Limpou a garganta fazendo barulho e cuspiu em T.K. com tanta força que o cuspe passou mais de um palmo acima da cabeça do alvo intencionado.

— Sai fora! — o homem gritou com um gesto raivoso de mãos. Ficou observando os garotos enquanto desciam devagar a rua, volta e meia olhando para T.K., que continuava na escada, esfregando as costelas doloridas. — Você não sabe escolher a sua turma, não é, garoto? — disse, com um aceno de cabeça. Inclinando-se com esforço, levou a mão embaixo do braço de T.K. e ajudou-o a se levantar. — Melhor você entrar e eu dar uma olhada no estrago que esses caras fizeram.

— Eu tô bem — T.K. afirmou, com ar sofredor. Inspirou profundamente. — Só vou ficar aqui mais um segundo pra recuperar o fôlego.

O homem concordou com a cabeça.

— Tudo bem. Entra quando estiver se sentindo melhor — disse e entrou na casa.

T.K. esperou a enorme silhueta do homem desaparecer. Então, dando uma rápida olhada na rua para ter certeza de que os garotos haviam ido embora, desceu os degraus e saiu andando na direção contrária, a mão apertando as costelas.

Apesar de ser um entre muitos em meio à multidão que lotava o centro de Edimburgo naquela noite, T.K. continuou vagando até bem depois de meia-noite, nunca seguro o suficiente de que, cem metros atrás dele, nas calçadas movimentadas, os garotos não o estariam seguido. Finalmente arriscou esgueirar-se por uma ruazinha mal iluminada, longe do barulho e da lotada, Rose Street, onde se agachou desconfortavelmente atrás de uma lata de lixo industrial por uma boa meia hora, esperando para ver se seu medo era justificado. Houve um momento em que se preparou para uma fuga imediata, quando ouviu duas vozes masculinas conversando baixinho a uns seis metros de distância. Mas ouviu o barulho de água jorrando sobre o paralelepípedo e concluiu se tratar de uma dupla de bêbados procurando uma esquina escura para se aliviar. Depois que foram embora, T.K. esperou uns cinco minutos antes de sair do esconderijo. Esfregando as pernas doloridas, foi fazendo o caminho de volta na rua estreita, indo inesperadamente de encontro ao jato de ar quente que saía de um sistema de aquecimento na lateral de um dos prédios de frente para a Princes Street. Postou-se diante do encanamento, sentindo o calor que exalava dali penetrar em seus ossos gelados, aliviando a dor nas costelas, e suas pálpebras começaram a pesar de cansaço. Deu-se conta de que dificilmente encontraria lugar mais confortável para passar a noite. Voltando à lata de lixo, procurou por caixas de papelão, carregando as que encontrou até a porta de entrada recuada do prédio, onde ainda podia sentir o calor que emanava do aquecedor. Ajeitando o papelão no chão, puxou o capuz da suéter sobre o rosto e amarrou o cadarço bem apertado. Sentou-se sobre a cama dura e impiedosa, apoiou as costas na parede e cobriu-se com outro pedaço de papelão, tentando moldá-lo ao corpo em volta do tronco e das pernas. Recostou a cabeça e, com um suspiro profundo de desespero, fitou o céu claro e cheio de estrelas. Por favor, ele pensou, se tem alguém aí em cima, me dá um tempo. Não deixa isso terminar assim... por favor.

A cabeça pendeu pesadamente para o lado e ele caiu num sono pesado, quase comatoso, afastando da mente toda frustração e raiva das inúmeras injustiças que o mundo vinha despejando sobre ele.

CAPÍTULO 30

Albert Dessuin permanecia no balcão da British Airways do aeroporto de Edimburgo, na fila de espera, o rosto baixo enquanto olhava por sobre os óculos para ver se havia algum sinal de movimento à sua frente. Nem sinal das bravatas e da impaciência que havia demonstrado na manhã anterior, quando furara a fila de espera do hotel. Agora, estava preparado para ficar quieto e esperar, sem chamar atenção.

Desde que fora informado sobre o acidente de Angélique e de sua partida inesperada para a França, Albert ficara escondido no quarto do Sheraton Grand, sem ousar sair, apesar de a recepcionista ter lhe passado informações sobre pelo menos três vôos que o levariam a Paris naquele mesmo dia. Ficara sentado na poltrona do quarto, o olhar fixo na janela como se estivesse em transe, sem querer ligar a televisão, com medo de assistir a algum maldito noticiário falando sobre ele. Nem mesmo ousara olhar na direção do minibar que ficava no canto do armário. Quando finalmente deixara o quarto para sair do hotel logo cedo naquela manhã, evitara olhar até para o jornal complementar que estava no chão, do outro lado da porta. Simplesmente não suportaria tomar conhecimento, caso Angélique tivesse falado sobre o episódio de duas noites atrás para alguém.

Quando a fila andou alguns centímetros, inclinou-se para a frente e arrastou as duas malas pesadas, certificando-se de que a caixa do violino permanecia escondida entre os dois volumes. Mal podia olhar para o instrumento. Somente quando voltara do quarto de Angélique, depois de falar com Alasdair Dreyfuss, no dia anterior, dera-se conta da seriedade da situação. Sob as assustadoras circunstâncias da noite precedente, compreendia perfeitamente o fato de ela ter fugido sem levar as roupas, mas ter abandonado seu pertence mais precioso era para ele incompreensível. Ah, Angélique, pensou, não consigo acreditar que me permiti fazer uma coisa tão terrível com você. Por favor, me deixe saber onde você está, para que possa tentar consertar as coisas.

Não intencionava virar-se. Mas estava tão tomado pela culpa e pelo ódio de si mesmo naquele momento que simplesmente olhar para a caixa do violino traria de volta a agora vívida lembrança do que havia acontecido na fatídica noite. Viu-se encarando um homem que vestia jeans e um casaco cheio de bolsos, câmera pendurada no pescoço, encostado numa pilastra no meio do salão de embarque, olhando a esmo as enormes filas de espera dos vários balcões de check-in. O homem olhou rapidamente em sua direção, desviou o olhar, voltando-se novamente para conferir. Afastou-se da pilastra e foi apressadamente até Albert.

— O senhor não é Albert Dessuin? — o homem perguntou, ajustando o foco da câmera e descobrindo a lente.

Albert não respondeu, fazendo de conta que o fotógrafo o estava confundindo com outra pessoa. O flash da câmera disparou e Albert reagiu instintivamente, levando as mãos ao rosto. Era exatamente o que faltava para dar certeza ao fotógrafo.

— Senhor Dessuin, por que o senhor está viajando sozinho? Onde está Angélique Pascal?

As pessoas na fila da British Airways agora começavam a se interessar pelo que estava acontecendo, voltando-se para o homem alto, de óculos escuros e capa de chuva de gola suspensa, para quem as perguntas eram dirigidas. Deixando as malas no chão, Albert saiu da fila e foi confrontar o fotógrafo que o perseguia.

— Não tenho nada a declarar — Albert grunhiu. — Com certeza os jornais já deram conta de tudo.

— Na verdade, está tudo um pouco nebuloso, senhor Dessuin. Tudo o que se sabe é que Angélique Pascal sofreu um acidente e está voltando para a França.

Dessuin mordeu o canto da boca, considerando o que o fotógrafo acabara de dizer. Talvez Angélique não tenha revelado a verdade sobre os fatos, afinal de contas. Mas por quê? Talvez, apesar de tudo que ele havia feito, ela ainda demonstrasse sinais de lealdade, protegendo sua reputação. Se aquele fosse o caso, havia a possibilidade de uma reconciliação depois de tudo. Decidiu ir adiante com a suposição, esforçando-se para não demonstrar a euforia que começava a sentir.

— E é tudo. A senhorita Pascal voltou para Paris e estou pegando um vôo para ir encontrá-la; então, por favor, se me der licença...

O fotógrafo segurou o braço de Albert quando este se encaminhava de volta à fila de espera.

— Tudo certo, mas eu garanto que, definitivamente, Angélique Pascal não embarcou para Paris.

— O que você quer dizer?

— Senhor Dessuin, eu e meu colega estamos trocando turnos aqui no aeroporto nas últimas vinte e quatro horas, esperando pra fotografar essa moça. E não apareceu ninguém por aqui que lembrasse nem vagamente a violinista querendo embarcar para Paris. Aliás, pra nenhum lugar da França.

Albert sacudiu negativamente a cabeça.

— Você está enganado.

— Não estou não. Um conhecido meu já checou as listas de passageiros. Angélique Pascal não deixou Edimburgo, pelo menos não saindo deste aeroporto.

Albert olhou a fila em volta. Os que estavam atrás dele agora avançavam, dando a volta em sua bagagem no chão.

— Certamente ela foi direcionada para outro aeroporto.

O fotógrafo deixou escapar uma risada curta de descrédito.

— Senhor Dessuin, isso é matéria grande, sabe? A artista mais importante do festival sofre um acidente, o que impede que ela cumpra a agenda de apresentações, e vai embora pra Paris. O boca a boca já se espalhou entre todos os fotógrafos da Escócia. Todos os maiores aeroportos e estações de trem estão cobertos desde ontem, e ninguém sentiu nem o cheiro dela até agora. E ver o senhor aqui sozinho só confirma meu instinto jornalístico sobre o assunto.

— Que é?

— Que Angélique Pascal ainda está em Edimburgo. Que toda essa história de voltar pra França é mentira, sei lá por quê. O senhor tem alguma idéia do motivo, senhor Dessuin?

Albert ficou olhando para o homem, sem palavras, tentando raciocinar. Se o fotógrafo estivesse certo, então, onde estava Angélique? Ela não conhecia ninguém em Edimburgo, além das pessoas que tinha encontrado na recepção, e Alasdair Dreyfuss estava certo de que ela voltara para a França. Claro, havia aquela jovem, Tess Goodwin. Angélique parecia ter feito amizade com ela, mas como ele descobriria? Será que tinha confidenciado algo àquela moça? Se assim fosse, não seria bom interrogá-la, senão ela poderia declarar para a imprensa a verdade sobre aquela noite.

Dava-se conta agora de que teria que ficar em Edimburgo para encontrar Angélique. Mas primeiro tinha que pensar numa maneira de tirar aquele fotógrafo do seu pé. Não podia permitir que a imprensa continuasse a especular sobre o paradeiro dela. Se realmente estivesse em Edimburgo, precisava de tempo para encontrá-la.

Albert sacudiu a cabeça e sorriu.

— A história não é uma farsa. Posso garantir.

— Como? Posso saber? — o fotógrafo perguntou, as sobrancelhas arqueadas de suspeita.

— Eu planejei que a Mademoiselle Pascal fosse embora antes de mim. E falei com ela *e* minha mãe ontem à noite. Estão juntas na minha casa em Paris. — Inclinou a cabeça. — Parece que você não foi suficientemente eficiente. A Mademoiselle Pascal deve tê-lo enganado. — Fez um leve cumprimento com a cabeça. — Agora, se me dá licença, preciso continuar os procedimentos para voltar para Paris e permitir que você ache algo mais lucrativo para fazer que ficar zanzando pelo aeroporto o dia todo.

Deixou o homem e voltou para a fila. Aqueles que estavam atrás dele já tinham passado pela sua bagagem e agora se encontravam na sua frente, mas não estava preocupado com isso. Precisava de tempo para ver se o fotógrafo tinha caído em seu ardil. Observou-o com o canto dos olhos, estudando seus movimentos, enquanto ele falava ao celular. Quando o homem terminou a ligação, não olhou para Albert. Apressou-se para a porta de saída e deixou o terminal.

Com um suspiro de alívio, Albert suspendeu o punho da camisa e olhou o relógio. Daria cinco minutos de vantagem para o fotógrafo e, depois, ele mesmo tomaria um táxi e voltaria para a cidade.

CAPÍTULO 31

No apartamento na London Street, Jamie Stratton estava sentado de pernas cruzadas sobre o grande e puído tapete turco que cobria somente um pedaço do chão da sala de tevê. Coçou a cabeça embaixo do cabelo cheio e louro, perplexo enquanto olhava para o tabuleiro de gamão em cima da mesa de centro.

— De novo? — resmungou, olhando desconfiado para sua oponente. — E não vale dizer que você nunca jogou antes.

Cotovelos apoiados na mesa, Angélique sustentava o rosto nas mãos em concha.

— Poucas vezes.

— Ahá! Sabia! — Jamie exclamou, apontando acusadoramente para ela. — Você não passa de uma jogadora.

Angélique riu.

— Claro — disse, levantando e imediatamente se jogando no sofá atrás de si. — Não tem outra maneira de se viver.

Jamie se afastou da mesa e encostou numa poltrona.

— Tudo bem, então é melhor confessar seus outros talentos secretos pra eu não ser enganado de novo — disse sorrindo para ela.

Angélique puxou o grosso roupão atoalhado em volta do pescoço e se ajeitou no sofá.

— Bom, eu posso dizer o nome de todos os jogadores franceses de rúgbi que jogam na defesa, desde Serge Blanco, se você quiser.

— Você tá brincando.

— Não tô. Meus irmãos achavam muito importante a irmã mais nova saber esse tipo de coisa. Quer que eu diga os nomes?

— Não, não precisa. Eu acredito em você. — Jamie riu, levantando as mãos como quem se defende do que pode vir pela frente.

Angélique desafiou a recusa torcendo desdenhosamente o nariz.

— Tá é com medo que eu saiba mais sobre rúgbi que você.

— Provavelmente — ele respondeu, olhando atentamente enquanto ela passava a mão sem curativo no cabelo curto e preto, ainda úmido do banho. Engraçado, ele pensou, sempre tinha sido tão siderado por louras bem torneadas, de olhos azuis. Martha, do café, era certamente um exemplo. Mas agora, depois de dois dias na companhia de Angélique Pascal, dava-se conta de que aquela preferência estreitava seu campo de ação desnecessariamente. Estudou os olhos castanhos que retribuíam, provocantes, seu olhar. A maciez suave das bochechas pálidas e magras marcadas pelo humor. E os lábios escuros da boca pequena que o desafiava com um sorriso. Tudo nela... o tamanho diminuto, a figura de garoto... era a antítese de todas as qualidades que haviam preenchido suas fantasias juvenis, mas, agora, começava a ver a jovem violinista francesa como uma das mais misteriosamente atraentes e abusivamente encantadoras representantes do sexo oposto que já vira.

— Mais alguma coisa?

Angélique balançou a cabeça de um lado para outro, considerando.

— Acho que também sou boa tocando violino.

Jamie inclinou a cabeça, pensativo.

— Talvez você devesse pensar em tocar profissionalmente, então.

— Talvez seja uma coisa a se pensar — ela respondeu baixinho, o sorriso sumindo do rosto, o que fez com que Jamie achasse que a piada havia sido rude e fora de hora, um lembrete ruim da presente situação da moça.

— Desculpe, foi péssimo eu dizer isso.

Angélique sacudiu a cabeça.

— Não, eu sei que você não fez por mal. Só consigo pensar que tudo podia ter sido muito pior se não tivesse encontrado você e o Gavin.

— Que bom!

Jamie dispensou o comentário com um aceno de mão, apesar de seu sentimento verdadeiro ser o de que isso era uma das melhores coisas que já tinham acontecido em sua vida.

— Então, como tá a mão hoje?

Angélique dobrou os dedos da mão machucada.

— Acho que tá melhor. Não tá mais doendo tanto.

— Então, eu tenho uma coisa pra você — ele disse, pondo-se de pé. Andou até a lareira e começou a tirar o conteúdo de cada um dos potes de louça alinhados sobre a bancada escura de granito escovado. — Onde é que tá isso? Tenho certeza que tá num desses. — Finalmente achou o que estava procurando no último pote. — Aqui. — Virou-se e lançou um objeto pequeno e preto para Angélique. Ela o agarrou instintivamente e o revirou entre os dedos, olhando intrigada.

— É uma bola de squash?

— É.

Angélique riu.

— Você tá me desafiando pra um jogo de agarrar a bolinha, é isso?

— Não, mas até que não é má idéia. Pode ser que eu leve uma pequena vantagem, com duas mãos boas.

Empurrou o tabuleiro de gamão para o lado e sentou na mesa de centro de frente para Angélique. Tirou a bola da mão da violinista e começou a apertá-la repetidamente.

— Ano passado, um atacante enorme, de um dos times profissionais, esmagou a minha mão num jogo. Quando eu fui atendido fora do campo, meus dedos tinham perdido completamente a sensibilidade e tavam tão inchados que pareciam umas salsichas. Eu usei a bolinha de squash pra exercitar os dedos e voltei a jogar em duas semanas. — Colocou a bola de volta na mão enfaixada de Angélique e dobrou gentilmente os dedos dela. — Qual é a sensação?

Angélique entortou a boca, como se segurasse uma gargalhada.

— É bom. Meio sensual, na verdade.

Jamie sorriu, surpreso.

— Continua apertando. Você vai ver como ajuda. — Levantou e enfiou as mãos nos bolsos de trás do jeans. — Olha só, eu tenho que terminar de escrever uns artigos. Tô superatrasado, meu prazo é hoje de tarde; então, se você não se importar de ficar sozinha uma horinha ou duas...

Angélique esticou as pernas no sofá.

— Algum sinal do Gavin, Jamie? — perguntou preocupada.

— Não, nada.

— Então a gente também não sabe nada do Albert.

— Infelizmente, não.

— Eu queria tanto meu violino. Nunca fiquei sem ele tanto tempo. Eu tô me sentindo tão... perdida.

Jamie coçou a cabeça, pensativo.

— Eu acho que a gente não devia fazer nada antes de falar com Gavin. Se até meio-dia ele não der notícia, eu ligo pra ele. — Andou até a porta. — Até lá — disse, virando-se para ela —, *trabalhando com a bolinha*!

Uma hora depois, o telefone começou a tocar insistentemente no hall, fazendo com que Jamie digitasse o mais rápido que os dedos conseguiam, enquanto tentava guardar na memória do computador o que achava que seria a descrição perfeita do show de comédia que vira na mostra do Fringe, antes que se apagasse completamente de sua cabeça. Xingou baixinho quando olhou para a frente e viu somente um amontoado de palavras cheias de erros na tela. Levantou da cadeira com um grito de frustração, correu até o hall e mergulhou para atender o telefone.

— Alô?

— Jamie, é Gavin. Como vão as coisas hoje?

— Tudo bem — Jamie respondeu ausente, pegando uma caneta para escrever a frase nas costas de um envelope. Quando a tinta falhou, jogou a caneta com força contra a parede. — *Droga!*

— Com certeza não é uma boa hora. — Gavin riu.

— Desculpe, eu tava tentando escrever um negócio antes de esquecer.

— Quer que eu ligue depois?

— Não, tudo bem. Eu vou acabar lembrando.

— Como está Angélique?

— Tudo bem.

— E a mão?

— Melhorando, eu acho. Já não tá sentindo tanta dor.

— Ótimo sinal. Escuta, Jamie, acho que nosso plano de buscar as coisas dela no hotel deu para trás.

— Como assim?

— Dessuin não saiu do Sheraton Grand ontem. Por isso não liguei para ir buscar as coisas. Agora, parece que deixou o hotel às oito da manhã hoje e pediu um táxi para o aeroporto. Só posso deduzir que tenha ido para Paris atrás dela.

— Ele não levou as coisas dela com ele, levou?

— Isso, eu não sei. Minha fonte não disse nada, mas acho bastante provável.

— E agora? Angélique tava me falando que tá desesperada pra pegar o violino.

— Bom, não vamos descartar todas as possibilidades ainda. Dessuin devia estar bastante distraído antes de ir embora, então tem uma chance de ter esquecido alguma coisa. Talvez você pudesse dar um pulo no Sheraton Grand e dar uma olhada.

— Tá, mas o que é que eu faço se ele *tiver* levado tudo?

Jamie ouviu Gavin suspirar resignado do outro lado da linha.

— Aí vamos ter que considerar qual deve ser o próximo passo, mas vamos fazer uma coisa de cada vez, não é melhor?

— Tá bom, te ligo quando eu voltar.

— Faz isso. Obrigado, Jamie.

Jamie desligou e foi voltando para seu quarto, mas parou ao ver Angélique encostada em silêncio na porta da sala de tevê, observando-o.

— Há quanto tempo você tá aí?

— O suficiente.

Jamie concordou com a cabeça.

— Certo. Bom, você provavelmente percebeu que combinei de ir ao hotel pra tentar pegar suas coisas.

— Se elas ainda estiverem lá.

— É. Tem isso — ele respondeu, indo na direção do quarto. — Eu vou assim que terminar o artigo que estou escrevendo agora.

— Jamie?

Ela não havia se afastado da porta, mas o seguia com os olhos castanhos.

— O quê?

— Você quer que eu vá embora?

— Não. Por que você tá perguntando isso?

— Porque eu tô te causando um monte de problemas. Ia ser mais fácil se eu não estivesse aqui.

Jamie encolheu os ombros.

— Verdade. — Sorriu para ela. — Mas a vida ia ser bem mais chata.

— Você jura?

— Juro. De qualquer jeito, você não pode ir embora.

— Eu sei que o Gavin falou que...

— Não tem nada a ver com o Gavin. Você não vai embora antes de eu ganhar uma partida de gamão.

A sombra de preocupação sumiu do rosto de Angélique enquanto considerava o desafio e ela finalmente respondeu, encolhendo os ombros. — Eu não posso ficar aqui pra sempre.

Jamie apertou os olhos e apontou em sua direção.

— Hoje à noite, senhorita Pascal, você vai entrar pra história.

— *Ça m'étonnerait!* — Angélique exclamou, puxando o braço para trás e jogando algo sobre Jamie com força.

O rapaz desviou para o lado e a bola de squash atingiu a parede atrás dele. Ela se adiantou para pegá-la. Quando se levantou, ficou na ponta dos pés e deu-lhe um beijo no rosto.

— Era pra você pegar a bola — ela disse, o rosto tão próximo do dele que Jamie podia sentir a respiração dela na sua orelha. Teve tempo até de ver uma pequena imperfeição em seu sorriso provocante, antes que ela se encaminhasse resoluta em direção à da sala de tevê.

— Acho que ganhei outro jogo.

Leonard Hartson ajustou a cabeça da lâmpada *redhead* de 1K para balancear o contraste entre a luz no rosto branco feito cera de uma das bailarinas japonesas e o reflexo do bordado dourado na seda vermelha do quimono. Andou até a bailarina e mediu a luz antes de voltar para as cadeiras de diretor que T.K. tinha colocado ao lado da câmera, uma delas ocupada pelo diretor da companhia de dança, o senhor Kayamoto, e a outra por Claire, a jovem intérprete.

— Tudo certo — Leonard disse, guardando o medidor de luz no bolso do paletó. — Acho que estamos prontos para filmar. — Sorriu para Kayamoto, enquanto Claire traduzia suas palavras. — E gostaria de sugerir que, depois de terminarmos esta cena, fizéssemos uma parada para o almoço. É o tempo para remontar a luz para fazermos uns closes. — Olhou na direção da área não iluminada do armazém, atrás da câmera. — OK, T.K., pode soltar a música e marcar a cena. — Subiu na caixa da câmera que tinha colocado atrás do tripé para dar-lhe mais altura, abriu a lente, checou o foco através do visor e esperou a música começar. Nada aconteceu. Virou-se e olhou para onde a figura sombreada do assistente inclinava-se para a frente, defronte à prateleira do equipamento de som. — T.K., quando você quiser.

Novamente nada aconteceu. Leonard ouviu um ranger de cadeiras, quando o diretor e a tradutora se voltaram para ver por que a música não começava. Leonard saiu de trás da câmera e se afastou da luz cegante dos refletores. Nos segundos que levou para alcançar seu assistente, os olhos de Leonard se acostumaram com a escuridão do armazém e ele teve certeza de que T.K. não ouvira uma palavra sequer que dissera. Apoiou a mão no ombro da figura encurvada, dando-lhe uma leve sacudida.

— Você está bem, garoto?

T.K. ficou de pé num pulo, perdeu o equilíbrio e rolou sobre uma das caixas de som, que caiu no chão com estrondo.

— Desculpe — T.K. disse, levantando a caixa de som e voltando aos tropeços para sua posição. Baixou a cabeça, sem querer olhar nos olhos do velho cameraman. — Desculpe, Leonard, acho que dei uma cochilada.

Leonard olhou firme para o garoto. Como T.K. só tinha aparecido depois da companhia de dança, Leonard decidira não falar nada sobre sua aparência geral e seu comportamento silencioso e desleixado durante a filmagem da manhã, mas certamente teria de fazê-lo durante o almoço. T.K. vestia a mesma roupa do dia anterior, o cabelo estava oleoso e despenteado e seu corpo exalava um cheiro ruim de suor e descuido.

— Bem — Leonard disse, breve —, se você estiver pronto agora, talvez seja bom ligar o som e vir marcar a cena.

Leonard precisou de três tomadas para filmar a coreografia. Notara que um dos bailarinos tinha olhado diretamente para a câmera na primeira, um movimento tremido de câmera estragara a segunda, mas a terceira funcionara lindamente. Congratulou o diretor e a companhia pelo bom trabalho, tendo recebido vários cumprimentos em retorno, e ficou olhando enquanto o grupo, em suas roupas desconjuntadas, se retirava pela saída de incêndio na lateral do galpão e fechava a porta.

— Posso desligar a luz? — T.K. perguntou, a voz claudicante ecoando no espaço vazio.

Leonard tirou os óculos e deixou que caíssem sobre o peito, presos à cordinha que os sustentava. Esfregou os olhos, agora desacostumados a tanta luz, depois pressionou a costela esquerda com a mão, tentando aliviar uma dor leve. Talvez tivesse sido uma idéia tola fazer o filme daquela maneira. Claro, ele e Gracie tiveram que agarrar aquela oportunidade única, dada por Deus, de mostrar para o mundo que Leonard Hartson, uma vez famoso diretor de fotografia, não tinha perdido a mão. Mas talvez isso estivesse acontecendo com vinte anos de atraso, e a tentativa de agora fosse mais do que ele pudesse agüentar. Se tivesse uma equipe completa, como era o plano original, as coisas poderiam ser diferentes, mas ter somente esse garoto que sabia tão pouco sobre o que estava fazendo, e que mal conseguia manter os olhos abertos, era um teste tremendo, tanto de paciência quanto do resto de suas forças.

Virou-se e foi na direção do set.

— O que foi, T.K.?

— Não sabia se você queria que eu desligasse a luz.

Leonard deixou escapar um suspiro de desânimo. — Pode apagar. — Foi até a câmera, destravou o tripé, permitindo que baixasse, e virou a lente da câmera de frente para ele.

T.K. desligou o último refletor e foi para o lado de Leonard.

— Se você tá querendo checar o filme, pode deixar que eu já fiz isso. Tá limpo.

Leonard sorriu para o garoto. Ele estava se esforçando para fazer o melhor.

— Muito bem, eu tinha esquecido de fazer isso.

T.K. curvou os ombros e enfiou as mãos no fundo dos bolsos do jeans puído.

— Foi mal eu ter cochilado, Leonard. Não vai acontecer de novo.

Leonard sacudiu a cabeça.

— Veja bem, eu entendo que você tenha caído de pára-quedas aqui, mas, antes de nós prosseguirmos, gostaria de esclarecer algumas coisas.

— Foi só que...

— Eu sei — Leonard disse, levantando a mão e interrompendo as desculpas de T.K. — Só me escute, se puder. Quando uma pessoa está fazendo um filme, T.K., é extremamente importante que pareça totalmente profissional em tudo, porque é o que impressiona o cliente. Agora, isso não se demonstra apenas na forma com que se trabalha no set, mas também na maneira de se apresentar. Eu sei que você provavelmente pensa que minha maneira de vestir é um pouco ultrapassada, e eu nem sonharia em pedir que você usasse paletó e gravata, mas, amanhã, não só quero que você chegue no horário, como também que melhore consideravelmente sua aparência.

Leonard fez uma pausa ao ver o jovem de cabeça baixa, embaraçado, diante da reprimenda.

— Agora, não quero que você fique deprimido. Você teve um deslize hoje, é só. Fora isso, acho que fez um trabalho excelente. —

Colocou a mão no ombro do garoto. — Aparência é crucial, T.K; então, quando terminar hoje à tarde, quero que vá para casa, tome um banho, procure umas roupas limpas e durma cedo. Entende?

O jovem assentiu melancolicamente com a cabeça.

— Certo. Chega de sermão por hoje. — Leonard voltou a checar o rolo de filme no chassi da câmera. — Vamos nos preparar para a próxima cena. Quero fazer uns closes de rosto, se você puder chegar a câmera para a frente, até o limite do...

— Leonard?

Leonard virou-se para o garoto.

— Sim?

T.K. continuava de cabeça baixa.

— Não queria te pedir isso, porque ainda nem mereço, mas será que você podia me emprestar uma grana pra eu vir trabalhar amanhã?

Leonard olhou interrogativamente para o rapaz.

— Para o ônibus?

T.K. sacudiu negativamente a cabeça.

— Pra lavar minha roupa.

— Você não tem máquina de lavar em casa?

— Tenho, só que... — T.K. coçou a cabeça oleosa. — Não tô morando na minha casa agora.

— Ah, sim, eu compreendo. E não tem máquina de lavar onde você está morando, é isso?

T.K. caminhou até a câmera, ajustando-a e travando a cabeça do tripé. — Eu não tô morando em lugar nenhum — disse baixinho. Pegou o equipamento e começou a empurrar a base do tripé com o pé até o set de dança.

— T.K., você pode deixar a câmera um momento?

O rapaz ajustou o tripé na base e virou-se devagar para encarar o cameraman.

— Como assim não está morando em lugar nenhum? Onde você passou a noite?

T.K. encolheu os ombros e começou a empurrar um dos cabos elétricos com a ponta dos tênis imundos.

— Onde você passou a noite?

— Na Rose Street.

— Como assim na Rose Street?

— Atrás da Marks and Spencers. Tem uma saída de ar quente atrás do prédio, então é quentinho lá. Mas tinha sempre alguém passando, então eu não consegui dormir direito.

Leonard deixou escapar um longo suspiro, agora compreendendo exatamente o que o rapaz estava dizendo.

— Você dormiu ao relento, é isso, rapaz?

T.K. balançou a cabeça afirmativamente.

— Há quanto tempo você vem fazendo isso?

— Foi só uma vez, na noite passada. O doutor Mackintosh pagou pra eu ficar num albergue uma semana, pra eu poder começar a trabalhar com você. — Silenciou, a cabeça baixa enquanto esfregava a barba nascente. — Mas eu não queria voltar pra lá.

Leonard sentou-se pesadamente sobre uma das caixas de refletor.

— E por que seria isso?

— Porque tem uns caras atrás de mim. Eles sabem que eu tô lá.

— E por que esses "caras" estão atrás de você?

— Porque tão.

Leonard concordou, percebendo que T.K. não queria dar maiores detalhes sobre a situação.

— Então, resumindo, você não tem onde ficar e também não tem nenhuma roupa, fora a que está vestindo agora, é isso?

— É, acho que é isso — T.K. falou baixinho.

Leonard inclinou-se sobre os joelhos e cobriu o rosto com as mãos.

— Meu Deus, meu Deus, meu Deus... — disse repetidamente. Aquilo era certamente a última coisa de que precisava. Fazer o filme já exigiria energia suficiente, sem o acréscimo de decidir sobre a residência e a segurança daquele menor abandonado. Sentiu a tampa da caixa ceder levemente quando T.K. veio sentar-se ao seu lado.

— Foi mal, Leonard. Eu tava esperando que você não descobrisse.

O velho cameraman estendeu o braço e deu um tapinha no joelho do rapaz.

— Tudo bem. Estou satisfeito... antes tarde do que nunca.

— Eu podia dormir aqui, se você deixasse. Ninguém ia me achar e eu podia tomar conta do equipamento.

— Não, não seria bom não. Aqui você não estaria nem um pouco melhor. — Olhou para o assistente, estudando a expressão triste e sem esperança em seu rosto. — T.K., você realmente quer trabalhar comigo?

O garoto levantou a cabeça, o olhar alarmado.

— Claro que eu quero, Leonard. Juro que não vou me atrasar outra vez, e prometo que vou me arranjar, eu juro.

— Você não pode ficar dormindo ao relento.

— Eu não vou mais — ele respondeu, a voz se elevando de agitação ao pensar na possibilidade de perder aquela única grande chance.

— O que eu quis dizer foi que eu não posso permitir que você durma ao relento. Você trabalha para mim, é parte da minha equipe e é minha responsabilidade conseguir um lugar para você ficar. — Leonard esfregou as mãos enrugadas nos joelhos da calça de pregas. — O problema é que eu, na verdade, não posso pagar por suas acomodações, e, pior, duvido que ache um lugar para você ficar... — Calou-se por um momento, antes de murmurar: — O que me leva a uma única opção.

T.K. ficou de pé e deu alguns passos na direção dos refletores. Manteve as costas para Leonard, os ombros curvados e as mãos enfiadas nos bolsos do jeans.

— Você vai dizer que não dá pra eu trabalhar com você, não vai? — fungou.

— Não, não vou. Com certeza não vou encontrar ninguém para me ajudar de uma hora para outra. E, de qualquer maneira, eu ofereci um trabalho para você e vou manter minha palavra, não se preocupe quanto a isso.

T.K. virou-se para o cameraman. — Então, o que é que você quis dizer com uma única opção?

Leonard pôs-se de pé, com esforço.

— Bom, certamente não é o melhor arranjo, e primeiro tenho de ver com o proprietário do apartamento, mas tem duas camas no meu quarto e...

— Você tá falando que... que eu posso ir morar com você? — T.K. encarou Leonard, imaginando se teria entendido errado o que o velho cameraman acabara de dizer, mas desesperado para agarrar a oportunidade.

— Acho que não tem alternativa, tem?

T.K. aproximou-se de Leonard, ansioso, dando-se conta de que nem tudo estava perdido.

— Se rolar isso, eu juro que não vou ser um problema pra você, e eu não ronco nem nada. E também pode ser bom, porque a gente pode combinar as coisas do dia seguinte, eu posso me preparar...

Leonard sorriu e levantou a mão para conter a verborragia de T.K.

— Calma, vamos fazer uma coisa de cada vez, garoto. Depois que terminarmos a filmagem de hoje, sugiro que equipemos você com umas coisinhas, incluindo um jeans novo e um cinto decente. Não quero você expondo metade do seu traseiro para nossa equipe toda vez que se abaixa para desligar um refletor.

Como se já estivesse tentando emendar a situação, T.K. suspendeu a calça e colocou a camiseta encardida para dentro, mas as roupas voltaram imediatamente à antiga configuração quando ele se agachou e agarrou a mão do cameraman. O aperto que recebeu era cheio de tanto entusiasmo que Leonard se preocupou com um possível deslocamento do ombro.

— Valeu, Leonard. Eu não vou te decepcionar, eu prometo.

O resultado do movimento enérgico de braço de T.K. foi o de envolver Leonard numa sufocante onda de cecê. Livrou a mão do aperto do rapaz e deu uns passos para trás, para evitar o cheiro ruim.

— E a primeira coisa que você vai fazer, quando chegarmos ao apartamento, é tomar um banho, estamos entendidos?

T.K. abriu um sorriso.

— Tá bom. — Virou-se, levando o tripé e a câmera até o ombro e empurrando a base com o pé pelo chão.

— Fala aí onde é que você quer a câmera agora.

Enfiando uma jaqueta impermeável, Jamie desceu as escadas do prédio e abriu a porta de entrada. Sem diminuir a velocidade, correu até os degraus de pedra do lado de fora, evitando colidir com a figura pequena e maciça que desviou alarmada com sua súbita chegada, amassando o mapa de ruas de Edimburgo contra o peito.

— Alguma vez na vida você diminui a velocidade? — Rene Brownlow perguntou, enquanto Jamie descia os três últimos degraus até a calçada.

— Acordar é uma coisa que eu faço bem devagar, como você já teve a oportunidade de ver — Jamie disse e riu.

Rene fez uma careta e olhou em volta.

— Pena que não tem ninguém aqui pra ouvir isso — disse, esticando o mapa à sua frente.

— Aonde você tá indo?

— Eu tava procurando um caminho mais curto do que o que eu venho fazendo ultimamente pro teatro.

— Vem comigo, eu tô indo pro lado de lá.

— Em que velocidade? — Rene perguntou, dobrando o mapa e enfiando na bolsa grande pendurada no ombro.

— Eu deixo você escolher — Jamie disse com um sorriso.

— Tá bom — Rene respondeu, descendo os degraus e enfiando as mãos nos bolsos do casaco de patchwork. Foram andando pela rua, lado a lado. — Então, conseguiu resolver tudo com o seu advogado fofo, ontem?

— Tamos chegando lá.

— Não fica pensando que eu sou bisbilhoteira, mas tem alguma coisa a ver com a violinista francesa bonitinha que tá hospedada no apartamento?

Jamie parou e a encarou boquiaberto.

— Como é que você sabe *dela*?

— Bom, não dá pra evitar completamente encontrar com ela, Jamie. Seu apartamento é grande, mas não é nenhum Palácio de Buckingham. — Passou a bolsa para o outro ombro. — Pra responder à sua pergunta, a gente se esbarrou hoje de manhã, no caminho pro banheiro.

— E o que é que ela disse?

— Bom, não lembro exatamente, mas foi alguma coisa do tipo "perr feverr, você pode usarr o banherro primerro".

Jamie estava muito ansioso para saber o que havia se passado entre as duas, para rir da piadinha.

— Só isso?

— Não. Eu perguntei o que tinha acontecido com a mão dela, ela disse que tinha cortado numa garrafa e que tava muito triste porque não ia poder tocar violino por um tempo. — Rene diminuiu o passo quando começaram a subir a Dublin Street. — Depois, eu voltei pro meu quarto e fiquei folheando um dos folhetos do festival... e, surpresa! Lá tava ela, olhando pra mim de dentro das páginas. Angélique Pascal, violinista mundialmente conhecida. Vou te falar, você podia ter me derrubado com uma pena. Não é todo dia que a gente tem a chance de falar com alguém tão famoso, ainda mais dividir o banheiro!

Jamie continuou andando, sem comentar. Nunca tinha lhe passado pela cabeça que Angélique pudesse falar com um dos outros inquilinos. Só tinha se preocupado com o que pudesse acontecer fora do santuário do apartamento. Não que fosse culpa dela ou de Rene. Simplesmente estavam se falando normalmente, e Rene, ainda por cima, tinha visto a foto dela no folheto. O problema é que, se Rene mantivesse olhos e ouvidos abertos, estava fadada a descobrir mais cedo ou mais tarde que o fato de Angélique estar em Edimburgo era exatamente o contrário do que todo mundo acreditava. Rene parecia ser uma pessoa decente, situada. Talvez a melhor opção fosse confiar nela.

— Ai, 'brigada — Rene grunhiu, aproveitando a parada de Jamie na esquina da Heriot Row como uma oportunidade para recuperar o fôlego.

— Olha só, Rene, se eu te contar uma coisa sobre a Angélique você jura que não vai comentar com ninguém, principalmente com a imprensa?

— Ih, isso tá me cheirando a uma boa intriga, é isso?

— Jura?

— Jamie, eu não tenho uma linha direta com o *News at Ten*, sabia? E duvido muito que a imprensa vá fazer uma fila de espera pra perguntar para Rene Brownlow, a comediante insignificante de Hartlepool, as suas importantíssimas opiniões sobre as coisas do mundo.

— Se eles descobrirem que você tá morando no mesmo apartamento que Angélique Pascal, com certeza vão achar o que você tem pra dizer muito importante, posso afirmar isso.

Rene concordou:

— Certo — disse, dando-se conta agora de que o seu hospedeiro estava seriamente preocupado com o bem-estar da violinista. — Lógico que eu juro, então. Você é meu salvador aqui em Edimburgo, Jamie Stratton. A última coisa que eu quero é te meter em confusão.

Então, enquanto continuavam o caminho para a Queen Street, Jamie contou para Rene seu encontro casual com Angélique no café. Quando viraram na George Street, tendo ele já contado sobre o ataque sofrido pela violinista, Rene estava tão envolvida com a história que esqueceu sua falta de preparo físico e se esforçou para acompanhar o ritmo de Jamie, de vez em quando tendo que trotar de maneira esquisita para evitar perder uma palavra do que ele dizia. Quando as badaladas da uma hora trovejaram na torre do Castelo de Edimburgo e os pombos nas balaustradas dos prédios debandaram em pânico momentâneo, Rene continuava ouvindo, aparentemente imune à turbulência ensurdecedora. Desceram a calçada juntos para evitar as desordenadas, apesar de amigavelmente barulhentas filas que tomavam a rua, as pessoas segurando copos plásticos de cerveja e se espremendo para entrar nos porões onde aconteciam as apresentações de começo de tarde do Fringe. Depois, quando alcançaram a Charlotte Square, onde uma multidão se aglomerava na grama sob os toldos brancos e tendas da feira de livros, iluminados pela luz que atravessava as copas das árvores, Rene deixou escapar um palavrão para definir sua opinião sobre Albert Dessuin e desceu da calçada para a rua sem olhar. Não fosse Jamie segurá-la, com certeza teria terminado seus dias sob as rodas de um dos carros do tráfego ininterrupto, com uma palavra vulgar congelada nos lábios.

— Então é aqui que eles tavam hospedados? — Rene arfava quando finalmente pararam e olharam do outro lado da praça para a fachada retangular envidraçada do Sheraton Grand.

— É — Jamie respondeu distraído, enquanto observava a área lotada em volta.

— Você acha que ele ainda tá por aqui?

— Não. Tenho quase certeza de que já deve estar tentando voltar pra Paris.

— E o que é que você vai fazer?

Jamie suspirou longamente.

— Vou lá dentro, eu acho.

— Quer que eu vá com você?

— Não, não se preocupa. Pode ir fazer o que você precisa.

— Não tenho nada me pressionando. De qualquer jeito, você me pegou agora, garoto. Eu quero ficar por perto pra ver o que vai acontecer.

Jamie sorriu para Rene, secretamente satisfeito por ela estar ali com ele, cúmplice, seu humor peculiar acalmando o nervoso que sentia com a tarefa que tinha pela frente.

— Tudo bem. Talvez você possa ficar aqui, então, pro caso de eu ser seguido quando sair do hotel.

— Acha isso possível?

— Tudo é possível.

Rene piscou para ele.

— Tudo bem, então. Feito. Vou sentar ali naquele café e ficar de olho.

Enquanto Jamie se apressava e entrava pela porta de vaivém do hotel, Rene foi até o café, colocou a bolsa sobre uma mesa vazia e sentou numa das cadeiras de metal de frente para a entrada do hotel, para que tivesse a vista livre sobre tudo o que acontecia na Festival Square. Estava levando a função de detetive bastante a sério.

E se não estivesse tão atenta, enquanto esperava o cappuccino chegar, jamais teria notado que a mulher de cabelo ruivo cheíssimo e echarpe rosa-choque se levantava da mesa ao lado dela, nem que uma bolsa de couro marrom ficara caída debaixo da cadeira.

— Ei! — Rene gritou, pondo-se de pé. Inclinou-se e pegou a bolsa. A mulher não escutou e continuou andando na mesma direção que Jamie tinha tomado cinco minutos antes. Rene atravessou a praça às pressas atrás dela. — Ei, moça! — gritou novamente, agora mais alto.

A mulher se virou e olhou para ela, expressão interrogativa no rosto sardento em forma de lua.

— Você deixou a bolsa cair — Rene disse enquanto se aproximava. — Tava embaixo da sua cadeira.

A moça olhou para ela, chocada.

— Meu Deus! — disse, pegando a bolsa da mão estendida de Rene. — Não acredito que fiz isso. Minha vida tá dentro desta bolsa. Como é que eu posso te agradecer?

Rene sorriu para ela. A mulher falava com sotaque parecido com o dela e, apesar de Rene não ter certeza de que era de Yorkshire, o simples tom de voz da ruiva era confortador.

— Não foi nada — Rene respondeu, encolhendo os ombros. — Ainda bem que eu vi.

— Bom, deixa pelo menos eu te oferecer um café. — A mulher apontou na direção do Sheraton Grand. — Tô indo pro hotel ali.

Rene sacudiu negativamente a cabeça.

— 'Brigada, mas eu não posso. Tô esperando uma pessoa. E, de qualquer maneira, já pedi um cappuccino ali no café.

— Bom, sendo assim, só posso agradecer de novo.

Rene enfiou as mãos nos bolsos do casaco.

— Foi um prazer.

A mulher franziu as sobrancelhas, inquisitiva.

— A gente já se viu antes?

— Não, acho que não.

— Você me parece familiar.

— Talvez você tenha visto meu clone na *Vogue*, ou qualquer coisa assim.

A mulher riu.

— É, talvez tenha sido isso.

— As pessoas sempre fazem confusão.

— Com certeza.

Rene se virou e viu o garçom colocar a xícara de cappuccino na mesa, ligar o aquecedor ao lado e olhar em volta, procurando a cliente. Ela olhou para ele e levantou a mão.

— Melhor eu voltar, então — disse, apontando para o café.

Com um breve aceno de despedida, Rene andou de volta para sua mesa.

Saboreava cada gole do cappuccino cremoso, cheio de raspas de chocolate, quando viu Jamie aparecer na porta de vaivém do hotel e lançar um olhar em volta da praça, à procura dela. Quando a viu, acenou para que se aproximasse rápido. Ela se levantou, o olhar indo para a frente e para trás, entre Jamie e o convidativo cappuccino.

— Ai, inferno! — bufou, procurando a carteira dentro da bolsa. Deixou algumas moedas na mesa, jogou a bolsa no ombro e se apressou na direção do rapaz.

— E aí? — ela perguntou.

— O desgraçado do Dessuin tá na fila da recepção agora. Era pra ele ter ido pra Paris.

— Como é que você sabe que é ele?

— Porque eu vi a foto dele no jornal. De qualquer jeito, a mala dela e o violino tão com ele.

— Mas achei que seu advogado tinha dito que ele tinha saído do hotel.

— Eu sei. É isso que tá me intrigando. Ele deve ter voltado, o que quer dizer...

Rene viu o rosto de Jamie empalidecer diante da descoberta.

— Quer dizer o quê?

— Que de alguma maneira ele ficou sabendo que a Angélique ainda tá em Edimburgo.

Rene suspirou.

— É, faz sentido. E o que é que a gente deve fazer?

— Só tem uma coisa. Eu tenho que pegar a mala e o violino agora. Não vai ter outra oportunidade.

— Mas como?

— Não sei ainda — Jamie respondeu, voltando-se novamente para a porta de vaivém. — Vem, melhor você vir comigo. Se acontecer o pior, você vai ter que fazer alguma coisa pra desviar a atenção das pessoas.

Rene empurrou a porta de vaivém atrás de Jamie e se apressou em atravessar o corredor atapetado para alcançá-lo.

— E como é que eu faço isso?

— Não tenho a menor idéia — Jamie disse, já descendo as escadas de corrimão preto até a área da recepção. — Tomara que não precise, mas você vai ter que usar a imaginação, se for o caso.

— A gente não vai fazer nada contra a lei, vai?

Mas Rene não obteve resposta. Ficou hipnotizada no último degrau da escada, observando enquanto Jamie ia até a recepção, onde um homem alto, de capa de chuva fechada, debatia acaloradamente com a jovem recepcionista, as mãos gesticulando de irritação, enquanto tentava fazê-la entender seu ponto de vista.

Rene desceu devagar os degraus, joelhos batendo de medo, os olhos nunca abandonando Jamie, enquanto ele pegava a mala e o violino disfarçadamente na fila de bagagens atrás do homem. Isso não vai dar certo, ela pensou.

— Ai! De repente comecei a me sentir tão zonza... — Olhou para uma pessoa e disse com voz estridente, agarrando o corrimão e girando o corpo como se fosse a ponta de uma centrífuga em final de ciclo. Na verdade, a tensão da situação estava deixando-a de fato um pouco tonta, o que ajudava a dar um ar de veracidade à encenação. Infelizmente, porém, falou em tom tão alto e claro que não só atraiu a atenção de todos os que estavam no hotel como da pessoa de quem Jamie escapava tão brilhantemente. Houve um rápido momento em que ele lançou um olhar agonizante em sua direção, antes de fazer um movimento furtivo para a saída dos fundos, agarrado à mala e ao violino de Angélique. A visão um tanto embaçada, Rene viu quando o antipático francês tirou os olhos dela, a moça em sofrimento, voltando-os para Jamie, o rapaz em rápida escapada, a expressão mudando em segundos de irritação para horror e choque.

— Ei, você! Volte aqui com isso! — gritou a todo volume, enquanto partia atrás de Jamie, que naquele momento já desaparecia na rua.

Rene olhou para o chão, medindo a distância, e, com uma prece final para que o Sheraton Grand não tivesse economizado ao equipar seu interior e o carpete fosse realmente felpudo, jogou-se no chão, exatamente onde Dessuin estava para plantar o bonito e bem engraxado sapato preto. Como se numa corrida de cavalos com um obstáculo digno de grande prêmio à sua frente, Dessuin não pôde fazer nada para evitar o corpo prostrado no chão. Seu pé encontrou a lateral do corpo de Rene com tanta força que ela abriu momentaneamente os olhos e deixou escapar um grito abafado de dor, enquanto as pernas de chumbo de Dessuin voavam em arco sobre ela. Quando ouviu o barulho do corpo dele caindo ao seu lado, fechou rapidamente os olhos e fingiu serena inconsciência, rezando para que seu rosto tivesse a insípida cor de uma magnólia, e não a vermelhidão esperada devido ao nervosismo. Sentiu que pessoas se aglomeravam à sua volta, algumas gritando ordens de ajuda, como:

— Afastem-se. Deixem-na respirar.

E depois, para sua surpresa, mãos começaram a desabotoar-lhe a camisa. Se abrir mais um botão, ela pensou, vou dar um safanão nessa mão infeliz, não quero nem saber. Depois, ouviu uma voz feminina um pouco mais ao longe, dizendo algo que certamente teria o efeito de fazê-la empalidecer de verdade.

— Vou chamar a polícia imediatamente, senhor.

— Não faça isso. — Foi a resposta imediata. — Não quero a polícia envolvida.

— Mas o senhor acabou de ter suas malas roubadas...

— Já disse que não quero que chame a polícia. — Rene ouviu Dessuin deixar escapar uma risada nada convincente. — Foi um pequeno mal-entendido. Eu sei quem levou as malas. Vou pegá-las de volta com ele.

Houve uma pausa, durante a qual alguém levantou a cabeça de Rene do chão e colocou uma almofada embaixo dela.

— Se o senhor tem certeza...

— Absoluta. Vou resolver tudo quando estiver no meu quarto.

Rene ouviu o homem afastar gentilmente o pé de seu corpo compacto.

— Alguém conhece essa mulher? — perguntou.

Ai, não, Rene pensou. Acabou. Fui descoberta. Devia ser exatamente assim que uma pessoa da Resistência se sentia quando era pega pela Gestapo. Imagina na hora do interrogatório. Deus, tudo que eu peço é poder ir ao banheiro primeiro.

— Eu conheço. É uma amiga minha — respondeu uma voz de mulher, bem perto da cabeça de Rene. — Íamos tomar um chá juntas quando ela disse que estava tonta e se encaminhou para o banheiro feminino.

Houve uma pausa, antes que o francês respondesse:

— Muito bem.

Rene ouviu quando ele se afastou. Tentou desesperadamente descobrir quem tinha vindo em sua ajuda, por baixo do olho semi-aberto. Conseguiu ver por uma frestinha uma mecha de cabelo vermelho e uma echarpe rosa-choque.

— Já tem cinco minutos agora — a voz feminina sussurrou no seu ouvido. — Acho que é o suficiente pro seu dito desmaio. Pisca um pouco os olhos, como se estivesse seduzindo o Brad Pitt, e depois deixa escapar um gemido.

Rene sorriu, as pálpebras ainda cerradas. — Espero que tenha sido a sua mão no meu decote.

— Você não é tão sortuda... era o Brad Pitt.

Rene se esforçou para não rir, mas não conseguiu. — Eu disse gemido, maluca, não gargalhada.

Rene fez o solicitado. Com os olhos piscando exageradamente, olhou para cima e viu o rosto sardento da mulher para quem tinha devolvido a bolsa. Havia uma expressão de tamanha hilaridade nos olhos verdes dela que Rene teve vontade de cair na gargalhada ali mesmo. Não que aquilo fosse realmente um problema. Deu-se conta de que a mulher era a única pessoa prestando atenção nela agora.

— Você é de Lancashire, não é? — Rene arriscou, não mais vendo motivo para sussurrar. — Acabei de descobrir.

— Sou. E você é de Yorkshire. — A mulher torceu o nariz pequeno. — Lembrei de onde eu estava te reconhecendo. Você é Rene Brownlow, não é? Eu vi seu show.

Rene levantou a sobrancelha, surpresa. — Imagina isso. Fama, finalmente.

— Você devia incluir o desmaio no show — a mulher disse, dando um aperto de leve no braço de Rene. — Foi uma das coisas mais engraçadas que eu já vi.

— Eu achei superconvincente — Rene respondeu, fingindo mágoa.

— Bom, se você tiver alguma intenção de conseguir um papel no *ER*, melhor aperfeiçoar essa performance.

Rene riu para ela.

— 'Brigada por aparecer na hora certa. Achei que meu disfarce ia pra cucuia.

A mulher encolheu os ombros.

— Uma boa ação merece outra. De qualquer forma, é melhor que nós, comediantes, fiquemos juntas, não é?

— Jesus, você é comediante também?

— De manhã, de tarde e de noite. — A mulher estendeu a mão. — Matti Fullbright.

Rene apertou-lhe a mão.

— Olá, Matti Fullbright. Será que, já que você ainda tá por aqui, pode me dar uma ajuda pra levantar?

— Claro, mas é melhor você fingir que ainda tá um pouco zonza, só pra garantir, né?

Rene conseguiu ficar de pé e segurou a mão de Matti como se estivesse tonta novamente.

— Tá bom, já pode parar de fingir tanto agora — Matti disse, olhando em volta. — Ninguém tá dando mais a mínima. Escuta, quer tomar um chá?

Rene inclinou a cabeça.

— Eu realmente adoraria, garota, mas acho que tenho que voltar pra casa. Tenho que ter certeza de algumas coisas.

— Tipo se seu amigo conseguiu chegar com a mala e o violino?

Rene sorriu.

— Nossa, que percepção!

— Posso perguntar que diabo tava acontecendo?

Rene abaixou e pegou sua bolsa.

— Eu não posso te contar, mas pode acreditar que a gente tava fazendo uma coisa boa pra uma pessoa.

— Disso, eu tenho certeza — Matti respondeu. — Não gostei da cara daquele homem desde que ele entrou no hotel. Ele me deu uma olhada quando passou por mim... e pela expressão no rosto dele, parecia que tinha acabado de pisar num cocô de cachorro. Precisei de toda minha delicadeza feminina pra não mostrar o dedo pra ele. — Pegou o braço de Rene. — Vem, vamos sair daqui. Vamos sair pela frente, pra não parecer que estamos seguindo o ladrão de malas. — Quando começaram a subir a escada, Matti parou e virou para trás. —

Quem ia se importar, de qualquer jeito? — disse, olhando as pessoas que andavam para lá e para cá no saguão. Balançou o chumaço de cabelos vermelhos. — Típico, não é? Dez minutos atrás, você era o centro das atenções. E agora, ninguém nem parece saber que você existe.

Rene deu de ombros.

— E assim caminha a vida do artista.

Viraram-se e subiram a escada, as duas sem perceber que a pessoa de óculos de aro de metal e capa de chuva fechada, que ficara escondida do outro lado da escada, tinha prestado muita atenção no que se passara entre as duas nos últimos cinco minutos.

No meio da praça, Rene parou e olhou para a imponente entrada do hotel atrás de si.

— E o que é que *você* tava fazendo naquele lugar? Um pouco puxado pra gente como nós, não é?

— Eu tinha um encontro com a minha agente.

Rene olhou para ela, nitidamente impressionada.

— Verdade? Meu Deus, você deve ser do tipo importante, então.

Matti enfiou a mão na bolsa de lona azul, tirou de dentro um folheto e entregou-o para Rene.

— Pode deixar que você entra de graça, tá?

Rene passou os olhos pelo papel.

— Jesus, você tá no Smirnoff Underbelly! É um dos teatros mais quentes, não é?

Matti encolheu os ombros.

— Bom, eu tive sorte. Apresentei meu show lá no ano passado e eles me chamaram de volta.

— Você deve ser maravilhosa, então.

Matti estendeu a mão e deu um aperto no braço de Rene.

— Vai lá conferir.

— Eu vou — Rene respondeu, guardando o folheto na bolsa. — E brigada de novo pela ajuda lá dentro, garota.

— Igualmente, pela bolsa. A gente se vê por aí, espero.

E enquanto Matti Fullbright atravessava a praça, Rene deixou escapar um longo e satisfeito suspiro, enquanto via a outra se afastar, dando-se conta de que sua existência solitária em Edimburgo havia mudado para melhor nas últimas duas horas. Jamie tinha *precisado* de sua confiança e de sua ajuda naquela manhã e não havia nada de que gostasse mais que se sentir necessária. Gostava de tomar a frente, entrar na guerra, exatamente como quando a cantora não aparecera no Andersons Westbourne Social Club e ela subira naquele palco pela primeira vez. E, depois, ao conhecer Matti Fullbright com sua aparência cômica e senso de humor selvagem, Rene percebeu que, pela primeira vez na vida, encontrava alguém *exatamente como ela*.

Sorriu para si mesma enquanto via Matti Fullbright sumir de sua vista.

— É, a gente se vê por aí.

CAPÍTULO 32

Albert Dessuin puxou a cortina de *voile* do seu novo aposento, agora no quarto andar do hotel, mas, ainda assim, com a mesma vista panorâmica para a Festival Square. Apesar da cortina, era fácil distinguir através de sua transparência a figura desajeitada de casaco largo e multicolorido andando em meio à multidão, dobrando a esquina da Lothian Road e indo em direção à Princes Street. Albert soltou a cortina e tirou a capa de chuva, jogando-a na cadeira. Não estava excessivamente preocupado com o resultado dos últimos acontecimentos. Na verdade, as coisas não poderiam ter ocorrido de forma melhor.

Esse pensamento era contrário ao humor explosivo em que se encontrava, quando chegara de volta ao hotel uma hora antes.

Enquanto voltava de táxi, tivera tempo para remoer os fatos que haviam levado ao desaparecimento de Angélique, e aos poucos concluíra que, desde o início, ela o havia manipulado num jogo cruel e calculado de dissimulação, fazendo com que se sentisse culpado e destruído por algo que nunca havia sido sua culpa para começo de conversa. Ela tinha orquestrado a história toda, exibindo o corpo nu na sua frente daquela maneira, sabendo que ele já a repreendera por causa do comportamento vulgar durante a recepção. Sua reação de fúria era totalmente natural e vinha do mais profundo sentimento de proteção à sua pupila, mas ela distorcera seus motivos, usando-os exatamente como razão para livrar-se dele e de tudo o que ele, Albert Dessuin, havia concedido a ela. E a história de ter cortado a mão e voltado para a França era só mais uma maneira que tinha encontrado para manipulá-lo, para mandá-lo para longe e, literalmente, chantageá-lo para mantê-lo afastado sem contar a verdade, que os dois sabiam não passar de uma briga inofensiva. Bom, ela estava enganada. Certamente não se livraria dele assim tão facilmente.

Não havia chance de ele conseguir reconhecer o jovem que levara a mala e o violino, fora o fato de saber que tinha cabelo louro e ser bem constituído fisicamente. Sem dúvida, era um dos que se amontoaram em volta de Angélique de língua para fora na recepção depois do concerto, os olhos fixos nas glórias embaixo do vestido curto, enquanto ela estivera sentada no bar, cruzando e descruzando as pernas desavergonhadamente. Mas, depois, seus instintos se provaram corretos quanto àquela ruiva. Vira a mulher assim que entrara no saguão da recepção, vindo do aeroporto. Estava sentada em um dos sofás encostados nas paredes do lobby, conversando com outra de cabelo preto, que vestia tailleur escuro sobre suéter de caxemira creme. A bela e a fera, pensara. Não gostava de ruivas. Sempre pensara nelas como resultado nada atraente de genes recessivos, e aquela em particular não possuía um traço que a redimisse. Olhos muito grandes, o rosto de lua e um nariz que dava a impressão de que ela tinha atravessado uma janela de vidro a toda velocidade. E um gosto para se vestir quase ofensivo para os olhos. Por que alguém escolheria usar uma echarpe rosa-choque com aquela cor de cabelo?

Ele tinha certeza de que ela nunca havia posto os olhos na gordinha que estragara sua perseguição ao jovem. Então, decidira ficar por perto, escondido, mas de ouvidos abertos, depois que a confusão se desfizera. Não tinha conseguido decifrar tudo o que disseram naquele sotaque-dialeto delas, mas compreendera o suficiente e ouvira cada palavra de desprezo dita sobre ele.

Andou até a cama e pegou o volumoso guia de shows do Fringe que encontrara no balcão da recepção. Abriu no índice e correu o dedo de unha feita pela primeira coluna, depois pela segunda. Memorizou o número de referência do show e folheou o guia até a página certa. "Comediante Hilária de Hartlepool" era a chamada, logo acima da fotografia da mulher cujo rosto ele vira pela primeira vez quando ela estava estatelada no saguão acarpetado do hotel. *Mon Dieu*, ela deve ser péssima, pensou, se não consegue melhor propaganda para seu show!

Mantendo o guia aberto naquela página, levou-o até a escrivaninha e caminhou até o minibar, pegando uma miniatura de uísque e uma garrafa de água mineral. Realmente era um pouco cedo para começar a beber, mas dane-se! Seus planos haviam mudado. Não tinha mais necessidade de sair correndo à procura de Angélique Pascal. Ele ganharia tempo, deixaria a poeira baixar. Afinal, tinha show toda noite no Corinthian Bar.

Servindo-se de uma dose, deixou escapar uma breve risada e levantou o copo.

— A Rene Brownlow. Com certeza você me será muito útil quando chegar a hora.

CAPÍTULO

33

Desesperado para sair o quanto antes das proximidades do hotel, Jamie se jogara num táxi com a bagagem de Angélique, abaixando-se no banco, na expectativa de ouvir a qualquer momento a ameaçadora sirene do carro de polícia costurando o tráfego em sua direção. Na verdade, estava impressionado por ter conseguido ir tão longe. Por causa do escândalo de Rene no hotel, tinha certeza de que Dessuin o havia visto antes que saísse porta afora. Sob circunstâncias normais, certamente teria sido mais rápido que o homem, porém carregando a mala e o violino imaginara ter o francês bufando em seu pescoço antes mesmo de chegar à rua. Talvez Rene tivesse conseguido inventar algo para distraí-lo, mas não tinha idéia de como. Ela só tivera alguns minutos para reagir.

Quando o táxi o deixou na porta do seu prédio, Jamie estava começando a se preocupar seriamente com o bem-estar da comediante, dando-se conta, agora, de que os dois haviam sido pouco inteligentes ao envolvê-la naquela confusão. Seria óbvio para qualquer um no saguão do hotel que tivesse meio cérebro que ela ter desmaiado no exato momento em que ele passava a mão nas bagagens era mais que mera coincidência. E estava convencido de que ela agora estaria presa em algum escritório no hotel, sendo interrogada não só pela polícia, mas também por um interessadíssimo Albert Dessuin. E se esse fosse o caso, não só seria forçada a identificar Jamie como o "cérebro" por trás da operação, como a esclarecer o paradeiro de Angélique Pascal.

Depois de pagar o táxi, entrou no prédio e subiu as escadas, o coração na boca enquanto tentava ordenar os próximos passos. Talvez devesse ligar para Gavin imediatamente e contar o que acontecera. Pelo menos, se a polícia viesse prendê-lo, Gavin já teria tido tempo de preparar sua defesa para tirá-lo sob fiança. Ou talvez devesse se segurar por mais uns vinte minutos e ver se Rene voltava sozinha.

Entrou no apartamento e correu para o telefone. Não podia arriscar esperando por Rene. Começou a discar para o escritório de Gavin, mas, antes mesmo de apertar a tecla do quarto número, desligou, o dedo no ar, prestando atenção ao zumbido de vozes vindo da sala de estar. Lentamente recolocou o fone no gancho, enquanto escutava Angélique completar uma longa frase, antes de ser respondida por uma voz masculina em tom bem mais alto. Jamie suspirou de alívio ao pensar que só poderia se tratar de seu advogado e cruzou rapidamente o hall até a sala de tevê.

— Gavin, graças a Deus que...

Angélique e um homem corpulento vestindo capa de chuva de gabardine estavam sentados no sofá, as palavras congeladas no meio da conversa, quando se viraram surpresos diante da entrada súbita, a caneta esferográfica do homem ainda suspensa sobre um caderno de anotações.

— O que é que tá acontecendo aqui? — Jamie inquiriu, os olhos em chamas de preocupação e desconfiança. — Quem é você?

Angélique rapidamente descruzou as pernas e levantou.

— Tudo bem, Jamie, esse é Harry Wills. Ele é um jornalista conhecido meu. Foi ele que...

Jamie sacudiu a cabeça, nunca tirando os olhos do homem.

— Eu falei pra não deixar ninguém vir ao apartamento. Qual é o sentido de tentar te esconder se você deixa qualquer Tom, Dick ou Harry entrar aqui?

Soube imediatamente depois de falar que tinha usado a metáfora errada. Angélique franziu o cenho e, pouco inteligentemente, reforçou o comentário:

— Quem são Tom e Dick?

— Isso não é piada, Angélique.

Harry Wills fechou o caderno e levantou.

— Desculpe, a culpa é minha. Você tem toda razão. Eu nunca deveria ter vindo sem avisar.

— Como é que você descobriu que ela tava aqui? — Jamie perguntou num rompante.

— Se você me escutar um minuto, eu digo, Jamie — Angélique disse, a voz frustrada pela atitude hostil do rapaz. — Foi o Harry que escreveu a matéria que dizia que eu tinha me machucado e deixado o país. Sugeri o nome dele pro Gavin e eles se encontraram pra combinar o que ia sair nos jornais. O Harry sabe o que aconteceu, Jamie. Ele tá ajudando a gente, junto com o Gavin.

A explicação não fez muito para aliviar a expressão carregada no rosto de Jamie, enquanto ele olhava para um e para outro.

— Bom, que ótimo! Talvez tivesse sido uma boa idéia *me* avisar também.

Angélique mordeu o lábio inferior, num esforço para não rir da reação mal-humorada de Jamie. Foi até ele e deu um puxão de leve na manga da jaqueta do rapaz.

— Desculpe. Foi péssimo eu não ter te falado. Prometo que não passo por cima de você de novo.

— Eu tô falando sério, Angélique — Jamie resmungou.

Angélique fez uma careta, empertigou-se e fez sinal de continência.

— Concordo totalmente e vou levar a sério da próxima vez. Que é que você acha?

Jamie sorriu, relutante.

— Ah, me deixa — disse. — Sua mala e seu violino já estão aí.

— *Oh, ce n'est pas vrai!* — Angélique exclamou. Deu um pulo à frente, um beijinho no rosto dele e saiu correndo da sala.

Jamie dirigiu-se ao jornalista quando ela saiu.

— Desculpe o mal-entendido.

Harry Wills sacudiu o caderno, recusando as desculpas.

— Não se preocupe. De qualquer maneira, você estava certíssimo em questionar minha presença aqui. Obviamente está fazendo um bom trabalho tomando conta dela.

Jamie encolheu os ombros.

— Vocês tavam fazendo uma entrevista? — perguntou, apontando para o caderno de notas.

— Não sobre os últimos acontecimentos, com certeza. Inclusive nada vai ser impresso até que toda a situação esteja acomodada.

— Bom, temos um longo caminho até que isso aconteça.

— Por que você diz isso?

Jamie enfiou as mãos nos bolsos da jaqueta e deu um passo atrás para olhar na direção do hall, a tempo de ver o sorriso estampado no rosto de Angélique ao desaparecer no quarto com a mala e o violino. Empurrou a porta da sala de tevê com o pé e se dirigiu ao jornalista.

— Olha só, Dessuin descobriu que a história da Angélique voltar pra França é mentira. Ele sabe que ela ainda tá em Edimburgo e a essa altura já pode até saber que ela está neste apartamento.

Harry Wills mostrou imediatamente preocupação.

— Por que você acha isso?

— Porque acabei de encontrar com ele se hospedando novamente no Sheraton Grand. Pior, ele me viu, pelo menos viu minhas costas, quando eu peguei as malas da Angélique.

— Você pegou as malas na frente dele? — o jornalista perguntou, incrédulo.

— Não, na verdade elas tavam atrás dele. Eu achei que ia dar pra escapar ileso, mas... bom, digamos que o cara se virou na hora errada.

— Mas ele não seguiu você.

— Não. Com certeza.

— Então, por que você acha que ele pode descobrir o paradeiro dela?

Jamie contou rapidamente sobre o envolvimento de Rene no roubo da mala e sua incerteza sobre o que acontecera com ela. Quando terminou, Harry Wills ficou parado em silêncio, batendo com o caderno cadenciadamente contra a capa de chuva.

— Bom — disse finalmente —, pode ser um problema para todos nós, não?

Jamie sentiu certa raiva da dúvida do jornalista.

— Lógico que é um problema... principalmente pra mim! Posso muito bem ser preso por causa do que eu fiz.

Harry acenou com a mão.

— Não, acho que você não precisa se preocupar com isso. Se o pior acontecer, então nós contamos a verdade. Não se esqueça de que a única razão de estarmos nessa situação é porque Angélique quer proteger o nome de Dessuin. Meu instinto diz que o homem vai fazer de tudo para evitar envolver a polícia, exatamente pelo mesmo motivo.

Jamie considerou a lógica do jornalista por alguns instantes, depois suspirou aliviado.

— É, faz sentido, né? — Estalou os dedos, lembrando-se de alguma coisa. — Mas, espera aí, a gente tá esquecendo de uma coisa. Se Dessuin sabe que Rene tava me ajudando, com certeza vai descobrir com ela onde eu moro. Ou, mesmo que não interrogue a Rene, basta vir atrás dela até aqui.

— Teria algum motivo para Dessuin achar que ela estava ajudando você?

Jamie deixou escapar uma risada de escárnio.

— Com certeza! Ela podia muito bem estar carregando uma placa no pescoço dizendo: *"Ei, olhem pra mim! Sou a cúmplice número um do ladrão!"*

Enquanto Harry pensava sobre aquele dado novo, Jamie ouviu Angélique dedilhar cuidadosamente uma escala no violino, no quarto. Apesar das notas claras e ressonantes, a velocidade parecia de iniciante. Mesmo assim, Jamie sabia que aquilo era uma vitória e também um alicerce para a confiança abalada da violinista, e se não estivesse tão preocupado com a seriedade da situação, talvez deixasse escapar um grito de triunfo.

— Tem algum lugar onde você e a Angélique possam se esconder por uns dias? — o jornalista perguntou.

— Você diz aqui em Edimburgo?

— Não. De preferência fora da cidade.

Jamie ficou em dúvida.

— Não tenho certeza. Quer dizer, eu tô escrevendo umas matérias sobre o Fringe, mas talvez eu consiga passar pra outra pessoa. E os meus inquilinos? Que é que eu faço?

— Seria somente por alguns dias, eu espero. Com certeza eles vão se virar. — Fez uma pausa, percebendo Jamie ainda um tanto vacilante para tomar uma decisão. — Eu realmente recomendo considerar a possibilidade.

Jamie encolheu os ombros.

— Então, talvez a gente pudesse ir pra casa dos meus pais, em East Lothian.

— Isso seria bom — Harry disse, concordando com a idéia. — E enquanto vocês estão fora, eu fico de vigília em frente ao prédio, caso Dessuin resolva aparecer por aqui.

— Jura? Você faria isso?

Harry riu.

— Eu fui repórter investigativo durante anos da minha vida, Jamie. Estou bastante acostumado a despender horas solitárias sentado no meu carro na frente da casa das pessoas.

Jamie encarou o homem por um momento.

— Posso perguntar uma coisa?

— Manda — Harry respondeu.

— Por que tanto interesse em ajudar a gente? Com certeza, com o festival, você deve ter mil coisas mais interessantes pra fazer com seu tempo.

Harry sentou o enorme traseiro no braço do sofá.

— Muito simples: não suporto Albert Dessuin. Ele vem a ser um dos seres humanos mais desagradáveis que já tive o desprazer de conhecer.

— Você *conhece* o Albert Dessuin?

— Digamos que, em inúmeras ocasiões nos últimos anos, tive a oportunidade de compartilhar o pior lado dele. Desde que Angélique Pascal deixou o conservatório em Paris, venho tentando de tudo para fazer uma entrevista pessoal com ela. E Dessuin sempre impediu minhas tentativas. — Apertou a ponta da esferográfica. — Pergunta respondida?

— Acho que sim — Jamie respondeu com um sorriso.

— Certo. Então, se não tivermos nenhum sinal do homem nos próximos dias, aviso que a área está livre e vocês voltam. Tem um telefone em que eu possa falar com vocês?

Jamie deu o número de seu celular, que o jornalista anotou antes de guardar o caderno no bolso da capa e se levantar.

— Ótimo. Você e Angélique devem se preparar para viajar o mais rápido possível.

— O que me lembra de mais uma coisa — Jamie disse incerto. — Eu não tenho carro.

Harry abriu a capa de chuva e mergulhou a mão no bolso da calça, pegando seu celular.

— Bom, acho que está na hora de Gavin Mackintosh entrar em cena.

O barulho da porta da frente batendo fez com que os dois homens se olhassem interrogativos. Jamie foi até a entrada da sala e olhou na direção do hall.

— Caramba! Pode ser tarde demais! — exclamou, olhando para Harry. — É a Rene. — Abriu a porta toda e viu a comediante claudicar, exausta, na direção deles.

— Que bom ver que você conseguiu voltar! — ela disse, tirando o casaco e jogando-o, juntamente com a bolsa, numa cadeira, enquanto passava por ele na sala de tevê. Cumprimentou Harry Wills brevemente, antes de se atirar no sofá e tirar os sapatos. — Tô morta — disse arfando. Colocou um pé sobre o joelho e começou a massageá-lo. — Foi muita excitação pra um dia só. — Olhou para Jamie e Harry, os dois agora lado a lado em frente à lareira, observando Rene de perto, tentando adivinhar, pelo comportamento dela, se tinham ou não um problema iminente para resolver. — Então, não vai me apresentar pro seu amigo, Jamie?

— Ah, claro, desculpe. Harry Wills.

— Prazer, Harry — Rene disse, estendendo a mão com que acabara de massagear o pé. Pensou melhor e simplesmente acenou para ele. — Vamos deixar as formalidades de lado.

— Rene, que foi que aconteceu? — Jamie perguntou, desesperado para arrancar dela alguma informação. — Por que o Dessuin não veio atrás de mim?

— Porque eu inventei uma distração, como você tinha pedido.

— Como?

— Fingi que desmaiei, no meio do caminho dele.

Jamie levou as mãos à cabeça, desesperado. — Meu Deus do céu! E o que é que ele fez?

— Me deu um chute na costela, deu um vôo rasante e caiu estatelado no chão.

— Tá, mas e aí? Chamaram a polícia? Você foi interrogada?

Rene fechou os olhos bem apertados, como se buscasse concentração.

— Acho que a resposta é não, nada, nada — disse antes de recomeçar a massagear o pé. — Na verdade foi meio estranho. Eu tava deitada no chão, de olho fechado, fingindo que tava completamente ausente, quando uma mulher, acho que foi a recepcionista, perguntou se devia chamar a polícia e o francês entrou em pânico, dizendo que não queria a polícia envolvida. Disse que sabia quem você era e que resolvia depois.

Jamie, preocupado, franziu o cenho para o jornalista, que respondeu imediatamente com um aceno de cabeça.

— Exatamente o que imaginei que faria — Harry disse. — E ele estava só blefando quando disse que conhecia você; então, não precisa se preocupar.

Jamie voltou a atenção para Rene.

— Mas ele deve ter desconfiado que você tava me ajudando. Ninguém te perguntou nada?

— Não. E tenho minhas dúvidas se ninguém perguntaria nada, se não fosse uma garota que acabou vindo me ajudar.

— Como? Quem? — Jamie e Harry perguntaram juntos.

— Bom, quando eu ainda tava lá, estatelada no chão, o francês perguntou se alguém me conhecia e essa mulher disse que era minha amiga e que a gente tava indo tomar um chá quando eu passei mal.

— E Dessuin acreditou? — Harry perguntou.

— Com certeza. Ele foi embora depois disso, provavelmente direto pro quarto.

Harry e Jamie olharam-se, o alívio estampado nos rostos.

— Então, chance zero de o Dessuin ter te seguido até aqui? — Jamie perguntou.

— Por que ele faria isso? A mulher deixou bem claro que eu era simplesmente uma espectadora inocente. De qualquer maneira, tive que parar num bar no caminho pra casa pra ir ao banheiro, e me certifiquei de que não tinha ninguém escondido atrás de mim quando saí de lá. — Ela soltou o pé e levantou. — Agora, a não ser que vocês tenham mais alguma ação escusa planejada, acho que seria bom voltar pra minha vidinha normal.

Jamie se aproximou da comediante e deu um beijo na bochecha redonda e quente dela.

— Valeu, Rene. Você foi uma estrela. Eu podia ter acabado numa merda federal se não fosse você.

Rene sorriu para ele.

— Fico feliz de ter podido ajudar — disse, indo em direção à porta. — Só não conta com isso todo dia, tá? Senão vou ter que cobrar o preço de tabela pelos serviços de assistente profissional de ladrão.

Quando ela deixou a sala, Jamie voltou-se para o jornalista.

— Parece que o caminho tá livre, então — disse esperançoso.

— Pode ser — Harry respondeu com um aceno de reserva.

— Você não acha?

— Dessuin não é bobo. Está de volta a Edimburgo, agora numa missão, apesar de não ter ainda direção. Ele não quis envolver a polícia e certamente não vai querer envolver o escritório internacional do festival, então acho que vai ficar à espreita de qualquer sinal fora da normalidade. Talvez Rene e a amiga tenham conseguido convencer todo mundo no hotel com a cena, mas pode ser que Dessuin tenha guardado suas suspeitas.

— Então, o que você quer dizer? Que talvez ele esteja aí fora, vigiando o prédio?

— Não. Tenho quase certeza de que Rene estava certa em dizer que ninguém a seguiu até aqui. Mas não queremos dar nenhuma oportunidade pra Dessuin aprontar das suas nas nossas costas. Acho que devemos continuar com o plano de você e Angélique deixarem Edimburgo. Se ele não aparecer nos próximos dois dias, acho que aí, e só aí, poderemos, talvez, dizer que o campo está livre. — Teclou alguns números no celular. — Agora, vamos tentar localizar Gavin Mackintosh.

CAPÍTULO 34

Leonard Hartson exibia um sorriso largo no rosto enquanto subia os degraus da entrada do prédio na London Street. Estava assim desde que T.K. saíra do barbeiro ao lado da The Jeans Warehouse, na Princes Street, onde, por insistência sua, o rapaz tivera a juba oleosa reduzida a um corte de cabelo limpo e muito apresentável. Aquilo tivera o efeito imediato de não somente transformar suas feições, como também de livrá-lo de certas características nada agradáveis que haviam desaparecido com as mechas aparadas. T.K. livrara seu corpo de uma ameba que extinguia suas energias e sua capacidade de raciocinar. O olhar vago agora parecia alerta, as bochechas pálidas, coradas (apesar de Leonard saber que isso era primeiramente parte do embaraço de T.K. diante do novo visual), e até os lábios antes murchos agora apresentavam certa rigidez. Porém, o mais extraordinário resultado decorrente do trabalho do barbeiro fora a abertura dos portões de uma verborragia que Leonard jamais pensara possível para a cabeça lenta do rapaz.

Com sacolas de compras carregando as novas posses amontoadas junto aos pés dentro do táxi, T.K. questionara Leonard incessantemente a respeito de todos os aspectos da feitura de um filme, esperando com dificuldade pelas respostas, antes de uma nova pergunta. Até mesmo agora, enquanto Leonard tirava as chaves do apartamento do bolso do paletó, T.K. estava plantado ao seu lado, desesperado para saber quanto tempo ele tinha levado para ser considerado suficientemente capaz de operar uma câmera. Enquanto o cameraman parava a ação de levar a chave à fechadura, projetando a mente tantos anos atrás, na tentativa de uma resposta precisa, a porta de entrada se abriu e seu jovem senhorio apareceu, mochila nos ombros. Sua presença teve o efeito imediato de interromper a verborragia de T.K., o que Leonard agradeceu com um clandestino suspiro de alívio, como se aquele fosse o primeiro breve momento de silêncio depois de alguém desplugar um rádio ligado no volume máximo.

— Que bom que te encontrei, senhor Hartson! — Jamie disse, descendo as escadas, os olhos momentaneamente fixos na incrível mudança no corte de cabelo de T.K. — Vou ter que dar uma viajada por uns dias, então, fica à vontade. A casa é sua. Deixei o número do meu celular na mesinha do hall, se precisar falar comigo.

Leonard ia começar a falar quando Gavin Mackintosh, o advogado que o apresentara T.K., apareceu na porta carregando uma sacola de viagens e uma caixa de violino.

— Senhor Hartson, espero que esteja tudo bem com vocês — disse antes de ver T.K. Quase precisou conferir para ter certeza. — Deus do céu, Thomas! Você se transformou num cara arrumadinho. Bom trabalho! — parabenizou o rapaz com um gesto de cabeça, antes de descer rapidamente os degraus. Era seguido de perto por uma jovem, que aparecia agora na entrada vestindo jaqueta curta de gola alta e enormes óculos escuros que lhe cobriam o rosto. Gavin abriu a porta de passageiro de seu Volvo e esperou que a moça entrasse no carro, antes de dar a volta para guardar a bagagem na mala.

Enquanto a furtiva operação estava em curso, Leonard percebeu que Jamie vigiava todos os lados da rua.

— Tudo certo — disse, movendo-se na direção deles, esperando que o homem estivesse sentado atrás do volante. — Te vejo quando eu voltar.

— Você me daria um minuto do seu tempo, Jamie? — Leonard perguntou rapidamente, notando certo grau de urgência na partida.

Jamie parou no último degrau.

— Claro — respondeu, virando-se.

— Esperava ter tido a oportunidade de explicar mais detalhadamente, mas vejo que você está com pressa, então serei o mais breve possível. Este rapaz, T.K., encontra-se temporariamente sem ter onde ficar, e eu pensei que, neste caso, se você não tiver nenhuma objeção, talvez ele pudesse usar a outra cama do meu quarto.

Jamie prendeu o lábio inferior com os dentes, para não cair na gargalhada diante de uma idéia tão absurda. Visualizou imediatamente os dois enfiados nas respectivas camas, olhando para o nada enquanto se esforçavam para ter uma conversa profunda, cheia de significados.

— Tá, por mim, tudo bem.

— Obviamente não preciso nem dizer que pretendo pagar um pouco mais pelo aluguel do quarto.

— Ah, não se preocupa com isso — Jamie respondeu, rejeitando a sugestão com um aceno de cabeça.

— Não, eu insisto. Que tal oitenta libras por noite pelos dois?

— Setenta e cinco — Jamie respondeu, chegando à calçada e abrindo a porta da frente do Volvo. Jogou a mochila no chão do carro e olhou para trás, fitando os dois companheiros de quarto. — É minha última oferta.

Leonard sorriu.

— Você é um rapaz muito gentil. Obrigado.

— Liga se tiver algum problema! — Jamie gritou entrando no carro, que começou a se mover pela rua, antes mesmo que tivesse tido tempo de fechar a porta.

Leonard virou-se para seu assistente de cabelo cortado, levantando a sobrancelha.

— Bom, parece que estamos organizados, finalmente.

Enquanto T.K. se retirava para tomar o tão necessário banho, Leonard fez uso do telefone do hall para falar com Nick Springer, o produtor sediado em Londres, e contar-lhe sobre os progressos do primeiro dia de filmagem, dando o nome do serviço de entrega que estaria lhe enviando o material gravado na manhã seguinte. Apesar de Nick parecer satisfeito em falar com ele, Leonard percebeu, pela falta de reciprocidade, que o tinha encontrado em momento de muito trabalho e encurtou a conversa. Ligou depois para Grace, dando-lhe um relatório muito mais detalhado do que se passara naquele dia, incluindo notícias do inevitável, e um tanto irregular, arranjo de quarto, que agora tinha com seu jovem assistente, T.K. Porém, não mencionou para sua mulher os fatos que haviam levado àquele acerto, sabendo que ficaria extremamente preocupada se soubesse que tinha trazido um vagabundo de rua para morar com ele. Explicou simplesmente que T.K. morava muito longe e tinha que fazer uma pequena viagem para ir trabalhar todos os dias. Também não mencionou as dúvidas que tivera mais cedo quanto a assumir física e financeiramente tamanha responsabilidade àquela altura da vida. E certamente não mencionaria a dor do lado esquerdo do peito que começara a incomodá-lo ininterruptamente. Mesmo assim, como se telepaticamente, enquanto ele pressionava o peito sobre a região dolorida, Grace lhe disse que não se descuidasse e perguntou se estava se lembrando de tomar os remédios.

— Claro que sim, meu amor — respondeu. — Não se preocupe comigo, sou completamente capaz de tomar conta de mim.

Quando desligou o telefone, Leonard virou-se e deu de cara com o jovem, que ele mal pôde reconhecer, parado à sua frente. Sua expressão deve ter sido o suficiente para indicar o espanto, porque imediatamente T.K. abriu um largo sorriso.

— E aí, que tal? — perguntou, braços estendidos para checar mais uma vez a própria aparência.

Leonard sacudiu a cabeça positivamente enquanto apreciava o novo visual de T.K.: camiseta branca limpa, jeans Levi's durinho e novo preso à cintura por um cinto largo exibindo um fecho Harley

Davidson e um par de tênis Adidas de um branco virginal. Jogada sobre um ombro, o dedo indicador segurando a alça de pendurar, a jaqueta Timberland que T.K. ficara namorando na loja, enquanto Leonard pagava a conta de dois jeans idênticos, seis camisetas brancas, um pacote com quatro cuecas, outro com seis pares de meias, uma suéter de malha, um cinto e um par de tênis Adidas. — E acho melhor levarmos a jaqueta também — Leonard dissera baixinho para o vendedor.

— E aí? — T.K. perguntou novamente.

— Acho que você parece bem... limpo.

— Só isso?! — T.K. exclamou.

Leonard riu.

— Não, estou realmente impressionado, T.K.

T.K. sorriu timidamente.

— Valeu, Leonard.

— E acho que o certo é celebrarmos a melhora na sua aparência procurando um lugar apropriado para comermos algo substancioso e devidamente merecido.

— É? — T.K. balbuciou, voltando rapidamente para sua antiga expressão imbecil, a boca torta para um lado.

— O que você acha de um bife e um copo de cerveja?

— Ah, maneiro — T.K. respondeu entusiasmado, o rosto iluminado pela compreensão. Puxou a jaqueta dos ombros e se enfiou nela.

Uma porta se abriu no final do corredor, fazendo com que os dois se virassem, e a companheira de hospedagem apareceu, ocupada em procurar algo dentro da bolsa enorme. Rene levantou o olhar, encontrando-os.

— Meu Deus! — exclamou, olhos grudados em T.K., enquanto se aproximava. — O que é que aconteceu com você? Caiu na frente de um limpador de rua, foi?

Leonard estendeu a mão para ela.

— Nos vimos de passagem, mas não fomos apresentados ainda. Meu nome é Leonard Hartson.

Rene o cumprimentou:

— Prazer, Leonard. Rene Brownlow.

— Está de saída?

— É, tô.

— Gostaria de se juntar a nós para o jantar? T.K. e eu estávamos justamente saindo para celebrar um dia de total sucesso no trabalho.

Rene sugou o ar por entre os dentes, desapontada. — Ai, que delícia, mas eu não posso, amor. Tenho show daqui a meia hora. Quem sabe outro dia?

Leonard abriu a porta da frente e esperou de lado, permitindo que ela saísse primeiro.

— Bom, o convite continua valendo.

— Então, vou fazer uma sugestão. — Rene disse ao passar por ele. — Já que o Jamie não tá aí e deixou a casa com a gente, que tal se eu cozinhar amanhã? Não daria pra ser antes do show, mas lá pelas nove, mais ou menos. É bom pra vocês?

Leonard olhou para T.K., que respondeu encolhendo os ombros sem se comprometer.

— Acho que é bom para nós dois sim — Leonard confirmou com um aceno de cabeça. — Vamos aguardar ansiosos.

— OK — a comediante disse ao começar a descer as escadas. — Então, vejo vocês amanhã no La Maison de Rene.

CAPÍTULO 35

Durante a viagem até East Lothian, a pouca conversa dentro do carro se dera entre os dois homens da frente, apesar de Jamie olhar para trás de vez em quando e perguntar se Angélique estava bem, imaginando que talvez se sentisse excluída dos assuntos. Mas ela não estava com muita vontade de falar, na verdade. Primeiro, quando o carro viajava devagar pelos subúrbios espaçosos e sem cor de Edimburgo, seu humor estava péssimo, a estrada parecia levá-la para ainda mais longe de sua vida anterior, e ela quase quisera acabar com aquela loucura e pedir que Gavin virasse o carro e a levasse de volta para o Sheraton Grand, fossem quais fossem as conseqüências. Mas, depois, quando pegaram a estrada de mão dupla e deixaram a cidade para trás, seu espírito se animou. Ao passo que as infinitas fileiras de casas e prédios industriais cediam espaço para a paisagem rural, ela se dava conta de que aquela talvez fosse a primeira vez, desde que deixara o Conservatoire, que não via o campo de cima, a trinta e três mil pés de altura.

Os pensamentos conturbados e as dúvidas que partiam seu coração diminuíam enquanto olhava pela janela do carro, protegendo os olhos contra o sol de final de tarde que brilhava nos campos dourados de trigo maduro e iluminava o corpo maciço dos lavradores que abriam caminho pelo trigal. E quando o automóvel virou na Haddington, beirando a colina sobre o vilarejo de East Lothian, Angélique não conseguiu evitar um suspiro de encantamento ao apreciar a vista panorâmica da paisagem acidentada de Lammermuir Hills cobrindo de um verde aveludado a linha da costa que pendia para o sul, tendo nada além do vasto mar do Norte acima.

Gavin virou à direita, encurtando o prazer de Angélique com a vista, e pegou uma estrada estreita e acidentada em direção às colinas. Passaram por um vilarejo que ostentava um bar e um posto dos correios, mas tão pequeno que não merecia o limite de velocidade de cinqüenta quilômetros por hora. Depois entraram à esquerda, numa estrada de terra rodeada de pastos. Passaram por vários rebanhos em currais de cercas laminadas e pátios de cimento bem cuidados. Cem metros adiante, atravessaram um portão com pilares de pedra que levava a uma estradinha de seixos ladeada por gramados bem cuidados, sombreados pelos galhos esparramados de dois ciprestes milenares. As árvores encobriam parcialmente a casa branca de telhado pontiagudo e extremidades triangulares dentadas, orgulhosamente defendendo um amplo gramado circular.

Quando Gavin parou o carro cantando pneus na frente da casa, um casal de cães pastores apareceu do nada e começou a rosnar e tentar morder as rodas da frente do automóvel. Jamie imediatamente saltou e gritou com eles, mas não conseguiu impedir que continuassem o ataque. Somente quando uma voz de trovão soou ao longe, tão alta que fez eco nas laterais da casa, os cachorros interromperam sua missão e saíram sorrateiros, indo deitar-se lado a lado no gramado, os olhos fixos no quadriciclo que vinha a toda velocidade pela estradinha. Angélique saltou e olhou os novos arredores à sua volta, enquanto a moto fazia a volta atrás do carro, levantando perigosamente os seixos que ameaçavam a pintura metálica do veículo.

— Ei, pode parar, Stratton! — Gavin gritou irritado, enquanto ia até a traseira do carro para fazer uma inspeção. — Se tiver um simples arranhão, eu mando a conta da pintura geral.

Angélique sorriu para o homem de rosto risonho que montava o quadriciclo enlameado. Vestia camisa quadriculada, calça comprida impermeável sobre galochas e um boné surrado de beisebol com a aba para trás. O homem levou a mão imunda até a orelha e delicadamente retirou o fone de um ouvido. O bate-estaca que ecoou era tão alto que Angélique podia ouvir claramente de onde estava.

— Desculpe — ele disse, olhando para Gavin, expressão confusa no rosto bronzeado. — Não ouvi nada. Você disse alguma coisa importante, Mackintosh?

— Meu Deus, como é bobo — Angélique ouviu Jamie murmurar enquanto caminhava na sua direção e parava ao seu lado. — Vem, vou te apresentar pro meu pai.

Andaram até onde os dois homens já se engajavam num cumprimento espalhafatoso e galhofeiro.

— Pai, esta é Angélique Pascal.

O homem passou uma das pernas por cima do guidão do quadriciclo.

— Prazer, Angélique — disse, surpreendendo-a ao tirar o boné e plantar-lhe um beijo em cada bochecha. — Ouvi dizer que você toca um pouco de violino.

— Um pouco de violino! — Gavin exclamou. — Você realmente é um caipira sem educação, Stratton.

— Não sou mesmo. — Rory riu, passando o braço em volta dos ombros de Jamie e dando-lhe um abraço de boas-vindas. — Só porque nossos gostos musicais são diferentes... — Foi até o carro e abriu o porta-malas, tirando dali a mala e o violino de Angélique. — Vem, vamos entrar — disse, indo em direção à casa. — Acho que já está na hora de um drinque.

— Não posso, Rory — Gavin retrucou, fechando o bagageiro. — Tenho que voltar pra Edimburgo.

O pai de Jamie se virou, com uma careta de desapontamento.

— Nem unzinho?

— Acho que não, infelizmente. Tenho uma montanha de trabalho no escritório antes de encerrar o expediente.

— Como você é chato!

Gavin sorriu para o amigo de infância.

— Fica para a próxima, mas manda um beijo pra Prue e diz que é uma pena não termos nos encontrado. Ligo para vocês depois, para falarmos dos jogos de golfe também. — Acenou para Angélique, que seguia Rory até a casa, antes de virar-se para Jamie. — Como ficaram as coisas com Harry Wills?

— Ele ficou de me ligar daqui a uns dias, se as coisas ficarem calmas.

— E você vai ter como voltar?

Jamie balançou afirmativamente a cabeça.

— Com certeza eu vou convencer o papai a dar uma carona pra gente.

— Certo. Liga, se precisar de alguma coisa.

— Ligo, pode deixar. E valeu a carona, Gavin.

— O prazer foi meu — o advogado disse e entrou no carro. — Vamos torcer para estar tudo resolvido quando vocês voltarem.

— Vamos torcer — Jamie respondeu, acenando antes de se voltar para a casa.

A grande sala de estar de mobília rebuscada era aquecida pelos raios do sol poente, que adentrava as três janelas voltadas para o oeste. Quando Jamie entrou em casa, encontrou o pai de jeans e meias nos pés, parado em frente à lareira apagada com um copo de uísque na mão.

— Cadê a Angélique? — Jamie perguntou.

— Sua mãe foi mostrar o quarto pra ela. — Rory deu um gole no uísque e deixou a cabeça pender para o lado. — Garota bonita, hein?

— É — Jamie respondeu indiferente, dirigido-se ao bar e abrindo uma lata de cerveja.

— Muito bonita, na verdade — Rory continuou, sorriso no rosto enquanto observava o filho.

Jamie sacudiu a cabeça.

— Pára com isso, pai.

Rory riu.

— Brincadeira.

Sentou-se pesadamente em uma das poltronas azuis.

— A propósito, encontrei com Gordon McLaren em Dunbar hoje e disse que você ia passar uns dias aqui. Ele falou que tem um jogo de pré-temporada amanhã à noite no clube, se você quiser jogar.

Jamie encolheu os ombros.

— É, pode ser. Mas eu tô meio fora de forma, pra falar a verdade.

— Vai te fazer bem, então, não? Liga pra ele, de qualquer maneira. Enquanto isso, você pode treinar amanhã de manhã, subindo o morro e dando uma olhada nas ovelhas pra mim, que tal? Tenho uns cordeiros pra levar para Kelso, não vou poder fazer isso.

— Valeu essa, pai — Jamie respondeu mal-humorado.

— Bom, já que você está em casa, pode muito bem fazer alguma coisa! De mais a mais, também não é esse esforço todo. Pode ir na moto até o portão lá em cima, e ir caminhando de lá. Você devia levar Angélique também. Com certeza ela vai gostar dos campos escoceses.

A porta da sala foi aberta e Angélique entrou com uma senhora pequena e loura, que vestia saia jeans e camisa branca de algodão. Seu rosto se iluminou quando viu Jamie e foi até ele de braços abertos.

— Meu amor, como você está? — disse, beijando-o e marcando suas bochechas com batom rosa-claro.

— Tudo bem, mãe — Jamie respondeu com um sorriso. — Fora o papai já querendo me fazer sofrer, como sempre.

A mãe de Jamie olhou para o marido, a expressão mudando para uma careta de horror.

— Rory!

Apressou-se até onde ele estava sentado e deu-lhe uma palmada no joelho.

— Vou fazer *você* sofrer, seu monstro. Sai já dessa cadeira!

Rory pôs-se de pé imediatamente, como se de repente se encontrasse sentado num braseiro, e a mãe de Jamie bateu na almofada vazia.

— Quantas vezes eu tenho que dizer pra você não sentar no sofá com o jeans sujo?

Rory virou o corpo para checar atrás da calça.

— Meu jeans não está sujo. Estava limpo de manhã. Inclusive, passei o dia todo de calça impermeável.

— Assim é que deve ser — a mãe de Jamie disse, afofando as almofadas. — Mas você ainda está fedendo feito um bode velho.

Rory fez uma careta para Angélique e ela riu sem querer.

— Espero que receba um tratamento melhor da minha mulher.

— Prue não podia ser mais gentil comigo — a jovem respondeu.

— Espera só pra você ver. Depois de dois dias nesta casa, você vai ser pau-mandado que nem todo mundo.

— Pára de falar besteira! — Prue debochou, pegando o braço do marido. — Vem comigo, resmungão. Vem me ajudar com o jantar.

— Viu? — Rory disse por sobre o ombro, enquanto era guiado pela mulher. — Pau-mandado, pau-mandado, pau-mandado.

— São adoráveis seus pais — Angélique disse assim que ela e Jamie ficaram sozinhos na sala.

— É, eles são legais. Mas, às vezes, eu me pergunto como é que ela agüenta o velho. Ele é inflexível.

— Eu acho que eles são felizes. Uma mistura boa.

— Pode ser. Falando em mistura, o que é que você quer beber?

— Só uma Coca, se tiver.

Enquanto Jamie procurava no bar, Angélique andava pela sala, passando levemente os dedos sobre os móveis.

— Adorei sua casa, Jamie. Cheia de coisas antigas.

Jamie despejou o conteúdo da latinha no copo comprido, depois de colocar o gelo.

— Tudo isso tá aqui há séculos. Acho que umas quatro ou cinco gerações de Stratton já viveram com esses móveis.

— Me lembra muito a casa da Madame Lafitte em Clermont Ferrand.

— Quem é ela?

Angélique passou o dedo no vitral em forma de diamante no centro de uma cristaleira.

— Foi quem me fez começar a tocar violino. Ela tá muito velha agora, mas é a pessoa mais gentil e mais maravilhosa que eu conheço. — Virou-se e sorriu para Jamie. — Você vai gostar dela.

— Vocês são parentes? — Jamie perguntou, entregando-lhe o copo de Coca-Cola.

— Não, mas acho que ela é mais próxima de mim que qualquer pessoa da minha família. Foi ela quem pagou minha formação no Conservatoire em Paris.

— Jura? Uma espécie de fada madrinha, então. E como é que vocês se conheceram?

Angélique foi até o sofá e sentou.

— Minha mãe trabalhava na casa dela.

— E a sua mãe fazia o quê?

— Ela era faxineira da Madame Lafitte.

Jamie foi tomado de tanta surpresa diante da revelação que não conseguiu evitar o olhar horrorizado que dirigiu à violinista.

— Ah, entendi.

Angélique sorriu.

— Parece que você não gostou muito dessa parte, não é, Jamie? De saber que eu venho de uma origem tão humilde?

Jamie sacudiu a cabeça.

— Deixa de ser boba. Claro que não. De qualquer jeito, olha pra você agora, violinista famosa no mundo inteiro. É incrível pra alguém que...

— Tem uma mãe faxineira? — Angélique sugeriu, olhar provocador.

— *Não* era isso que eu ia dizer — Jamie respondeu, levantando as sobrancelhas. — Me fala mais da Madame Lafitte. Vocês têm se visto?

A leveza no rosto de Angélique deu lugar imediatamente a uma tristeza profunda.

— Não. Minha agenda nunca deixa sobrar tempo. Ela teve um derrame logo antes de eu terminar o Conservatoire e hoje em dia vive confinada em casa, numa cadeira de rodas. Uma das coisas que mais me fazem sofrer é que ela nunca pôde ver um concerto meu.

— Vocês ainda se falam?

— Claro. Toda semana eu escrevo ou ligo pra ela. Só que, agora, ela fala muito devagar, por causa do derrame. Mas continua superlúcida, apesar de já estar com noventa anos.

— Ela parece ser uma pessoa marcante.

Angélique sorriu para Jamie.

— Com certeza. E é por isso que estou louca pra gente se encontrar. — Fez uma pausa, passando o dedo sobre o curativo da mão. — Foi um dos motivos do Dessuin ter ficado tão irritado naquela noite.

Jamie balançou afirmativamente a cabeça.

— Você queria voltar pra França para ver Madame Lafitte.

— Não achei que fosse pedir muito. — Baixou o rosto para esconder a lágrima descendo pela face. — Eu tenho essa sensação horrível de que a gente nunca mais vai se ver.

Jamie sentou no banquinho coberto por um tapete *kilim* em frente a ela.

— Ei, não pensa assim — disse, dando-lhe tapinhas reconfortantes no joelho. — Claro que vocês vão se ver de novo. Pelo que você falou, ela deve ser forte feito um touro.

Angélique olhou para ele e forçou um sorriso, secando o rosto com o punho da camisa.

— Como é que você consegue isso, Jamie? Dizer sempre o que eu mais quero ouvir?

— Sei lá, talvez seja porque... — Franziu a testa, pensativo. — Não... nada. Desculpe, não faço a menor idéia.

Angélique deixou escapar uma risada.

— Eu acho que é porque debaixo dessa capa de homem forte, que joga rúgbi, você esconde um coração *romantique*.

— Ah, é? — Jamie disse, desconfortável. — É realmente a minha cara esse seu comentário.

— Você não tá preparado pra assumir isso, né? Eu acho uma sorte ter o equilíbrio que você tem. Pra mim, tocar violino não é só uma coisa física, por exemplo. Não me apóio só nas minhas mãos, preciso da minha alma pra entender as emoções que o compositor tá descrevendo na partitura. E, às vezes, preciso fazer o violino me levar... sei lá, pra outro nível de maturidade, de entendimento, pra poder equilibrar o que é físico e o que é emocional. E quando eu consigo fazer isso, nossa, é o sentimento mais maravilhoso do mundo. É como se fosse... como é que se fala? Uma experiência de "sair do corpo".

Jamie coçou a cabeça.

— Sei, estou entendendo, mas não sei como você pode comparar isso com o rúgbi. Se eu entrasse em campo e encontrasse quinze caras parrudos que soubessem que eu tenho um "coração romântico", seria submetido a uma experiência de "sair do corpo" nos primeiros cinco minutos de jogo.

Angélique balançou a cabeça.

— Agora estou começando a ver como você é parecido com o seu pai. Tão inflexível quanto ele.

— Talvez. — Jamie riu. — Por falar no seu violino, eu ouvi você tocando de tarde. — Apontou para a mão enfaixada. — Como é que tá o machucado?

— Muito melhor. Olha só... — Recostou no sofá e enfiou a mão no bolso do jeans. — A bolinha de squash. — Começou a apertá-la. — Fiz isso a viagem toda.

— Que ótimo! Mas tá na hora de você tentar aumentar um pouco mais a pressão. — Entrelaçou sua mão na de Angélique e apertou delicadamente, até que os punhos se encontrassem e ele pudesse sentir a bolinha amassada entre as palmas das mãos. — Tudo bem?

— Tudo. Dor nenhuma — Angélique respondeu.

Ele abriu a mão da violinista e inspecionou os dedos dela, um a um.

— O roxo já sumiu quase todo. O inchaço também.

Franziu as sobrancelhas e olhou sério para a jovem.

— Na minha opinião, mademoiselle, logo, logo você vai poder voltar pra sua carreira de violinista.

Angélique sorriu para ele.

— E isso nunca seria possível sem seu método milagroso de cura, *monsieur*. Como é que eu posso retribuir o tratamento?

— Pode deixar, vou mandar as contas das minhas bolinhas de squash pro resto da vida.

— Então é melhor eu voltar a tocar o mais rápido possível.

Seus rostos haviam estado muito perto um do outro durante toda a conversa; logo, quando a porta da sala foi aberta, os dois deram um pulo para trás, agindo com naturalidade artificial.

— Desculpe — o pai de Jamie disse, olhando para um e para outro. — Espero não estar interrompendo nada importante.

— Não — Jamie respondeu, inclinando-se para trás no banco e apoiando o corpo com as mãos. Encarou desafiadoramente o pai para que não dissesse nada sobre o que acabara de ver. Rory respondeu sorrindo discretamente para Jamie, levantando as sobrancelhas em cumplicidade e dando uma piscadela quase imperceptível para o filho.

— Bom — disse com uma mesura servil —, se fizerem a gentileza de me seguir, levarei vocês até a cozinha, onde a refeição da noite está servida, à espera dos convidados.

CAPÍTULO 36

T.K. encontrava-se deitado na cama, sorriso estampado no rosto, olhando para o rastro de luz laranja que brilhava através da fresta da cortina e marcava o teto do quarto. Tudo estava quieto, fora a respiração rápida e fraca de Leonard, dormindo na cama ao lado. Não conseguia acreditar que um quarto pudesse ser tão sossegado. Em Pilton Mains, o movimento era constante, as portas batiam a toda hora no corredor frio e cheio de eco. Ou o vozerio da vizinhança atravessava as paredes finas como papel que separavam seu quarto do apartamento ao lado. Ou uma sirene de polícia em algum lugar das proximidades. Moveu os pés para cima e para baixo sobre o lençol macio, limpo, sentindo o peso quentinho do edredom sobre o corpo. Um após o outro, pressionou três dedos no colchão mole, confortável, contando baixinho. Três dias. Qual o equivalente em horas? Fez as contas na cabeça. Três vezes quatro igual a doze; três vezes dois igual a seis, mais um, igual a sete. Setenta e duas horas. Em setenta e duas horas, tudo em sua vida havia mudado. Do nada, de uma situação de total falta de esperança, em que o que tinha pela frente era a cadeia, e por um bom tempo, ele conseguira, por alguma força extraordinária do destino, a chance que tanto desejara. E ali estava ele agora, não enrolado num pedaço de papelão, nos fundos de uma loja de departamentos, mas tendo a oportunidade de experimentar, naquele quarto quentinho e calmo, um nível de conforto que nunca sonhara pudesse existir. E ao seu lado, um homem decente, um amigo, que dera a ele essa chance, que o tratara... como se valesse alguma coisa.

— Leonard, você tá acordado? — sussurrou.

Ouviu o cameraman respirar profundamente, antes de deixar escapar um longo bocejo.

— Você disse alguma coisa, T.K.?

— Perguntei se você tava acordado.

Leonard fez um esforço para se virar na cama.

— Bom, agora estou. O que foi?

— Tava só pensando no que a gente fez hoje.

— Sim?

— A gente vai poder ver as coisas que filmou?

— Não antes de terminarmos. Do laboratório, o material vai direto para a sala de corte, em Londres.

— Você tá falando da cópia máster e da em preto-e-branco pra corte, é isso?

— Parabéns — Leonard disse, meio dormindo. — Com certeza você prestou atenção.

T.K. sorriu satisfeito e cruzou as mãos atrás da cabeça no travesseiro. — Você não fica preocupado de algo dar errado com o filme? Quer dizer, não é que nem vídeo, né, em que você pode assistir ao que acabou de filmar.

— Não importa há quanto tempo uma pessoa faz cinema, T.K., a preocupação está sempre lá. Dormir já é um problema sem...

T.K. esperou Leonard terminar a frase.

— Sem o quê?

Leonard respirou profundamente.

— Nada.

T.K. apoiou a cabeça nas mãos e olhou para o velho cameraman.

— Leonard?

— Sim, T.K. — Leonard respondeu impaciente.

— Tá tudo bem?

— Como assim?

— É só porque eu vi você se entortando pro lado o dia todo. Você não tá com dor aí ou alguma outra coisa?

— É só idade, T.K., só idade.

— É, mas você é saudável, não é? Você é mais saudável que qualquer um vinte anos mais novo. Você é mais saudável que o meu pai, e ele só tem cinqüenta e dois. Mas, também, ele não faz nada, passa o dia todo na cadeira vendo televisão. E também fuma uns cinqüenta cigarros por dia.

— Boa-noite, T.K.

T.K. espreguiçou mais uma vez as pernas e sorriu novamente para si mesmo.

— Boa-noite, Leonard. A gente se vê de manhã.

Leonard abriu os olhos e viu os ponteiros luminosos de seu despertador.

— Acho, meu jovem, que já tivemos esse prazer.

CAPÍTULO

37

O quadriciclo subia a colina em alta velocidade, levantando as pedras do chão e escovando a grama alta que crescia no meio da trilha de terra. Desacostumada a acordar tão cedo, Angélique, sentada na garupa, os braços enlaçando com firmeza a cintura de Jamie, engoliu um bocejo. O sol, ainda por raiar no topo da colina, coloria as nuvens altas de um vermelho rosado, prometendo calor para aquele dia, e Angélique protegia o rosto do vento fresco, pressionando a bochecha contra as costas de Jamie. O som alto do motor do quadriciclo impedia qualquer possibilidade de conversa, mas a violinista estava feliz de ver aquela paisagem e de sentir o calor do corpo do rapaz junto ao seu.

Chegaram à nascente de uma ravina coberta de espuma de água fresca e corrida. Jamie saiu da trilha de terra e bordejou uma cerca de arame que contornava o topo do morro entrando e saindo da paisagem, até desaparecer no horizonte. Quando chegaram a um grande portão de metal, balançando entre dois postes de pinho, Jamie virou o quadriciclo de frente para a vista e desligou o motor. No silêncio que se seguiu, Angélique pôde ouvir o balido das ovelhas do outro lado da cerca e o assobio de um faisão em algum lugar perto dos arbustos à beira do córrego.

— E aí? Tá gostando? — Jamie perguntou, correndo os olhos pela paisagem.

Mantendo os braços em volta da cintura dele, Angélique apoiou o queixo no ombro do rapaz e olhou em volta. Inspirou profundamente o cheiro doce do orvalho sobre a vegetação misturado ao creme de barba no rosto de Jamie. Sem se mover, fixou os olhos no cabelo cheio e louro dele por trás das orelhas, descendo até o colarinho, e quis, naquele momento, afastar as mechas para o lado e encostar sua boca no pescoço quente de Jamie.

— É uma das vistas mais bonitas que eu já vi — disse finalmente, em resposta, sem mover os olhos.

— Aquilo ali é o North Berwick Law — Jamie disse, apontando para uma pedra em forma de cone que se sobressaía na paisagem da costa.

— E o que é o North Berwick Law?

Jamie olhou para ela por sobre o ombro e sorriu. — Quer mesmo saber?

— Claro.

— OK. É uma formação vulcânica carbonífera, de mais de trezentos e trinta e cinco milhões de anos, composta de silicatos de sódio, potássio, cálcio etc.

— Incrível.

Jamie riu.

— Bom, isso é tudo que eu lembro das aulas de geografia do colégio. Tipo conhecimento local, sabe?

— Tem alguns vulcões extintos onde eu nasci também. Les Monts Dôme, les Monts Dores e les Monts de Cantal.

Jamie olhou para ela, na dúvida.

— Onde é isso?

— No Maciço Central. Seu conhecimento de geografia obviamente não é muito bom, se você não sabe que Clermont Ferrand fica no coração de uma das cordilheiras mais bonitas da Europa.

— Tudo bem. — Jamie concordou com a cabeça. — Então, o velho e bom North Berwick Law não deve passar de um calombo pra você.

— Mas, pra um calombo, até que é bem legal.

— 'Brigado pelo elogio. Bom, então eu acho que a vista daqui não vai ser nada espetacular pra você, né?

— Não, eu acho... diferente.

Jamie deixou escapar um suspiro de tédio.

— Tô começando a me perguntar por que me dei ao trabalho de te trazer aqui em cima, pra começo de conversa.

Angélique riu e apertou os braços em volta da cintura dele.

— Eu não perderia isso por nada neste mundo.

Jamie deu um tapinha nas mãos dela.

— Vem, vamos dar uma olhada nessas ovelhas. — Passando a perna sobre o guidão, pegou uma bolsa de lona surrada dentro da caixa de madeira amarrada no cesto da frente do quadriciclo.

— Que é que tem aí dentro? — Angélique perguntou, desmontando do quadriciclo.

— Bom, além de equipamento veterinário, tem uma garrafa térmica cheia até a boca com um café horrível e uns sanduichinhos de bacon frios.

— Ah, café-da-manhã ao ar livre. Que idéia ótima!

— Na verdade, foi idéia do meu pai. Acho que ele tá querendo se mostrar um pouco pra você, depois que descobriu que o único disco de música clássica que ele tem é com você tocando.

— Realmente, seu pai é um homem de bom gosto — Angélique comentou levemente.

— Acho que você deve tomar o café que ele fez, antes de emitir uma opinião completa — Jamie respondeu, incerto.

Quarenta e cinco minutos depois, sentavam-se sob o sol quente da manhã, encostados a uma pedra lisa, olhando para o pequeno lago rodeado de ovelhas que pastavam e patos selvagens que pousavam e levantavam vôo, barulhentos, como se fossem aviões num aeroporto. Jamie serviu dois cafés, entregou uma xícara para Angélique e esperou que ela desse o primeiro gole.

— Qual é o seu veredicto?

— É... — Ela bochechou com o líquido, depois lambeu os lábios. — Péssimo, na verdade.

— Viu? Eu avisei. — Jamie riu, desembrulhando um sanduíche para Angélique. — Nem perto do café parisiense, né?

Angélique sorriu.

— Não, realmente não — respondeu baixinho.

Jamie mordeu seu sanduíche.

— Você tem saudade de Paris, não tem?

— Muita.

— Vai voltar pra lá, quando essa história toda acabar?

Ela mordeu o sanduíche e ficou brincando com ele entre os dedos.

— Acho que não. Eu tenho uma agenda pra cumprir.

— Onde?

— Várias partes do mundo.

— Você acha que vai conseguir fazer isso sozinha?

Angélique suspirou.

— Acho que não tenho outra saída, por enquanto.

— Que tal conseguir outro empresário?

Ela dispensou o restinho de pão que tinha nas mãos e virou as costas para ele.

— Na verdade, não tenho idéia de onde começar a procurar um... um em quem eu possa confiar.

— É, depois do que você passou, entendo perfeitamente — Jamie disse, dando um gole no café. — Dessuin realmente conseguiu criar uma confusão na sua vida, né?

Angélique virou para ele, olhos brilhando.

— O Albert tá comigo desde que eu tenho treze anos. Tive o maior respeito por ele esse tempo todo. É muito difícil quando alguém assim destrói todas as suas ilusões.

Jamie não pôde fazer mais que concordar com a cabeça. Sabia não ter experiência ou sabedoria de vida suficiente para dizer qualquer coisa que não parecesse boba ou superficial, mas ele realmente desejava ter o prazer de encontrar com Dessuin a sós em alguma viela isolada e escura.

Sentiu uma mão sobre o joelho.

— E você, Jamie? — Angélique perguntou, leve sorriso no rosto. — Vai ficar em Edimburgo?

— Não. Vou pra Londres em setembro, pra trabalhar.

— Que legal! Eu adoraria morar em Londres. — Angélique fez uma pausa, mais uma vez brincando com o sanduíche entre os dedos. — A gente pode se encontrar, se eu for tocar lá.

— Isso ia ser bom.

— Também acho. — Bebeu o resto do café e deu o sanduíche para ele. — Pode comer. Eu não tô com fome. — Deitou-se de lado, apoiando a cabeça no colo de Jamie e puxando as pernas para o tronco. — Você se incomoda?

— De você ter me dado o que sobrou do seu sanduíche?

Ela deu um tapinha na perna dele. — Você sabe do que eu tô falando.

Um bando de patos passou voando sobre eles e Jamie mordiscou o sanduíche, enquanto assistia ao pouso que marcava a água do lago com pequenas ondas paralelas.

— Faz muito tempo que eu não me divirto tanto quanto na noite passada, sabia? Ficar com você e seus pais me fez pensar como deve ser bom ter uma família unida. Eu não vivi muito isso. Quando eu era pequena, em Clermont Ferrand, tinha sempre alguma coisa errada na minha casa. Ou meu pai tava de péssimo humor, porque tinha bebido muito, ou ele e meus irmãos tavam discutindo algum problema da fábrica. E minha mãe vivia *sempre* reclamando que não tinha dinheiro suficiente pra alimentar todo mundo. Por isso, a noite passada foi muito especial pra mim. — Fez uma pausa, antes de dar um longo suspiro de tristeza. — *En fait*, realmente não queria que isso acabasse.

Jamie olhou para ela, seus cílios curvos se abrindo e fechando, o cabelo preto caindo sobre o rosto.

— O que você não quer que acabe? — perguntou, enfiando o resto do sanduíche na boca.

Ela virou o corpo e olhou para ele.

— Nada disso. Eu e você sozinhos aqui. Não ter que ficar viajando de um país pro outro. — Sorriu melancólica. — Quando a gente não conhece a vida de outro jeito, é fácil se acostumar. Mas, agora, depois de tudo que aconteceu, tá acontecendo, eu não sei se vou conseguir voltar pra minha vida de antes. Eu tô me sentindo tão... tão perdida.

Jamie segurou a mão dela e passou os dedos sobre o curativo.

— Vai ficar tudo bem — disse, sorrindo para ela. — Você tem um monte de coisas pra curar, além dessa mãozinha aqui. Dentro de você. Quando isso tiver acontecido, você vai ser a primeira a querer voltar correndo e, com certeza, vai tocar melhor do que nunca.

— Por que você acha isso?

— Porque você vai ser livre. Porque sua vida não vai mais ficar sujeita ao monstro do Dessuin. E eu tenho certeza de que você tem coragem e talento suficientes pra andar sozinha.

Angélique livrou a mão, levando-a até o queixo do rapaz.

— Lá vem você de novo, dizendo a coisa certa na hora certa. — Levantou o tronco, sentou-se entre as pernas dele, recostou sobre seu peito e puxou os braços de Jamie em volta de si. — Acho que vou ter que contar isso pros seus amigos de rúgbi.

Jamie apertou os dedos na cintura dela, fazendo com que desse um grito e se contorcesse.

— Se você fizer isso, vai ser o fim da nossa amizade.

— Eu não acho — ela disse, passando a mão sobre os pêlos louros do braço musculoso de Jamie, enquanto apreciava a paisagem.

— Pelo amor de Deus, garotos, o que é que vocês estão fazendo? — O técnico do Dunbar First XV gritou, no centro do semicírculo de corpos suados, os rapazes acocorados e bufando pelo esforço. — Esse time é de uma divisão abaixo da nossa e vocês estão deixando os caras crescerem pra cima de vocês!

Bateu com a mão na testa, frustrado, e respirou profundamente na tentativa de aplacar a raiva.

— Billy — disse para um homem enorme de rosto enlameado e coberto pelas gotas de sangue coagulado no corte acima do olho esquerdo. — Parece que o plano de jogo deles é sair chutando pra lateral, pra linha dos cinco metros; então, quero que vocês contestem toda bola fora. Se joguem, acabem com a tática deles. Se for preciso, usem o braço pra manter o adversário sem pular, mas tudo isso de maneira sutil. Não quero vocês recebendo cartão amarelo.

Apontou para um jogador inclinado para a frente, mãos apoiadas nos joelhos, o pescoço grosso como o de um bezerro.

— Callum, você está deixando o pilar deles controlar o *scrum*. Você tem que ir pra cima dele, senão a gente não consegue uma bola boa pros centros, certo?

O jogador levantou a cabeça raspada, sacudindo-a em assentimento.

— E você, Jamie — o técnico continuou, olhando fixamente para seu terceira-linha que virava uma garrafa d'água goela abaixo —, eu sei que você está acostumado a jogar em times superiores a este bando de desajustados, mas os *backs* deles estão cansados, então eu quero que vocês tentem quebrar a defesa carregando todas as bolas, estamos entendidos?

Jamie concordou, limpando a boca com o braço sujo de lama.

— Certo, então vão lá e comecem a se comportar como um time. Eu quero ver o placar virar nos primeiros quinze minutos do segundo tempo, senão vocês não vão ter a menor chance no jogo da semana que vem.

Assim que o treinador deixou o campo, o semicírculo se desfez e os jogadores voltaram cabisbaixos para suas posições aguardando o juiz recomeçar a partida.

— Tem alguém ali tentando chamar sua atenção, Jamie — o parceiro de jogo disse enquanto aproveitava o tempo para se alongar.

Jamie se virou e viu Angélique acenando na sua direção. Levantou a mão, indicando tê-la visto, mas aquilo só fez com que ela sinalizasse mais vivamente.

— Melhor você ir ver o que é — o colega provocou com um sorriso. — Acho que ela não consegue esperar até o fim do jogo.

Jamie levantou o dedo para ele enquanto corria até Angélique.

— Que foi? — perguntou para a violinista.

— Você tá jogando superbem — ela disse, sorriso no rosto.

Jamie levou as mãos à cabeça e coçou o pescoço. — A gente tá perdendo, Angélique.

— Eu sei, mas *você* tá jogando bem. — Olhou para os jogadores do time oponente se cumprimentando pelo trabalho bem-feito até aquele momento. — O seu ponta-esquerda é rápido? — perguntou.

Jamie se virou e olhou para o jogador, do outro lado do campo.

— Andy? Bem rápido. Me ganha por dois segundos nos cem metros. — Voltou-se para ela. — Por quê?

— A linha de centro deles tá morta.

Jamie olhou para ela, encantado.

— Foi exatamente o que o treinador acabou de falar.

— Então, eu tava aqui pensando, que, se o Michalak estivesse jogando na sua posição, tivesse um jogador rápido como o Dominici na ponta esquerda e visse um buraco atrás da linha de centro do adversário, com certeza ia colocar a bola lá, pro Dominici ir atrás.

Jamie sorriu para ela.

— Você realmente conhece esse jogo, né?

— Eu te falei.

— Bom, infelizmente acho que sua idéia não bate com a do nosso treinador. Ele quer que a gente carregue todas as bolas.

Angélique encolheu os ombros.

— Tudo bem, só que vocês vão perder o jogo.

Jamie cruzou os braços.

— Que bom que você tá tão confiante! Mais alguma coisa?

— Não, mas, se você não tentar isso que eu falei, vai ficar constrangido depois.

Jamie tirou seu protetor de boca do bolso do short.

— Espera pra ver, mademoiselle Pascal — disse antes de colocá-lo na boca e correr de volta para sua posição, exatamente no momento em que o árbitro se preparava para apitar o começo do segundo tempo.

Cinco minutos mais tarde, depois de Jamie ter começado uma série de movimentos que anulavam a linha de centro adversária, um *scrum* foi marcado na frente de Angélique. Ela se viu ao lado do treinador, que controlava a linha da lateral, gritando ordens ineficazes para o time:

— Vão, garotos, vocês têm um contra o pilar! Segura aí agora! Segura!

Angélique olhou para os jogadores de centro adversários e viu que o *fullback* havia se juntado à linha de centro enquanto ela avançava para cobrir os *backs* opositores.

— Tenta agora, Jamie! — gritou com toda a força.

Enquanto o *half-scrum* esperava a bola sair dos pés do oitavo, o treinador se voltou para ela com ar intrigado.

— Tentar o quê, boneca?

O *half-scrum* pegou a bola da base do *scrum*, girando-a rapidamente para Jamie.

— Agora, avança! — o técnico gritou. — Ah, não! Que meleca vocês estão fazendo? — Bateu com as mãos na cabeça, enquanto observava Jamie chutar uma bola para o outro lado do campo, por sobre as cabeças do time adversário, boquiaberto. O treinador deu as costas para o campo e enfiou a cabeça entre as mãos, sem querer ver o resultado de uma tática tão arriscada.

O ponta-esquerda de Jamie era realmente muito rápido. Calculando com perfeição a corrida, pescou com uma das mãos a bola lançada, guardou-a debaixo do braço e girou nos calcanhares, evitando uma tentativa de ataque do ponta adversário. Quando percebeu que tinha o caminho livre para tentar a linha, começou a correr para o *ingol* e marcou o *try*. Os gritos de comemoração que irromperam entre a assistência fizeram com que o treinador se virasse lentamente para ver o que estava acontecendo.

Angélique pulava, batendo palmas.

— Funcionou! — disse para ele, eufórica.

O técnico olhou para ela por uns segundos, boquiaberto, antes de sacudir a cabeça e sair em silêncio na direção da lateral.

No fim do jogo, Jamie cruzou o campo e foi até Angélique.

— Foi uma virada e tanto, não foi? Tô te devendo essa. Sua tática realmente ferrou os caras.

— Eu falei que ia funcionar — Angélique respondeu, superior. Segurou a gola da suéter de Jamie, puxou o rosto dele para perto e deu-lhe um beijo na bochecha. — Você jogou muito bem. Na verdade, é uma pena você não ter nascido na França.

— Não ia dar certo. Tenho fobia de lesma, caracol, essas coisas — Jamie disse, piscando para ela antes de olhar para o time, que não tirava os olhos dos dois. — Os caras querem tomar um drinque com você no bar.

Angélique balançou negativamente a cabeça.

— Não, vai você. Eu fico esperando no carro.

— Como assim? Por que não?

— Porque eu não conheço seus amigos... e eles podem me conhecer.

Jamie apertou o braço dela. — Escuta, eu conheço os caras e garanto que nenhum deles vai falar nada. Depois, a pessoa que eles querem conhecer é a grande técnica de rúgbi, que acabou de ganhar um jogo pra eles. E não a violinista famosa.

Angélique olhou para os colegas de time de Jamie.

— Tem certeza?

— Claro. É mais fácil eles te oferecerem um contrato pra assinar do que te pedirem um autógrafo.

— Tá bom, então — ela respondeu e cruzou o campo ao lado de Jamie. — Mas eu espero que vocês tomem um banho primeiro. Não quero sentar pra beber com um monte de homens suados.

Jamie riu.

— Bom, melhor você ir se acostumando — disse, passando o braço imundo de lama em volta dos ombros dela, puxando-a para si.

CAPÍTULO

38

Albert Dessuin jogou uma moeda na caixa de papelão do jovem malabarista da Princes Street, em frente à Marks and Spencer, e, sem esperar pelo agradecimento, virou-se para admirar a loja bem iluminada, na dúvida se deveria entrar para tentar encontrar a mulher. Tinha todas as razões para se questionar, o lugar estava lotado e ela poderia muito bem sair pelos fundos. Acabou decidindo-se por esperar. Quatro dias haviam se passado desde que a vira pela primeira vez, esparramada no chão do lobby do Sheraton Grand, e até esta noite ele vinha fazendo um excelente trabalho, mantendo-se sem ser visto, mesmo naquele porão mínimo e úmido onde sofrera desesperadamente por uma hora, enquanto assistia àquele show completamente incompreensível.

Depois de tamanho sacrifício, não iria, agora, correr o risco de pôr tudo a perder.

Saiu da frente da porta, levantou o colarinho da capa de chuva e enfiou as mãos nos bolsos. O vento estava ficando forte e havia risco de chuva. Olhou para o castelo, onde a luz dos refletores montados para iluminar a esplanada para o desfile de bandas militares da noite projetava-se sobre as ameaçadoras nuvens escuras, vindas do oeste da cidade. A platéia ficaria encharcada naquela noite, pensou. Mais tarde, as ruas na descida do castelo estariam lotadas de gente vestindo capas de chuva distribuídas gratuitamente pelos organizadores do festival; um exército de fantasmas demoníacos em mantos cor-de-rosa, enviados para saquear a cidade. Nunca conseguira compreender por que não iam melhor preparados para um show ao ar livre, para início de conversa.

Viu a mulher sair da loja e parar na porta, os braços carregados com duas sacolas de plástico entupidas. Reconheceu primeiro o casaco, a indefectível obra de arte feita de trapos multicoloridos, traje perfeito, ele pensou, para alguém tão pouco atraente quanto ela. Rapidamente virou-se para o castelo mais uma vez, passando a observá-la com o canto dos olhos. Ela olhou para os lados, provavelmente esperando o melhor momento para adentrar a rua lotada ou, talvez, na dúvida sobre que direção tomar. Afastou-se dele, rumando para o lado oeste da rua, os ombros curvados e a barra do casaco lambendo a calçada suja atrás de si.

Foi mais fácil do ele que imaginara. Ela não dava nenhum sinal de suspeitar estar sendo seguida, nenhuma olhada furtiva para trás, nenhum movimento súbito na direção de alguma rua escura. Brincadeira de criança. Enquanto ela subia com esforço a Hanover Street, ele decidiu fazer as coisas ficarem mais empolgantes, e apressou o passo na direção dela, aproximou-se o suficiente para escutá-la bufar de cansaço, parou quando ela parava e voltou a caminhar quando ela retomava os passos arrastados. Riu baixinho ao diminuir mais ainda a distância. Seria divertido dar um passo à frente e bater-lhe no ombro só para ver sua reação quando se virasse.

Quando ela atingiu a esquina da George Street, a alça de uma das sacolas lotadas arrebentou e todo o conteúdo caiu e rolou pelo chão.

Ele ficou parado, sem mover um músculo, enquanto acompanhava o movimento de uma lata que rolava rua abaixo, na sua direção, até mudar o trajeto e cair num bueiro. A mulher se virou, abaixou-se e apanhou as coisas no chão. Ele imediatamente virou-se de lado e fingiu observar a vitrine de uma loja de revelação de fotografias.

— Droga, droga, droga! — Rene disse, enquanto via a lata de sopa descer a ladeira e desaparecer no meio-fio. — Ai, que ótimo, tudo que eu precisava. — Colocou as sacolas no chão e abaixou-se para tentar dar um nó na alça arrebentada.

— Espero que essa porcaria agüente — murmurou irritada para si mesma, enquanto catava os pacotes cheios de poeira da rua e os guardava novamente. Levantou-se e testou cuidadosamente a alça emendada.

— Tudo certo, acho que dá pra chegar em casa. Agora, onde é que foi parar a desgraçada da sopa de músculo?

Não deu mais que dois passos e sua atenção foi repentinamente desviada para a figura de um homem, a uns cinco metros dela mais ou menos, olhando atentamente a vitrine de uma lojinha de revelação fotográfica. Reconheceu primeiro o casaco, uma capa de chuva estilo comissário Maigret com cinto tão apertado que o tecido franzia na cintura. E quando viu o topete no alto da cabeça, soube imediatamente de quem se tratava.

— Meu Deus... — murmurou. E sem mesmo se preocupar em recuperar a lata de sopa, atravessou a rua apressadamente, de cabeça abaixada, esquivando-se do tráfego como quem se esconde de um atirador de tocaia, fugindo o mais rápido que suas pernas cansadas lhe permitiam.

Albert Dessuin cuidadosamente tentou ver a esquina da rua através da vitrine e virou-se de repente quando percebeu que a mulher havia sumido. Depois de uma olhada panorâmica pela Hanover Street, correu até a esquina da George Street e, na pressa, acabou colidindo com um grupo de jovens carregando canecas de cerveja.

— Epa, olha por onde anda, parceiro! — um deles exclamou, estendendo o braço para estabilizar a bebida na caneca de plástico. — Isto aqui é coisa cara, sabia?

— Desculpe — Albert respondeu rapidamente, fazendo sinal com a mão. Esperou que o grupo se afastasse, antes de continuar a procurar pela mulher. Mas a rua estava repleta de gente andando de um lado para outro, gente brigando por espaço nas calçadas estreitadas pelas filas nas portas dos estabelecimentos de espetáculos. Nem sinal dela. Albert sorriu para si mesmo. Talvez o tivesse visto, talvez não, mas não importava. Sempre haveria uma próxima noite, e ele tinha tempo para esperar.

Rene deu uma olhada desconfiada para os arredores da loja, depois ao longo da George Street. Um pequeno espaço se abriu na massa de gente que ocupava a rua e ela avistou o francês de capa de chuva parado na esquina, virando a cabeça de um lado para outro, como quem procura algo.

— Jesus, é de mim que ele tá atrás — Rene murmurou, enquanto descia a rua às pressas mais uma vez, entrando e saindo de aglomerações de gente para manter-se escondida. — Você tem que sair da rua, garota.

Passou por uma longa fila do lado de fora de uma porta grande envidraçada. Deu uma guinada na direção do refúgio bem iluminado, mas foi parada por uma mão no seu ombro.

— Espera aí, meu bem, você precisa de um passe ou de um tíquete pra entrar.

Rene olhou para os rostos dos dois leões-de-chácara de camisa preta e cabeça raspada na entrada do estabelecimento, os dois com fones de ouvido presos por fios que desapareciam por dentro do colarinho.

— Que tipo de passe eu preciso? — Rene perguntou, desesperada. Transferiu as sacolas de compras para uma só mão, enfiou a outra por dentro do casaco e puxou o passe do Fringe que trazia pendurado no pescoço. — Isso daqui serve?

— Perfeito — um dos homens disse, abrindo a porta para ela. — O bar fica lá no final do corredor.

Rene não sabia como o homem tinha adivinhado que ela estava seca por um drinque forte, mas não tinha tempo para um interrogatório. Apressou-se pelo corredor de pilares e chão de pedra e adentrou a porta dupla no final.

O bar estava lotado, todos os lugares onde se pensasse em sentar, ocupados; sofás, cadeiras, até as mesas. Foi até o balcão, acomodou as sacolas no chão e soltou um longo suspiro de cansaço.

— Rene!

Sua reação imediata ao ouvir aquela voz foi a de preparar-se para se jogar no chão e engatinhar até a lateral do balcão para se esconder, mas, em seguida, deu-se conta de que a voz que chamara por ela era de mulher. Subiu na barra de apoio para os pés do balcão e olhou em volta, não vendo ninguém conhecido, e já estava quase concluindo que alguém devia ter chamado por outra Rene quando finalmente avistou a massa balançante de cabelo vermelho abrindo caminho na sua direção. Alguns segundos depois, Matti Fullbright apareceu do seu lado, sorriso largo no rosto grande e sardento.

— E aí, garota? Como é que você anda?

— Matti Fullbright, que prazer ver você! — Rene exclamou, rolando os olhos, aliviada.

— Você tá ótima! Deixa eu te arrumar um drinque.

— Eu bem que tô precisando mesmo, amor — Rene disse, apoiando pesadamente os cotovelos no balcão. — Bacardi com Coca seria perfeito.

Com um estalar de dedos, Matti atraiu a atenção do barman e pediu duas bebidas.

— Então, como vão as coisas?

— Você não vai acreditar quem eu acabei de ver na rua.

— Espero que não seja o francês desgraçado.

— Acertou de primeira. O desgraçado do francês.

— O que ele tava fazendo?

— Eu não sei, mas acho que podia estar me seguindo.

O barman colocou as duas bebidas sobre o balcão e Matti passou o Bacardi com Coca para Rene.

— Duvido que ele estivesse fazendo isso. Só pode ser coincidência.

— Coincidência desgraçada! — Rene exclamou, tomando um tremendo gole do seu drinque. — Edimburgo é muito grande pra eu sair esbarrando com alguém assim.

— Acontece o tempo todo durante o festival. Toda hora encontro gente que eu conheço andando na rua.

— Bom, pode ser... — Rene disse, com um aceno de cabeça. — Isso é incrível, não é não?

Matti torceu o canto da boca, pensando na ingenuidade do comentário de Rene.

— Nem tanto, na verdade.

— Como assim?

— Você nunca veio aqui antes?

Rene olhou à sua volta.

— Não, nunca. Por quê? Devia?

— Porque aqui é o Assembly Rooms. Todo mundo do Fringe se encontra aqui no fim do dia.

— Jura? Quer dizer que toda essa gente...

— É todo mundo artista ou convidado do Fringe.

Rene sacudiu a cabeça, incrédula.

— Você acredita nisso? Eu não tinha nem idéia de que esse lugar existia.

— Então, você não leu toda a papelada que te deram.

— Claro que não.

Matti riu.

— E aí, como foi a apresentação hoje?

— Mesma coisa. Três gringos que não entenderam uma palavra do que eu disse e um bêbado que dormiu o tempo todo.

Matti suspirou, desapontada.

— Sei exatamente do que você tá falando. Não tem sido muito bom pra mim, também não. Acho que estendi demais as boas-vindas.

— Você não tá falando sério.

— Tô. Acho que vou ter que dar uma revisada no meu show, mas não sei exatamente o que fazer.

O rosto de Rene abriu-se num sorriso.

— De repente você podia tentar fazer o show pelada.

Matti quase engasgou com o gim-tônica.

— Pelo amor de Deus, eu tô tentando animar minha platéia, Rene, não fazer todo mundo sair correndo!

A gargalhada das duas mulheres foi tão alta que fez com que as pessoas ao redor parassem de conversar e olhassem para elas. Matti expirou profundamente, tentando recobrar o controle.

— Uau! Isso faz bem, não faz?

— Fala isso pra platéia — Rene respondeu, com uma risadinha.

— Talvez seja uma boa idéia.

Matti tomou mais um gole do drinque e virou-se para Rene, testa franzida de pensamentos.

— Escuta, o que você tem pra fazer amanhã à tarde?

Rene encolheu os ombros.

— Absolutamente nada.

— Certo. Você conhece a Royal Scottish Academy, na Princes Street?

— Não, mas posso descobrir onde é.

— Ótimo. Me encontra lá tipo uma e meia?

— Pra quê?

— Eu quero que você veja meu show novo.

— Como assim? Você já preparou uma coisa nova?

— Acho que acabei de fazer isso, garota — Matti respondeu, engolindo o resto da bebida e batendo com o copo no balcão. — Vamos pedir mais uma rodada.

Rene negou com um aceno de cabeça.

— Acho que não vai dar, garota, desculpe — disse e pegou suas sacolas no chão. — Tenho que ir embora. Eu meio que fiquei de cozinhar hoje à noite pros dois caras que estão hospedados comigo.

— Tá bom — Matti disse, desapontada. — Vou ser obrigada a beber sozinha...

— Desculpe.

Matti sorriu, conciliadora.

— Te vejo amanhã, então. E cuidado com o francês.

Rene levantou as sobrancelhas.

— Droga, já tinha até me esquecido disso.

— Não deixa esse cara ficar na tua cola. Se ele continuar te perseguindo, agarra o pescoço dele e faz uma careta, mostra logo a língua pra ele. Com certeza ele vai enfiar o rabo entre as pernas e fugir correndo pro covil, lá no Sheraton Grand!

— OK. Já chega — Rene disse, a boca se contorcendo. — Vou embora antes de você me fazer passar mal.

CAPÍTULO

39

Por que esta noite entre todas as outras?, Tess Goodwin pensou, enquanto debruçava na janela do ônibus na expectativa de ver alguma coisa que explicasse o motivo de estarem parados por mais de dez minutos. Não viu tráfego, então talvez houvesse alguma obstrução na rua, mais adiante. Olhou para o relógio de pulso. Sete e meia. Iria se atrasar muito, e a última coisa que queria era chegar esbaforida ao restaurante. Esta noite tinha que estar pronta para ser fria. De preferência, gelada.

Levantou-se, pendurou a bolsa com o laptop no ombro e foi até o motorista.

— Vai demorar pra liberar o trânsito? — perguntou, espiando a rua.

— Não faço a menor idéia — ele respondeu, mascando chiclete. — Parece que teve um acidente. Eu vi o carro da polícia passar pela rotatória da George Street e descer a rua. — Olhou para ela. — Você tá indo pra muito longe?

— Dundas Street.

— Acho melhor ir andando, então.

— É, acho que é melhor.

As portas se abriram e Tess saltou do ônibus, subindo a rua às pressas.

Aquele era o pior dos climas para o que já se mostrara uma semana dos infernos. O jantar com Peter Hansen atordoara-lhe a cabeça o tempo todo. Andara distraída no trabalho, esquecera de pelo menos três encontros importantes e de organizar entrevistas coletivas, o que costumava ser quase uma segunda natureza para ela. E como Peter quebrara a promessa, telefonando insistentemente, Tess ficava quase paranóica toda vez que seu celular tocava. Chegou a pensar em deixar o aparelho desligado por um tempo, mas ele era seu porto seguro durante o festival.

Mas o pior de tudo era sair do trabalho todos os dias e encontrar Allan em casa. Vinha tentando agir o mais naturalmente possível com ele, mas tudo o que dizia ou fazia parecia tão falso, traiçoeiro, que acabava resolvendo apelar para o cansaço e manter as conversas entre eles restritas ao mínimo indispensável, torcendo para que o marido não reparasse na sua súbita mudança de humor ou mesmo de personalidade. Toda noite deitava-se a seu lado na cama, os olhos fixos na tevê, apesar de não prestar atenção na programação, até que ele desistisse das tentativas noturnas de fazer amor com ela e pegasse no sono, resignado ao repentino celibato, as mãos pesadas sob os ombros dela. Tess temia o dia do encontro com Peter Hansen, apesar de estar ansiosa pelo momento em que pudesse dar um fim àquela charada terrível e ter sua vida com Allan de volta ao normal.

Quando estava quase chegando ao apartamento, tirou o celular da bolsa, discou um número e levou o aparelho à orelha. A ligação foi atendida imediatamente.

— Sou eu, Tess — disse, gelada. — Vou me atrasar um pouco... não sei, meia hora, vai depender do trânsito... eu não posso fazer isso, tô a caminho de casa agora. Quero tomar um banho antes... não, Peter, não tem nada nas entrelinhas. Você não poderia estar mais enganado.

Irritada, guardou o telefone novamente na bolsa, enquanto empurrava a porta de entrada com o ombro. Subiu apressadamente as escadas, rezando para ter tempo de se trocar e sair antes de Allan chegar do escritório. Esta noite, pensou, quando tudo isso acabar, vou compensar meu marido.

Seu coração parou assim que entrou em casa e largou a bolsa na cadeira do hall. Pôde ouvir o som da tevê vindo do quarto. Tirou o casaco, enquanto cruzava o corredor, e entrou no quarto. Allan estava na cama, tomando um chá, ainda com a calça do terno, sem sapatos e a gravata afrouxada no pescoço, jornal aberto do lado. Seus olhos deixaram a tela por uns instantes e ela viu, imediatamente, a tristeza no rosto do marido.

— Allan — chamou baixinho, o coração dando pulos de apreensão. — Aconteceu alguma coisa?

Ele sorriu.

— Não, nada. — Apertou os botões do controle remoto. — Tava só vendo o final de um filminho romântico idiota que acabou me pegando. — Largou o controle remoto na cama. — Vim cedo pra casa pra ver se a gente saía pra jantar.

Tess mordeu os lábios.

— Eu não posso, Allan. Tenho outra recepção hoje. Só vim em casa pra trocar de roupa. — Sentindo o rosto arder, deu as costas para ele e andou até a porta. — Vou tomar uma chuveirada.

Voltou cinco minutos depois enrolada numa toalha, a pele formigando do banho escaldante que tomara, na esperança de que a água quente levasse embora a culpa que sentia. Allan ainda estava na cama olhando para ela. Tess sorriu para o marido e abriu o armário, tirando de lá um vestido preto de seda.

— A gente precisa conversar — Allan disse.

Tess olhou para ele.

— Sobre?

Allan encolheu os ombros.

— O que você quiser. Tem uma semana que a gente mal se fala, não sei se você reparou.

Tess colocou o vestido numa cadeira e foi até ele.

— Eu sei. Desculpe. É que...

— Trabalho — Allan interrompeu, de mau humor.

Ela segurou o braço do marido.

— Depois de hoje à noite, as coisas vão ser diferentes, Allan, eu prometo. A gente pode sair pra jantar amanhã, que tal?

Allan deu de ombros e pegou o jornal.

— Você faz alguma idéia do que aconteceu com a Angélique Pascal? — perguntou. Tess interpretou a mudança de assunto como uma maneira de não ter que responder à pergunta, apesar de sentir-se aliviada com a reação do marido. Deu uma olhada no relógio da mesa-de-cabeceira. Eram quase oito horas. Peter Hansen certamente já estava no restaurante, esperando por ela.

— Não — ela respondeu, levantando-se e indo até a cômoda para apanhar sua lingerie. — Só sei que ela voltou pra França.

Allan riu.

— Você é realmente esquisita, Tess. Semana passada você tava cheia de preocupação com ela, e agora parece que não tá nem aí.

Tess deixou a toalha cair no chão e vestiu suas roupas de baixo. Depois, olhou-se no espelho em cima da cômoda por alguns instantes. Ele estava certo. Não tinha dado a mínima para Angélique desde que ela se afastara. Andava muito preocupada com os próprios problemas.

— Eu me preocupo com ela, sim — disse, enquanto tirava o vestido do cabide. — Só que...

— *Quanto* você se preocupa com ela?

— Como assim?

— Bom, já tem uma semana que ela foi embora de Edimburgo — Allan respondeu, batendo com a mão no jornal — e você não soube de mais nada. *Você*, que lida com a imprensa o tempo todo, não acha que a história de uma violinista famosa no mundo inteiro, que cortou a mão e teve que cancelar um monte de concertos era pra ser notícia direto? Quer dizer, não saiu nada sobre a evolução do quadro dela, nem uma mísera foto. Você não acha isso meio estranho?

Tess esfregou as sobrancelhas. Mais uma vez ele tinha toda a razão. Apesar de ela ter passado a semana inteira enfiada nos jornais, procurando por matérias sobre os shows e os artistas, nem tinha percebido a falta de notícias sobre Angélique.

— Talvez ela tenha pedido privacidade enquanto se recupera — respondeu. — Ela é uma pessoa bem reservada, na verdade.

— Até parece. Você sabe muito bem que os paparazzi não dão a mínima pra privacidade de nenhuma celebridade. É tudo uma questão de grana pra eles. E não é estranho também ela não ter tentado falar com você, nem nada? Vocês ficaram tão amiguinhas; ela tem seu telefone. — Allan fechou o jornal, jogou-o no chão e cruzou os braços. — Eu acho que você devia tentar descobrir mais alguma coisa. E, pra falar a verdade, até *eu* tô preocupado, mesmo que ninguém pareça estar.

Tess olhou para ele.

— Você tá certo. Era pra ela ter me procurado.

— Eu acho.

Tess olhou mais uma vez para o relógio da cabeceira. Aquele era um assunto que ela não poderia evitar. Peter Hansen que esperasse um pouco mais. Vestiu-se e deixou o quarto. Voltou minutos depois com o celular e o caderno de endereços. Sentou-se ao lado de Allan, folheou o caderninho e começou a teclar.

— Pra quem você tá ligando? — Allan perguntou.

— Harry Wills, um jornalista — Tess respondeu, levando o telefone à orelha. — Vou te falar, isso é quebrar uma regra fundamental. Nunca peço informações pra imprensa.

Allan girou as pernas até a beirada da cama e levantou.

— Vou pegar mais um chá. Você quer?

— Alô, Harry Wills? — Tess perguntou, balançando a cabeça negativamente para o marido.

Cinco minutos depois, Allan voltava para o quarto com uma caneca de chá cheia até a boca na mão, para encontrar Tess olhando fixamente pela janela, segurando o celular.

— E aí? — perguntou, colocando a caneca na mesa-de-cabeceira.

— Ele tá vindo pra cá.

— Por quê? O que foi que ele falou?

— Bom, primeiro ele pareceu bem firme com a história da Angélique ter voltado pra França. Mas, depois, quando eu disse que era muito amiga dela e que não conseguia entender a falta de notícias, ele mudou completamente de atitude.

— Como assim?

— Simplesmente ele começou a fazer um monte de perguntas sobre como a gente tinha se conhecido, quando a gente tinha se encontrado pela última vez... e, quando eu falei que trabalhava no escritório internacional do festival, ele disse que talvez fosse melhor vir até aqui me encontrar. — Deixou o telefone e o caderno de endereços na cabeceira. — O mais estranho é que eu acho que reconheci a voz dele. Tenho quase certeza de que foi ele que ligou pro escritório, dando a notícia do acidente da Angélique.

— Acho que eu tava certo, então? — Allan sentou-se na beirada da cama e esfregou o rosto com as mãos. — Gente, parece que tem um monte de intrigas terríveis acontecendo no festival este ano.

Fez o comentário com voz tão tensa que Tess deu uma olhada de canto de olho para ele, preocupada. Decidiu que o silêncio seria a única resposta cabível.

Quarenta minutos depois, Tess fechava a porta do apartamento atrás de Harry Wills e atravessava o corredor de volta para o quarto. Allan estava vestindo o terno, ao mesmo tempo que estudava o pedaço de papel que o jornalista rasgara do próprio caderno de anotações.

— Aonde você vai? — ela perguntou.

— East Lothian. Alguém tem que ver como a Angélique está.

Tess mordeu o lábio. Era a hora de decidir, mas, na verdade, seu coração já sabia para onde devia ir.

— Eu vou com você.

— Não precisa — Allan disse, estudando o rosto da mulher com atenção. — É melhor você ir pra sua recepção.

Ela olhou no relógio de pulso. Quinze para as nove. Já tinha ficado tarde, de qualquer maneira. Não sabia qual seria o próximo passo de Peter Hansen, mas estava preparada para enfrentar as conseqüências. Pegou a bolsa sobre a cômoda.

— Não, eu não vou. — Andou em direção à porta. — Vou só dar uma ligadinha pra Sarah Atkinson e avisar.

Não era uma hora boa para tentar cruzar para o outro lado de Edimburgo. As ruas estavam tomadas de carros e gente. Durante a maior parte da viagem, ainda na cidade, Allan dirigiu em silêncio, quebrando-o somente com alguns palavrões sussurrados, já que o sinal ficava vermelho toda vez que se aproximavam. Tess não estava preocupada com isso. Seu pensamento voltava-se completamente para o confronto, agora inevitável, que teria com Sir Alasdair Dreyfuss. Ficava imaginando a cena ao ser chamada ao escritório dele, tentando pensar no que diria quando fosse questionada sobre seu caso com o amigo do chefe, Peter Hansen, sabendo que, fosse qual fosse a resposta, não faria muita diferença. Seu futuro como funcionária do escritório do Festival Internacional de Edimburgo provavelmente seria considerado impossível.

Quando falara com Peter Hansen ao telefone, antes de sair de casa, ele fora surpreendentemente compreensivo quanto às razões que a impediam de encontrá-lo no restaurante. "Que pena", dissera. "Vamos combinar pra outra noite, então." E ela respondera: "Vamos ver." Agora, pensava em como teria sido mais fácil e seguro se tivesse dito "Claro que sim", mas olhou para Allan, balançando a cabeça, frustrado depois de avançar somente mais alguns metros com o carro, e teve certeza de ter tomado a decisão certa em não continuar com aquele jogo tolo, sujo e estúpido. Seu trabalho era descartável, seu marido, não. Allan era o homem que ela amava e não estava disposta a perdê-lo.

Não queria mais pensar naquilo. Lembrou-se de Angélique e refletiu se deveria ligar para ela em East Lothian, avisando que ela e o marido estavam indo vê-la. Pegou o celular na bolsa e o pedaço de papel no qual Harry Wills tinha anotado o telefone de Jamie Stratton, amigo da violinista, ao lado da caixa de marchas do carro. Leu o papel mais uma vez, tentando entender por que o nome lhe parecia tão familiar, e depois se lembrou do encontro no Hub Café com aquele senhor, o cameraman que estava desesperado para encontrar um lugar onde ficar na cidade. Distraidamente, colocou novamente o papel e o telefone ao lado da marcha e encostou a cabeça no vidro, pensando naquela extraordinária coincidência.

Quando se deu conta, estava acordando num sobressalto, piscando os olhos para se acostumar com a luz que vinha dos faróis dos carros. Estavam agora na estrada de mão dupla, viajando em velocidade. Do lado esquerdo, pôde ver o quarteirão iluminado da usina elétrica de Tranent. Esticou o braço e apertou a mão de Allan.

— Desculpe. Eu cochilei.

— Você deve estar exausta — ele respondeu.

— Bastante.

— Dormindo tarde direto, trabalhando em vários turnos.

Tess franziu o cenho. A voz dele estava quase frenética.

— Até que nem tanto.

— Você tá dormindo com ele de novo?

Tess sentiu o rosto em chamas.

— O quê?

— Peter Hansen. Você não consegue, não é?

Tess engoliu com dificuldade.

— Eu não sei...

— Claro que você sabe do que eu tô falando. Eu vi o desgraçado, hoje à noite. Ele tava rondando a porta do nosso prédio quando eu cheguei do trabalho. Ele me reconheceu e saiu correndo. Comportamento típico do rato que ele é.

Tess sacudiu a cabeça.

— Allan, eu...

— Não vem me dizer que você não sabia que ele tava aqui. Pra quem você ligou antes de sair? Com certeza não foi pra Sarah Atkinson, foi? — Pegou o celular do lado da caixa de marchas e apertou os botões. — Olha só, se não é o nome do Peter Hansen que aparece aqui? Ou você vai dizer que é pura coincidência?

Tess apertou os olhos.

— Pára o carro.

— Por quê? Você quer saltar pra ir correndo pros braços do seu amado? É isso que você quer?

— Por favor, só pára o carro.

Allan entrou no acostamento a toda, meteu o pé no freio e desligou o motor. O silêncio era absoluto. Tess o ouviu soltar um gemido profundo e o viu curvar-se sobre o volante, a cabeça entre as mãos.

— Eu realmente não sabia que ele ia aparecer por aqui, Allan. Ele simplesmente veio. E o desgraçado achou que tudo seria como antigamente.

Allan levantou o rosto e olhou para ela.

— E foi?

— Não, claro que não. Por que seria? Eu tô casada com você agora. Não quero mais ninguém na minha vida, muito menos ele.

— Mas você ia jantar com ele, hoje, não ia?

Tess fez uma pausa, realizando quão mal tinha orquestrado a situação toda. Nunca deveria ter escondido nada de Allan.

— Ia. Eu ia jantar com ele.

— Jesus — Allan balbuciou irado, batendo a cabeça contra o volante.

— Deixa eu terminar, por favor! Só concordei porque ele ameaçou contar pro Alasdair Dreyfuss sobre o nosso... — A palavra ficou engasgada momentaneamente na boca de Tess. — Relacionamento. Eu não queria perder meu emprego e, menos ainda, perder você. Eu ia jantar com ele, mas juro, Allan, do fundo do meu coração, que ia terminar essa história de uma vez por todas. Eu odeio esse homem, e me odeio também por ter me envolvido com ele, porque o resultado foi que quase perdi você. Resolvi não te contar que ele tava aqui porque... sei lá, porque achei que ia conseguir contornar a situação sozinha.

— Por quê? Não passou pela sua cabeça que eu também tô envolvido? Se você resolver esculhambar a sua vida, vai esculhambar a minha também.

Tess olhou para baixo, sentindo lágrimas de estupidez e desesperança encherem seus olhos.

— Eu sei, desculpe. Eu devia ter te contado. — Abriu o porta-luvas e tirou de lá uma caixa de lenços de papel. Puxou um punhado e secou os olhos. — Foi a semana que eu mais odiei na minha vida. Senti como se tivesse te traindo a cada segundo. E fazer isso com alguém que a gente ama de verdade é simplesmente a coisa mais difícil do mundo de suportar.

Houve um longo silêncio antes que Allan resolvesse falar.

— Eu não sei o que dizer, Tess. Talvez você tenha esquecido, mas, quando a gente discutiu isso tudo no ano passado, achei que tinha ficado combinado que um não ia esconder mais nada do outro. Caramba, isso foi fundamental pra gente casar! E agora você jogou tudo pela janela, como se aquelas conversas intermináveis sobre confiança e reconciliação fossem totalmente dispensáveis. E é exatamente assim que você sempre faz com que eu me sinta: completamente, profundamente dispensável.

Tess se esticou e segurou o braço do marido.

— Por favor, nunca mais fala isso. Eu sei que eu estraguei tudo, mas você tem que entender que não aconteceu nada, e nada nem parecido vai acontecer, nunca mais. Você é a única pessoa que eu quero na vida.

Com uma sacudidela de cabeça, Allan ligou o carro e pisou no acelerador, fazendo o motor voltar a funcionar ruidosamente.

— Melhor a gente ir atrás da Angélique.

— A gente pode fazer um acordo de paz, primeiro?

Allan olhou para ela e suspirou profundamente.

— Tudo bem, mas só por causa da sua amiga, porque, Tess, se você pensar sobre o que acabou de me dizer, que nunca mais nada nem parecido vai acontecer, vai lembrar que usou quase as mesmas palavras no ano passado.

— Eu sei o que vai acontecer depois — Angélique disse, deitada com Jamie no sofá da sala de televisão, a única luz no ambiente vindo da tela da tevê.

— Tá bom, diz aí, eu quero saber.

— O homem de barba, que tava no ônibus, seguiu a mulher e entrou na casa.

— Como?

— Sei lá. Por uma janela aberta, de repente.

— Errado.

Angélique levantou a cabeça do peito de Jamie e olhou para ele.

— Por que você acha isso?

— Pode ser intuição. — Riu para ela. — Ou pode ser que eu já tenha visto o filme.

— Você é tão cínico! — ela exclamou e pegou uma almofada.

O ataque iminente não chegou a acontecer, já que seu braço parou no ar quando a porta da sala de estar foi aberta e as luzes acesas. Ela e Jamie se viraram e encontraram Rory Stratton parado na porta, de roupão.

— Oi, pai — Jamie disse. — Pensei que você já tivesse ido dormir.

— É, eu já ia subir, mas ouvi um carro chegando. Vocês têm visitas.

A notícia fez com que os dois se levantassem imediatamente. Jamie olhou confuso para o casal jovem que entrava na sala, nunca os tinha visto antes. Estavam vestidos como se tivessem ido a uma festa, o homem de terno, a mulher num vestido preto de noite e maquiada. Jamie virou-se quando ouviu Angélique deixar escapar um gritinho de surpresa:

— Tess!

Ela atravessou a sala correndo e pendurou-se no pescoço da amiga.

— Oi, Angélique, como é que você tá? — Tess deu dois beijinhos em Angélique. — A gente acabou de saber o que aconteceu e eu quis vir ver você.

Angélique soltou a amiga.

— Não acredito. Como é que você ficou sabendo que eu tava aqui?

— É, boa pergunta — Jamie disse, ainda com olhar suspeito para o casal.

— Bom, você pode descobrir oferecendo um drinque, Jamie — o pai respondeu, ainda de pé na porta, lançando um olhar de reprovação ao filho pela falta de hospitalidade. — Estou indo me deitar. Boa-noite a todos. — Estava quase saindo da sala quando olhou novamente para Jamie.

— Se vocês forem conversar até muito tarde, Allan e Tess podem passar a noite aqui, se quiserem. O quarto de hóspedes normalmente fica com as camas arrumadas.

Jamie acenou com a cabeça.

— Valeu.

Quando Rory fechou a porta atrás de si, as duas jovens sentaram no sofá, já envolvidas numa conversa particular. Ainda sem saber exatamente o que estava acontecendo, Jamie forçou um sorriso ao aproximar-se do homem, a mão estendida.

— Oi, a gente não foi apresentado ainda. Jamie Stratton.

Allan apertou a mão de Jamie.

— Allan Goodwin. — Apontou para a jovem sentada com Angélique. — Tess, minha... mulher.

— Certo. Então, quer beber alguma coisa?

— Uma cerveja ia ser bom.

— E Tess?

Allan encolheu os ombros.

— Alguma coisa leve. Ela vai dirigir na volta.

— E vocês estão voltando pra onde, exatamente? — Jamie perguntou, a caminho do bar, ainda incerto quanto à sugestão do pai de oferecer um quarto ao casal, até que conseguisse saber um pouco mais sobre eles e suas intenções.

— Edimburgo — Allan respondeu, seguindo-o pela sala. — Na verdade, Tess disse que conhece você.

— É? — Jamie olhou intrigado para a moça sentada com Angélique no sofá. — Não sei se eu lembro...

— Vocês se falaram no telefone.

— Sobre o quê?

— Alugar um quarto pra um tal de senhor Hartson? Ela disse que ele era cameraman.

Jamie encarou o homem.

— Eu me lembro de um telefonema do escritório internacional.

— Exatamente. A Tess trabalha lá.

— Ah, tá — Jamie respondeu, olhando apreensivo para a jovem. — Mas o senhor Hartson não ia saber dizer pra onde a gente tinha ido.

— Não, quem falou foi um jornalista, Harry Wills.

— *Harry Wills?* — Jamie perguntou, incrédulo, quase derrubando o copo de Coca-Cola no chão. — Desculpe eu perguntar isso, mas por que ele achou que precisava contar pra vocês?

— Porque nem eu nem Tess tínhamos notícias da Angélique desde a suposta viagem dela pra França. Ela ligou pro Harry porque sabia que ele já tinha um contato antigo com a amiga.

— E o Harry... contou tudo?

— É, ele achou que não teria mais problema agora. Disse que parou de vigiar a porta do seu prédio há três noites.

— É, eu sei, mas não esperava que ele fosse sair contando pra todo mundo onde a gente tá.

— Não precisa se preocupar. Nem eu nem Tess vamos falar nada pra ninguém. — Allan estudou a expressão de desconfiança no rosto de Jamie, enquanto o jovem levava a Coca-Cola para Tess. — Honestamente, eu acho que — Allan continuou baixinho, quando Jamie voltou para servir a cerveja —, até a situação com a Angélique ficar resolvida, quanto mais aliados vocês dois tiverem, melhor. As duas ficaram muito próximas e a Tess nunca faria nada que colocasse em risco a segurança ou a privacidade da amiga.

Jamie entregou a cerveja para Allan e olhou para as duas mulheres conversando, aparentemente alheias à presença dos dois homens na sala. Ele encolheu os ombros.

— Não tinha idéia que a Angélique conhecia alguém em Edimburgo. Não sei por que ela nunca falou da Tess pra mim.

Allan lançou um olhar gelado para Jamie.

— Bem-vindo à mente das mulheres — disse, levantando o copo para um brinde —, elas têm essa mania horrível de guardar segredos da gente.

Apesar de Jamie não conhecer os motivos do comentário de Allan, aquilo foi suficiente para estabelecer uma cumplicidade masculina e aliviar o desconforto que vinha sentindo desde a chegada do casal. Levantou também seu copo para o brinde.

— Escuta, desculpa eu ter sido meio... bom, pouco receptivo, antes. Fui atirado no meio desse jogo e acho que acabei ficando meio obcecado com essa história de proteger a Angélique.

— É, já reparei — Allan disse, olhando rapidamente para a violinista, antes de olhar de novo para Jamie, com um sorriso no rosto —, e acho que dá pra entender o motivo.

Jamie sentiu o rosto enrubescer instintivamente diante do comentário de Allan.

— Então? — perguntou, decidido a mudar de assunto. — Vocês vão querer ficar pra dormir? Meu pai já disse que o quarto tá pronto.

— Obrigado, mas a gente jamais se infiltraria dessa maneira.

— Infiltrar? Que isso, imagina — Jamie respondeu, olhando para as duas no sofá. — Duvido que essas duas parem de falar por um bom tempo.

— Parece que não, né?

— Então, vocês ficam?

Allan coçou a cabeça.

— Tá bom, por que não?

— Ótimo — Jamie respondeu, encaminhando-se para o bar. — Agora não tem desculpa pra gente não tomar uma coisinha mais forte.

CAPÍTULO 40

— Espera aí, garota, pára de chutar — Rory Stratton murmurou, apertando as pernas em volta do corpo da ovelha para evitar que escapasse.

Virou-a no cercadinho para que pudesse ver a ferida infeccionada na pata sob a luz do sol da manhã.

— Certo, vamos ver se conseguimos deixar você em forma.

Tirou um canivete do bolso traseiro do jeans e começou a raspar o casco da ovelha, torcendo o nariz para o cheiro ruim que exalava da ferida.

— Nossa, mas é das grandes. Eu devia ter visto antes.

Pegou o spray antibiótico no chão e sobressaltou-se ao ver a silhueta ao seu lado. Segurando firme as patas do animal, levantou-se, espreguiçando as costas doloridas, e olhou para o jovem para quem dera boas-vindas na noite anterior.

— Você acordou cedo — disse sacudindo a lata de spray, enquanto apreciava os trajes do homem. — Não é a melhor roupa pra quem visita um curral de ovelhas.

Allan olhou para a calça azul-marinho, o mocassim preto já manchado de lama, e sorriu.

— É, você tá certo, mas eu fiquei com vontade de dar uma caminhada. — Debruçou na cerca de madeira e entrelaçou as mãos. — Você sempre fala com elas assim?

Rory riu.

— Um pouco estranho, não é? — Baixou o tronco e borrifou o spray na pata da ovelha. — Minha mulher me acusa às vezes de conversar mais com minhas ovelhas que com ela. Diz que são as outras mulheres da minha vida.

Allan enfiou as mãos nos bolsos da calça.

— Pelo menos sua mulher só tem que competir com bichinhos peludos — disse, virando-se na direção da casa.

Rory olhou rapidamente para o homem, detectando a melancolia nítida em sua voz. Liberou a ovelha para que apoiasse as patas da frente e depois a soltou completamente, observando enquanto corria para os fundos do curral, virando-se para olhar para ele, desconfiada. Rory foi até a cerca e guardou o spray na bolsa pendurada em um dos postes de sustentação.

— Parece que você andou experimentando o mesmo problema.

Allan deixou escapar um suspiro.

— Mais ou menos.

Rory pegou uma toalhinha no bolso do colete acolchoado e limpou as mãos.

— Casado há muito tempo?

Allan olhou intrigado para ele.

— Por que a pergunta?

Rory apoiou o cotovelo na cerca.

— Bom, certamente não é da minha conta, mas acabei de ver a aliança novinha brilhando no seu dedo e fiquei me perguntando por que alguém ia preferir andar por uma fazenda enlameada a essa hora da manhã, em vez de ficar enrolado na cama com uma mulher linda e jovem.

Allan mordeu o canto do lábio, estudando o rosto marcado pela vida ao ar livre do fazendeiro, e perguntou-se se deveria ficar ofendido com o comentário.

— Às vezes as coisas não são exatamente como parecem ser, se é que você me entende.

Rory riu.

— Entendo perfeitamente! Eu acho, meu amigo, que essa é só uma das anomalias do casamento. Imagina que, depois de vinte e sete anos casado com a minha mulher, achei que a gente teria um plano de entendimento quase zen. Que faria de tudo para evitar as besteiras que nos deixam em pé de guerra. Mas não, a gente continua apegado a elas, feito mosca em volta da luz. O que sempre é bom lembrar é como a vida seria chata sem as perturbações e as pequenas diferenças. — Deu um sorriso, antes de se afastar da cerca e cruzar o curral para soltar a ovelha no pátio ao lado. — Eu acho que é mais saudável ter um pouco de incêndio no casamento do que deixar as coisas esfriarem aos poucos. Isso, sim, pode causar problema.

— E a confiança? — Allan perguntou.

— É fundamental em qualquer relacionamento.

— Então não deve haver segredos, nada escondido?

— Isso depende do contexto, se eles existem pra enganar ou pra proteger. Um é o tipo de segredo que quebra totalmente a comunicação, o outro é amor. — Rory pegou sua bolsa, pendurou-a no ombro e pulou a cerca. Sorriu para Allan. — Escuta, casamento não é sempre um mar de rosas, mas é muito melhor que ficar sentado sozinho num monte de esterco pro resto da vida.

Allan sorriu para o fazendeiro.

— Boa frase. Vou usar de vez em quando.

— Bom, não se esqueça de onde a ouviu primeiro. Marca registrada Stratton. — Virou a cabeça na direção da casa. — Acho que você vai ter companhia.

Allan se virou e viu Tess caminhando até eles, os braços cruzados enquanto andava pela estradinha que ia da casa até o curral. Olhou novamente para Rory.

— A gente vai voltar pra Edimburgo logo, logo; então, se não te encontrar antes de ir, muito obrigado pela hospitalidade e... bom, pelos conselhos também.

— O prazer foi meu — Rory disse, piscando para ele. — Boa viagem de volta. — Cruzou o pátio de cimento até o curral das ovelhas, pendurou a bolsa num gancho da porta e foi até o silo para separar o alimento dos animais. Dez minutos depois estava de volta ao curral. Montou em seu quadriciclo, ligou o motor e saiu com o veículo. Avistou o jovem casal parado no meio do caminho, conversando, uns cem metros adiante. Depois, viu quando o homem passou os braços em volta da cintura da mulher, puxando-a para perto e beijando-a longamente nos lábios. Rory sorriu satisfeito, parabenizou-se com um aceno de cabeça e partiu em velocidade pela estrada de terra a caminho da colina, seguido de perto por seus dois velozes cães pastores.

CAPÍTULO

41

Alasdair Dreyfuss colocou a xícara de café sobre a escrivaninha, sentou na cadeira e, debruçando sobre os cotovelos, esfregou os olhos nitidamente cansados. Nos últimos dez dias, o mais cedo que tinha ido para a cama havia sido às duas da madrugada, e isso começava a dar mostras em sua fisionomia. Pegou a agenda e verificou os compromissos listados para o dia. O telefone começou a tocar e ele resmungou irritado, considerando o motivo pelo qual, às nove e quinze da manhã, o escritório ainda estava vazio.

— Onde é que foi parar todo mundo — exclamou, tirando o fone do gancho no sexto toque. — Alô, escritório internacional.

— Alasdair? — Uma voz de mulher perguntou.

— Sim — o diretor respondeu, a testa franzida pela dúvida. — Quem fala?

— Birgitte Hansen.

— Birgitte! — Alasdair exclamou, recostando na cadeira, imediatamente relaxado ao perceber se tratar de uma ligação informal. — Que surpresa agradável! Como vai você?

— Tudo bem.

— E a família?

— Todo mundo ocupado, fazendo uma porção de coisas. Kirsten está trabalhando num restaurante aqui perto, em Charlottenlund, ganhando um dinheirinho antes de voltar pra universidade, e Henning vai começar na escola nova semana que vem; então, tem uma porção de coisas pra providenciar, como você pode imaginar. Não consegui parar muito durante o verão, então estou aguardando ansiosamente o feriado com você e Paula em Lillehammer, em abril.

Alasdair riu.

— Eu posso dizer o mesmo. Estamos no meio do festival e o escritório está um caos. E o Peter, como vai?

A pergunta promoveu um longo silêncio e, por um momento, ele achou que a ligação tivesse caído.

— Desculpe — Birgitte disse finalmente. — O que foi que você disse?

— Perguntei pelo Peter.

— Mas você devia saber dele. Ele não está aí?

Alasdair avançou na cadeira.

— Peter? Acho que não, Birgitte.

— Claro que está. Disse que ia dirigir umas peças pra você. — Alasdair começou a notar o desespero crescente na voz dela. — Estou mandando uma surpresa pelo correio, hoje, mas não sei o endereço do hotel e não quero ligar pro celular dele. Será que você poderia me dar?

Alasdair esfregou as sobrancelhas.

— Birgitte, me desculpe, mas, se ele está em Edimburgo, deve ser por outro motivo, porque nós não nos vimos e, com certeza, ele não está dirigindo nada para mim.

Ouviu-a murmurar alguma coisa em dinamarquês e conseguiu decifrar a palavra Deus no meio da frase.

— Birgitte, tudo bem com você?

Houve um longo suspiro.

— Tudo, tudo bem — respondeu em tom resignado, quase triste. — Me diz uma coisa, Alasdair, você conhece uma moça chamada Tess?

— Bom, imagino que você esteja falando de Tess Goodwin. Ela trabalha aqui no escritório.

— Ah, ela ainda trabalha aí? Descobri que ela é muito amiga do Peter.

— Imagino que sim. Ela ficou responsável por ele uns dois anos atrás, quando ele veio dirigir um espetáculo para mim pela primeira vez.

— E ela fez um ótimo trabalho, pelo visto. Por dois anos, não um.

Alasdair franziu o cenho.

— Não tenho certeza se entendi o que você quis dizer, Birgitte.

Ouviu um longo suspiro do outro lado da linha.

— Peter teve um caso com ela. Aconteceu das duas vezes em que ele foi pra Edimburgo e eu descobri já quase no fim do festival, no ano passado.

Alasdair olhou fixamente para a porta do escritório, em estado de choque.

— Você tem certeza?

— Claro que eu tenho. O próprio Peter me contou. Ele é feito criança, Alasdair, não consegue guardar um segredo. Me contou tudo, pra... como é mesmo a palavra? Pra... purgar a culpa.

Alasdair passou a mão na cabeça.

— Birgitte, eu não fazia idéia. Eu sinto muito.

— Isso não é novidade. Já tinha acontecido antes. Ele vai trabalhar em outro lugar e eu nunca sei o que vai me contar quando voltar.

— E por que diabos você agüenta isso?

— Por causa da Kirsten, do Henning e... isso pode parecer estúpido pra você, mas ele é tão honesto sobre as besteiras que faz que... — Ela suspirou novamente. — Mas parece que o caso com essa Tess continuou; então, talvez agora eu tenha que tomar uma atitude.

— Birgitte, para ser muito sincero, não sei se você está certa desta vez. Tess casou este ano e tenho certeza de que é completamente apaixonada pelo marido. Não consigo imaginar que pudesse colocar o casamento em risco.

— Você sabe quanto tempo ela namorou o marido antes de casar?

— Ah, um bom tempo. Acho que uns três... — Alasdair parou no meio da frase, dando-se conta do que estava dizendo. Levou uma mão à testa e fechou os olhos. — Ah, Birgitte, eu realmente não sei o que dizer.

— Tudo bem. É problema meu, de mais ninguém. Vou falar com ele e descobrir a verdade. — Riu baixinho. — Ele vai me contar, com certeza. Tchau, Alasdair.

Ele retribuiu o cumprimento, colocou o fone no gancho e começou a tamborilar sobre a mesa, perdido em pensamentos. O telefone tocou novamente, agora uma ligação interna. Atendeu:

— Alô?

— Bom-dia, Alasdair. — Era Sarah Atkinson. — Estou com Peter Hansen querendo falar com você na outra linha. Você atende?

— Falando no diabo. Atendo sim, com certeza. Sarah, a Tess já chegou?

— Acabou de chegar. Ela tinha ligado pra avisar que ia se atrasar um pouco.

— Você pede para ela vir até minha sala, assim que eu acabar de falar no telefone?

— Claro.

Assim que ela desligou, Alasdair ouviu a voz suave de Peter Hansen cumprimentá-lo com o charme autoconfiante habitual.

— Peter — Alasdair cortou, veementemente. — Acabei de falar com a Birgitte, e, se eu fosse você, seu idiota, abotoaria as calças e voltaria correndo para casa.

Bateu com o fone no gancho e levantou. Enfiou as mãos nos bolsos da calça e olhou pela janela, na tentativa de acalmar a raiva e organizar os pensamentos, antes que Tess aparecesse. Não teve mais que um momento, porque ouviu as batidas à porta quase imediatamente.

— Entra!

Virou-se e pôde imaginar, pela expressão de Tess ao entrar, que Sarah devia tê-la advertido sobre a possibilidade de algum tipo de confronto.

— Sente-se, Tess — disse, indicando a cadeira de madeira do outro lado da escrivaninha. Observou enquanto a moça se sentava, aparentemente nervosa, pela maneira como ajeitava a saia sobre os joelhos. — Está tudo bem?

— Tudo. Bebi um pouco mais do que devia, ontem à noite, mas... — Suspirou longamente. — Já tô pronta pro que der e vier.

— Certo. — Ele pigarreou. — Tess, não tem uma maneira fácil de perguntar isso, mas você teve... ou talvez fosse melhor dizer, está tendo um caso com Peter Hansen?

Ela sacudiu afirmativamente a cabeça, devagar.

— Com certeza você andou falando com ele.

— Muito rapidamente, mas, na verdade, quem me contou a novidade foi a mulher do Peter.

Tess apertou os olhos e baixou a cabeça.

— Não tinha idéia de que ela sabia.

— Então a história tem três anos?

Tess levantou a cabeça num tranco.

— Não, acabou no ano passado. Eu não sabia que ele ia aparecer de novo. Ele ligou do nada, mais ou menos uma semana e meia atrás. Você me passou a ligação, lembra?

— Ele já estava em Edimburgo?

— Já e, literalmente, me forçou a encontrar com ele.

— Como ele fez isso?

— Sugerindo que, se eu não fosse jantar com ele, iria contar pra você sobre o nosso caso.

Alasdair passou os dedos sobre as sobrancelhas.

— Meu Deus, mas isso é chantagem.

— Eu sei — Tess respondeu baixinho.

— Mas, Tess, você não... sucumbiu desta vez?

Apesar da seriedade da situação, Tess não pôde deixar de sorrir diante da formalidade do chefe.

— Não, claro que não. Estou casada agora, Alasdair. Tô muito feliz. Com certeza não arriscaria tudo por causa de um homem como Peter Hansen.

O diretor acenou com a cabeça.

— Que bom!

— Eu aceitei jantar com ele ontem, mas foi só isso. Com certeza achou que era um passo pra voltar com o caso, mas, na verdade, eu ia dizer pra ele sumir da minha vida.

— E você disse?

— Não. Acabei não conseguindo ir.

Alasdair balançou a cabeça devagar, juntando as peças e imaginando o motivo da ligação de Peter Hansen.

— Obviamente ele me ligou hoje para entornar o caldo, então.

— Com certeza. — Tess chegou o corpo para a frente, apoiando as mãos na escrivaninha. — Eu nem sei por onde começar a pedir desculpas, Alasdair. Eu sei que ele é um grande amigo seu, e nem quero imaginar o que a mulher dele deve estar pensando agora...

— Bom, ela acha que o caso continua.

— Eu juro que não. Acabou pessimamente no ano passado, mas, ainda assim, me sinto superculpada por ter acontecido e ter te decepcionado desse jeito.

Alasdair refutou o comentário com um aceno de mão.

— Tess, você não tem motivos para se sentir assim. *Eu* é que sou culpado.

Tess olhou para ele, perplexa.

— Como assim?

— Eu não admiti isso para a mulher dele, mas há anos sei que Peter é um mulherengo. Teve namoradas em todos os lugares onde foi trabalhar. Eu *nunca* deveria ter encarregado você de tomar conta dele naquele primeiro ano. Na verdade, só agora eu percebi que isso foi tão inteligente quanto mandar uma ovelha para o abatedouro. Sou eu quem te deve desculpas.

Tess permaneceu em silêncio por alguns instantes. Nunca poderia imaginar que ele reagiria daquela maneira.

— Obrigada — disse baixinho.

— Não tenho palavras pra dizer como me faz bem ouvir isso.

Alasdair sorriu para ela.

— E como me faz mal.

Tess recostou novamente na cadeira e esfregou nervosamente a palma da mão.

— E... quanto ao meu trabalho? Você quer que eu continue?

O diretor a encarou, incrédulo.

— Claro que sim. Você achou que corria o risco de perder o emprego?

— Pra ser franca, achei.

Ele sacudiu a cabeça vagarosamente.

— Que horror... não. E eu preciso acrescentar que você pensou que poderia perder o emprego, mas eu percebi o quanto você não conhece meus métodos. — Parou de andar atrás da escrivaninha e sentou, entrelaçando as mãos à sua frente. — Você se tornou uma peça importante da nossa equipe, Tess. Diria até que você é insubstituível, e acho que não poderia ter lidado melhor com essa situação terrível com Peter Hansen.

— Poderia sim.

— Como?

Ela fez uma pequena pausa.

— Contei tudo pro Allan no ano passado e isso foi a principal razão pra gente acelerar o casamento. Mas eu não falei que ele tinha vindo agora e ele descobriu.

— Meu Deus, não — Alasdair murmurou. — Isso causou problemas.

— Achei que tinha estragado tudo, mas acabou que deu pra contornar a situação. Se tem algum lado positivo nessa história toda é que eu tive mais certeza ainda de como o Allan é especial e do tamanho do meu amor por ele.

— Bom, você é uma garota de sorte por ter fisgado um homem assim.

Tess sorriu.

— É, eu sei.

Alasdair balançou a cabeça.

— Bom, só posso reiterar que sinto muito por isso tudo ter acontecido, Tess, e, se você achar possível, espero que tratemos o episódio como água embaixo da ponte.

— Eu adoraria.

— E se o senhor Hansen disser mais algum desaforo para você, por favor me avise.

— Sem pestanejar.

— Ótimo. — O diretor bateu com as mãos na agenda em cima da mesa e sorriu para ela. — Então, talvez seja hora de voltarmos ao trabalho.

CAPÍTULO 42

Seguindo de perto os passos de Matti Fullbright, Rene entrou no Smirnoff Underbelly pela porta que ficava embaixo de um arco tubular, de onde pendia uma vaca de cabeça para baixo, com tetas que desafiavam a gravidade. Desceu a escadaria de pedra e entrou num foyer pintado de cor chamativa, claustrofobicamente pequeno.

— É isso? — Rene se perguntou, enquanto olhava em volta, sem conseguir entender por que tanto fuzuê por causa de um espaço feito para anões.

— Espera aí — Matti respondeu, fazendo sinal para que Rene a seguisse. — Não dá pra julgar antes de ver tudo.

Abriu caminho até uma escada circular de pedra, onde duas pessoas subnutridas mal podiam descer ou subir os degraus desgastados por séculos de uso sem contato físico. Havia luminárias direcionadas para as paredes grossas e escuras lotadas de pôsteres de divulgação dos próximos espetáculos. Ao final da escada havia um saguão pequeno e cheio de gente que levava a duas portas com placas que diziam: "Silêncio. Espetáculo em curso." Duas moças de camiseta vermelha em que se via a logo da vaca invertida atendiam a platéia.

— Vem, continua andando — Matti disse, guiando-a até outra escadaria idêntica à anterior.

— Não sei se eu tô gostando muito disso — Rene disse, apoiando a mão na parede gelada para facilitar a descida. — Tá parecendo uma viagem ao centro da Terra.

— É, parece um pouco — Matti respondeu, desaparecendo momentaneamente.

— Que lugar é esse?

— Um antigo cofre de banco — a voz sem corpo presente de Matti ecoou na escadaria. — Dizem que é meio assombrado.

— Ai, meu Deus do céu — Rene murmurou, apressando-se para alcançar sua guia turística.

Continuaram descendo mais e mais lances em caracol, todos os andares lotados de gente esperando do lado de fora das salas de espetáculos ou espremida em bares de teto baixo que chacoalhavam com gargalhadas e rodas de conversa.

— Qual o tamanho desse lugar? — Rene perguntou ao se espremer para passar por uma americana grandona que tinha escolhido um péssimo ponto para parar e estudar a programação.

— São dez salas de espetáculos, dois bares e uma boate — Matti respondeu. — Acho que eles oferecem uns cento e trinta shows por dia.

Finalmente chegaram ao final da escadaria e encontraram um bar grande, também completamente abarrotado.

— Aqui é o famoso Beer Belly — Matti disse ao se encaminhar para o balcão azul do bar. — Vou pegar umas bebidas e te encontro lá fora, no jardim. — Apontou para uma porta no final da sala.

Rene abriu caminho na multidão e foi até a porta que dava para uma alameda pequena, os cinqüenta metros de extensão cobertos de lâmpadas acesas. Pequenos espaços de portas abertas, transformados em negócios temporários, como cafés, cozinhas de fast-food, enchiam a rua e as pessoas consumiam os produtos em mesas de madeira encostadas nas paredes de pedra das construções seculares. Rene parou em frente a um quadro enorme que mostrava toda a programação de shows e riu dos trocadilhos inteligentes que davam nome aos espaços: Belly Button, Belly Dancer, Delhi Belly. Passou os olhos pela lista de eventos, encontrando finalmente o nome de Matti sob uma coluna intitulada Belly Laugh.

— Finalmente achei você — disse Matti aproximando-se de Rene e entregando-lhe um copo enorme, cheio até a boca de um líquido cheio de bolinhas.

— Que é isso? — Rene perguntou, mantendo o copo a certa distância e estudando a bebida.

— Um Bacardi com Coca gigante.

— Jesus, garota, eu não tô acostumada a beber durante o dia.

— Você vai precisar — disse ela, segurando Rene pelo braço. — Vem, a gente tá atrasada.

O camarim cheirando a mofo era pequeno e tinha pouca mobília. Parecia uma cela de freira, na verdade, mas, ainda assim, cem vezes mais saudável que o ambiente que Rene tivera que aturar no Corinthian Bar.

— Tira o casaco e pendura na cadeira — Matti disse, enquanto se arrumava apressadamente. — Depois, vai lá no palco e dá uma espiada pela cortina. Quero saber se tem alguém lá fora.

Rene tirou o casaco, saiu do camarim pela coxia e subiu no palco. Foi pé ante pé até a cortina, puxou-a um pouquinho para o lado, prendendo a respiração ao ver que o auditório estava lotado. Soltou a cortina e correu para o camarim.

— Parece que não tem um lugarzinho vazio na platéia! — disse para Matti, que inclinava o corpo para a frente diante do espelho sobre a mesa de maquiagem improvisada, tentando prender uma rosa vermelha no cabelo.

— Excelente — exclamou, pegando a bolsa de plástico que trouxera consigo. — Era isso que eu queria. — Pegou uma rosa branca e outro pregador dentro da bolsa. Entregou para Rene. — Prende isso no cabelo, garota.

— Pra quê?

— Não pergunta, só prende.

Indo até o espelho, Rene prendeu a rosa bem em cima da orelha direita. Afastou-se rebolando, enquanto admirava a própria figura.

— Ficou meio Carmem, não é?

— Perfeito — disse Matti, puxando Rene pelo braço em direção ao palco, quando alguém anunciava as apresentações.

— Melhor eu ir atrás de um lugar pra sentar — disse Rene, tentando livrar o braço das mãos de Matti.

— Deixa isso pra depois, por favor. Estou muito nervosa hoje.

— Senhoras e senhores — a voz do apresentador ecoou num crescendo pelas caixas de som —, com vocês, a senhorita de cabelo vermelho de Lancashire, MATTI FULLBRIGHT!

Ao abrir das cortinas, a platéia explodiu em aplausos e assovios. Rene tentou se livrar das mãos de Matti mais uma vez.

— Melhor eu ir agora.

Matti olhou para ela, sorriso largo no rosto sardento.

— Tarde demais.

Deu um puxão na amiga, que quase a levou ao chão. Quando Rene se deu conta, estava no centro do palco, diante da maior platéia que tivera desde que chegara a Edimburgo.

— Boa-tarde, todo mundo, boa-tarde! — Matti gritou, sacudindo as mãos em agradecimento à chuva de aplausos. — Tudo bem, silêncio agora.

Olhou para Rene de maneira estranhamente hostil, enquanto o barulho diminuía.

— Eu decidi trazer uma amiga minha hoje. Bom, na verdade, ela não é exatamente minha amiga. Como poderia ser? — Balançou a cabeça afirmativamente. — Ela é de Yorkshire. — Andou na direção de Rene, dando uma piscada de olho ao se aproximar. — Senhoras e senhores — disse, passando o braço em volta dos ombros da colega de cena —, esta é Rene Brownlow, uma das mulheres mais engraçadas que eu conheço, mas, infelizmente — deu um tapinha na barriga de Rene —, como ela é de Hartlepool, tá acostumada a comer muito peixe de noite.

Enquanto o público caía na gargalhada, Rene olhou para Matti, em choque por ela ter dito isso, mas a amiga comediante deu um sorriso e cochichou no seu ouvido:

— Vai, defende a sua rosa.

Então Rene entendeu. A rosa vermelha de Lancashire e a rosa branca de Yorkshire. Matti estava propondo um ato a dois. Sem ensaio, sem roteiro. Queria um duelo frente a frente no improviso, uma levantando a bola para a outra cortar. O público ficou subitamente em silêncio total, esperando pela resposta, aguardando a próxima fala depois da deixa. Mas não veio nada. Rene tirou o braço de Matti de seu ombro lentamente, afastou-se dela e apreciou sua aparência da cabeça aos pés.

— Olha só quem fala, sirigaita ruiva. Péssima linhagem, isso sim. — Levantou as mãos para a platéia. — Mas o que se pode esperar de alguém de Lancashire, não é verdade?

Aquilo foi perfeito para quebrar o gelo, mas nenhuma das duas conseguiu sustentar a animosidade durante a performance. A sintonia era muito forte entre elas, mulheres de tanto bom humor. Afinaram-se numa rotina improvisada que garantiu a elas mesmas e à platéia boas gargalhadas. Apresentaram-se sem um buraco durante uma hora, e no final do show o público não queria que deixassem o palco, aplaudindo e batendo os pés por dez minutos, antes de a cortina finalmente se fechar diante das duas artistas de tirar o fôlego.

— Lê isso! — Matti exclamou, cruzando o bar do Assembly Rooms e jogando um exemplar do *Evening News* em Rene.

— O que é isso? — Rene perguntou, inclinando o tronco para frente no sofá e apoiando o drinque na mesa.

— Não vou falar — disse Matti, o rosto vermelho de excitação. — Lê e você vai ver.

Rene acompanhou os passos saltitantes de Matti até o bar, antes de abrir o jornal sobre os joelhos. Passou os olhos pela página, tentando encontrar o que supostamente estaria procurando, até que seu próprio nome se destacou diante dela. Levou o olhar até o artigo intitulado "Guerra de Rosas".

Isto teve de ser escrito hoje, dizia. *Não podia esperar. Às duas horas desta tarde, a sala Belly Laugh fez jus ao nome, quando duas comediantes tomaram o palco para uma improvisação hilariante de uma hora de duração.*

A ruiva de cabelo bagunçado de Lancashire, Matti Fullbright, uma das favoritas do Underbelly nos últimos três anos, juntou-se à alegre garota baixinha de Yorkshire, Rene Brownlow (atualmente se apresentando no Corinthian Bar, na West Richmond Street), para produzir um dos mais pulsantes atos a dois visto até agora na mostra do Fringe deste ano. E diz-se por aí que não será uma apresentação única, portanto corram, implorem, roubem, matem por um ingresso. É simplesmente uma pena que não tenham imposto seu talento antes, porque, sem dúvida nenhuma, estariam concorrendo com os primeiros da classe ao Perrier Comedy Award deste ano.

— Achou? — Matti colocou duas taças de vinho na mesa, antes de utilizar todas as suas forças para tirar a rolha da garrafa de Cava.

Rene não respondeu. Estava lendo mais uma vez o artigo, saboreando cada palavra, cada elogio, cada nuança que o autor sugeria.

— O que foi que a gente fez? — perguntou finalmente, os olhos denunciando total incompreensão.

— A gente arrebentou, Rene, foi isso que a gente fez.

— Mas e isso do show continuar? A gente nunca disse isso.

Matti riu e encheu as taças até o topo.

— Eu disse.

Rene largou o jornal no sofá e encarou Matti, incrédula.

— Por quê?

— Por que não? A gente é eletrizante, Rene. Tomamos a platéia de assalto. Nunca tive uma reação assim em nenhum show meu. Você já?

Rene olhou para Matti, boquiaberta.

— Você tá dizendo que... a gente deve se juntar, é isso?

— Claro! Já rolou, garota! — O sorriso sumiu do rosto dela quando interpretou a expressão nula de Rene como rejeição à idéia. — Que foi? Você não quer?

Rene sacudiu lentamente a cabeça.

— Matti, você faz sucesso. Você vem pro Fringe há anos. Pelo amor de Deus, você tem agente! É uma idéia maravilhosa, mas você não pode querer me carregar a tiracolo.

— Como assim a tiracolo? É toma-lá-dá-cá. Uma mão lava a outra. Eu te falei que queria mudar meu show. Eu preciso de você. Na verdade, a questão é se você precisa de mim.

— Mas... e o meu show no Corinthian? Que que eu faço com ele?

— Joga fora! Você mesma disse que ninguém vai lá. Se a gente se juntar, é tudo meio a meio. Vai dar pra cobrir os seus custos e ainda vai sobrar. Eu tenho certeza.

Rene mordeu o lábio para impedir o rosto de se contorcer em lágrimas. Não funcionou. Ela se levantou do sofá, deu a volta na mesa e passou os braços em volta do pescoço de Matti.

— Valeu, garota, valeu mesmo.

Matti riu.

— Posso tomar o seu gesto como um sim, é isso? — perguntou, afastando Rene de si.

Rene deixou escapar uma risada.

— É, né? Por que não? Vamos nessa.

— Ai, que ótimo, garota! — Matti deu socos no ar. — Nós duas juntas simplesmente vamos dominar o mundo! — Pegou as taças na mesa e entregou uma delas para Rene. — A nós, amiga! À guerra infernal das rosas!

CAPÍTULO 43

Na quinta-feira, dois dias antes das últimas apresentações do Fringe e nove antes de a cortina descer para encerrar a mostra internacional, quatro caminhões brancos, todos com decalques da logomarca da Exploding Sky Company, passavam vagarosamente pela esplanada do castelo e seu exército de turistas. Formavam fila, um atrás do outro, esperando enquanto o primeiro caminhão guiava os outros pelo túnel, o teto do veículo passando a meros seis centímetros das laterais do arco de pedra milenar a caminho do interior sagrado do Castelo de Edimburgo. Uma vez estacionado no jardim central, em frente ao portão gradeado, Roger Dent desembarcou e esticou os braços sobre a cabeça, livrando-se do enrijecimento do corpo depois de dirigir por dez horas. Andou até o parapeito e apreciou a vista tão familiar de New Town, enquanto os outros caminhões passavam pelo túnel e estacionavam ao lado do seu. Quando os motoristas desembarcaram, Roger sentou no parapeito e esperou que se aproximassem.

Cada membro da sua equipe tinha pelo menos dois anos de experiência com ele naquele serviço específico, sempre escolhendo passar as duas semanas das férias de verão ajudando-o a preparar o show. Era realmente um bando de desajustados — Dave Panton, perito em armas do Ministério da Defesa; Graham Slattery, programador de computadores da IBM; e Annie Beardsley, controladora de tráfego aéreo do aeroporto de Gatwick. Mas todos pareciam se entender muito bem em equipe, com bom humor e simplicidade. E o trabalho de montar a apresentação lhes parecia mil vezes menos estressante e preocupante que os empregos de todos os dias.

E era tão bom que tivesse uma equipe experiente com ele este ano. O programa que ele e Phil Kenyon haviam finalmente preparado para o clímax do festival era dos mais complexos e exigentes que a companhia já tivera a ousadia de apresentar, e a contagem de tempo para os trinta minutos de disparos das cinco toneladas de fogos, bastante complicada. Seria seu canto do cisne, sua última florada, e a lembrança da logística envolvida era o suficiente para fazer seu estômago revirar de nervoso.

— Bom, antes de a gente parar e ir pro bar — Roger começou a dizer e o comentário recebeu aprovação imediata dos assistentes —, acho que seria bom deixar algumas coisas prontas. Vamos descarregar o equipamento e guardar na sala de armas debaixo da escada. Não precisa mudar nada, basta colocar tudo exatamente como a gente sempre fez, a parte elétrica no final da sala, os rádios perto de tomadas para os carregadores, e tem que pregar o plano dos fogos e os regulamentos de segurança na parede em cima da mesa. Se ficar tudo pronto hoje à tarde, a gente começa a carregar os morteiros pequenos amanhã de manhã. — Afastou-se da parede. — OK, todo mundo se mexendo.

Enquanto a equipe voltava para seus respectivos caminhões, Phil Kenyon apareceu numa das portas do terraço estreito e foi na direção de Roger.

— Parece que tá tudo certo — o australiano corpulento disse, entregando uma prancheta com um bloco para Roger. — Nenhuma nova medida de segurança, então a gente pode ir em frente como o planejado.

— Quando é que o pessoal da técnica chega?

— Sábado, de manhã cedinho. Acho que a explanação é o que vai demorar mais, então a gente pode deixar pra fazer a parte do cabeamento no domingo.

— E quando é que você vai encontrar a garota das partituras?

Phil piscou para ele.

— Tá falando da Helen, a garota linda das partituras?

Roger franziu o cenho para o amigo.

— Presta atenção, Phil, não vai arrumar confusão justo este ano.

— Não se preocupa, parceiro, vou fazer tudo na encolha. Ela vem de Glasgow amanhã à tarde, aí a gente começa a montar o esquema da contagem do tempo.

— Pode demorar um bocado. Tem uma porção de deixas novas que ela não conhece.

— A gente vai deixar tudo pronto, a não ser que tenha alguma interrupção inesperada.

Quando Phil acabou de falar, uma mulher jovem, vestida num terninho escuro, apareceu no túnel, indo na direção deles, sorriso rasgado no rosto.

— Ai, ai, ai, falei cedo demais — Phil disse, virando as costas para a mulher. — Você fala com ela, eu vou ajudar o pessoal.

Phil foi em direção aos caminhões. Roger cruzou os braços e encostou-se à parede, esperando que Pauline McCann, coordenadora de relações públicas do Scottish Bank, maior patrocinador do show de fogos de artifício, se aproximasse.

— Olá, Pauline, como vai você? — Deu um beijo no rosto da jovem.

— Trabalhando, Roger — a mulher disse jovialmente. — Sem paz para os ímpios, essa coisa toda.

— Que surpresa te ver aqui! Achei que você ia sair do Scottish Bank e abrir sua própria agência.

— É, era o que eu estava planejando — enfiou a mão na bolsa e pegou uma agenda de capa de tecido —, mas a companhia me fez uma proposta irrecusável. — Puxou o elástico que prendia a agenda e a abriu. — Certo, vamos trabalhar um pouquinho. Antes de tudo, tenho uns recadinhos pra você: Jeff Banyon quer que você encontre com ele no escritório da Scottish Chamber Orchestra amanhã à noite e pediu pra você dar uma ligada pra ele. E Sir Raymond Garston, o maestro, vai estar aqui na terça de manhã e quer te encontrar na hora do almoço no Hotel Balmoral. — Virou a página. — Agora, o escritório internacional marcou a coletiva deste ano pra segunda-feira, às dez da manhã. Eu sei que é um pouco mais cedo que o comum, mas a previsão do tempo pra terça e quarta está um pouquinho incerta, aí eu pensei que seria mais seguro garantir uma boa foto. Tudo bem pra você?

Roger encolheu os ombros.

— Contanto que seja rápido.

Pauline sorriu para ele.

— Vou fazer o possível. — Fechou a agenda, guardando-a na bolsa. — Bom, eu preciso mandar um e-mail pros jornais. Tem alguma coisa que você possa adiantar sobre o show deste ano?

Roger riu baixinho. — Vai ser o maior e mais complicado que eu já preparei na vida.

— Jura? Nossa, isso promete.

— Estou jogando toda precaução pros ares este ano.

— Alguma razão especial?

Roger balançou a cabeça afirmativamente.

— Vai ser meu último show.

— *O quê?!* — Pauline exclamou, olhos esbugalhados de surpresa. — Mas você não pode... você faz isso há...

— É o vigésimo quinto ano — Roger complementou.

— Então... quer dizer que é o último ano da Exploding Sky Company fazendo o show de fogos do festival?

— Espero que não. Phil Kenyon vai assumir a empresa, então a decisão vai ficar a cargo dele e do Scottish Bank, como patrocinador do evento. Na verdade, você me faz um favor comunicando isso a eles, antes que saia na imprensa.

— Você não se importa se eu usar a história de gancho, então?

— Nem um pouco. Você pode colocar o título "Despedindo-se com uma explosão!"

Pauline riu.

— Não é má idéia, pra falar a verdade. Talvez você devesse pensar em começar uma nova carreira como jornalista.

Roger coçou a barba.

— Veja bem, quando o show terminar, acho que o único lugar que vai querer me contratar é um hospício. — E virou as costas, com um aceno de mão, indo em direção aos caminhões para ajudar a equipe. Depois, iriam até o bar para beber a primeira das muitas cervejas da noite.

No mesmo momento em que a clientela do Queen's Head, no Grassmarket, era tomada pelo escrete da Exploding Sky Company, o Land Rover sujo de lama parava na porta do prédio da London Street. Desligando o motor, Rory Stratton saltou do carro e deu a volta para abrir o porta-malas. Jamie já esperava na calçada com Angélique, pronto para pegar a bagagem.

— 'Brigado pela carona, pai — Jamie disse, pendurando as sacolas no ombro e pegando a caixa do violino. — Quer subir e tomar alguma coisa?

Rory sacudiu a cabeça.

— Não. Vou pra casa. Eu prometi levar sua mãe pra jantar fora hoje à noite.

— Faz muito bem. Vai dar um descanso pra ela. Com certeza ela não imaginava que ia ter que agüentar a gente uma semana inteira.

Rory levou a mão ao ombro do filho.

— Foi maravilhoso. A gente adorou. — Foi até Angélique e deu um beijo em cada bochecha da jovem. — E foi um bônus conhecer você, francesa bonita. E pode manter contato com os coroas antiquados do Jamie, viu?

— Com certeza — Angélique respondeu, abraçando Rory longamente. — Muito obrigada pela acolhida, Rory. Foi maravilhoso pra mim também. — Afastou-se dele. — Vou te mandar uns CDs que eu acho que você vai gostar. De repente você coloca pra tocar junto com os Rolling Stones.

Rory sorriu.

— Vou pensar no assunto. — Voltou-se para Jamie. — Espero que você não tenha problemas com... você sabe com quem... — falou baixinho.

— Duvido muito. Harry Wills ficou plantado na entrada do prédio três dias seguidos e não viu nada de errado.

— Ótimo. — Rory passou os braços em volta dos ombros do filho. — Se cuida, garoto. E dá notícia.

— Pode deixar, pai. 'Brigado, de novo, por tudo.

Os dois esperaram que o Land Rover se afastasse, antes que Jamie colocasse a chave na entrada e eles entrassem no prédio.

Não mais que vinte segundos depois de fecharem a porta, uma figura descabelada atravessou a rua correndo, subiu os degraus e levou as mãos ao portão, como se quisesse abri-lo. Albert Dessuin virou de costas, esfregando os dedos com força na cabeça latejante. Escorregou lentamente até o chão e sentou no degrau gelado de pedra, sentindo a umidade do suor debaixo da capa de chuva. Não estava ligando para isso ou mesmo para o descuido com a própria aparência, porque finalmente encontrara Angélique Pascal.

Cinco dias haviam se passado desde que seguira a comediante gorducha até aquele endereço. Tinha sido muita sorte esperar por ela no balcão do Corinthian, e não no teatro, porque, por alguma razão, ela não se apresentara naquela noite, só aparecendo bem mais tarde para falar com a moça loura da bilheteria, antes de ir novamente embora. Cinco dias. Como sua vida havia se transformado em tão pouco tempo. Primeiro, imaginara que a recusa de seu cartão de crédito no restaurante na Randolph Place tivesse sido um engano, um simples problema no sistema eletrônico. Mas, depois de tentar utilizá-lo em quatro caixas diferentes, sem sucesso, soube que algo estava realmente errado. Voltando para o hotel, telefonara para o banco em Paris e fora informado de que seu cheque mensal não havia sido depositado e que deveria autorizar a transferência de dinheiro diretamente da poupança para cobrir a remessa semanal feita para a conta-corrente de sua mãe. Devido ao embaraço e à inconveniência que a situação lhe causara, a raiva impedira qualquer consideração sobre as conseqüências do telefonema que daria a seguir para os advogados de Madame Lafitte em Clermont Ferrand, demandando explicações sobre as razões para que seu pagamento não tivesse sido depositado. Antes mesmo que terminasse de insultar a telefonista, fora transferido para Monsieur Chambert, que se apresentara em voz baixa e gelada como o novo procurador responsável, configurado por Madame Lafitte para Angélique Pascal. Albert não pudera fazer nada, a não ser ouvir horrorizado, em silêncio, a narrativa detalhada e precisa, em tom controlado, do episódio vivido entre ele e a jovem violinista na noite de 16 de agosto, no Sheraton Grand, e, em função do que os seus curadores consideravam que ele, Albert Dessuin, era absolutamente inadequado para acompanhar Angélique Pascal. Seu contrato de trabalho foi encerrado imediatamente sem qualquer compensação financeira. Naquele momento, Albert Dessuin percebera a mudança na voz do advogado, enquanto ele cuspia as palavras com tanta veemência e hostilidade. Começara a tremer, com o fone no ouvido.

— E se você ousar se aproximar de Mademoiselle Pascal outra vez, vou garantir que a polícia do mundo inteiro saiba o que você fez. Aí eu terei a certeza de que não existe um lugar seguro onde você possa se esconder. Adeus, Dessuin.

Deixara o hotel imediatamente após o telefonema, percebendo que não poderia mais pagar pela hospedagem e desejando desesperadamente se afastar dali. Monsieur Chambert havia confirmado pela primeira vez que Angélique vinha divulgando a verdade sobre os eventos daquela noite e, conseqüentemente, outros em Edimburgo também saberiam. Daquele momento em diante, poderia sentir os milhares de olhos julgadores sobre ele, observando todos os seus movimentos com descrença e ódio.

Terminara indo parar num quartinho imundo cheirando a mofo, em cima de um bar em Tollcross. Era utilizado como despensa, mas o barman, com pena daquele estrangeiro bêbado, sentado sozinho com sua mala no canto do bar, tirara as caixas e os engradados vazios de cerveja do caminho, fora até seu apartamento e trouxera lençol e coberta para forrar o colchão surrado da caminha de metal. Não havia banheiro no andar de cima e Dessuin era obrigado a usar o banheiro encardido dos clientes, no andar de baixo, enquanto o alarme do bar estivesse desligado. Passara várias horas solitárias naquele ambiente sórdido, a auto-estima destruída e a mente cada vez mais embrulhada em ódio e vingança, tendo bastante tempo para pensar na desesperança de sua situação e naqueles que sabia responsáveis pelo que estava acontecendo.

Levou a mão dentro da capa de chuva, tirando do bolso interno uma garrafa de uísque. Levantou-a por uns instantes e olhou para o líquido âmbar que ainda restava dentro. Agora, aquele era seu único conforto, o refúgio apaziguador de seus pensamentos loucos e distorcidos. Desatarraxando a tampa, virou a garrafa em dois goles. Colocou-a no degrau ao seu lado, ajeitando a tampinha cuidadosamente sobre ela, de cabeça para cima, um pequeno toque de ordem no seu mundo desorganizado. Levantou-se, equilibrando-se no corrimão de metal ao descer as escadas. Depois de cinco dias, a espera chegava ao fim. Encontrara Angélique Pascal. Mais algumas horas, mesmo dias, não fariam diferença. Em algum momento seria possível confrontá-la e perguntar por que, depois de tantos anos se sacrificando por ela, a jovem escolhera arruiná-lo tão completamente.

O aroma delicioso de frango assado tomava o ambiente quando Jamie e Angélique entraram no apartamento. Deixando as malas no chão, Jamie seguiu o cheiro permeado de especiarias até a fonte e abriu a porta da cozinha. Rene Brownlow, Leonard Hartson e seu jovem assistente, T.K., estavam à mesa, todos comendo, uma taça de vinho na frente de cada um. A conversa parou quando ele e Angélique entraram e os três inquilinos se voltaram para eles.

— Ora, se não é o nosso proprietário ausente — Rene disse, sorrindo.

— É, foi mal eu dar essa sumida — Jamie respondeu, coçando a cabeça, embaraçado. — A gente acabou ficando mais tempo que o esperado. — Olhou para os pratos com comida sobre a mesa. — Mas parece que vocês estão se virando direitinho.

— Bom, alguém tinha que fazer o papel de mãe pra esses pobres rapazes famintos. — Rene baixou os talheres e ficou de pé. — Que tal vocês comerem um pouquinho também?

Jamie levantou a mão.

— Não, não precisa se preocupar. Eu posso preparar alguma coisa pra mim e pra Angélique.

— Deixa de ser bobo, sobrou muita comida. — Rene pegou um pano de prato no armário e abriu o forno, tirando de lá um frango enorme, um dos lados da ave ainda intacto. — Vem. Os dois, entrando na festa.

— Tem certeza? — Jamie perguntou.

— Com certeza — Leonard Hartson disse, ficando de pé e afastando uma cadeira vazia da mesa. — Você pode passar para outra cadeira, T.K., e dar mais espaço para a jovem se sentar ao seu lado.

— Oi, a gente ainda não se conhece — Angélique disse, aproximando-se para cumprimentar os dois homens, o jovem e o velho. — Meu nome é Angélique Pascal.

— Meu Deus, que prazer! — Leonard fez uma mesura de cabeça e segurou a mão da violinista. — Sou profundo admirador do seu talento. — Apresentou a si mesmo e a T.K.

Rene colocou na mesa dois pratos repletos de frango assado, verduras e batata.

— Pronto, peguem seus talheres e vão em frente. — Pegou duas taças de vinho no armário em cima da bancada da pia, posicionando-as ao lado dos pratos. — E eu tenho certeza de que Leonard não vai se incomodar se vocês tomarem um pouco de vinho.

— É um Bordeaux muito humilde — Leonard disse, desculpando-se com um sorriso para Angélique, enquanto debruçava-se na mesa para servir a taça da jovem. — Com certeza você vai perceber o que acabei de dizer no primeiro gole.

Sentando-se ao lado de T.K., Angélique provou o vinho.

— Uma delícia. Já vi que obviamente entende de vinho, Leonard.

— Leonard sabe muito sobre um monte de coisas, não é, Leonard? — T.K. disse, orgulhoso.

Leonard riu.

— A arte da adulação vai levar você longe, T.K.

Jamie sentou e olhou para o cameraman. Apesar de aparentar bom humor, parecia ter envelhecido visivelmente desde a última vez em que Jamie o vira. Seus olhos brilhavam de entusiasmo, mas afundavam num rosto pálido como giz, marcado pela preocupação ou pela dor.

— Então, como vão as filmagens? — Jamie perguntou.

— Razoavelmente bem — Leonard respondeu. — Um pouco atrasadas, mas, se Deus quiser, vamos conseguir finalizar tudo nos próximos nove dias.

— As coisas que a gente filmou até agora ficaram muito legais, não foi, Leonard? — T.K. disse, olhando ansioso para o cameraman.

— Acho que seria mais seguro dizer que as notícias de Londres são bastante encorajadoras. — Piscou discretamente para Jamie. — Meu assistente não só é uma peça de valor inestimável durante as filmagens, mas também um grande levantador do meu moral.

Jamie engoliu uma garfada.

— Que bom que as coisas estão indo bem desde que eu viajei!

— É, e pra Rene também — T.K. disse.

Jamie olhou para a comediante.

— Jura?

— Vai, Rene, conta aí o que aconteceu com você.

O rosto de Rene assumiu uma coloração parecida com a do vinho que estava bebendo.

— Eu... é... estreei um show novo.

— O quê? — Jamie perguntou, perplexo. — Onde?

— No Underbelly.

Jamie olhou fixamente para ela.

— Não brinca!

— Que é que é Underbelly? — Angélique perguntou.

— Simplesmente o lugar mais badalado do Fringe. — Voltou a atenção para Rene. — Como foi que isso aconteceu?

— Eu me juntei com outra garota que tava fazendo show lá. A gente agora é uma dupla.

— Quem é?

— Matti Fullbright. Ela é lá de Lancashire.

O queixo de Jamie caiu.

— Matti Fullbright?! Rene, ela é maravilhosa! Eu escrevi sobre o show dela no ano passado, quando ela foi selecionada pra concorrer ao Perrier Comedy Award.

Foi a vez de Rene ficar impressionada.

— Você tá brincando! Ela não me falou isso!

— Bom, só o que posso dizer é que você se juntou com uma das mulheres mais engraçadas que eu já vi. Vai ser uma parceria pra sempre?

Rene encolheu os ombros.

— Acho que pode ser. A gente tem feito o espetáculo com casa lotada todo dia. Até colocaram mais uma sessão.

— Como é que eles conseguiram organizar a mudança?

— Acharam alguém que ficou feliz da vida de se apresentar no Corinthian, onde eu tava fazendo show antes.

Jamie inclinou a cabeça.

— Se deu bem, Rene. Ótima notícia. E a galera de Hartlepool tá feliz com tudo isso?

— Na verdade, eu ainda nem contei.

— Por que não?

— Porque tem um monte de coisas pra ver, antes de ficar tudo resolvido — ela respondeu, sem querer falar sobre os problemas que a nova parceria poderia causar na sua já tumultuada vida doméstica. Sorriu para Angélique. — E sua mão, amor, como anda?

Angélique levantou a mão sem curativo, tendo somente uma pequena cicatriz rosada na palma.

— De volta ao normal, eu acho.

— Nossa, que ótimo — disse Rene, pegando a mão da violinista e avaliando a ferida cicatrizada. — Você vai voltar a tocar num piscar de olhos.

— Já voltou — Jamie disse. — Na verdade, Angélique acha que já está pronta pra tocar em público de novo, e a gente tá vendo se o escritório internacional pode arranjar um esquema pra ela tocar na semana que vem, antes do encerramento do festival.

— Que bom ouvir isso — disse Rene, dando um tapinha na mão de Angélique. — Você tá fazendo a coisa certa, subindo no cavalo de novo, logo depois de cair.

Jamie tamborilou na mesa.

— Certo. Acho que todos os ocupantes do número sete da London Street têm o que comemorar. Então, por que a gente não vai tomar um drinque no bar aqui do lado?

Não houve aprovação sonora da idéia, mas todos se levantaram imediatamente e começaram a arrumar a mesa. Todos, menos Leonard.

— Se vocês não se importarem — disse baixinho —, acho que vou deixar passar a ocasião.

T.K. largou o prato que estava segurando na pia e olhou para o câmera.

— Tá tudo bem, Leonard? — perguntou, preocupado.

Leonard levantou a mão.

— Não é nada de mais, só estou um pouco cansado. Nada que uma boa noite de sono não resolva.

Jamie olhou preocupado para Rene.

— A gente não precisa sair.

— Lógico que precisam! — Leonard respondeu, enfático, ao se levantar devagar. — Posso perfeitamente tomar conta de mim mesmo.

— Vou te levar pro quarto — T.K. disse, segurando o braço de Leonard.

— Não precisa, T.K.

— Claro que precisa — T.K. respondeu, incisivo. — Você vai pra cama.

Leonard sorriu para o grupo.

— Grande assistente, não é?

— Você acha que ele tá bem? — Jamie perguntou, vestindo o casaco, enquanto descia as escadas para encontrar Rene e Angélique na calçada.

— Não sei — respondeu Rene, os três lado a lado, já subindo a London Street. — Pra ser sincera, acho que ele tá mordendo mais do que pode mastigar. Falou que é o primeiro filme que faz, depois de vinte anos.

— Mentira?! — Jamie exclamou.

— E mais, que era pra ter um monte de gente trabalhando com ele, mas, agora, são só os dois, ele e o garoto.

— Talvez a gente devesse pedir pro médico que tratou da minha mão vir dar uma olhada nele — Angélique sugeriu.

— Boa idéia — Jamie respondeu. — Vamos ver como é que ele vai estar de manhã e resolver o que deve ser feito. — Viraram a esquina e começaram a subir a Broughton Street. — Gente, vamos pegar um atalho — disse, entrando numa ruela de paralelepípedo, iluminada somente por umas poucas lâmpadas acesas fixadas no alto dos prédios em volta. A rua estaria completamente deserta não fosse o gato que pulou de uma lata de lixo e desapareceu quando eles se aproximaram.

— Ainda bem que tem um homem forte com a gente — disse Rene, enrolando-se no próprio casaco. — Não ia ser nada agradável ficar zanzando por aqui sozinha.

— Você acha que T.K. vai saber onde a gente tá? — Angélique perguntou.

— Não sei se ele vem, mas eu passei o nome do bar pra ele, antes de sair. Acho que ele sabe onde é.

Ouviram passos subindo a rua rapidamente, logo atrás deles. Jamie se virou.

— Falando no diabo...

A força da pancada em seu ombro foi tanta que fez com que girasse trezentos e sessenta graus. Estendeu a mão, na tentativa de agarrar alguma coisa que o ajudasse a manter-se de pé, mas soube imediatamente que seria impossível. Bateu com a lateral da cabeça no muro de pedras de um prédio e os joelhos cederam, os olhos perdendo momentaneamente o foco, enquanto caía lentamente no chão. Segurando a cabeça com as mãos, ouviu Angélique e Rene gritarem, como se estivessem dentro de um cubículo com eco. As palavras "Larga ela" ressoaram em sua cabeça, seguidas de um ruído seco, como o de um peixe sendo jogado numa tábua de cortar de madeira. Um peso enorme tomou conta de suas pernas e, com a visão embaçada, viu Rene cair diante dele, chorando e levando a mão à lateral do rosto. "Albert, pára com isso! Por favor!", ouviu Angélique gritar.

O nome ressoou no cérebro de Jamie, fazendo com que um jato de adrenalina trouxesse suas pernas de volta. Livrando-se do peso de Rene, apoiou-se na parede e foi claudicante até Dessuin, que segurava Angélique firmemente pelos pulsos. Ele gritava com ela em francês, os olhos demoníacos cheios de ódio. Só então Jamie concluiu que nem mesmo nos duelos físicos nos campos de rúgbi, tinha sido nocauteado tão completamente. Dessuin se virou, viu o rapaz se aproximar e soltou Angélique.

— Seu imundo! — cuspiu as palavras ao ir de encontro a Jamie. — Você pensa que pode fazer com que ela fique contra mim?

Agarrou o cabelo do rapaz, puxando sua cabeça para baixo e pressionado a boca do estômago dele com o joelho. Jamie se contorceu, lutando para respirar, mas Dessuin ainda contra-atacava. Levantou o rapaz pelos cabelos, empurrando-o contra a parede e segurando-o pelo colarinho. Jamie viu o braço de punho cerrado indo para trás e soube que não teria energia para tentar escapar do golpe ou mesmo para impedir o ataque. Sua atitude resignada seria a de manter os olhos abertos enquanto o golpe fatal era desferido.

Mas ele nunca veio. De repente, viu Dessuin girar na sua frente, a cabeça pendendo para trás. Ele se voltou lentamente para olhar para Jamie, levando a mão ao nariz, o sangue jorrando por entre seus dedos, e o rapaz o viu cair de joelhos nas pedras da rua. Tomando um gole de ar, Jamie focou na figura parada na sua frente.

— Caraca — T.K. resmungou, esfregando a testa. — Eu nunca tinha conseguido dar uma cabeçada dessas.

Jamie balançou a cabeça.

— Conseguiu legal, parceiro. Tô te devendo uma. — Olhou atrás de T.K. e viu Angélique envolta nos braços de urso de Harry Wills.

— Nossa, o exército chegou num segundo, hein?

Jamie passou por cima da forma encurvada de Dessuin e agachou ao lado da comediante inerte.

— Rene — disse baixinho e segurou sua mão —, tá tudo bem com você?

Rene abriu os olhos.

— Tá tudo bem. Eu só resolvi me fingir de morta até aquele francês louco ir embora.

Jamie sorriu.

— Bom, você tá em segurança agora — disse, ajudando-a a se levantar e dando-lhe um abraço. — Desculpe. Eu não fui muito bem nessa.

Rene olhou para Dessuin com uma careta de desprezo.

— Você não teve muita chance com ele, garoto. — Abaixou-se sobre o homem desacordado. — O rato de esgoto jogou sujo.

Jamie sentiu um braço em volta da sua cintura e virou-se para encontrar Angélique olhando para ele, o rosto inchado e manchado de lágrimas.

— Você tá muito machucado? — a jovem perguntou, entre soluços.

— Não, tá tudo bem. Só dói um pouquinho — Jamie respondeu, passando os braços em volta dos ombros da violinista. — Não precisa se preocupar. Já acabou.

— Desculpe tudo isso, Jamie — disse Harry Wills, aproximando-se de Dessuin e olhando para ele com desprezo. — Não vi nenhum sinal dele pelas redondezas, enquanto eu montava guarda na porta do prédio. Realmente não tinha idéia de que ele sabia seu endereço.

Jamie sacudiu a cabeça.

— Não importa. De qualquer maneira, de onde você surgiu?

— Eu passei no seu apartamento, logo depois que vocês saíram, aí resolvi vir com T.K. tomar um drinque com vocês.

Que boa idéia! — Jamie respondeu, levando a mão ao estômago dolorido. Apontou para Dessuin com a cabeça. — E o que é que a gente vai fazer com ele?

Harry Wills se abaixou e levantou Dessuin. Levou a mão ao bolso e pegou o celular.

— Acho que o jogo chegou ao fim. Está na hora de chamar a polícia.

Quando ele começou a teclar, Angélique olhou para Albert. Ele ainda apertava o nariz e cobria o rosto com as mãos, mas agora ela via lágrimas enchendo seus olhos.

— Por favor, espera, Harry. Não faz isso ainda.

Andou até Dessuin, tirou a mão que lhe cobria o rosto, segurando-o com a própria.

— Albert, você precisa entender que acabou. Por favor, vai pra casa, agora. Eu prometo que ninguém mais vai saber o que aconteceu entre a gente. Você é um homem talentoso, deve usar esse seu talento pra ajudar outras pessoas, como me ajudou. E você precisa achar alguém pra tomar conta da sua mãe, porque ela vai continuar infernizando a sua vida e você não merece isso. Então, por favor, Albert, volta pra Paris e tenta ser feliz por lá.

Dessuin baixou o rosto e seu corpo subitamente foi sacudido por soluços.

— Desculpe, Angélique. Me desculpe.

Levantando o rosto dele com as duas mãos, Angélique deu-lhe um beijo suave na bochecha.

— Você vai?

Dessuin mordeu o lábio inferior com força.

— Eu faria qualquer coisa por você.

— Eu sei disso. — Apertou o rosto dele entre as mãos. — Você não é um homem mau, Albert. Você precisa ter coragem de começar uma vida nova, sem mim.

Harry Wills guardou o telefone de volta no bolso.

— Eu levo o cidadão de volta.

— Como assim? — Jamie perguntou. — Pra Paris?

Harry balançou afirmativamente a cabeça.

— Estou me sentindo responsável pelo que aconteceu hoje, é o mínimo que eu posso fazer. De qualquer forma, não sou tão generoso quanto Angélique e não vou sossegar enquanto não vir este camarada fora do país. Ele vai passar a noite comigo, assim posso ficar de olho, até ele embarcar no primeiro vôo de amanhã. — Segurou Dessuin firmemente pelo braço. — Vamos embora, se mexe.

— Harry.

O repórter virou-se para Jamie.

— Sim?

— Você me liga amanhã, antes de viajar? Tem uma coisa que eu queria falar com você.

Harry concordou.

— Claro. — Sorriu para o grupo. — Eu vou dormir, pessoal. Acho que vocês já tiveram muitas aventuras por hoje.

Depois de ver Harry descer a rua e dobrar a esquina com Dessuin, Jamie inclinou o corpo, apoiou-se nos joelhos e respirou profundamente.

— Angélique, você voltaria com a Rene?

— Por quê? O que é que você vai fazer? — ela perguntou.

— Só quero um tempinho pra me recuperar. Eu e T.K. voltamos logo.

Angélique e a comediante deram as mãos e desceram a rua lentamente.

— Cara, eu não queria dar bandeira — disse assim que ele e T.K. ficaram sozinhos —, mas aquele desgraçado conseguiu me machucar.

— Quer uma mão? — perguntou T.K.

— Não, me dá só um minuto. — Jamie olhou para T.K. — Posso te perguntar uma coisa?

— O quê?

— A gente já se encontrou antes... quer dizer, antes de você aparecer lá no apartamento com o Gavin Mackintosh?

T.K. sorriu para ele.

— É, pode ser.

— Onde?

— Eu acho que esbarrei em você na esquina da rua, um dia que você tava carregando alguma coisa e deixou cair.

Jamie balançou afirmativamente a cabeça, enquanto a imagem das latas de tinta rolando pelo chão voltava-lhe à lembrança.

— Claro, é isso, você tava subindo a London Street, correndo feito louco.

T.K. riu.

— É, eu achei que tinha alguém atrás de mim.

Jamie prestou atenção nele.

— Por acaso teria alguma coisa a ver com uma câmera que roubaram num café?

T.K. coçou atrás da cabeça.

— É, mais ou menos.

Jamie teve um ataque súbito de tosse e apertou as costelas, com dor.

— Algum problema? — T.K. perguntou. — Tá tudo bem com você?

Jamie levantou a cabeça.

— Tá tudo bem. Eu só tô rindo, e, aí, dói.

— O que que é tão engraçado?

— Nada, na verdade — disse, endireitando-se e dando um tapinha no ombro de T.K. —, só que nós dois temos motivo suficiente pra não botar os pés naquele café nunca mais.

Começou a descer a rua devagar.

— Tô seco por uma cerveja. E você?

T.K. sorriu e se apressou para alcançar Jamie.

— É, por que não?

Jamie sentiu o alívio quando as duas pílulas fortes para dor de cabeça deitaram suas mãos curadoras sobre seu corpo, depois de engoli-las com a ajuda de um gole de uísque e deitar na cama no quarto escuro. Estava a alguns segundos da inconsciência quando aconteceu, então, não saberia dizer se era um sonho incipiente, resultado de um desejo não atendido ou se sublime realidade. Começou com um raio de luz momentâneo em seu rosto, antes de a escuridão envolvê-lo novamente. Um golpe de ar frio, quando o cobertor foi levantado e ele sentiu o colchão afundar com o peso de outra pessoa, e um corpo de mulher colar suas formas às suas costas. Ficou deitado sem se mover, sentindo cada parte dela nele, a pressão dos seios e do estômago contra sua coluna. Sorriu para si mesmo e virou-se para encarar a realidade.

— Oi — Angélique sussurrou.

— Oi — ele respondeu, apoiando-se num dos cotovelos e alcançando com a mão a pele suave do rosto dela.

— Você sabia que era eu?

Jamie sorriu no escuro.

— Bom, por mais que eu goste dela, tava esperando que não fosse a Rene.

Angélique abafou a gargalhada, escondendo o rosto no cobertor.

— Como tá a cabeça?

— Latejando.

— E o corpo?

— Doendo.

— Eu posso fazer alguma coisa pra melhorar isso?

— Como?

Sentiu Angélique levantar a cabeça do travesseiro e, depois, a pressão dos lábios dela contra os seus.

— Acho que você não precisa perguntar — ela sussurrou.

CAPÍTULO 44

Gavin Mackintosh encontrava-se sentado a uma mesa no Hub Café, remexendo sua xícara vazia, enquanto observava um grupo de turistas japoneses na mesa ao lado, vários folhetos do festival espalhados em frente, discutindo com excitação incompreensível sobre o que assistiriam naquele dia.

— Gavin?

Virou-se e lá estava a jovem que vira pela primeira vez conversando com Angélique na recepção de boas-vindas no Sheraton Grand. Levantou-se e estendeu a mão.

— Tess, que bom ver você, finalmente! — Puxou uma cadeira para ela e sentou-se ao lado da moça. — Queria dizer pessoalmente o quanto fiquei grato pela sua ajuda na última semana. A confiança e o suporte que você ofereceu a Angélique foram de valor inestimável para todos nós. — Gavin parou de falar quando um garçom se aproximou. — O que é que vocês vão querer?

— Um cappuccino, por favor.

Gavin pediu dois cappuccinos e inclinou-se sobre a mesa.

— Você tem estado em contato com Angélique?

Tess concordou.

— Tive uma longa conversa com ela hoje de manhã. Parece que todos os seus temores em relação a Dessuin eram justificados.

— Com certeza, e acho que eles tiveram muita sorte de as coisas não terem acabado de maneira muito pior.

— E como é que tá o Jamie? Fiquei sabendo que o Dessuin deu uma tremenda surra nele.

Gavin sorriu para ela.

— Ele é um garoto forte. Vai se recuperar rápido.

— E Angélique?

— Apesar do que aconteceu, ela me pareceu uma nova pessoa hoje de manhã. Acho que tirou um peso enorme dos ombros, com a partida de Dessuin.

Tess levantou as sobrancelhas.

— Posso imaginar... — Parou de falar quando o garçom se aproximou da mesa trazendo os dois cappuccinos. Esperou que colocasse as xícaras na mesa e saísse antes de continuar: — Fico muito feliz que isso tudo tenha acabado.

Gavin tomou um gole de cappuccino.

— Ela está pronta para voltar a tocar, você sabe.

— É, ela me contou. Vou falar com Alasdair Dreyfuss hoje à tarde e dar a notícia. Vai ser meio complicado reorganizar tudo, mas, com certeza, ele vai ficar no céu.

— O que é que você vai dizer a ele?

— Simplesmente que a mão da Angélique ficou boa muito mais rápido que o esperado, e que ela decidiu voltar da França pra tentar cumprir pelo menos uma parte do compromisso com o festival.

Gavin concordou.

— É, acho que você está certa em manter tudo simples assim.

Tess suspirou.

— Eu tenho que fazer isso. De um jeito ou de outro, venho mantendo muitos segredos este ano. Seja lá como for, assim que a gente conseguir remarcar o concerto, vou pedir pra Sarah Atkinson, minha chefe, agendar os ensaios pra ela. Depois, a gente começa a divulgar.

Gavin esvaziou sua xícara.

— Com certeza, os ingressos vão esgotar em poucas horas. — Olhou para o relógio. — Eu realmente vou precisar ir embora voando — disse, pondo-se de pé. — Tenho uma reunião em quinze minutos. — Pegou uma nota de cinco libras na carteira e colocou na mesa. — Foi muito bom ver você, de maneira apropriada, Tess.

Eles apertaram as mãos.

— Você também, Gavin. Sei o quanto você fez pela Angélique.

— Para mim, tem sido um prazer. — Segurou a mão da moça com as duas mãos. — Tem mais uma coisa, Tess. Você poderia reservar dois ingressos para mim, antes de divulgar o concerto?

Tess sorriu.

— Já estão reservados. E, já que você pagou o café, acho que os ingressos podem ser um presente.

CAPÍTULO 45

Jamie e T.K. se levantaram da mesa quando o médico de terno de tweed entrou na cozinha, tirando o estetoscópio do pescoço e guardando-o na maleta de couro que carregava.

— Como ele tá? — perguntou Jamie.

O médico olhou seriamente por cima dos óculos para os dois.

— Minha opinião é que realmente não foi muito sábio da parte do senhor Hartson fazer um filme agora. Principalmente não tendo feito nada do gênero nos últimos vinte anos.

— Qual é o problema com ele? — T.K. perguntou, o cenho franzido de preocupação.

— O senhor Hartson tem uma doença séria no coração. Ele vem tomando a medicação corretamente, o que vem ajudando a controlar o problema, mas o esforço físico adicional e, sem dúvida, o estresse mental com certeza são responsáveis pelo agravamento da condição dele.

— O senhor tá dizendo que ele tem que parar de fazer o filme?! — T.K. exclamou, incrédulo.

— Duvido que o que quer que eu diga ou sugira vá fazer com que pare. Fazer este filme em particular obviamente significa muito para ele, mas, mesmo assim, meu conselho seria que ele tirasse uns dias de folga, para recarregar um pouco as baterias. — Olhou para o relógio de pulso. — Eu preciso ir andando — disse, pegando sua bolsa. — Já levei uma bronca da minha secretária hoje de manhã, porque estava indo atender alguém em casa. — Olhou para o rosto de Jamie. — Parece que você veio da guerra, rapaz. Que machucado feio no rosto!

Jamie sorriu para o médico.

— Tá tudo bem, pode deixar.

— Certo. Bom, sendo assim, vou só sugerir que você tome umas pílulas de arnica.

— Vou tomar. 'Brigado.

Jamie levou o médico até a porta. T.K. cruzou o corredor e abriu a porta do quarto dele e de Leonard. O cameraman estava sentado na beira da cama, vestido para sair, esforçando-se para amarrar o cadarço do sapato.

— Que é que você tá fazendo, Leonard? — T.K. perguntou quando entrou no quarto.

Leonard levantou os olhos.

— Ah, olá, T.K.

— Eu perguntei o que é que você tá fazendo?

— Me aprontando para ir trabalhar, é claro.

— Mas, Leonard, o médico disse...

O cameraman cortou imediatamente o rapaz com um aceno de mão.

— Ah, o médico disse! Sei exatamente o que eu posso e o que não posso fazer. Convivo com esse problema há cinco anos, T.K., e sei exatamente quais são as minhas limitações. — Ficou de pé. — De qualquer maneira, não posso me dar ao luxo de ficar deitado na cama. — Deu um tapinha no braço do assistente. — Então, vamos trabalhar.

Quando Leonard abriu a porta do quarto, T.K. não se moveu, ficou coçando a testa com expressão preocupada.

— Leonard?

— Sim?

— Não tô achando isso uma boa idéia.

Leonard sorriu para o rapaz.

— Eu estou me sentindo bem, T.K. De mais a mais, resolvi na noite passada, dadas as circunstâncias, que vou tentar facilitar as coisas, então meu plano para hoje é que você opere a câmera.

Por um momento, T.K. ficou olhando para ele de boca aberta, quase sem acreditar no que tinha acabado de ouvir.

— Você tá falando sério?

— Bom, eu já joguei você no fundo do poço durante as filmagens, não vejo motivo nenhum para parar agora. Assim eu posso me concentrar na luz.

— Bom, então o que é que a gente tá esperando? — perguntou T.K., dirigindo-se excitado para a porta.

Quando o jovem assistente deixou o quarto e foi andando pelo corredor, Leonard sacudiu a cabeça.

— Acho que era por você, meu garoto. — Riu e fechou a porta atrás de si.

As luzes brilhavam sobre os quimonos de seda de cores extravagantes dos bailarinos japoneses, que mergulhavam e giravam com precisão líquida durante a performance da coreografia de um ritual ancestral. As sombras de seus corpos cruzavam-se e fundiam-se no palco, braços e mãos se entrelaçando, como galhos de árvore ao vento. Os bailarinos, no entanto, não eram o foco de Leonard, que, sentado na cadeira de encosto de lona, observava cada movimento de T.K. com a câmera, seguindo a ação exatamente como tinha sido dirigido para fazer. Pelo que via, não havia dúvidas para Leonard de que o garoto tinha a pegada certa, usando a parte superior do braço direito para operar a manivela da *pan* no tripé, deixando a mão direita livre para operar o zoom automático. Cada vez que Leonard pensava que a câmera deveria fazer uma *pan* ou *tilt*, T.K. fazia exatamente o que ele havia imaginado, acompanhando com suavidade os movimentos dos seis bailarinos.

Ah, se pudesse ter sua vida de volta, Leonard pensou, ao escorregar a mão por dentro do paletó e pressionar o peito onde mais uma vez a dor aparecia. Como concebera a idéia de desistir daquele trabalho? Sempre fora sua grande paixão, seu chamado na vida. Por que se permitira o ostracismo de tantos anos, virar as costas para tantas oportunidades potenciais de fazer filmes como este que fazia agora? Sim, finalmente estava acontecendo, mas somente por uma volta do destino e, talvez, no final das contas, fosse tarde demais.

Pegou um lenço cuidadosamente dobrado no bolso do paletó e secou os olhos cheios d'água, enquanto voltava a atenção para o palco iluminado. Sorriu tristemente para si mesmo, ao olhar de uma lâmpada para outra, seguindo seus focos de luz perfeitamente balanceados sobre os bailarinos no palco. Talvez Nick Springer estivesse certo. Talvez agora pudesse começar a admitir para si mesmo que ainda era, de fato, um dos melhores diretores de fotografia do mercado.

— Posso parar de rodar, Leonard? — perguntou T.K., tirando os olhos do visor da câmera.

— Você está satisfeito?

— Acho que sim.

— Bom garoto. Então, pode cortar.

CAPÍTULO

46

A van branca e maltratada estava tão arriada, devido à carga humana que transportava, que Terry Crosland podia ouvir o silenciador que consertara antes de sair de Hartlepool arranhar o chão a cada saliência da London Road no caminho para Edimburgo. A viagem fora uma hora mais longa que o planejado, por causa do volume de tráfego no final de semana na A1 e das várias paradas solicitadas pelos membros do comitê do Andersons Westbourne Social Club, que se provaram incapazes de sincronizar suas necessidades. Ainda contra as expectativas de Terry, foram os dois mais jovens do time, sentados no banco de trás, Robbie e Karen Brownlow, que suportaram melhor as seis horas de desconforto da viagem, raramente abrindo a boca em seus assentos improvisados, passando o tempo ouvindo música em seus aparelhos de MP3.

— Pra onde a gente vai daqui? — Terry perguntou, ao aproximarem-se do desvio de Leith Walk.

Gary Brownlow estudava o guia de ruas de Edimburgo que haviam comprado num posto de gasolina na estrada, perto de Berwick-upon-Tweed.

— Esquerda, depois direita no próximo desvio.

Terry seguiu as instruções e deu de cara com uma fila de carros parados no trânsito congestionado. Olhou para o relógio.

— A gente tá em cima da hora, você sabe, né? — murmurou para Gary.

Uma cabeça apareceu entre eles.

— Eu disse que devíamos ter ficado na City Bypass para depois pegar a Dalkeith Road — Stan Morris disse.

Gary se virou e olhou irritado para o rosto corado do homem.

— Ah, é? E você tem um radar interno que avisou que lá o trânsito tá tranqüilo?

— Só vou dizer que quando eu servi no Royal Signals...

Terry pisou no acelerador ao ver uma abertura na pista de dentro. O avanço súbito fez com que Stan fosse jogado para trás e desaparecesse, batendo com estrondo a cabeça no teto do carro, antes de recuperar sua posição no assento.

— Cuidado, Terry... — gemeu no fundo do veículo.

Terry piscou para Gary e os dois morderam o lábio para evitar uma gargalhada.

— E agora? — Terry perguntou ao dobrar à esquerda no sinal de trânsito, na North Bridge.

Gary contou as ruas no mapa.

— A West Richmond Street é a quinta rua à esquerda.

— Maravilha! — Olhou para os outros sete ocupantes da van. — Acabou o pânico. Acho que em dez minutos a gente chega lá.

Stan Morris tomou rapidamente a frente do grupo quando andavam apressados pela calçada em direção ao Corinthian Bar, ansioso para retomar sua posição de porta-voz do time. Abriu a pesada porta de vidro, deixando-a fechar na cara de Terry, e aproximou-se da garota loura de camisa preta que ficava no balcão de tíquetes.

— Boa-noite, minha jovem — disse imponente, apoiando o cotovelo no balcão. — Você faria a gentileza de me dar oito entradas para o show de hoje à noite?

Sem mesmo um sorriso de boa-noite, a moça destacou os ingressos do bloco.

— E acho que você não poderia — Stan continuou, sorrindo persuasivo — dar um desconto para menores, poderia?

A jovem olhou para ele, careta no rosto.

— Menores? Que idade?

Stan se virou e apontou para os filhos de Gary.

— Aquele ali é o Robbie, ele tem dez anos, e a irmã dele, Karen, tem... quantos anos você tem, pequena?

— Oito — Karen murmurou, sem graça.

Stan voltou-se para ela, que olhava com preocupação para as crianças.

— Exato. Dez e oito.

A jovem pigarreou.

— Tem certeza de que quer levar os dois pra ver o show?

Stan riu.

— Claro que sim, minha jovem! É a mãe deles que está se apresentando. Com certeza querem assistir ao espetáculo!

A jovem pareceu ainda mais confusa, boquiaberta ao olhar ora para Stan, ora para as crianças. Finalmente, sacudiu a cabeça.

— Bom, se você insiste — disse, separando os bilhetes. — E já que é a última noite, vou deixar os pequenos entrarem de graça.

Stan virou-se e sorriu convencido para o grupo, sentindo-se orgulhoso de sua habilidade na negociação.

— Os ingressos — a jovem disse, entregando-lhe as entradas. — É só descer aquela escada ali atrás e o teatro fica à direita.

Só viram mais sete pessoas dentro do porão pequeno e escuro, todas ocupando mesas agrupadas em volta do palco diminuto, rodeado de cortinas. Stan ficou parado, mãos na cintura, avaliando quais das mesas restantes ofereciam melhor visão do palco, mas o resto do grupo passou por ele e se juntou nas três que ficavam no fundo do teatro.

Stan suspirou resignado e foi ao encontro deles.

— Eu não teria escolhido estas mesas. Acho que...

— A gente tá cansado do que você acha — disse Derek Marsham, sentado ao lado do pequeno Skittle. — O lugar é do tamanho de um banheiro público; que diferença faz onde a gente tá sentado?

— É, pega logo uma cadeira ali — completou Skittle, enquanto limpava as lentes dos óculos com um lenço imundo, preparando-se para o show.

— Bom, eu só queria dizer...

— Senta! — as cinco vozes mais velhas do grupo ordenaram.

Quando Stan, mal-humorado, descansou o traseiro na cadeira dura de madeira, as luzes baixaram e uma voz ecoou pelos alto-falantes nos cantos do espaço confinado.

— Senhoras e senhores, com vocês: Fruit Sundaes. É fato conhecido que comer uma maçã diariamente mantém os médicos longe da gente, mas, neste caso: *NÃO COMAM AS FRUTAS!*

— O que é isso? — Gary sussurrou, no rosto a expressão de total incompreensão.

— Não faço a menor idéia. Talvez ela tenha mudado o número.

Uma música alta agora ecoava pelos alto-falantes. As cortinas se abriram para revelar uma dupla de gêmeas idênticas no centro do palco, já um tanto passadas da idade, os corpos roliços embrulhados em volumosos roupões de seda azul. Braços estendidos, cada uma carregava na mão um cesto de vime com frutas variadas: tangerinas, bananas, ameixas e uvas. Enquanto o grupo de Hartlepool lançava olhares de questionamento uns para os outros, um anão vestindo smoking pulou no palco e, com um gracejo, tomou as cestas das mãos das mulheres. Depois, esticando os lábios carregados de batom vermelho-escuro, as duas abriram-se em enormes sorrisos provocantes e desamarraram os laços dos roupões, despindo-se simultaneamente.

— Que diabos?... — Gary tentava desesperadamente tapar os olhos das crianças.

— Você me pegou nessa — Terry respondeu, a repulsa estampada no rosto. — O que será que ela vai fazer com a banana... ah, meu Deus, não!

— Vou tirar as crianças daqui — Gary disse, agarrando os pequenos e pondo-os de pé, fazendo com que uma das cadeiras caísse no chão.

Enquanto ele apressava as crianças em direção à saída, Terry imediatamente atrás, os membros do comitê do Andersons Westbourne Social Club levantavam-se lentamente e abriam caminho por entre as mesas, nunca tirando os olhos do palco. Todos, menos Skittle, que nem percebeu o movimento dos companheiros. Levantou-se da cadeira e andou em direção ao palco, suspendendo a mão na frente dos olhos para se proteger da luz cegante do refletor e apertando os olhos atrás dos óculos.

— É você mesma, Rene? Nossa, você emagreceu, garota.

Uma mão agarrou a manga da sua capa de chuva e deu-lhe um puxão que quase o derrubou.

— Que diabos tá acontecendo aqui? — Gary perguntou revoltado para a moça do balcão de ingressos.

— Como?

— O show. Não é o que a gente veio ver.

— Que pena, senhor — disse ela, mostrando total desinteresse pela reclamação, enquanto continuava a arrumar o balcão. — É esse o espírito do Fringe. Tudo pode acontecer.

Gary sentiu a pressão do resto do grupo atrás de si, todos ansiosos por uma explicação.

— Mas o que foi que aconteceu com a Rene Brownlow? Era pra ser o show dela.

A jovem levou a mão à boca.

— Mas o moço não disse nada! — exclamou, olhando diretamente para Stan Morris, cuja face enrubesceu ao sentir os olhares de acusação do grupo sobre ele. — Rene Brownlow não está mais se apresentando aqui. Ela mudou de teatro.

— Onde ela tá? — Gary perguntou.

— No Underbelly. — A jovem se abaixou e remexeu atrás do balcão, aparecendo de volta com um programa nas mãos. — Ela trocou de espaço com as gêmeas, então vou conseguir achar aqui. — Passou o dedo de unha vermelha pela página. — Aqui. Ela está se apresentando na Belly Laugh, e o show é às oito.

Terry olhou para o relógio. Tinham vinte minutos antes do início do espetáculo.

— Mas eu não sei se vocês vão conseguir entrar. Está lotando desde a semana passada.

— Jura? — Gary perguntou, impressionado.

Pela primeira vez a jovem abriu um sorriso.

— Só se fala nisso na cidade.

Gary piscou orgulhoso para os filhos.

— Ouviram, crianças? A mãe de vocês é o assunto da cidade.

— Melhor a gente ir andando, então — Terry disse, já abrindo a porta de vidro e empurrando o grupo para a calçada.

— Espera! — a jovem gritou atrás deles, abrindo a gaveta do caixa e contando o dinheiro rapidamente. Entregou um bolo de notas para Terry. — Acho que vocês merecem o dinheiro de volta. Desculpe a confusão. Se ele tivesse dito...

— Tudo bem. — Terry abanou a cabeça amigavelmente. Levantou a mão com o dinheiro. — E muito obrigado por isso, meu bem.

Abriu a porta e saiu, mas voltou imediatamente.

— Você sabe onde fica o teatro? — perguntou.

— Vocês têm que virar na próxima rua à direita, depois vão indo uns quatrocentos metros em direção ao centro, aí podem virar à esquerda, na Chambers Street. Pode ir até o final, depois à direita, e vocês vão ver o Underbelly a uns cem metros, do lado esquerdo da rua. — Olhou para o relógio atrás de si. — Vocês estão de carro?

— Estamos.

— Então vão logo, se quiserem pegar o show.

Terry fez um sinal de OK e correu para a rua.

O silêncio na van durante o trajeto foi quebrado pela voz baixinha de Norman Brown, que mal abrira a boca desde que haviam deixado Hartlepool.

— Eram bem divertidas aquelas garotas.

Todas as cabeças, incluindo a de Terry, se viraram para olhar para o homem.

— Acho que vamos descer um véu sobre essa lembrança, obrigado, Norman — Stan Morris arrematou, pudico.

— Acho que dois sacos grandes de papel fariam melhor que o véu — Gary murmurou no banco da frente da van, sem tirar os olhos do mapa.

Um cão pastor, é disso que a gente precisa aqui, Terry pensou, enquanto esperava na ruela de paralelepípedo, do lado de fora do Underbelly. Gary Brownlow e os filhos eram os únicos membros do grupo à vista. Estavam de pé numa tenda de fast-food, onde comiam cachorro-quente e tomavam Coca-Cola. Stan Morris e Derek Marsham haviam sumido à procura de um banheiro e ele não fazia idéia de onde Norman Brown e Skittle tinham ido parar. Provavelmente pisoteados pela multidão que tentava descer a escada em caracol. Sacudindo a cabeça, foi até a bilheteria, procurando o dinheiro dentro dos bolsos do jeans. Dirigiu-se ao jovem de camiseta vermelha no balcão:

— Oito ingressos pro show de Rene Brownlow.

— Desculpe, tá esgotado desde a semana passada.

— Ah, não! — Terry exclamou desesperado, passando a mão no topete. — Quer dizer que não tem nenhuma chance?

— Acho que é isso.

— Mas é o último show.

— Eu sei, senhor.

— Mas a gente veio de Hartlepool só pra isso. Inclusive o marido e os filhos dela.

O rapaz não respondeu imediatamente.

— Só um minuto — disse, levantando-se e segurando o braço de uma mulher que passava apressada por ele. Falaram baixinho uns instantes, até que ela acenou positivamente com a cabeça e se aproximou de Terry.

— Vou deixar vocês entrarem, mas acho que vão ter que ficar em pé, nos fundos da sala.

— Tudo bem, não tem problema — Terry disse, já contando o dinheiro.

— Não precisa pagar — disse a mulher com um sorriso. — Se vocês são todos da cidade da Rene, acho que dá pra oferecer os ingressos de graça.

— Obrigado, jovem — Terry respondeu, guardando o dinheiro. — Muito gentil da sua parte.

— Mas é melhor vocês correrem. Já vai começar o espetáculo.

Terry voltou correndo até o jardim, onde encontrou todos os membros do comitê juntos, para seu alívio, Gary e os pequenos já com o apetite satisfeito.

— Conseguiu os ingressos? — Gary perguntou.

— Nenhum disponível — Terry respondeu, enquanto rapidamente indicava a entrada para o teatro. — O show tá esgotado, então a gente vai ter que ficar em pé, nos fundos.

Terry tentou abrir a porta, mas encontrou-a fechada.

— Anda, Terry — Stan Morris resmungou, impaciente. — O que é que a gente está esperando?

— Espera aí, não amola.

A porta foi aberta por uma moça que pressionava os lábios com o dedo.

— Vocês são o grupo de Hartlepool? — sussurrou.

Terry concordou com um aceno de cabeça.

— Certo. É só me seguir, então. Mas em silêncio, por favor, o show já começou.

O auditório já reverberava gargalhadas quando a jovem os encaminhou pelo corredor dos fundos, os membros do comitê do Andersons Westbourne Social Club se esbarrando no escuro, olhos fixos no palco. De um lado, Rene estava de pé com uma rosa branca atrás da orelha direita. Do outro, uma mulher de sardas comentava a própria rosa vermelha, embolada no cabelo cor-de-cenoura.

Karen Brownlow agarrou a manga do casaco do pai e Gary se abaixou para que ela pudesse sussurrar alguma coisa em seu ouvido. Garry fez sinal afirmativo, endireitou-se e inclinou-se na direção de Terry.

— Os garotos não tão enxergando nada. Você pode colocar a Karen no seu ombro? Vou levantar o Robbie.

Terry deu a mão para que Robbie subisse no ombro do pai, antes de suspender Karen.

— Quem é a outra mulher no palco com a Rene? — perguntou para Gary.

— Não faço a menor idéia. Nunca vi mais gorda.

— Elas parecem se dar bem juntas.

— É.

Enquanto eles falavam, Rene cruzou o palco e segurou o braço da ruiva, interrompendo-a no meio da frase. Rene se virou, apertando os olhos por causa da luz do refletor do palco, e olhou para o breu da platéia, na direção de onde a turma de Hartlepool estava.

— Eu tenho muito bom ouvido, sabe — gritou. — E como vocês aí atrás parecem ter muita coisa pra dizer, seria muito bom se viessem até aqui e fizessem o show pra gente poder ir pra casa e descansar um pouco.

O público riu nervoso e um homem se virou para os fundos do auditório, o que fez com que os membros do comitê do Andersons Westbourne Social Club se entreolhassem embaraçados.

— Ei, garota, cala a boca e continua o show! — Gary gritou com tudo.

Rene abriu a boca de entusiasmo e foi até a boca de cena, protegendo os olhos com as mãos, procurando localizar o provocador.

— Gary? — chamou com voz trêmula.

Terry completou:

— É, anda logo com esse show, garota. Mostra aí como é que se faz.

Ao ouvir palavras tão familiares, Rene começou a rir.

— Você também, Terry?

A ruiva levou as mãos aos quadris e reclamou, impaciente com a parceira.

— Ei, Yorkie, você vai ficar olhando esbugalhada pra platéia a noite toda ou a gente vai poder continuar? Nosso ingresso custa caro, sabia?

— Guarda essa sua viola no saco — retrucou Rene, encaminhando-se para a outra comediante. Levou a mão ao queixo, enquanto estudava os cachos vermelhos que caíam sobre o rosto de lua de Matti. — Pensando bem...

E assim voltaram à rotina, a guerra inicial de expressões e gírias se transformando na hilária e calorosa improvisação que, como sempre, desde a primeira das dezoito apresentações, levava as duas comediantes e o público às gargalhadas. Uma hora e meia mais tarde, depois de Rene e Matti voltarem ao palco para os aplausos, três vezes a mais que nas apresentações anteriores, as luzes do auditório se acenderam e o público ficou de pé, numa onda de excitação e clamor.

— Foi incrível! — Terry disse, colocando Karen de volta no chão. — Que é que você achou da sua mãe, garota?

— A gente pode ir lá falar com ela agora? — Foi tudo que Karen conseguiu responder.

Terry passou a mão carinhosamente na cabeça da menina.

— Com certeza.

A jovem que os encaminhara antes levou o grupo de Hartlepool até o pequeno camarim onde Rene e Matti estavam sentadas em duas cadeiras de madeira, exaustas.

— Meu Deus! — Rene gritou, dando um pulo, quando Robbie e Karen correram até ela. Abraçou os pequenos, apertando-os contra o corpo e beijando-os sem parar. — Eu senti tanta falta de vocês.

— Jesus, você tem um tremendo fã-clube hoje, hein?! — Matti comentou, ao estudar os seis rostos em diferentes alturas, espiando pela fresta da porta.

Rene levantou a cabeça e olhou para a entrada do camarim.

— Eu não acredito, veio todo mundo! — Começou a rir, soltando as crianças e correndo até a porta para abraçar e beijar cada membro do comitê. — Que maravilha que vocês vieram! De quem foi a brilhante idéia?

— Do Gary — Terry respondeu. — Ele achou que você precisava de um apoio moral, mas, com certeza, tava redondamente enganado.

Rene sorriu para o marido.

— Vem aqui, meu lindo — disse, agarrando a mão de Gary e puxando-o pela coxia até o palco. Baixou o rosto do marido e deu-lhe um beijo demorado na boca. — Você é um homem incrível, Gary Brownlow.

— Nem a metade do que você é. Que show maravilhoso, garota!

— Você achou?

Gary cerrou os punhos.

— Simplesmente o máximo, baby.

Rene deu outro beijo demorado nele, antes de soltar seu rosto e segurar mais uma vez suas mãos.

— Então, como tá tudo?

— Sem problemas. A gente se organizou superbem, mas nós morremos de saudade de você.

Rene apertou a mão do marido.

— Eu também morri de saudade de vocês. Posso perguntar como anda a caçada ao emprego?

Gary sorriu e piscou para ela.

— Não vamos falar disso agora. Hoje a noite é sua — disse, levando-a de volta pelo palco. — Vamos comemorar.

Quando voltaram para o camarim, Matti abriu a segunda garrafa de Cava que ela e Rene haviam trazido para celebrar a última noite.

— Vocês dois são os únicos que ainda não têm — disse, servindo dois copos de papel com o líquido borbulhante e entregando ao casal.

— Gary, essa é a Matti — Rene disse, sorrindo para a ruiva. — Ela é minha nova parceira.

Gary se inclinou e deu um beijo no rosto de Matti.

— Prazer, garota. Acabei de dizer pra Rene que vocês duas tavam maravilhosas hoje.

Matti levantou as sobrancelhas em agradecimento ao elogio e, sem tirar os olhos de Gary, cutucou o braço de Rene.

— Gostei dele, garota. Tem irmão?

— Se eu puder ter a atenção de vocês um minuto, por favor — disse Stan Morris, mais alto que a gargalhada que seguiu o comentário de Matti. — Eu gostaria de propor um brinde ao futuro sucesso dessas duas garotas, e estou muito feliz que tenha sido por causa do meu esforço... e, claro, do esforço dos outros membros do comitê do Andersons Westbourne Social Club... que um talento como o da Rene tenha tido a oportunidade de se mostrar, num tempo em que...

— Ai, cala a boca, Stan! — Terry interrompeu, rindo e levantando o copo de papel. — Às duas! Vocês realmente disseram a que vieram hoje à noite.

— Não poderia concordar mais — uma voz suave de sotaque americano disse. Todos se viraram, os copos no meio do caminho até a boca, e viram uma mulher bem-vestida, cabelo penteado e brincos de diamante, de pé na porta. — Desculpe. Não queria interromper.

— Imagina, pode entrar — disse Rene, alcançando um copo de vinho borbulhante na mesa e entregando-o para a mulher, que o pegou e apontou para a comediante de Hartlepool.

— É Rene, não é?

Rene fez um gesto afirmativo de cabeça e apertou sua mão.

— Meu nome é Mary Steinhouse. Assisti ao show nas três últimas noites e queria dizer o quanto gostei. Você e Matti têm um dos espetáculos mais originais e divertidos que eu vi nos últimos tempos.

— Obrigada — Rene respondeu, piscando para Matti.

— E eu peço desculpas por ter entrado assim e atrapalhado a comemoração — a mulher continuou —, mas estou voltando amanhã de manhã para os Estados Unidos e realmente queria falar com vocês antes de ir embora.

— Ah, é? — Rene murmurou, olhar questionador.

— Meu marido e eu patrocinamos um grande festival cultural anualmente, em Boston, que acontece logo depois do festival de Edimburgo. Venho sempre buscar os melhores espetáculos do Fringe para levar para lá, para o nosso festival, e adoraria se você e Matti pensassem na possibilidade de participar.

Rene ficou boquiaberta.

— Você tá falando sério? — Olhou para Matti, que tinha a mesma expressão de incredulidade. — Quando seria isso?

— Daqui a duas semanas. Eu volto para o show de fogos de encerramento no sábado, que eu adoro, depois os espetáculos que eu escolhi voltam comigo para Boston, no domingo. — Fez uma pausa e inclinou a cabeça. — Por isso, eu precisaria de uma resposta o mais rápido possível.

Gary pigarreou timidamente.

— Não posso responder pela Matti, mas, no que diz respeito à Rene, ela pode ir.

Rene olhou para o marido, o coração parado por um segundo, a emoção apertando seus olhos diante do apoio que o marido continuava a demonstrar.

— Gary? — sussurrou.

— E você, Matti? — Gary pressionou a outra por uma resposta.

— Meu Deus, claro! — Matti exclamou, aproximando-se de Rene e jogando os braços em volta da parceira. — Sim, sim, sim!

— Fico muito feliz — Mary disse, batendo palmas. — Então, podemos nos encontrar no sábado à tarde no Hotel Balmoral, na Princes Street. Tenho meia dúzia de quartos reservados lá, vocês podem ficar comigo. Vamos ter uma recepção no começo da noite, na qual vou falar com os artistas convidados um pouco mais sobre o que vai acontecer na semana seguinte, depois podemos assistir aos fogos juntos. Está bom para vocês?

Rene retirou os braços de Matti do próprio pescoço, mordeu o lábio e passou a mão no rosto suado.

— Eu não vou poder ir.

O comentário causou um zunzum de preocupação entre os presentes.

— Você não vai poder? — Mary perguntou.

— Não... quer dizer, não sem minha família. Eu já fiquei longe três semanas e preciso ficar um tempo com eles.

Gary se adiantou e segurou no ombro da mulher.

— Rene, a gente vai ficar bem...

— Não, Gary — ela interrompeu, afastando a mão do marido. — Eu já decidi. — Sorriu se desculpando com a americana. — Só posso ir se a minha família for junto.

Mary olhou para o estranho grupo no camarim.

— O quê? Todos eles? — perguntou, surpresa.

Rene deixou escapar uma gargalhada.

— Não, só meu marido e meus filhos.

Mary encolheu os ombros, resignada.

— Tudo bem. Não vejo por que não. Com certeza podemos achar um lugar para vocês ficarem.

Rene sorriu para ela.

— Bom, sendo assim, se a gente conseguir arranjar a papelada a tempo, América, aí vamos nós.

— Ótimo — disse Mary, afastando-se da porta. — Até sábado, então. E boa comemoração. Vocês duas merecem.

Depois que ela saiu houve um silêncio momentâneo, antes que Matti deixasse escapar um grito de alegria e, depois de agarrar a primeira pessoa que suas mãos alcançaram, que por acaso era Derek Marsham, começasse a dançar com ele pelo camarim. Rene enlaçou a cintura do marido, apertando-o contra o próprio corpo, e deitou a cabeça em seu peito.

— Acho que é melhor você me beliscar. Com força.

— Como assim?

— Isso tá realmente acontecendo?

Gary beijou a cabeça da mulher.

— É, acho que sim, garota.

Tendo feito Derek Marsham dançar, literalmente, fora do chão, Matti sentou-o numa das cadeiras para que recuperasse o fôlego.

— E aí? O que você acha que a gente deve fazer agora? — perguntou, virando-se para Rene. — A gente pode ficar por aqui a semana toda.

— Se eu puder fazer uma sugestão — Stan Morris disse, com voz vencida, já antecipando os gritos de desaprovação habituais. Como não houve protesto e todos se viraram para ouvir o que tinha a dizer, ficou, por um momento, surpreso demais para continuar. — Certo, bom, eu estava pensando sobre tudo isso, antes de aquela senhora aparecer, e fiquei com vontade de sugerir que ligássemos para Harold Prendergast no Andy's e disséssemos que somos muito sortudos por termos à disposição duas das estrelas da vez do Fringe que, é claro, são a Rene e a Matti. E que elas talvez estivessem interessadas em se apresentar por cinco noites no nosso clube social, antes de levarem seu espetáculo para os Estados Unidos da América. Naturalmente, o espetáculo custaria muito mais caro do que ele já imaginou pagar, mas, com certeza, um telefonema para a redação do *Hartlepool Mail* faria com que toda a população da cidade fosse para a porta do bar e disputasse os ingressos para o show.

O comentário foi recebido com um zunzum no camarim, já que todos consideravam a sugestão.

— Bom, foi só uma idéia — resmungou Stan, rejeitado.

— É, e uma idéia muito boa — Terry disse, dando-lhe um tapinha de parabéns no ombro. — Você sempre foi o homem certo pra esse tipo de trabalho, não é, Stan? Um porta-voz extraordinário. — Virou-se para o grupo reunido. — Agora, antes que novas interrupções aconteçam, senhoras e senhores, vamos voltar ao negócio começado e não terminado. — Levantou o copo. — A vocês, meninas. As duas a caminho do topo!

CAPÍTULO 47

A chuva finalmente caiu em Edimburgo na quarta-feira à noite, mais de oito horas depois do previsto pelos especialistas. Mas era como se as nuvens negras que pairavam sobre a cidade desde a manhãzinha tivessem segurado o carregamento até então, porque a tempestade que se seguiu cobriu de água todas as ruas, cada esgoto transbordando como se fosse um rio na inundação. Ainda assim, a energia e o entusiasmo do festival continuaram inabaláveis. Os artistas de rua ainda se espalhavam e se apresentavam a céu aberto pela High Street, depois do Fringe, abrigando-se sob as marquises dos prédios ou das entradas das igrejas. Os turistas, o público em geral e a gente dos escritórios ainda enchiam as ruas debaixo de uma quantidade sufocante de guarda-chuvas, a caminho da próxima performance, de outro lugar de apresentação ou mesmo da santa paz de seus lares.

No alto das torres do castelo, onde o vento encontrava a chuva, jogando-a em fortes golpes contra as paredes desiguais, exatamente como vinha fazendo há novecentos anos, Roger Dent segurou firme o capuz da sua capa de chuva enquanto cruzava o jardim correndo até a escada que levava ao depósito, pulando sobre os cabos multicoloridos já conectados às unidades preparadas para a explosão dos fogos. Desceu os degraus correndo, abriu a porta e entrou no quarto abafado onde estava seu equipamento.

— Que inferno! — exclamou, sacudindo a água de chuva dos braços. — Isso aqui tá imundo!

A equipe, cada um desempenhando sua função, olhou para ele e caiu na gargalhada diante da aparência do chefe.

— Jesus, você tá parecendo um rato molhado — Phil Kenyon disse, levantando-se da mesa e tirando os fones de ouvido. — Que tal um café?

— Agora não — ele respondeu, pendurando a jaqueta ensopada nas costas de uma cadeira. — Prefiro descobrir em que ponto cada um de vocês está. Como foi com a Helen?

— Ótimo. A partitura já tá escrita com todas as deixas e marcações de tempo. A gente encontrou com o bom e velho Sir Raymond hoje, passou tudo com ele e parece que ele ficou bem satisfeito.

— Você falou com ele pra prestar atenção na velocidade, enquanto estiver conduzindo?

— Claro. Ele ouviu a gravação que a gente usou pra montar o programa e acha que vai dar pra ficar muito próximo daquilo.

Roger deixou escapar um suspiro de nervosismo.

— Bom, desde que ele não fique tenso na noite e acelere demais a coisa toda. A gente simplesmente não tem espaço pra isso agora.

— Eu não me preocuparia tanto com isso. Ele parece bem relaxado com a situação.

Roger concordou e mudou sua atenção para a figura mignon de óculos de Graham Slattery, o programador de computadores da IBM.

— Gray, como anda o cabeamento?

— Annie e eu temos seiscentos metros de cabo já esticados. O túnel, os jardins e o chão embaixo do canhão já estão resolvidos, o que deixa só a frente do rochedo faltando.

Roger encarou o homem, olhar de trovão, olhos vermelhos de raiva.

— Como assim a frente do rochedo faltando? O equipamento era pra ser montado lá hoje.

O rosto de Graham ficou vermelho, quando todos da equipe olharam para ele.

— Começou a chover, Rog. Eles falaram que era perigoso.

— Jesus, é pra isso que eu pago essas pessoas, pra arriscarem o pescoço. E se chover amanhã? Eles vão ficar sentados, tomando chá o dia todo?

Graham pigarreou, tomando coragem para continuar:

— Eles não gostam da idéia da pedra, Rog. Nunca foi feito antes e eles acham que não é viável.

— Eu não tô nem aí pro que eles acham. É o meu último show e é melhor que seja feito.

— Não se estressa, companheiro — interrompeu Phil, percebendo que Graham precisava de apoio moral. — A gente vai ter isso pronto amanhã.

— A gente não vai ter tempo amanhã, Phil! — Roger exclamou, pegando uma cadeirinha e os mosquetões de um gancho na parede. — Já estamos atrasados demais. Se não for feito hoje, não tem como ficar pronto amanhã.

— Roger, você está pensando em fazer isso hoje?!

Roger abaixou e pegou um rolo de corda no chão.

— Com certeza estou.

— Mas tá escuro! Você vai se matar.

Roger jogou a corda para ele.

— Não se você segurar o outro lado. — Pegou a jaqueta pendurada na cadeira, vestiu e pegou um rolo de fios no canto da sala. — Bom, você vem?

Phil olhou para os rostos preocupados da equipe e balançou a cabeça lentamente, enquanto pegava sua jaqueta.

— Você é louco, companheiro.

Roger exibiu um sorriso para todos na sala.

— É por isso que eu estou nesse ramo.

Quinze metros abaixo do parapeito do castelo, Roger grudava-se à pedra e o vento arrancava o capuz da jaqueta de sua cabeça, a chuva incessante encharcando-lhe o cabelo, antes mesmo que ele conseguisse encontrar o próximo lugar para apoiar a mão na superfície escorregadia do rochedo. Estava estabelecendo uma seqüência agora. Apoiar as mãos primeiro, depois os pés, depois desenrolar o cabo do suporte da cintura. Tudo certo, desde que não olhasse para baixo. Fosse o que fosse, não queria olhar para baixo. Estava trabalhando muito rápido, sentiu a corda acima afrouxar e deu-se conta de que Phil não estava acompanhando seu ritmo.

— Phil — gritou o mais alto que pôde.

— Tudo bem aí, companheiro? — Ouviu a voz desmaiada de Phil falar lá de cima.

— Tem que manter a corda apertada.

— Desculpa, vou manter.

Roger sentiu a corda esticar e novamente sustentar seu peso.

— Quantos estão segurando? — perguntou aos gritos.

— Todos nós. — Foi a resposta.

Roger sorriu enquanto estendia a mão e encontrava o próximo buraco na pedra. Mais alguns metros e ele poderia começar a subir novamente para a segurança do terraço. Não antes da hora. Começava a sentir câimbras nas mãos e os músculos dos braços estavam cansados. Enfiou os dedos numa reentrância e liberou uma das pernas, mas, assim que fez o movimento, sua mão ficou dormente e ele perdeu a pegada. Deu um grito ao se soltar da pedra e girar no ar, até que a corda fosse mais uma vez puxada, a cadeirinha apertando-lhe a virilha. Suas costas chocaram-se na parede sólida e ele balançou, solto, de pernas abertas contra a face da rocha, olhando para os sessenta metros de precipício até o Princes Street Gardens lá embaixo.

— Merda! — murmurou ao recuperar o fôlego.

— Rog? — A voz preocupada de Phil ecoou lá de cima. — Que foi que aconteceu? Tá tudo bem com você?

Roger respirou profundamente, recuperando as forças.

— Tá, tá tudo bem. Minha mão escorregou. — Deixou escapar um riso de alívio. — Mas eu acho que minhas bolas foram parar na garganta.

Phil riu.

— Bom, sua voz não tá parecendo a de um menino de coral, então acho que sua masculinidade continua intacta.

— 'Brigado — Roger respondeu, sem se importar se o amigo estava ouvindo ou não. Fechou os olhos e recostou a cabeça na pedra. — Phil? — chamou.

— Oi.

— A corda tá segura?

— Como se fosse um prédio. A gente enrolou num poste.

— Preciso de uns minutos pra me recuperar.

— Não se preocupa. Leve o tempo que você precisar.

Roger relaxou o corpo e esticou os braços para os lados, tentando aliviar a tensão dos músculos, enquanto olhava as luzes da Princes Street e os telhados de New Town. Subitamente deu-se conta, pendurado ali, tão alto e isolado sobre as ruas de Edimburgo, de que sentia-se como o Cristo Redentor, no topo do Corcovado, sobre o Rio de Janeiro, os braços protetores abertos para os habitantes da cidade. E, naquele momento, não achou sacrílego ou irreverente pensar aquilo, considerando se não haveria sido obra do destino estar naquela situação. Por vinte e três anos, aquela fora sua cidade e as formas diminutas lá embaixo, apinhadas em ônibus, dirigindo seus carros e andando pelas ruas, eram seus seguidores, todo ano se aglomerando para assistir ao espetáculo que ele criava do alto das paredes do castelo. Sentiu um bem-estar e uma paz enormes tomarem conta dele e uma súbita explosão de amor por aquelas pessoas irradiou pelo seu corpo frio e cansado.

— Sejam todos abençoados — murmurou — e obrigado por todos esses anos. Quando a última cascata de luz explodir no céu, que seus caminhos se abram e suas vidas sejam tomadas de paz daqui em diante.

Quebrou a meditação solitária, passando a mão sobre a superfície rochosa até encontrar uma nova reentrância na qual se firmar, virou-se de frente para a pedra novamente e começou a escalar devagar em direção ao parapeito do castelo, deixando escapar uma risada de embaraço. Tinha sido realmente uma coisa estranha dizer isso, ele pensou. E, de qualquer modo, que diferença a falação pseudo-religiosa e idiota de um hippie velho faria na vida de qualquer pessoa?

— Phil? — chamou.

— Fala, parceiro — a resposta veio de longe.

— Pode puxar de novo. Vou começar a subir.

CAPÍTULO

48

Leonard Hartson estava em cima da escada, ajustando o refletor para que a luz incidisse diretamente no rosto da bailarina solitária que ele escalara naquela tarde. Queria fazer apenas umas poucas tomadas para inserir depois, portanto não havia solicitado a presença do diretor, nem do resto dos bailarinos ou mesmo da jovem intérprete. Depois de três semanas de trabalho árduo, duas coisas prevaleciam agora na mente de Leonard: primeiro, o que estava feito até aquele momento era, de fato, sua obra-prima; segundo, tinha vindo à custa de sua própria saúde.

Olhou para o palco iluminado, onde T.K. estava mudando a posição da câmera e nivelando o tripé com mãos experientes. Quando teve certeza de que o rapaz não estava olhando para ele, desceu lentamente da escada, buscando apoio no poste de iluminação, e arrastou-se até a cadeira de diretor, o rosto se contorcendo de dor, até sentar-se com dificuldade. Quando T.K. deixou a câmera e foi até ele, Leonard forçou um sorriso animado, respirando profundamente antes de falar, na esperança de que sua voz soasse o mais natural possível.

— Acho que estamos chegando ao fim, T.K. — disse.

O assistente sorriu para ele.

— É, parece que a gente vai conseguir ver os fogos hoje à noite, finalmente.

— Pode ser — Leonard disse, escorregando discretamente a mão por dentro do paletó de tweed ao sentir um aperto na região torácica. — Pronto para filmar?

T.K. pegou a claquete na cadeira ao lado e anotou o número da cena com um pedaço de giz, passando-a em seguida para Leonard.

— Você marca, então?

O objeto parecia um peso morto em sua mão e ele o deixou cair no colo.

— Não vamos nos preocupar com isso — disse, balançando a cabeça. — É só um *insert*, pode rodar a câmera quando você estiver pronto.

Leonard observou os movimentos de T.K., enquanto o jovem ia até o palco e levantava seu próprio medidor de luz Weston na altura do rosto da bailarina. T.K. voltou para a câmera, ajustou a abertura da lente, depois destravou as manivelas de *pan* e *tilt* no tripé. Checou o foco, ajustou o zoom e travou o tripé mais uma vez.

— Tudo certo, Leonard — avisou.

— Quando você quiser, meu garoto. Quando você quiser.

T.K. ligou a câmera e observou a imagem da jovem no visor. Apertou o zoom, fazendo um plano de cabeça e ombros, deixando a câmera rodar por mais quinze segundos.

— Foi, Leonard — disse alto. — Quer que eu corte agora?

A câmera continuou rodando enquanto T.K. esperava por uma resposta sem tirar o olho do visor.

— Leonard? É pra cortar? — perguntou novamente.

O ruído da claquete caindo no chão fez com que T.K. olhasse para trás, na direção do velho cameraman, e ele soube, no momento em que pousou os olhos no amigo, que algo estava terrivelmente errado. Leonard estava curvado para o lado na cadeira, a cabeça estranhamente apoiada no ombro, e o braço direito pendurado em direção ao chão.

— Leonard! — T.K. gritou, desligando rapidamente a câmera e correndo até seu mentor. Aprumou o cameraman cuidadosamente e levou as mãos às faces pálidas dele. Parecia não dar nenhum sinal de vida. T.K. ouviu um gemido e olhou para trás, encontrando a bailarina ao seu lado, as mãos pequeninas tapando a boca. Levantou-se e levou as mãos à cabeça.

— Meu Deus, o que é que a gente faz? O que é que a gente tem que fazer? — gritou, em pânico.

A moça suspendeu as mãos, num gesto de desespero, incapaz de compreender uma só palavra do que ele dizia. T.K. passou por ela e pegou seu casaco em cima de uma das caixas do equipamento de luz. Procurou nos bolsos pelo celular que fizera Leonard comprar para que pudessem manter contato constante com a Springtime Productions, em Londres, e, com as mãos trêmulas, ligou para o serviço de emergência.

— Eu preciso de uma ambulância em Leith Docks, agora — gritou com urgência ao telefone. — Onde você acha que é? Em Edimburgo... endereço? Não tem endereço. — Coçou nervosamente a cabeça. — Bom, então manda a ambulância pra Commercial Street e eu fico lá esperando. — Olhou para Leonard. — Eu não sei. Acho que é coração. — Ficou ouvindo por um tempo, antes de desligar o telefone.

Depois caminhou lentamente até Leonard. Estendeu a mão e pressionou os dedos contra o pescoço do cameraman, procurando por sinais vitais, como fora instruído a fazer. Pareceu-lhe que a vida do amigo estava por um fio.

— Leonard, vou trazer uma ambulância pra você — disse baixinho, as lágrimas já começando a nublar-lhe a visão ao cobrir o homem com o casaco que ele lhe dera de presente, ajeitando-o cuidadosamente ao redor do corpo quieto do cameraman. — Vai ficar tudo bem, Leonard, eu sei que vai. Fica quietinho aí que eu vou buscar os caras pra te ajudar. Agüenta firme, só isso. Por favor, agüenta firme.

Virou-se para a jovem bailarina para pedir que tomasse conta de Leonard, mas deu-se conta de que era um caso perdido.

— Desculpe, mas você tem que ficar aqui — disse para ela, apontando na direção do chão, a fala devagar e articulada, na esperança de que ela o entendesse. — Não sai daqui.

Cruzou o galpão e abriu a porta de incêndio. Ficou parado ali um instante, banhado pelo fraco raio de sol que vinha de fora.

— Eu não vou longe, Leonard — disse para a figura inconsciente na cadeira. — Prometo que vou voltar num segundo.

CAPÍTULO

49

Quando Tess Goodwin atravessou uma das portas dos fundos do Usher Hall, já era possível ouvir o som dos instrumentos em preparação para o concerto. Ela tirou o casaco, seguindo pela passagem de arcos e parando do lado de fora de uma porta escura onde se via uma pequena placa de metal com o nome Angélique Pascal. Ficou ouvindo por uns instantes o violino solitário reproduzir uma escala complicada, antes de bater à porta. O som foi interrompido imediatamente e uma voz disse que ela entrasse.

Angélique estava de pé no centro do quarto, com o mesmo vestido preto que usara na noite do concerto de abertura, violino e arco nas mãos. Seu rosto se iluminou ao ver Tess e ela correu para abraçar e beijar a amiga.

— Como é que você tá se sentindo? — Tess perguntou, colocando seu casaco sobre uma cadeira.

Angélique suspirou sonoramente.

— Bem nervosa, na verdade. Tem um tempo que eu não faço isso.

Tess cruzou os braços.

— Ainda me sinto mal por você ter que tocar no concerto de encerramento do festival, mas teve tanta procura quando a gente anunciou a sua volta que simplesmente não deu pra ser "um" dos últimos.

Angélique sacudiu a cabeça.

— Você não tem que se desculpar. Tenho a sensação de que vai dar tudo certo. Sempre amei o concerto de Brahms, tudo o que eu tenho que fazer é tocar direito. — Colocou cuidadosamente o violino e o arco na *chaise longue* encostada na parede. — Como tá o Allan hoje?

Tess riu.

— Não muito bem, na verdade. Foi chamado no escritório logo cedo, por algum motivo, e ele resolveu ir a pé, pra organizar as idéias.

— Foi superdivertido ontem — Angélique disse com um sorriso. — Eu não dançava tanto há algum tempo. — Pegou um batom na mesa onde estava sua maquiagem e passou na boca, de frente para o espelho.

— Por falar nisso, você viu o Jamie por aí?

— Vi. No foyer... ah, e ele me pediu pra te dar um recado. Ele vai sentar na terceira fila, no corredor do meio, e quer que você olhe pra ele quando subir no palco.

Angélique olhou para Tess, sem entender.

— Pra quê?

— Não posso falar, é surpresa.

— Ah, e você sabe qual é a surpresa?

Tess riu.

— Já disse que não posso contar.

Angélique aproximou-se da amiga, olhos muito abertos e os punhos cerrados.

— Tess, ou você me conta ou eu juro que... que vou tocar tudo errado e acabar com seu emprego por ter me agendado no concerto de hoje.

— Azar o seu — Tess falou com o olhar duro. — Porque você não vai conseguir arrancar nada de mim.

Neste momento, alguém bateu à porta. Angélique pediu que a pessoa entrasse e uma senhora colocou a cabeça pela fresta.

— Mademoiselle Pascal, a orquestra está pronta.

— Obrigada — Angélique respondeu, virando-se para pegar o violino na *chaise longue*. Foi em direção à porta, parando ao lado de Tess e suspirando profundamente. — Bom, então é isso.

Tess abraçou a amiga.

— Pode acreditar, você vai ter uma noite maravilhosa. Aproveita cada minuto.

Quando Angélique subiu no palco, os músicos da orquestra se levantaram, assim como o público, e a abóbada do enorme teatro foi sacudida pelo som dos aplausos espontâneos. Angélique andou até o maestro e, como sempre fora seu costume em todos os concertos, sinalizou para que baixasse o rosto e beijou-lhe as duas bochechas. As palmas fizeram-se mais altas, o público encantado com o gesto, enquanto ela se dirigia para sua posição. Cumprimentou primeiro as galerias laterais e depois as da frente, olhando em volta à procura de Jamie. Viu o rapaz e sorriu amplamente. Depois percebeu que Harry Wills, o repórter, estava ao lado dele. Virou para a esquerda e viu que perto dele, numa cadeira de rodas no corredor, estava uma senhora alta, empertigada, de cabelos brancos e mãos no colo, os olhos azul-claros fixados em Angélique.

— *Mon Dieu! Mon Dieu!* — Angélique murmurou, levando as mãos à boca.

Voltou até o púlpito onde estava o maestro, sem tirar os olhos da senhora, até chocar-se contra a grade que o circundava.

— Por favor — ela disse, virando-se para ele —, a gente pode esperar um pouquinho? Eu preciso falar com uma pessoa. É muito importante.

O maestro sorriu para ela, pegando o violino e o arco das mãos da moça.

— Com certeza, meu anjo. Quando você quiser. Já estava avisado de que isso poderia acontecer.

Enquanto Angélique andava rapidamente até a lateral do palco e descia até a platéia, o público permaneceu tão quieto que os passos da violinista ecoaram por todo o teatro. Ela se aproximou da senhora, mãos em concha sobre o rosto, as lágrimas já rolando pelas faces.

— *Oh, je ne le crois pas!* — Ajoelhou-se e gentilmente segurou as mãos inertes e enrugadas. — Madame Lafitte, a senhora está aqui! É verdade! — Beijou as mãos da protetora, levantando-as até seu rosto quente e molhado, olhando para o rosto gentil e sorridente da velha mulher.

— Fui... trazida... aqui... para ouvir você tocar — Madame Lafitte disse com voz fraca e claudicante.

— Mas quem trouxe a senhora?

Madame Lafitte virou lentamente a cabeça em direção ao homem sentado ao seu lado.

— O senhor Wills, aqui.

— Ah, isso é tão maravilhoso! — Angélique ficou de pé e jogou os braços em volta do pescoço de Harry. — 'Brigada, Harry, muito, muito obrigada.

— Infelizmente, a idéia não foi minha — ele respondeu, o rosto vermelho de vergonha. — Jamie pensou que, já que eu estava indo a Paris, podia dar uma passadinha por Clermont Ferrand na volta.

Angélique ficou uns segundos olhando para Jamie, boquiaberta, antes de passar por cima das pernas de Harry e sentar-se pesadamente no colo do rapaz. Segurou o rosto do jovem entre as mãos e pressionou seus lábios contra os dele por tanto tempo que, quando terminou, Jamie estava sem ar. O público adorou a atitude espontânea de Angélique quebrando as regras de seu comportamento sóbrio usual e reagiu com assovios e gritos de aprovação. Um homem, lá de cima da galeria, ainda vestindo o terno com que tinha ido trabalhar no escritório de advocacia naquela manhã, levantou-se para aplaudir, suas palmas ressoando no teatro, antes de ser puxado para trás pela moça de rosto corado de vergonha ao lado dele.

Deixando Jamie, depois de sussurrar-lhe uma mensagem no ouvido, Angélique se levantou, passou por Harry e, mais uma vez, ficou de pé ao lado de Madame Lafitte, encarou os olhos sorridentes e cansados da velha senhora.

— Vou tocar pra senhora, agora — disse, acariciando gentilmente o rosto da mulher.

— Eu... esperei... tanto tempo... por este momento — respondeu.

Angélique curvou o tronco e deu-lhe um beijo na testa.

— Não vai mais precisar esperar.

E enquanto ela caminhava de volta para o palco, o maestro levantou as mãos para que a orquestra ficasse de pé e cumprimentasse mais uma vez a jovem musicista francesa.

Todos os dias, desde que Angélique deixara o Conservatoire de Paris, Lillian Lafitte havia apreciado sua protegida tocar, a música enchendo a sala de estar da casa na *rue* Blatin, em Clermont Ferrand. Mas nunca antes a ouvira tocar como naquela noite. Havia uma intensidade potente, uma nova emoção presente em sua performance, cada nota tocando profundamente seu ser, fazendo-a voltar no tempo. Viu-se jovem mais uma vez, andando em meio ao tapete de flores de primavera no alto de uma montanha no Maciço Central, apertando a mão de seu companheiro, o deslumbrante doutor Jean-Pierre Lafitte. Depois, saindo de seu estado de sonho, compreendeu o que fizera com que Angélique tocasse daquela maneira. A moça tinha descoberto o amor. Era a parte que faltava do quebra-cabeça para que completasse seu entendimento da música que executava, parte que jamais poderia ser ensinada, somente aprendida através da espera e, depois do encontro, do pertencimento do coração. Virou a cabeça lentamente e olhou para o jovem de constituição vigorosa e cabelo louro sentado ao lado de seu acompanhante. Ele olhava para Angélique com fascinação, com uma infinitude que o fazia parecer a única pessoa sentada naquele imenso salão. Lillian sorriu para si mesma. Duvidava muito que ele estivesse ouvindo uma só nota sendo tocada. Que maravilha, ela pensou, que hoje em dia, quando os jovens parecem tão reticentes quanto ao compromisso do amor, o sentimento entre aqueles dois pudesse ser tão completamente mútuo.

Olhou para o colo e lentamente entrelaçou os dedos trêmulos que Angélique havia separado. A idade pode ter alcançado seu corpo,

Lillian, mas sua mente ainda é afiada como uma faca. Então a use pelo bem de Angélique enquanto ainda é tempo.

Levantou a cabeça para ver os dedos delicados que dançavam sobre as cordas do violino, exatamente como haviam feito tantos anos antes, na sala de estar de sua casa em Clermont Ferrand.

Então, o rapaz está se mudando para Londres...

CAPÍTULO

50

Roger Dent arregaçou a manga da jaqueta nova, impermeável e confortável que sua mulher, Cathy, mandara fazer para seu último show e que levava o logo da Exploding Sky Company, ESC, bordada em dourado com pedrinhas de diamantes nas costas. Seu relógio mostrava dez para as nove. Mais dez minutos e era hora de começar o show. Não tinha mais nada que pudesse fazer agora. Cada conexão, cabo, detonador, tudo fora checado centenas de vezes. Estava tudo preparado. Só faltava que Phil desse o sinal para começar o show.

Cruzou rapidamente o jardim, até a posição dos disparos, sob o *one-o'clock gun*. Annie Beardsley fez sinal positivo quando o viu e colocou o headphone. Respondendo ao gesto, Roger foi checar como estavam Dave Panton e Graham Slattery, que comandariam os disparos do túnel e dos jardins. Cinco minutos depois, estava entrando no pequeno compartimento envidraçado onde Phil Kenyon e Helen, a responsável pela partitura de contagem de tempo, sentavam-se lado a lado, de frente para o palco envolto por uma cortina branca, montado lá embaixo, na Princes Street Gardens, onde os músicos da Scottish Chamber Orchestra se preparavam para o concerto.

— Tudo pronto, Phil?

O australiano recostou na cadeira e virou-se para ele com um sorriso largo.

— É, companheiro, quase na hora de atirar.

Roger respondeu balançando a cabeça positivamente, suspirando nervoso.

Phil riu.

— Jesus, Rog, não precisa ficar tão tenso. Vai dar tudo certo. — Puxou a cadeira ao lado da sua. — Vem, senta aqui e aproveita.

Roger sacudiu a cabeça negativamente.

— Hoje não.

Phil olhou intrigado para o parceiro.

— Como assim? Você sempre senta aqui.

Roger apontou para a porta.

— Eu vou ficar lá fora. Quero ficar no muro do castelo e ver a reação das pessoas na Princes Street. Quero ver as centenas de milhares de rostos olhando pra cima e se maravilhando com o show criado pra elas. — Piscou para o colega. — Porque é isso que a gente faz. Puro entretenimento.

Phil grunhiu sardonicamente e balançou a cabeça.

— Vai lá, sai logo daqui. Acho que você finalmente pirou de vez.

Um rugido veio da multidão lá embaixo e Phil se virou para olhar para o palco.

— O maestro entrou — disse tirando o headphone do pescoço e colocando-o na cabeça. — Então, vamos começar.

Seiscentos e quarenta quilômetros ao sul, em seu escritório em Londres, num prédio com vista para a Victoria Station, Nick Springer estava sentado à sua mesa, os pés sobre ela, pressionando os botões do controle remoto para assistir mais uma vez ao vídeo entregue naquela tarde. Espreguiçando os braços sobre a cabeça, bocejou longamente, feliz, antes de puxar um pouco a manga de sua camisa Turnbull and Asser e olhar para o relógio de pulso. Quase uma da manhã. Definitivamente hora de encerrar o expediente.

Tirou os pés da mesa, levantou-se e pegou o paletó no encosto da cadeira. Desligou a tevê e cruzou a sala. Quando abriu a porta para sair, o telefone começou a tocar. Ficou olhando para o aparelho por uns instantes, pensando em deixar a ligação para a secretária eletrônica, mas depois voltou para atender.

— Nick Springer... ah, oi, T.K., como vão as coisas? Acabei de ver o material que você mandou ontem. Realmente fantástico. Você e Leonard estão de parabéns... desculpe, T.K., falamos ao mesmo tempo. O que você acabou de dizer?

Enquanto escutava, as cores deixaram seu rosto e ele sentou pesadamente na mesa.

— Quando foi que isso aconteceu? — perguntou com voz trêmula, esfregando a testa com a mão. — Meu Deus! E onde é que ele está agora?

Enrolou o fio do telefone nos dedos com tanta força que começou a sentir uma dormência nas pontas.

— E você estava com ele?

Sentiu os olhos arderem e lágrimas brotaram de emoção, enquanto o garoto falava.

— T.K., eu sei exatamente o que você está sentindo. Se é que isso pode servir de conforto, acho que ele também viu em você um neto... é, eu sei, garoto... não, não se preocupe com isso. Eu vou até Kingston contar para ela. — Respirou fundo. — E onde você está agora? Ainda está no hospital... Mas por que cargas d'água você voltou pro galpão? Mesmo? Você é um grande garoto, T.K., Leonard ficaria orgulhoso de você. Vou pra Edimburgo amanhã com Grace e lá consigo alguém para buscar o equipamento. Você disse que o resto do filme ainda está na câmera... Certo, e o galpão vai estar trancado? — Pegou uma caneta e escreveu algumas coisas num bloco de anotações. — Debaixo do tijolo, ao lado da caçamba de entulho do lado de fora. OK, já anotei,

T.K. E você continua com o celular, caso eu precise falar com você... T.K.?... T.K., desculpe, não entendi o que você acabou de falar... sua voz está um pouco... T.K., você ainda está aí, garoto?

Nick desligou o telefone e levou as mãos ao rosto, apertando os olhos com os dedos.

— Meu Deus, o que foi que eu fiz — murmurou. — Que diabos eu fui fazer? — Afastou os dedos dos olhos. — E como é que eu vou conseguir contar para Grace?

T.K. estava no escuro, sentado no centro do galpão vazio, a câmera empacotada e as caixas de equipamentos de luz empilhadas em volta dele. Guardou o celular dentro do bolso da jaqueta, inclinou o corpo e pegou a garrafa de vodca, já pela metade, no chão gelado. Tomou um gole enorme, tossindo involuntariamente enquanto o álcool escorregava queimando sua garganta. Levantou-se e foi claudicante até a porta. Parou e voltou para pegar algo sobre a caixa da câmera. Aninhou o medidor de luz Weston de Leonard na palma da mão e, por alguns segundos, levou-o até o nariz para sentir o cheiro da caixa de couro surrada pelo uso, antes de guardá-la no bolso da jaqueta, junto com o celular. Andou sem rumo pelo armazém pela última vez e abriu a porta, encontrando o céu escuro sobre as luzes azuis e verdes visíveis acima dos prédios. O show de fogos já tinha começado.

Girou a chave na fechadura pesada e colocou-a debaixo do tijolo ao lado da caçamba de entulho. Endireitou-se, tomou mais um gole de vodca e percebeu que a rua, normalmente vazia, não fosse a van da companhia, estava agora cheia de carros. Balançou a cabeça, compreendendo. As pessoas estavam tendo que estacionar longe e ir andando até o local do show.

Começou a descer a rua e parou para admirar um BMW novinho parado ali, seu corpo escuro brilhante refletindo os fogos que explodiam no céu. Seus olhos iam de um lado para outro, inspecionando o interior creme do veículo e o volante revestido de couro. Riu, bêbado, e voltou até a caçamba de entulho. Dez segundos depois estava de volta ao carro, com uma barra de ferro que encontrara enterrada junto com o lixo. T.K., o mestre do roubo de carros, pensou. Era tudo o que tinha agora. Sem janelas quebradas pra chamar atenção, porque você sabe muito bem como fazer o serviço.

Andou até a frente do carro, levantou a barra de ferro e acertou o pára-choque. O efeito foi imediato. Os airbags inflaram saindo de trás do volante e do painel em frente ao banco de passageiro, e as portas foram destravadas. Aproximando-se da porta do motorista, T.K. apoiou a barra de ferro na lateral do carro e tomou o último gole da garrafa de vodca, antes de quebrá-la na parede do armazém. Abriu a porta do carro, debruçou sobre o painel e furou os airbags com o vidro da garrafa. O interior foi coberto por uma chuva de pó branco que se espalhou sobre todo o estofamento de couro do veículo. T.K. sentou no banco do motorista, sem se importar com o pó cobrindo sua roupa, e jogou a garrafa quebrada na calçada. Pegou a barra de ferro, colocou-a entre as traves do volante e, usando toda a sua energia, forçou-a para baixo, até que o volante destravasse. Tirou a barra, enfiou dentro da proteção de plástico abaixo do volante, removendo-a facilmente e expondo os fios coloridos. Jogou a barra de ferro na saída de esgoto e esfregou as mãos na calça jeans. Certo, T.K., pensou, é aí que começa a diversão. Se você conseguir passar pelo segredo que imobiliza a fera, sem um laptop pra quebrar o código, então você é realmente o melhor desgraçado nessa arte.

Lillian Lafitte estava na sua cadeira de rodas, num dos lados do saguão lotado do Caledonian Hotel, escutando o barulho ensurdecedor dos fogos de artifício e os rugidos de apreciação da multidão que assistia ao show na Princes Street. Levantou a mão com grande esforço, pousando-a sobre a de Angélique.

— Agora... você precisa... ir... agora... para... poder assistir — disse, sorrindo para a jovem.

Angélique olhou para Jamie, sentado relaxadamente de pernas cruzadas numa poltrona ao lado da velha senhora.

— A gente não tem que assistir, tem?

Jamie sacudiu a cabeça.

— Não. Eu já vi milhares de vezes.

— Eu prefiro ficar aqui, conversando — Angélique disse, acariciando gentilmente o braço de Madame Lafitte.

— Não... eu insisto — a senhora continuou —, mas antes... preciso dizer uma coisa. — Olhou ternamente para Angélique. — Você está com vinte e um anos... agora... e já pode tomar conta... da sua vida. Então, estou... instruindo meus advogados... para que comprem uma casa... para você... em Londres. É um ótimo lugar... para você ter... como base.

Angélique levou as mãos à boca, abismada.

— Madame Lafitte, isso é... é o que eu sempre quis! Levantou-se e abraçou sua protetora, que novamente levantou a mão para impedi-la.

— E eu também... falei com alguém... que espero poder tomar conta da... sua carreira... e acompanhar você nos... concertos pelo... mundo.

— Quem é? — Angélique perguntou.

— Não posso dizer ainda... porque só... terei a resposta... amanhã. — Suspirou. — Agora... não posso mais falar... então, por favor... vá!

Madame Lafitte estava visivelmente encurvada na cadeira de rodas, depois do esforço que fizera para falar. Angélique debruçou-se sobre ela, beijando-a no rosto.

— Eu amo tanto a senhora, madame — disse baixinho. — Sempre foi tão boa pra mim.

A velha senhora levantou as sobrancelhas.

— Vá... Angélique.

Tomando aquilo como a deixa definitiva para sair, Jamie se levantou, segurou a mão de Angélique e puxou-a para a porta do hotel.

— Vem, a gente recebeu uma ordem de retirada.

— A senhora ainda vai estar aqui quando acabar? — Angélique perguntou, enquanto Jamie a arrastava para fora.

Lillian Lafitte sorriu em resposta e assistiu à saída dos dois, braços entrelaçados, conversando animadamente.

Quinhentos metros adiante do Caledonian Hotel, na Princes Street, acima da massa de espectadores, Gavin e Jenny Mackintosh estavam de pé na varanda do New Club, olhando para os raios de luz que choviam sobre o castelo. Ele esperava expectante, envolvendo a cintura da mulher em seu braço. A orquestra, nos jardins logo abaixo, foi num crescendo até o momento em que rufaram os tímpanos, os címbalos chacoalharam e o rochedo abaixo do castelo explodiu em cores, a luz descendo em cascata, sem perder a força até o chão, sessenta metros abaixo.

— Meu Deus — Gavin murmurou encantado. — Acho que nunca vi isso antes.

Jenny virou-se para o marido e sorriu.

— Quando foi a última vez que você viu o show de fogos?

Gavin riu, apertando o abraço.

— Verdade.

— Bom, você com certeza conseguiu se envolver este ano, não é? — Ela apoiou a cabeça no ombro do marido.

— É, e eu posso dizer que foram três semanas excelentes. — Deixou escapar um longo suspiro. — Mas estou muito feliz que tenha acabado.

Jenny olhou para ele, as sobrancelhas suspensas pela dúvida.

— Sem sofrimento, então? Você não vai definhar de saudade da sua jovenzinha?

Gavin inclinou o tronco e deu um beijo na cabeça da mulher.

— Minha querida, só existe uma jovenzinha na minha vida. E ela está de pé ao meu lado.

Do outro lado dos telhados da estação Waverley, num prédio vizinho à North Bridge, Harry Wills estava em seu escritório, alheio ao barulho e à celebração que aconteciam do lado de fora de sua janela, digitando no teclado de seu computador. Viu a última palavra da matéria surgir na tela e apertou o "ponto-final" com um floreio de mão. Suspirando satisfeito, voltou ao início do documento e começou a ler o que escrevera. Era intitulado "A menina curiosa que se transformou em estrela internacional" e iniciava com a frase: "Um dia, muito tempo atrás, na sala de estar sombria de uma casa em Clermont Ferrand"...

Fora sugestão de Madame Lafitte que esperassem estar dentro do avião para que ele começasse a fazer as perguntas sobre Angélique. Portanto, assim que atingiram o ar e sobrevoaram os picos salientes do Maciço Central, Harry pegara seu gravador na pasta e ligara-o.

Devido à fala entrecortada de Madame Lafitte e de sua constante necessidade de descanso, a história não fora contada até o fim antes que, finalmente, pousassem em Edimburgo. Mas, durante o vôo de duas horas, conseguira extrair da velha senhora cada detalhe que vinha perseguindo nos últimos três anos.

Salvou o documento, depois selecionou o ícone "enviar e-mail" no topo da tela do computador, e, enquanto um lampejo dos fogos de artifício iluminava o lúgubre interior de seu escritório, pressionou o botão do mouse e encaminhou a matéria a ser incluída na edição do dia seguinte do *The Sunday Times.*

Tess Goodwin subiu o último lance de escada do prédio georgiano na Dundas Street e respirou fundo uns instantes, de cansaço e ansiedade, antes de colocar a chave na fechadura para abrir a porta do apartamento.

— Allan? — chamou, ao ver as luzes acesas.

— Oi — ouviu o marido responder.

— Onde você tá? — perguntou, enquanto tirava o casaco e o largava sobre a cadeira, juntamente com a bolsa do laptop.

— Na sala.

Cruzou o corredor e abriu a porta. Allan estava de pé, ao lado de uma das grandes janelas, olhando para fora.

— Achei que você ia ver os fogos — disse ela, indo até ele e aninhando-se em seus braços.

— Não, não fiquei a fim de encarar a multidão na Princes Street. Achei melhor ver os fogos daqui mesmo. — Beijou a cabeça de Tess. — E você? Por que não foi?

Ela sacudiu a cabeça.

— Tive que encontrar com Lewis Jones, do escritório do Fringe, pro último drinque do festival, como sempre. Depois, só pensava em vir pra casa.

— Você tá aliviada que acabou, né?

— Com certeza. — Sorriu para o marido. — E só penso na nossa lua-de-mel.

Ele olhou para ela, pensativo.

— Ah, é, a lua-de-mel... — disse, com pouco entusiasmo.

— Que foi? — Tess perguntou, afastando-se um pouco. — Parece que de repente você não tá mais tão animado.

Enfiando as mãos nos bolsos da calça, Allan olhou para o chão e começou a arrastar a sola de couro do sapato, para a frente e para trás, no piso de madeira.

— Olha só, Tess, lembra que eu fui supercedo lá pro escritório?

— Claro — ela respondeu, o rosto franzido de preocupação.

Ele olhou para ela.

— Bom, eles me ofereceram um trabalho em Londres.

Tess olhou para ele chocada.

— Eu não acredito.

— É uma oportunidade incrível, Tess — Allan continuou, querendo se livrar da explicação que passara o dia todo preparando. — O salário é o dobro do que eu ganho aqui, o que significa que a gente vai poder vender o apartamento e comprar um maior, o que vai ser maravilhoso quando a gente tiver filhos, o que, tudo bem, não vai dar pra ser agora, porque vou ter um monte de viagens pra fazer nesse trabalho novo e, bom... — Virou-se lentamente e estudou o rosto da mulher. — O que é que você acha?

Com uma gargalhada, Tess se aproximou e deu um beijo no rosto do marido.

— Eu acho maravilhoso e fico muito orgulhosa de você.

— Jura? Quer dizer que você não se importa de se mudar pra Londres?

— Juro, e acho que é exatamente disso que precisamos, um novo começo. A gente abandona tudo o que é velho aqui em Edimburgo e começa uma vida nova.

Allan balançou a cabeça, incrédulo.

— Nossa, que loucura! Foi exatamente o que eu pensei. É como se você estivesse pensando a mesma coisa que eu.

— Eu tô.

— Algum motivo especial?

— Um muito bom. Eu também recebi uma proposta de trabalho... em Londres.

Allan encarou a mulher, chocado.

— Você tá brincando?

Tess riu.

— Não.

— Que trabalho?

— De nova empresária e acompanhante de Angélique Pascal.

— Mentira

— Verdade.

Ela deixou escapar um suspiro de alívio e sacudiu a cabeça.

— E pensar que eu tava desesperada, sem saber como te dar a notícia. — Beijou os lábios de Allan. — Então, já que parece que a vida dos dois tá em ordem, por que a gente não pega aquela garrafa de champanhe na geladeira e comemora em grande estilo?

Allan riu e olhou para o relógio.

— Vamos esperar dez minutos.

— Por que dez minutos? — ela perguntou, impressionada com a reação do marido à sua clara sedução.

— Com certeza você não tem lido o *Scotsman*.

— Até tenho. O que foi que eu perdi?

— Simplesmente que é o último show de fogos que esse cara vai fazer. — Posicionou Tess na sua frente, passou os braços em volta da cintura dela e olhou pela janela. — Ele decidiu pendurar as chuteiras, então parece que o *grand finale* vai ser incrível.

Tess cruzou os braços, desapontada com a recusa do marido e, em protesto, olhou para o chão. Viu uma coisa que provavelmente fora desalojada das frestas do piso de madeira pelo pé de Allan. Abaixou-se e pegou-a.

— Você acha que a gente deve levar isso pra Barbados também?

Allan estudou o pequeno confete rosa na palma da mão da mulher.

— Claro, por que não?

Riu, beijando-a na orelha de tal maneira que os braços dela ficaram arrepiados.

— Eu amo você, senhora Goodwin.

— Uau — a policial Heather Lennox disse ao botar a cabeça para o lado de fora da janela do carro de polícia para ver a curva do fogo de artifício no céu a caminho do chão.

— O que foi? — o jovem parceiro perguntou, a boca cheia com um rolinho primavera.

— Nada, só falei "uau" pros fogos — ela respondeu, ainda esticando o pescoço para fora da janela.

— Ah, tá. — Ele engoliu o que restava do rolinho e limpou as mãos na calça. — Vem cá, você não acha que a gente devia dar uma volta?

Heather saiu da janela.

— Pra quê? Teve alguma chamada?

— Não, mas a gente tem que ficar circulando, não ficar parado no acostamento.

— Ai, pára de se preocupar — respondeu Heather, sabendo que o interesse dele tinha a ver com o fato de ter sido recentemente nomeado motorista. — Relaxa e assiste ao show. — Olhou para mais uma explosão de fogos no céu. — De mais a mais, tem que ter uma compensação pra ser escalado pra cuidar do trânsito à noite — murmurou.

Com um suspiro, o policial recostou novamente no banco, cruzou os braços e ficou observando a fila de carros parados no sinal vermelho da Leith Walk. Prestou atenção em cada um, olhando os números das placas, até que viu o BMW de cor escura perto dele.

— Carrão aquele — resmungou.

— O que foi, agora? — Heather perguntou.

— Nada — respondeu, rabugento. Olhou para o motorista do BMW. — Vem cá, quer pegar um motorista que não tá usando cinto de segurança e tá falando no celular?

Heather virou-se para ele, careta no rosto.

— Qual é o seu problema hoje, hein?

O policial apontou para o BMW.

— Olha lá. Aquele cara todo de branco. Sem cinto e falando no telefone.

Heather se inclinou sobre ele para olhar.

— Jesus, Willie — ela disse, pegando o rádio. — Aquele cara não tá todo de branco, ele tá coberto de pó. A gente arrumou um fantasma em fuga.

— É?

Heather apertou os olhos, enquanto tentava ver através da janela do BMW, exatamente quando o carro dava a partida.

— Deus do céu, eu sei quem é dentro daquele carro. Vai atrás dele, Willie, mas não deixa o garoto perceber que tá sendo seguido.

Enquanto o carro de polícia se afastava do meio-fio, Heather chamou a sala de controle para informar que estavam indo atrás de um carro roubado.

— OK, você pode me dizer agora? — o parceiro perguntou, quando ela desligou o rádio. — O que é um fantasma em fuga?

— É alguém que arrombou um carro, acionando os airbags. As portas destravam automaticamente quando isso acontece. O problema é que a pessoa não consegue dirigir enquanto não fura o airbag, que é cheio de pó branco. É por isso que o cara tá todo coberto daquele troço.

O policial mudou para a pista do meio da Queen Street, para ultrapassar um carro que andava devagar, desesperado para manter o BMW a apenas dois carros de distância.

— Mas ele tá dirigindo um dos modelos novos. Como ele conseguiu passar pelo imobilizador?

Heather sacudiu a cabeça.

— Só tem uma pessoa capaz de fazer isso. — Bateu o punho contra o painel do carro, no exato momento em que uma nova explosão de fogos enchia o céu. — Droga, eu achei que ele tava andando na linha. O advogado dele me ligou outro dia pra dizer que ele tava trabalhando num filme.

Estalou os dedos quando o parceiro avançou o sinal amarelo da esquina com a Hanover Street. Pegou o celular no bolso e começou a teclar.

— Que é que você tá fazendo? — o policial perguntou.

— Eu tenho o número dele no bina. Aqui, achei. Também é um número de celular.

Terminou de discar e levou o telefone à orelha.

— Alô, doutor Mackintosh, aqui é a policial Lennox, da delegacia de Gayfield. Doutor Mackintosh, estou neste momento perseguindo um carro roubado, que está sendo dirigido por Thomas Keene Júnior. O senhor sabe o que... — Parou de falar, tendo sido interrompida pelo advogado, ouvindo atentamente durante o próximo minuto cada palavra dita por ele, de vez em quando fazendo uma careta. Finalmente, tirou o telefone do ouvido e encerrou a ligação, deixando escapar um longo suspiro. — Tudo bem, Willie, pode ir devagar agora. Já sei pra onde ele tá indo.

— Como assim? — o parceiro perguntou, não fazendo nenhum esforço aparente para diminuir a velocidade.

— O cara devia estar falando com o advogado naquela hora, no sinal. O doutor Mackintosh marcou um encontro com ele em casa, na Ravelston Road, daqui a meia hora. Ele tá vindo da Princes Street agora.

O policial sacudiu a cabeça.

— O que é que tá acontecendo?

Heather virou-se para ele.

— Parece que o cameraman com quem Keene estava trabalhando morreu hoje à tarde e o garoto tá arrasado. O doutor Mackintosh acha que ele tá muito frágil, mais ainda depois que bebeu pra afogar as mágoas.

— Ele tá bêbado?! — o policial exclamou, virando na Randolph Crescent. — Não é melhor a gente falar com ele, então?

Heather olhou para o relógio no painel. Eram nove e vinte e seis.

— Não. Vamos deixar o garoto na dele. Não tá dirigindo perigosamente. A gente vai chegar nele em cinco minutos.

O policial virou no sinal da Queensferry Street e viu o BMW acelerar para pegar o próximo sinal amarelo. Forçou o motor do Vauxhall para poder alcançá-lo e, por puro instinto, ligou a sirene e as luzes azuis de sinalização.

— Pelo amor de Deus, Willie, o que é que você tá fazendo?! — Heather gritou para ele.

— Ele tá indo embora! — o policial gritou em resposta.

— Mas a gente sabe pra onde ele tá indo, imbecil! Desliga isso!

O barulho da sirene adentrou a embriaguez desesperançada de T.K. Ele olhou pelo retrovisor e, com os olhos cheios d'água, viu o reflexo embaçado das luzes da viatura policial que ultrapassava o carro parado no acostamento. "Ai, *merda*!", gritou, pisando no acelerador, a força do motor jogando suas costas contra o encosto do banco.

— Pronto, é isso. Ele viu a gente. — Heather grunhiu ao ver a distância entre os dois carros aumentar consideravelmente.

O parceiro dela acelerou.

— Não tem problema. Eu pego ele.

— Espera! É contra o regulamento perseguir agora.

— Não vou perseguir! Só não quero perder o carro de vista.

Enquanto T.K. dirigia em velocidade pela Queensferry Street, olhou pelo espelho retrovisor e viu que o carro de polícia estava se aproximando dele. Não via mais as luzes nem ouvia a sirene da viatura, somente os faróis do carro nas suas costas. Essa era uma experiência completamente nova. Já roubara carros, mas nunca havia antes sido perseguido, e um terror súbito embrulhou-lhe o estômago, levando um gosto amargo à sua boca. Uns seis quilômetros à frente, viu o sinal da Orchard Brae ficar amarelo e afundou o pé no acelerador, olhando a agulha do velocímetro passar suavemente, sem esforço, pela marca de cento e sessenta quilômetros por hora. Fechou os olhos e abraçou o corpo, esperando pelo impacto ao aproximar-se do sinal, agora vermelho, para em seguida os abrir novamente, ao ouvir a cantada de pneus de um carro deixado para trás. Olhou pelo retrovisor. Os faróis que o perseguiam sumiram por alguns segundos, reaparecendo em seguida na mão contrária, para a continuação da caçada.

T.K. não era o único assustado. Heather espiou seu assistente e viu determinação em sua mandíbula, resolução de aço em seus olhos, a decisão de captura a qualquer preço. Síndrome do nevoeiro vermelho, como era conhecida na força policial. Ela testemunhara seus resultados antes. Três jovens, todos com no máximo catorze anos de idade, dizimados pela massa de metal que antes fora um carro, caçados até a morte pelo excesso de zelo de um policial. Aquela fora a razão principal para seu pedido de transferência da divisão de tráfego um ano antes.

Ela cutucou o braço do assistente.

— Se você não parar agora, eu vou reportar você.

Mas o motorista não estava com vontade de responder, menos ainda de parar. Ele viu o BMW derrapar ao virar à esquerda no retorno de Queensferry Terrace e, dez segundos depois, estava fazendo a mesma manobra.

— Derrapou, desgraçado — o motorista disse com voz controlada, a boca estampando um sorriso hostil. — A gente tá em cima dele agora.

— Meu Deus, isso tá errado. — Heather sacudiu cabeça, sabendo agora que não era mais capaz de controlar os acontecimentos. — Isso vai acabar em desastre.

Quando o BMW derrapou no meio da rua, T.K. virou as rodas para a direita o mais rápido que conseguiu para tentar aprumar o carro novamente. Olhou pela janela esquerda e viu o carro de polícia fazer a volta no retorno. Pisou fundo no acelerador mais uma vez e saiu cantando pneus, vendo pelo retrovisor as luzes da viatura policial não mais que vinte metros atrás dele. O BMW poderoso quase saiu da estrada quando atingiu o topo da subida e ele acelerou na descida de Belford Road em direção à curva fechada à esquerda no final da rua.

— Não, meu Deus, por favor — Heather murmurou quando viu o BMW passar direto pela curva e seguir em frente numa rua estreita. — Pára o carro, Willie! Pelo amor de Deus, pára o carro! — gritou ao ver o carro descer a rua sem sinal da luz de freio.

— Ei, que é que tá acontecendo com você?! — o policial exclamou, parando o carro com um solavanco.

— Ele entrou num beco sem saída — Heather gritou, olhos arregalados de horror. — E está sem airbags e sem cinto! — Fechou os olhos com força e cobriu as orelhas, antecipando o barulho aterrador do impacto.

O som abafado da explosão foi tão forte que o carro de polícia estremeceu e, por um segundo, pareceu sugar o ar dali de dentro. Heather abriu os olhos, tendo que cobri-los imediatamente, para protegê-los da luz cegante que incendiou o céu. Tão forte que era como se a noite se tivesse transformado em dia. A silhueta escarpada de casas e prédios de Edimburgo foi ressaltada, ereta e sólida, imperturbável pela constante chuva que parecia cair sobre seus tetos. Boquiaberta, num misto de choque e encantamento, a policial se virou e olhou na direção da rua onde o BMW tinha desaparecido. Nos segundos de escuridão entre as explosões de estrelas que iluminavam a rua, viu que tudo estava calmo, tudo estava seguro.

— Graças a Deus! Graças a Deus! — exclamou aliviada, já tirando o cinto de segurança e abrindo a porta do carro. Saltou e desceu a rua correndo, o mais rápido que suas pernas roliças permitiram.

T.K. em nenhum momento menosprezara a força do carro, enquanto dirigia em velocidade fatal, suas mãos apertavam o volante ao se encaminhar pela faixa estreita entre os carros estacionados dos dois lados da rua. Não conhecia aquele lado da cidade e não fazia a menor idéia de onde estava indo. Um estrondo fizera com que jogasse o corpo sobre a caixa de marchas e ele olhara para o retrovisor pendurado na lateral do carro, tirando momentaneamente os olhos do caminho. E, de repente, uma luz incandescente iluminara a alameda à sua frente, fazendo com que ele se virasse mais uma vez e visse, em seu brilho ofuscante, o muro no final da rua. Deixara escapar um grito de pânico e agarrara-se ao volante, enquanto o pé apertava com tudo o pedal do freio. O carro rugira diante da súbita mudança de comando, seu sofisticado freio ABS mantendo o controle do veículo por entre as filas de carros estacionados, até a exigência derradeira dos pneus, a não mais que um metro do final do beco sem saída.

T.K. sentiu um calafrio ao encarar, olhos esbugalhados, o muro de pedra à sua frente, recuperando o fôlego entre tremores de medo e alívio ao se perguntar que extraordinário fenômeno era esse que acabara de acontecer para lhe salvar a vida. Em seguida, pensou que só poderia significar que alguém não queria que aquilo acontecesse, que alguém que realmente se importava estava tomando conta dele. Debruçou sobre o volante e começou a chorar outra vez. Um novo clarão iluminou o céu e ele olhou para cima, sabendo agora que aquilo era um sinal de Leonard, pedindo por ele. Abriu a porta e cambaleou para fora, encostando-se no capô do carro, lágrimas rolavam pelo seu rosto, enquanto olhava para a noite escura iluminada pela imensa explosão de estrelas, seus tentáculos flamejantes em direção ao céu e, como só ele sabia, levando o espírito do homem que ele aprendera a admirar e amar. Levantou as mãos.

— Até já, Leonard. Até já, meu amigo.

Virou-se e foi se afastando do carro, o corpo agora sacudido por uma onda de adrenalina e pesar. Então, viu a silhueta de colete amarelo luminoso correndo em sua direção. A policial diminuiu o passo ao vê-lo. T.K. focou os olhos embaçados no uniforme e, naquele momento, foi abatido pela realidade esquecida de sua situação. Olhou desesperado em volta, procurando um lugar por onde escapar.

— Tá tudo bem, Thomas — Heather gritou. — Sou eu, guarda Lennox. Já soube do que aconteceu com o senhor Hartson, Thomas, já sei de tudo. — Abriu os braços para mostrar que não tinha nada nas mãos. — Pode vir. Vai ficar tudo bem.

Ela viu quando o rapaz começou a correr em sua direção e, quando se aproximou, percebeu a raiva em seus olhos. Deu alguns passos para trás, preparando-se para impedir que a derrubasse na tentativa de escapar. Abriu a boca para chamar seu parceiro para ajudá-la, mas perdeu o ar quando T.K. se atirou em seus braços e agarrou-se a ela, enquanto soluçava inconsolável em seu ombro.

Ficou parada ali até que não conseguisse mais suportar o peso daquele corpo triste sobre ela.

— Vem, Thomas — disse baixinho, dando-lhe um tapinha nas costas. — Vamos sair daqui. — E, enlaçando com seu braço confortador o de T.K., Heather Lennox encaminhou o jovem rua acima.

A três quilômetros dali, em um dos quartos virados para o oeste do Hotel Balmoral, Gary e Rene Brownlow encontravam-se deitados no escuro, recostados em travesseiros de pena de ganso, bebendo champanhe e assistindo ao show de fogos pela janela.

— Aposto que os meninos tão adorando isso — Rene comentou, aconchegando-se no corpo nu do marido.

— Com certeza — Gary respondeu, tão hipnotizado pelo que acontecia do lado de fora da janela que nem olhava para a mulher. — Foi bacana a Matti ter levado eles.

Rene sorriu maliciosa e correu o dedo pelo peito do marido.

— O que será que as crianças dessa idade pensam quando os pais dizem que vão pra cama às nove horas da noite?

— Não faço a menor idéia. — Gary deu mais um gole na sua taça. Virou-se para a mulher. — Você não contou pra eles, contou?

— Contou o quê? — Rene provocou, com um sorriso.

— Sobre... você sabe, a sementinha, a cegonha, essas coisas.

— Não, não falei nada, pode deixar.

— Ainda bem — disse Gary, balançando a cabeça e voltando a olhar pela janela.

Rene deixou escapar um suspiro de excitação.

— Amanhã, América.

— É.

— Você tá animado?

— Nossa, e como! — Gary exclamou, ao passo que uma luz incandescente encheu o quarto, como uma bomba atômica. Ele se livrou do edredom e correu para a janela.

— Gary! — Rene gritou, às gargalhadas. — Sai daí! Você tá pelado!

— Deixa de ser boba! Ninguém tá nem um pouco interessado no meu galo aqui — disse, enquanto uma segunda explosão iluminou os contornos de seu corpo. — Tá todo mundo olhando pro castelo.

Um rugido súbito veio da multidão na rua e Gary pressionou as mãos contra o vidro da janela, na tentativa de ver o que estava acontecendo. Olhou na direção do castelo e imediatamente compreendeu o motivo da comoção.

— Meu Deus, Rene! — Fez sinal para que a mulher fosse correndo. — Vem rápido aqui, garota. Você tem que ver isso!

— Já tô vendo o suficiente daqui — Rene resmungou, apoiando-se nos cotovelos e apreciando o bumbum roliço e bem-formado do marido.

— Não! Vem rápido! Agora!

Rene saltou da cama e pegou uma toalha na cadeira, enrolando-a em volta do corpo, enquanto se encaminhava para a janela.

— Olha pra cima, pro parapeito na torre do castelo. Segurou a mulher pelos ombros e apontou para onde ela deveria dirigir o olhar.

Rene seguiu as instruções e viu, sob a gigantesca palmeira de luz tremeluzente, a figura diminuta de pé no muro do castelo, como uma cruz de Santo André, as pernas abertas e os braços estendidos para cima, como se comandasse o fim da tempestade multicolorida no céu.

— Que é que ele tá fazendo? — Rene perguntou.

— Não sei. Mas que é uma imagem poderosa, é.

— Meio assustadora, né?

Gary meneou a cabeça.

— Não. Acho que é meio... bíblica, sei lá.

Rene cruzou os braços e olhou desapontada para o marido.

— Achei que a gente ia fazer outra coisa durante o show de fogos.

Gary deu uma olhada para ela e coçou o queixo.

— Quer que eu vá lá e peça pra começar de novo?

— Não. Não precisa.

Ela riu, a atenção repentinamente voltada para a maior de todas as chuvas de fogos no céu da cidade: uma explosão de estrelas que iluminou os milhares de pessoas aglomeradas na Princes Street, lançando seus raios iluminados sobre elas. Levou as mãos à toalha, fazendo com que caísse no chão.

— Mas... o show ainda não acabou.

Gary sorriu para ela, olhos brilhando.

— Não, ainda não.

E, juntos, atravessaram o quarto para mergulhar na cama.

EPÍLOGO

Era meio de novembro do ano seguinte, mais um festival havia iniciado e terminado e a estação Waverley já estava sendo decorada para o Natal. Uma enorme árvore coberta de dourado iluminava a desolada área de espera, enquanto festões natalinos enfeitavam toda a extensão do balcão de tíquetes. Gavin Mackintosh tirou as luvas de couro e desabotoou o casaco ao se aproximar de um dos dois vendedores de bilhetes. Ali dentro estava consideravelmente mais quente que lá fora, onde uma névoa gelada cobria a cidade, envolvendo as plataformas quase desertas da estação em seu espesso cobertor de gelo. Comprou o bilhete de ida e volta para Londres simplesmente porque valia mais a pena que comprar o só de ida, mas não tinha dúvida de que o da volta nunca seria usado.

Enfiou o cartão de crédito novamente na carteira e sacou duas notas de vinte libras, que guardou no bolso do terno. Virou-se para o jovem atrás dele, mochila enorme nas costas, as alças fincadas na jaqueta marrom da Timberland que vestia, combinando com o gorro de lã, enterrado até as orelhas para cobrir a cabeça raspada.

— Aqui está, Thomas — disse ao entregar o bilhete para T.K., antes de olhar para o quadro de partidas na parede. — Seu trem sai às dez e meia da plataforma um, mas parece que está cinco minutos atrasado. — Encarou o rapaz. — Não precisa se preocupar com nenhuma troca de vagão ou de trem. Se tiver qualquer dúvida, é só perguntar para alguém. Você sabe o que tem que fazer quando chegar a Londres?

— Sei — T.K. respondeu, levando a mão ao bolso da jaqueta e retirando de lá uma carta mil vezes manuseada, que entregou para Gavin. — O senhor Springer escreveu tudo aí.

Gavin abriu a carta, lendo-a rapidamente. Uma oferta de trabalho na Springtime Productions, os planos para o Natal e o endereço que T.K. deveria dar para o motorista do táxi quando chegasse a Londres. Gavin dobrou novamente o papel e devolveu-o a T.K.

— Eu vi que você vai passar o Natal em Kingston.

T.K. assentiu.

— É, vou ficar com a Grace.

— Bom, isso vai ser bom para vocês dois. Sem dúvida você deve estar louco para ver o prêmio que o filme do Leonard ganhou no festival de cinema.

— Eu já vi. A Grace me mandou uma foto. Ela escreveu no verso: "O prêmio também é seu."

Gavin sorriu.

— Nada mais verdadeiro, T.K. Leonard não teria feito esse filme sem você.

Buscou a mão de T.K. e enfiou as duas notas de vinte na palma do jovem.

— Para alegrar a sua viagem.

T.K. abriu um pouco a mão para ver o que era.

— Valeu, doutor Mackintosh — T.K. agradeceu, sem levantar a cabeça.

— Boa sorte com seu futuro, Thomas. — Gavin deu um tapinha no ombro do garoto. — Você já cumpriu sua pena, agora é hora de deixar tudo isso para trás. — Riu brevemente. — E, pelo amor de Deus, não vai sair dirigindo por aí, a não ser que o carro seja seu, estamos entendidos? — T.K. levantou o rosto, sorriso embaraçado nos lábios, e olhou para a policial ao lado deles.

Gavin olhou para o seu relógio de pulso.

— Bom, eu preciso voltar para o escritório.

Estendeu a mão para T.K.

— Vê se não some.

— Pode deixar — T.K. respondeu, apertando a mão do advogado.

Quando as despedidas terminaram entre os dois, Heather Lennox deu um abraço breve em T.K.

— Boa sorte, Thomas. Se cuida.

— Valeu. E 'brigado pela carona hoje de manhã.

Heather deu um sorriso e levantou o indicador para o rapaz.

— Bom, e que tenha sido sua última carona num carro de polícia, certo?

Acenou para T.K. e foi andando com Gavin em direção aos portões do guichê de bilhetes, deixando T.K. com um largo sorriso nos lábios.

— Bem, guarda Lennox — Gavin disse, enquanto abotoava o casaco na calçada —, parece que as coisas acabaram dando certo para esse rapaz.

Heather esfregou as mãos para afastar o frio matinal.

— É. O garoto tem sorte.

— Verdade — respondeu Gavin. — Conseqüentemente, duvido muito que seja a última vez que você e *eu* nos encontramos.

Deixou-a com um sorriso e, atravessando por entre o corredor de táxis em passo ligeiro, foi andando em direção à Princes Street.

Impresso no Brasil pelo
Sistema Cameron da Divisão Gráfica da
DISTRIBUIDORA RECORD DE SERVIÇOS DE IMPRENSA S.A.
Rua Argentina 171 – Rio de Janeiro, RJ – 20921-380 – Tel.: 2585-2000